I0736060

Bücher von Tina Folsom

Samsons Sterbliche Geliebte (Scanguards Vampire – Buch 1)

Amaurys Hitzköpfige Rebellin (Scanguards Vampire – Buch 2)

Gabriels Gefährtin (Scanguards Vampire – Buch 3)

Yvettes Verzauberung (Scanguards Vampire – Buch 4)

Zanes Erlösung (Scanguards Vampire – Buch 5)

Quinns Unendliche Liebe (Scanguards Vampire – Buch 6)

Olivers Versuchung (Scanguards Vampire – Buch 7)

Thomas' Entscheidung (Scanguards Vampire – Buch 8)

Ewiger Biss (Scanguards Vampire – Buch 8 1/2)

Cains Geheimnis (Scanguards Vampire – Buch 9)

Luthers Rückkehr (Scanguards Vampire – Buch 10)

Brennender Wunsch (Eine Scanguards Hochzeit)

Blakes Versprechen (Scanguards Vampire – Buch 11)

Buch 1)

Ein Grieche zum Heiraten (Jenseits des Olymps – Buch 2)

Ein Grieche im 7. Himmel (Jenseits des Olymps – Buch 3

Ein Grieche für immer (Jenseits des Olymps - Buch 4)

Der Clan der Vampire (Venedig 1 – 5)

Begleiterin für eine Nacht (Der Club der Ewigen Junggesellen – Buch 1)

Begleiterin für tausend Nächte (Der Club der Ewigen Junggesellen – Buch 2)

Begleiterin für alle Zeit (Der Club der Ewigen Junggesellen – Buch 3)

Eine unvergessliche Nacht (Der Club der Ewigen Junggesellen – Buch 4)

Eine langsame Verführung (Der Club der Ewigen Junggesellen – Buch 5)

Eine hemmungslose Berührung (Der Club der Ewigen Junggesellen – Buch 6)

Verbotener Beschützer

Hüter der Nacht - Band 4

Tina Folsom

1

Zoltan schlug mit der Faust auf die Armlehne seines Thrones und sprang auf.

„Schwachköpfe!", schrie er.

Nur ein Dutzend Dämonen waren in der Thronhalle versammelt, Boten, die Nachrichten von oben aus der menschlichen Welt brachten. Monate – verdammt nochmal – zwei Jahre waren vergangen, seit sie ihm irgendwelche brauchbaren Informationen über die Hüter der Nacht, die Beschützer der Menschheit, gebracht hatten. Bisher hatten die Hüter jeden einzelnen von Zoltans Versuchen vereitelt, seine Macht zu erweitern und sein Ziel der Weltherrschaft zu erreichen.

Frustration pulsierte durch jede Zelle seines Körpers und brachte sein grünes Dämonenblut zum Kochen. Gleichzeitig spürte er noch etwas anderes heranziehen, einen migräneähnlichen Anfall, der ihn minutenlang, wenn nicht noch länger, lahmlegen würde. Seit Beginn dieser schmerzhaften Episoden und besonders seit er der Führer der Dämonen, der Großmächtige, geworden war, hatte er diese Anfälle vor seinen Untertanen verstecken können. Jedoch war er mehrere Male nur knapp der Aufdeckung entkommen, dass er nicht ein Bild der Stärke und Macht war – ein Bild, das er beibehalten musste, wenn er nicht gestürzt werden wollte.

Er stieg von seinem Thron, begierig darauf, die große Höhle zu verlassen, in der Flammen durch die Spalten im Felsen schossen und unheimliche Schatten auf die zerklüfteten Wände und die unebene Decke warfen. Ohne ein Wort winkte er Vintoq, seiner rechten Hand, zu, um die Versammlung aufzulösen und ging auf einen der vier Ausgänge zu.

Eine Stimme stoppte ihn. „Oh Großmächtiger, aber Sie haben meinen Bericht doch noch nicht gehört."

Zoltan wirbelte herum und funkelte den Dämon an, der ohne Erlaubnis zu sprechen gewagt hatte. Seine Augen fielen auf einen stämmigen blonden Mann. Er sah nervös aus, doch als Zoltan auf ihn zueilte, wich er nicht zurück.

„Oh Großmächtiger", unterbrach Vintoq. „Warum kümmere ich mich nicht für Sie darum?"

Die Wut kochte in Zoltan bereits über, und er verwies seine rechte Hand mit einem finsteren Blick in die Schranken. Zu jeder anderen Zeit – oder wenn Vintoq den Vorschlag in Zoltans Ohr geflüstert hätte – wäre Zoltan darauf eingegangen. Doch vor seinen Untertanen durfte er nicht den Eindruck erwecken, dass Vintoq ihn in irgendeiner Weise beeinflussen konnte.

„Ich bin vollkommen in der Lage, mir noch einen weiteren nutzlosen Bericht anzuhören", blaffte Zoltan und wies Vintoqs Vorschlag mit einer ungeduldigen Handbewegung zurück. „Und wenn sein Bericht genauso unbrauchbar wie der aller anderen ist, dann bin ich auch fähig, jemandem den Kopf abzureißen."

Vintoq verbeugte sich sofort respektvoll.

„Gut." Zoltan wandte sich wieder dem blonden Dämon zu. „Mach schnell. Meine Geduld hängt an einem dünnen Faden." Und die lähmende Attacke wartete bereits ungeduldig hinter den Kulissen.

Sich verbeugend sagte der Dämon: „Oh Großmächtiger, ich bringe gute Nachrichten. Ich habe eine Seherin aufgespürt."

„Eine Seherin?"

Zoltan war nicht die einzige Person, die das Wort ungläubig wiederholte. Ein Raunen ging durch den Thronraum und wurde durch das Echo der Felsenwände verstärkt.

„Schon seit zwanzig Jahren ist kein Seher mehr gesichtet worden! Wahre Seher sind seltener als eine Nadel im Heuhaufen." Oder ein Dämon mit Hirn.

Zoltan brummte verdrossen. „Du vergeudest meine Zeit!" Er griff nach seinem Dolch und zog ihn aus der Scheide.

„Ich habe Beweise!", fügte der Dämon schnell hinzu und zog ein gefaltetes Blatt Papier aus seiner Manteltasche.

Zoltan schnappte es sich und faltete es auseinander. Er starrte auf die Zeichnung und wedelte dann damit in der Luft. „Was soll das sein?"

„Die Seherin zeichnet die Dinge, die sie in ihren Visionen sieht. Das hier" – der Dämon zeigte auf das Blatt Papier – „ist etwas, das sie in ihren Visionen gesehen hat: ein Portal der Hüter der Nacht."

Zoltan sah sich die Zeichnung nochmals an und richtete seinen Blick auf die hastig gekritzelten Linien und Kleckse. Eine Künstlerin war diese Seherin nicht, aber sie war in der Lage, das Wesentliche zu übermitteln. Zoltan erkannte den unverwechselbaren Dolch, den die Hüter der Nacht trugen, und bemerkte, dass er in ein Tor eingraviert war, das aussah, als wäre es Teil einer Steinwand. Könnte das wirklich ein Portal sein? Könnte diese Person wirklich eine Seherin sein?

„Gibt es mehr Zeichnungen wie diese?"

Der Dämon nickte. „Viele mehr. Von

Portalen, Gebäuden, Waffen. Aber ich wollte keinen Verdacht erregen, also nahm ich nur eine Zeichnung, die sie nicht vermissen wird."

Zoltan zog eine Augenbraue hoch. Einer seiner Untertanen hatte Verstand und wusste ihn zu benutzen? Das war eine Neuheit. Aber er ging nicht soweit, ihn dafür zu loben. Dafür war es zu früh.

„Wie heißt du?"

„Colton."

Zoltan nickte dem Dämon zu, dann sprach er die versammelten Boten an: „Colton wird drei von euch auswählen, die seinen Befehlen Folge leisten und sich vergewissern werden, ob diese Seherin echt ist. Denn wenn das der Fall ist, müssen wir sie auf unsere Seite bringen. Sie ist überaus wertvoll. Ein wahrer Seher kann uns mit Informationen und Einblicken über die Hüter der Nacht versorgen, die es uns ermöglichen werden, sie zu zerstören. Das ist unser Schlüssel zum Sieg in diesem Krieg."

Die Dämonen nickten pflichtgemäß.

Die Erinnerung daran, was vor zwei Jahrzehnten geschehen war, als er eine Seherin in seiner Gewalt hatte, erschien plötzlich wieder bildlich vor ihm.

Er hatte sie auf die Seite der Dämonen gezogen. Sie hatte sich ihm ergeben. Doch dann war ihm ein Hüter der Nacht dazwischengekommen und hatte sie getötet. Zoltans Magen verknotete sich, während seine Schläfen mit den ersten Migränewellen zu pochen begannen. „Ich warne euch. Wenn sie euch durch die Finger rutscht, wird euer Blut diese Höhle grün färben. Ich hoffe, ihr versteht mich."

„Ja, oh Großmächtiger", sagten sie im Chor, ob aus Loyalität oder Furcht heraus, interessierte Zoltan nicht, solange sie ihm gehorchten und seine Aufträge zuverlässig ausführten.

Mit einem Kopfnicken eilte Zoltan an seinen Untertanen vorbei und betrat den Korridor, der zu seinen privaten Gemächern führte, seine Schläfen vor Schmerz pochend. Dieser Anfall war schlimmer als der vorhergehende. Er hatte bereits alles versucht, um diese Attacken zu stoppen, sogar menschliche Medikamente, doch nichts konnte sie im Keim ersticken oder den Schmerz lindern. Als wäre er verflucht worden. Er konnte nur hoffen, dass er es rechtzeitig zu seinen Privaträumen schaffte, bevor er zusammenbrach.

2

Winter Collins reichte ihrer Kundin das Tarot-Deck. Die Frau hatte sich als Jessica vorgestellt, als sie in den kleinen Einraumladen gerauscht war. Winter hatte gerade abschließen wollen. Da es den ganzen Tag ruhig gewesen war und sie kaum Geld verdient hatte, hatte sie die Frau noch hereingelassen.

„Bitte mischen Sie die Karten", wies Winter sie nun an.

Winter bemerkte, dass Jessica sich im Raum umsah, während sie der Aufforderung folgte. Die meisten Kunden taten das, so als könnte die Deko ihnen dabei helfen, herauszufinden, ob

Winter wirklich die Zukunft lesen konnte. Das konnte sie nicht. Doch sie verfügte über ausgezeichnete Menschenkenntnis. Und nicht nur das. Sie wusste, was ihre Kunden hören wollten. Also hatte sie dies zu ihrem Beruf gemacht und sagte die Zukunft voraus.

Die Kristalle, die alle Oberflächen zierten, die brennenden Räucherstäbchen, die die Luft mit einem mystischen Duft schwängerten, sowie die an den Wänden hängenden Bilder von okkulten Kunstwerken und übernatürlichen Symbolen, waren nur Zubehör. Genauso wie ihr zigeunerhaftes Outfit nur Schein war.

Winter hatte jedoch deswegen kein schlechtes Gewissen. Heutzutage brauchten die Leute etwas Hoffnung. Was machte es also schon, wenn sie ihren Kunden sagte, sie würden den Job bekommen, den sie wollten; der Liebe ihres Lebens begegnen oder ihre Probleme bewältigen, egal was diese waren? Sie tat dabei niemandem weh. Außerdem kamen viele ihrer Kunden, weil sie das als Joke von einem Freund geschenkt bekommen hatten – besonders seit sie jetzt auf ihrer Webseite Geschenkgutscheine anbot – und andere kamen, weil sie niemanden hatten, mit dem sie reden konnten. Genauso wie Leute zu ihrem Hausarzt gingen, um über ihre Probleme zu sprechen, kamen sie zu ihr, um einen Hoffnungsschimmer für ihr trübes Leben zu finden.

„Was jetzt?", unterbrach Jessica ihre Gedanken.

„Teilen Sie das Deck", verlangte Winter mit ruhiger und leiser Stimme. Sie hatte gelernt, dass ihre Kunden unwillkürlich näher rückten, wenn sie leise sprach. Das erschuf eine intime Atmosphäre – als würden große Geheimnisse enthüllt.

Als Jessica den Kartenstapel auf die lila Samtdecke legte, die den kleinen runden Tisch zwischen ihnen bedeckte, nahm Winter die Karten, schloss ihre Augen einen Moment und summte ein paar Noten. Dann legte sie die Karten verdeckt zu einem Keltischen Kreuz aus, wobei die Armreifen an ihren Handgelenken leise klimperten.

Nur weil sie nicht an Tarotlesungen glaubte, hieß das nicht, dass sie die grundlegenden Regeln ihres Gewerbes nicht erlernt hatte. Sie kannte die Bedeutung aller Karten im Deck, egal ob sie aufrecht oder verkehrt herum auftauchten, denn sie wollte nicht, dass ein Kunde sie als Betrügerin entlarvte, weil er sich mit Tarot auskannte.

„Was für eine Frage haben Sie, Jessica?", fragte Winter nun ihre Kundin.

„Frage?" Ihr Gesicht zeigte einen verwirrten Ausdruck. Dies war offensichtlich ihre erste Lesung.

„Ja, der Grund, warum Sie heute hier sind."

Denn es gab immer einen Grund. Vielleicht zögerte der Mann, in den sie verliebt war, etwas zu lange, ihr seine Liebe zu gestehen; oder vielleicht hatte sie sich um einen Job beworben und immer noch keine Einladung zum Vorstellungsgespräch erhalten. Komischerweise war sich Winter jedoch unschlüssig, was Jessica beunruhigte. Normalerweise erriet sie relativ schnell, was ihre Kunden auf dem Herzen hatten. Ein sehnsüchtiger Blick, ein nervöses Zucken; es gab so viele Anzeichen, die das seelische Befinden einer Person verrieten.

„Äh, ja, ich wollte wissen, ob mein Freund mich hintergeht", sagte sie schließlich.

„Hmm." Winter nickte. Das hätte sie nicht erwartet. Jessica wirkte nicht wie eine Frau, die sich Sorgen machte, dass ihr Freund untreu war. Winter tat es innerlich ab. Vielleicht war sie nur müde und deshalb nicht sensibel genug für die Stimmung der Frau.

„Dann lassen Sie uns mal sehen", sagte sie stattdessen und drehte die erste Karte des Keltischen Kreuzes um. Es war die Mondkarte, eine Karte, die bedeutete, dass ungewöhnliche, übernatürliche Geschehnisse in der Zukunft liegen könnten. Sie war allerdings auch ein Zeichen für Wahnsinn. Nicht unbedingt etwas, das sie ihrer Kundin offenbaren wollte. Also gab sie nur einen vagen Kommentar ab. „Ungewöhnliche Geschehnisse haben Sie zu mir gebracht."

Die Augen der Frau weiteten sich erstaunt.

Winter unterdrückte einen Seufzer der Erleichterung. Selbst eine kaputte Uhr ging zweimal am Tag richtig. Sie drehte die zweite Karte um und folgte ihrer Intuition, als sie die Karte der Hohepriesterin deutete und ihrer Kundin sagte, sie sei stark und könne jedem Sturm trotzen. Sie war jetzt auf Autopilot.

Sobald ein Kunde mit ein paar richtigen Vermutungen am Haken hing, würde dieser alles akzeptieren, was Winter auftischte.

Bis zum Aufdecken der letzten Karte hatte Winter Jessica gesagt, dass ihr Freund ihr treu wäre, doch dass sie selbst für ihr eigenes Glück verantwortlich sei und es nicht von einer anderen Person abhängig machen dürfe. Das war immer ein guter Rat, egal in welcher Situation.

„Danke, vielen Dank", sagte Jessica und griff in ihre Tasche.

Winter sammelte die Karten ein und legte sie zurück in das Deck, bereit für den nächsten Tag, während Jessica Geld hervorholte.

„Stimmt das so?"

Winter schaute auf das Bargeld und nickte. „Danke. Bitte kommen Sie bald wieder."

Als die Tür hinter Jessica zufiel, schloss Winter ab und drehte das Schild in der Tür um: *Wir haben leider geschlossen.* Dann ließ sie die Jalousie herunter und drehte sich um.

Weiter kam sie nicht. Stechender Schmerz schoss durch ihre Stirn und ließ ihre Knie einknicken. Sie griff nach etwas, an dem sie sich festhalten konnte, bekam die Fensterbank zu fassen und klammerte sich daran, um ihr Gleichgewicht zu halten.

„Scheiße!", fluchte sie.

Es war nicht das erste Mal, dass dies geschah. Und irgendwie wusste sie auch, dass es nicht das letzte Mal sein würde. Der körperliche Schmerz war nicht einmal das Schlimmste. Es war nur ein Vorgeschmack auf die schreckliche, mentale Attacke, die folgen würde. Es war wie ein Alptraum – ein Alptraum, während sie wach war.

Sie hielt sich an der Fensterbank fest, schloss ihre Augen und hoffte, dass sie wider Erwarten dadurch die schrecklichen Bilder blocken konnte, die wie endloser Regen auf sie niederprasselten.

Giftgrün war das Erste, was sie sah. Zwei Punkte aus giftgrüner Farbe, die sie blendeten, bevor die Punkte sich entfernten, erst zu Augen und dann zu einem Gesicht wurden. Dem Gesicht eines Mannes. Eines wütenden Mannes. Eines brutalen Mannes. Eines Mannes, der nicht menschlich war. Das wusste sie, denn kein Mensch hatte solche Augen. Giftgrüne Augen, die pures Böses versprühten. Und diese Augen funkelten sie jetzt an.

Als sich ihr Sichtfeld weitete, konnte sie mehr ausmachen. Der fürchterliche Mann hatte breite Schultern und einen muskulösen Oberkörper und war in eine Art Uniform gekleidet. Ein Guerillakrieger? Sie suchte einen Munitionsgürtel, den sich die Kreatur um den Oberkörper geschlungen hatte, fand jedoch keinen. Auch keine Pistole und kein Gewehr. Stattdessen hielt er einen Dolch in der Hand. Einen Dolch, der nun auf sie zielte.

Sie versuchte zu schreien, doch kein Laut kam über ihre Lippen, nur ein hilfloses Gurgeln. Angst lähmte sie. So würde sie also sterben. Sie hatte es schon mal gesehen. So viele Male gesehen, wie die Klinge in ihr Herz stach und ihr das Leben raubte.

Sie machte sich auf das Unausweichliche gefasst, auf den Schmerz, denn der Tod war nicht schmerzlos, trat nicht sofort ein, wie so viele Leute glauben wollten. Doch der grünäugige Mann stoppte mitten in der Bewegung. Ihr Gehirn brauchte fast zwei Sekunden, um zu verstehen, was geschah: Ein

Schwerthieb durch den Hals der Kreatur trennte den Kopf vom Körper.

Während der Kopf zu Boden fiel und aus ihrem Blickfeld rollte, spritzte grüne Flüssigkeit aus der Wunde. Flüssigkeit? Blut! Grünes Blut. Sie hatte keine Zeit aus dem Weg zu gehen und das grüne Blut bespritzte sie von oben bis unten. Etwas davon geriet in ihre Augen und verschleierte ihre Sicht. Hinter dem fallenden Monster konnte sie einen Mann sehen, doch konnte sie ihn nicht richtig erkennen, weil das grüne Blut in den Augen ihren Blick verschleierte. Bevor sie ihrem Retter danken konnte, sah sie weitere giftgrüne Punkte in der Ferne. Mehr grünäugige Monster?

Panisch wies Winter mit ihrem Arm dorthin, während sie erfolglos versuchte, Worte zu formen. Erst jetzt bemerkte sie, dass sie an eine Wand gekettet war. Der Mann, der die Kreatur getötet hatte, wirbelte zu den herankommenden, grünäugigen Geschöpfen herum. Sie wischte sich die Augen und konnte jetzt wieder etwas besser sehen.

Oh nein! Sie befand sich in einer Höhle, wo Flammen an den Steinwänden empor leckten.

Plötzlich drang der Geruch fauler Eier zu ihr. Grunzen und Flüche erreichten ihre Ohren. Und weitere giftgrüne Lichter flackerten auf. Mehr Monster. Zu viele Monster.

Sie schrie verzweifelt auf.

Das war die Hölle. Von hier gab es kein Entkommen.

Das war ihr Ende.

Winter brach zusammen. Und genauso schnell wie der Alptraum begonnen hatte, endete er. Sie riss die Augen auf und sah sich um. Berührte ihren Oberkörper, ihre Oberschenkel, ihr Gesicht. Kein Blut, keine grünen Flecken auf ihrer Kleidung, keine Wunden. Keine Monster in ihrem kleinen Geschäft.

Sie war alleine. Noch.

Sie schaffte es, sich aufzurappeln, anfangs etwas wackelig, doch mit jedem Schritt gewann sie mehr ihrer Kraft zurück. Sie atmete schwer und ging zum anderen Ende ihres Geschäftes, wo eine Tür, auf der *Privat* stand, in ihre Wohnung führte. Sie öffnete sie, trat in den kurzen Flur dahinter und ging in die große Wohnküche.

Auf dem Küchentresen, neben der Kaffeemaschine, stand ein Tablett mit ihren Medikamenten in orangefarbenen Plastikfläschchen. Sie hasste es, diese Tabletten zu nehmen, aber ohne kamen diese Tagesalpträume noch häufiger. Zumindest stumpften die Medikamente die Empfindungen etwas ab und beruhigten sie. Jetzt brauchte sie eine Tablette, denn sie zitterte.

Die Dinge, die sie sah, waren während der letzten Monate lebendiger geworden. Echter, obwohl sie nicht echt sein konnten. Denn solche Monster konnten nicht existieren. Giftgrüne Augen, grünes Blut? Nicht einmal Hollywood konnte so lächerliche Kreaturen erfinden; Monster, die ohne diese zwei Kennzeichen total menschlich aussahen. Doch jedes Mal wenn sie sie sah, wenn sie diese giftgrünen Augen sah, hatte sie mehr Angst als je zuvor in ihrem Leben. Denn sie wusste, dass sie hinter ihr her waren.

Sie spürte, wie sie nach ihr riefen. Hörte ihre Stimmen im Kopf, und jedes Mal gefror ihr das Blut in den Adern, denn sie fühlte das Böse körperlich. Jede Zelle ihres Körpers rebellierte.

Sie wusste, dass sie den Monstern nicht nachgeben durfte. Durfte sich ihrem Ruf nicht stellen. Oder sie würde wie ihre Großmutter enden. Sie würde den Rest ihres Lebens in einer Irrenanstalt verbringen, an den Wänden kratzen und behaupten, sie hörte Stimmen und sah Dinge, die nicht echt waren.

Tränen schossen in Winters Augen, als sie sich an die letzten Besuche bei ihrer Großmutter erinnerte. Die Krankenschwestern hatten sie mit Ledergurten an ihr Bett fesseln müssen, damit sie weder sich noch andere verletzen konnte. Sie hatte verwirrt ausgesehen und ihre Äußerungen hatten keinen Sinn ergeben. Zwei Tage später war sie gestorben.

Winter schluckte zwei Pillen und schloss ihre Augen. Sie war entschlossen, nicht wie ihre Großmutter zu enden. Deshalb war sie kurz nach dem ersten Tagesalptraum zum Psychiater gegangen, in der Hoffnung, dass dieser die Krankheit stoppen konnte, die sie geerbt hatte. Er hatte eine posttraumatische Belastungsstörung diagnostiziert, hervorgerufen durch den traumatischen Verlust ihrer Großmutter, dem letzten Mitglied ihrer Familie

- auch wenn dieser Verlust schon zwei Jahrzehnte zurücklag. Er hatte ihr Psychopharmaka verschrieben und ihr geraten, die quälenden Bilder zu malen, um sich mit ihnen auseinanderzusetzen und sie zu verarbeiten, damit sie weniger schlimm erschienen. Er versprach, dass ihr das helfen würde, mit diesen Episoden, wie er sie nannte, fertig zu werden.

Doch sie wusste, dass er falsch lag. Tief drinnen wusste sie, dass sie wahnsinnig wurde und der gleichen Geisteskrankheit erlag, an der ihre Großmutter gelitten hatte.

Und weder Kunsttherapie, noch Behandlungsgespräche oder Tabletten konnten sie heilen.

3

Logan hörte das Kichern der Kinder, als er sich dem großen Wohnraum näherte. Das Leben im Komplex der Hüter der Nacht in Baltimore hatte sich vor zweieinhalb Jahren drastisch geändert, als Leila, Aidens Gefährtin, Zwillinge zur Welt gebracht hatte.

Anfangs hatten alle im Komplex angenommen, dass Aiden und Leila ausziehen und in ihre eigene, gesicherte Residenz umziehen und dass Aiden seine Pflichten als Krieger aufgeben würde. Doch das Paar hatte alle überrascht und war geblieben. Sie wollten, dass ihre Kinder unter den Kriegern ihrer Rasse aufwuchsen und früh lernten, was es bedeutete, ein Beschützer der Menschheit zu sein.

Im Übrigen waren sie zusammen stärker. Der Komplex war immer noch der sicherste Ort für jeden Hüter der Nacht. Vor allem für die Kinder der Hüter, die verletzlicher als ihre unsterblichen Eltern waren und beschützt werden mussten, um den Fortbestand ihrer Rasse zu gewährleisten. Denn die Gefahr war allgegenwärtig – die Dämonen waren überall. Während der letzten zwei Jahre hatten die Dämonen mehrere Hüter getötet, obwohl es ihnen nicht gelungen war, noch einen Komplex zu finden und ihn zu zerstören, wie sie es mit dem Ratskomplex der Hüter getan hatten. Dieser hatte an einen anderen sicheren Standort verlegt werden müssen.

Logan zögerte an der Tür zu Küche und Wohnraum. Er hatte nichts gegen Kinder, aber die Zwillinge waren eine Plage. Er vermisste den Frieden und die Ruhe, die vor ihrer Geburt im Komplex geherrscht hatte. Natürlich würde er dies gegenüber Aiden nie äußern, denn er wusste, dass die Geburt der Zwillinge mehr für ihn bedeutete, als Vater zu werden – es bedeutete für ihn auch, endlich über den Tod seiner Zwillingsschwester Julia hinwegzukommen.

Logan öffnete die Tür und trat in den Raum. Essensgeruch drang in seine Nase, während ihm Gelächter den Standort der Zwillinge verriet. Zu seiner Überraschung tobten sie weder durch den riesigen Raum, noch jagten ihre Eltern hinter ihnen her. Aiden und Leila saßen stattdessen an der Kücheninsel und aßen gemütlich ihr Frühstück. Grund für diese sonderbar zivilisierte Szenerie im Wohnraum war ein Besucher: der Großvater der Kinder, Barclay, den alle anderen als Primus kannten, den Vorsitzenden des Rats der Neun, der Regierung ihres Volkes.

„Morgen", sagte Logan.

„Hi, Logan", antwortete Aiden, während Leila sagte: „Im Ofen ist noch Omelett, wenn du was willst."

„Danke, Leila."

Dann schaute er zu Barclay hinüber, der sich nun von der Couch erhob, wo die Zwillinge auf ihm herumgeturnt hatten wie auf einem Klettergerüst. „Primus, du hältst es wohl ohne die Kinder nicht aus, wie? Haben diese zwei Monster dich nicht erst vor drei Tagen besucht?"

Barclay schnappte sich beide Kinder, klemmte sich eins unter jeden Arm und ging auf Logan zu. „So sehr ich diese beiden auch liebe, bin ich nicht ihretwegen hier. Obwohl ich zugeben muss, dass ich jede sich bietende Gelegenheit nutze, um Zeit mit ihnen zu verbringen."

„Sie beten dich an", warf Aiden ein. „Leila und mir würde es nichts ausmachen, wenn du sie für ein paar Tage mitnimmst." Er zwinkerte seiner Frau zu, die zustimmend nickte.

Barclay schmunzelte. „Netter Versuch, aber ich bin kein junger Mann mehr. Ich habe nicht die Energie, Xander und Julia den ganzen Tag nachzulaufen. Deine Mutter auch nicht. Also danke für das Angebot, aber danke nein."

Aiden wechselte einen Blick mit Leila und zuckte mit den Schultern. „Hab's versucht."

Barclay stellte die beiden Kinder auf ihre Füße. Xander rannte sofort auf Logan zu. Logan hob ihn auf den Arm und zerraufte ihm seinen schwarzen Haarschopf. Er hatte noch nie ein

Kind mit so dickem Haar gesehen, außer natürlich bei seiner Zwillingsschwester, deren Haar etwas länger war. „Hi, Junge."

Dann sah er wieder zu Barclay. „Also, was bringt dich zu uns?"

„Ich habe eine Mission für dich und Manus. Eine sehr heikle ..."

Logan hob eine Augenbraue. Meistens wurden Aufträge elektronisch zur Kommandozentrale geschickt, von wo aus sie dann dem Krieger zugewiesen wurden, der für diese Aufgabe entweder am besten geeignet war oder, wie es so oft der Fall war, nicht schon zu viele andere Missionen am Hals hatte.

„Sollen wir in die Kommandozentrale gehen?", schlug Barclay vor.

Logan nickte und übergab Xander seiner Mutter.

Während sie durch die Korridore des riesigen Gebäudes gingen, blieb Barclay stumm. Logan war niemand, der seinen Vorgesetzten um Informationen nötigte, die dieser offensichtlich noch nicht preisgeben wollte – also blieb er auch stumm.

In der Kommandozentrale hielten sich nur

zwei Leute auf. Pearce saß vor dem Kontrollpult, wo er mehrere große Computerbildschirme im Auge behielt. Auf einem scrollten Daten wie Regentropfen über den schwarzen Hintergrund, ein anderer zeigte Kameraeinstellungen und auf dem dritten waren mehrere Fenster für E-Mails und Nachrichten-Apps offen.

Manus saß an einem Schreibtisch in der Nähe und blätterte durch einen Stapel Akten. Beide blickten über die Schulter, als die Tür aufging und hatten schon einen lockeren Gruß auf den Lippen. Doch als sie Barclay hinter Logan eintreten sahen, wandten sie sich ganz um und setzten sich in ihren Stühlen auf. Ein Zeichen des Respekts für das ältere Ratsmitglied.

„Primus", grüßten ihn beide.

„Pearce, Manus, gut euch zu sehen." Barclay nickte Pearce zu. „Würdest du uns bitte den Raum überlassen, Pearce?"

Überrascht von diesem Wunsch stand Pearce auf. „Äh, ja, sicher." Er deutete zur Tür. „Ich warte draußen."

„In der Küche gibt es Frühstück. Warum machst du nicht Pause?", schlug Barclay vor.

„Wie du willst", sagte Pearce knapp, sichtlich etwas verstimmt, aus seinem Reich verbannt zu werden, denn schließlich war er der Nerd des Komplexes, der sich um die elektronische Kommunikations- und Sicherheitstechnik kümmerte.

„Danke", sagte Barclay und beobachtete, wie Pearce rausging und die Tür hinter sich schloss.

Während des kurzen, unbeobachteten Augenblicks bewegte Manus seine Lippen, um Logan lautlos eine Frage zu stellen. Aber Logan konnte nur mit den Schultern zucken. Er wusste auch nicht, warum Barclay so geheimnisvoll tat. Normalerweise wurden Aufträge unter den Mitgliedern eines Komplexes offen besprochen. Es war nicht notwendig, Geheimnisse voreinander zu haben. Schließlich arbeiteten sie alle auf dasselbe Ziel hin: die Dämonen der Angst, ihre Todfeinde, zu besiegen und die Menschheit vor deren zerstörerischem Einfluss zu schützen.

„Ich bin sicher, ihr wundert euch schon, worum es geht", begann Barclay, wobei sein Blick zwischen Manus und Logan hin und her wanderte.

Logan stellte sich dem Blick seines Vorgesetzten, ohne zu antworten. Er wusste, dass das nicht von ihm erwartet wurde.

„Also lasst es mich kurz machen. Dieser Auftrag muss vollkommen vertraulich behandelt werden. Nur ein paar Leute außerhalb des Rats wissen über das Bescheid, was ich euch jetzt mitteilen werde." Er räusperte sich. „Wir wurden über die Existenz einer Seherin informiert."

Logan holte tief Luft.

„Eine Seherin? Eine echte?", fragte Manus aufgeregt.

Barclay nickte.

„Du nimmst uns auf den Arm", fuhr Manus fort. „Seit Jahren, vielleicht sogar Jahrzehnten, haben wir nichts mehr von Sehern gehört. Echte Seher sind seltener als eine Jungf-"

Logan rammte Manus seinen Ellbogen in die Seite, um ihm den Mund zu stopfen, bevor er die derbe Bemerkung zu Ende brachte. Außerdem mussten weder Barclay noch Logan daran erinnert werden, wie selten Seher waren. Und wie wertvoll sie sich für die Hüter der Nacht erweisen konnten. Denn obwohl Seher übernatürliche Geschöpfe waren, waren sie nicht von einer verräterischen Aura umgeben und konnten nicht durch einen speziellen Geruch identifiziert werden. Deshalb konnten sie von niemandem erkannt werden. Sie konnten einfach ihr Leben leben, ohne sich verstecken zu müssen.

„Wo habt ihr sie gefunden?", fragte Logan.

„Ein Emissarius hat sie in Wilmington, Delaware entdeckt. Sie legt Tarotkarten in einem kleinen Laden."

„Sie ist eine Tarotleserin? Das ist nicht ganz das, was ich eine echte Seherin nennen würde." Logan schüttelte den Kopf. „Bist du sicher, dass der Emissarius sich nicht geirrt hat? Jede Stadt hat ein paar Kartenleger und nur weil auf einem Schild im Fenster *Hellseher* steht, hat das noch nichts zu bedeuten."

Barclay warf ihm einen strengen Blick zu. „Dessen bin ich mir bewusst. Deshalb sandten wir einen zweiten Emissarius, um mehr Informationen zu sammeln."

„Und?", fragte Manus neugierig.

„Sie bestätigte die Aussage des ersten. Die Frau ist eine echte Seherin, obwohl wir Grund zur Annahme haben, dass sie sich ihrer Gabe nicht bewusst ist. Was die Situation noch schwieriger macht, als sie ohnehin schon ist."

Es folgte eine kurze Pause, in der nur Atemzüge die Stille durchbrachen.

„Wenn sie nicht weiß, dass sie eine Seherin ist, wie können sich dann die Emissarii sicher sein?", fragte Logan inmitten der Stille.

„Weil sie die Dinge, die sie in ihren Visionen sieht, zeichnet."

„Wie bitte?", fragte Logan.

Barclay atmete tief aus. „Sie geht zu einem Psychiater." Er zuckte mit den Schultern. „Geistig labil. Er hat ihr Psychopharmaka verschrieben und eine Kunsttherapie empfohlen, die ihr helfen soll, die sogenannten Alpträume, ihre Visionen, zu verarbeiten. Unser Emissarius machte Fotos von den Zeichnungen, die sie vollkommen offen in ihrem Geschäft hängen hat."

Er zog sein Handy heraus und wischte mit dem Finger über das Display. Einen Augenblick später drehte er es so, dass Logan und Manus auf das Display sehen konnten. Beide traten näher. Logan konzentrierte seinen Blick auf die Zeichnung. Eine Künstlerin war die Seherin nicht, doch obwohl die Kreidezeichnung primitiv war, hatte er keine Schwierigkeit, sie zu identifizieren.

„Die Callanischen Felsen." Dort war der Ratskomplex gestanden, bevor er nach einem Angriff der Dämonen zerstört worden war.

„Das ist noch nicht alles." Barclay zeigte das nächste Foto.

Diese Zeichnung war etwas besser, klarer, fast als wäre die Vision der Seherin klarer gewesen. „Die Dolche der Ratsmitglieder." Die neun ineinander verschlungenen Ringe auf den Griffen waren richtig angeordnet. Das war kein Zufall.

„Sie weiß Dinge über uns, Dinge die niemand, den wir nicht eingeweiht haben, wissen darf. Wenn die Dämonen sie finden, wenn sie sie auf ihre Seite bringen und ihre Visionen gegen uns verwenden ..."

„... könnten sie uns vernichten", beendete Logan den Satz.

Barclay nickte ernst. „Ja. Denn wenn sie weiß, wo unser alter Ratskomplex stand, dann müssen wir annehmen, dass sie auch den Standort des neuen kennt – und vermutlich auch den vieler anderer Komplexe auf der ganzen Welt. Oder wenn sie es noch nicht weiß, dann erfährt sie es vielleicht in ihrer nächsten Vision. Egal wie die Sache steht, es macht uns verwundbarer als je zuvor." Er seufzte. „Und in dem labilen Geisteszustand, in dem sich die Seherin befindet, hat sie keinerlei Chance, gegen den Einfluss der Dämonen anzukämpfen, sobald sie sie entdecken. Wenn sie das nicht bereits haben."

Logan wechselte einen Blick mit Manus. Es würde eine gigantische Aufgabe sein, die Frau vor den Dämonen zu beschützen. Eine Mission, die nicht nur ein paar Wochen oder Monate andauern würde. Sie würde so lange beschützt werden müssen, bis sie stark genug war, dem mentalen Druck standzuhalten, mit dem die Dämonen versuchen würden, sie auf die Seite des Bösen zu locken. Und das konnte Jahre dauern. In der Zwischenzeit durfte nicht publik werden, dass die Hüter der Nacht eine echte Seherin gefunden hatten. Barclay hatte recht, diese Neuigkeit unter Verschluss zu halten. Wie lange Logan und Manus dieses Geheimnis ihren

Mitbewohnern im Komplex vorenthalten konnten, war jedoch eine andere Frage.

„Wir müssen schnell handeln", unterbrach Barclay Logans Gedanken. „Ich habe euch alles geschickt, was wir in so kurzer Zeit über sie finden konnten. Ich wünschte, wir hätten einen detaillierten Background-Check machen können, aber leider hatten wir nicht so viel Zeit. Sie ist ein Freigeist, hält sich nicht an Konventionen." Er deutete zum Computer. „Auf die Akte kann nur unter euren Logins zugegriffen werden. Pearce kann sie nicht einsehen. Macht euch mit allen Einzelheiten vertraut und beeilt euch. Ihr könnt es euch nicht leisten, bei dieser Sache Fehler zu machen. Die Existenz unserer Rasse steht auf dem Spiel." Barclay entgegnete Logans Blick. „Deshalb habe ich dich ausgewählt. Ich weiß, dass du den Befehlen des Rates bis auf das i-Tüpfelchen folgen wirst."

„Ja, Primus."

Manus legte seinen Kopf schief. „Und ich bin als Clown dabei?"

Barclay sah ihn abfällig an. „Du warst nicht meine erste Wahl für diesen Auftrag, aber ich wurde von den anderen Ratsmitgliedern überstimmt. Scheinbar hast du ein paar Fans, die denken, dass die Gefühlskälte, die du während anderer Missionen an den Tag gelegt hast, bei dieser Mission von Nutzen sein könnte."

„Mir war nicht bewusst, dass ich als gefühlskalt bekannt bin."

„Du bist für viele Dinge bekannt, Manus", gab Barclay zu, „doch ich habe weder Zeit noch Lust, sie dir aufzuzählen. Ich bin sicher, du bist dir deiner eigenen Fehler bewusst. Sei froh, dass wir jeden Hüter brauchen, der die Pflichten eines Kriegers erfüllen will. Aufgrund dessen sind wir gewillt, über deine vielen Regelverstöße hinwegzusehen. Im Moment."

Diese Rüge brachte Manus zum Schweigen. Im Moment.

Logan musste es Barclay lassen: Er wusste, wie er seine Untergebenen zu behandeln hatte.

„Nun", sagte Barclay, „dann lasst uns die Details besprechen."

Logan nickte. Er wusste, wie die Sache ablief, doch eine Seherin zu beschützen war anders. Wegen ihrer Visionen konnte sie nicht wie ein normaler Schützling behandelt werden. Sie musste in Geheimnisse eingeweiht werden, die anderen nicht offenbart wurden.

„Wie viel dürfen wir ihr über unsere Rasse mitteilen?"

„Mitteilen?" Barclay starrte ihn an wie aus allen Wolken gefallen.

„Ja, um ihre Kooperation zu sichern und sie effektiv zu beschützen", erklärte Logan.

„Sie zu beschützen?" Barclay schüttelte den Kopf. „Sie stellt ein Sicherheitsrisiko dar, das nur eine einzige Maßnahme rechtfertigt. Ihr seid nicht damit beauftragt, sie zu beschützen. Der Rat hat abgestimmt, die Bedrohung zu eliminieren."

Die letzten Worte hallten in Logans Kopf wider.

Die Bedrohung eliminieren. Er wusste, was das bedeutete.

Sie töten.

4

„Autsch!"

Winter schrie vor Schmerz auf und starrte auf das Blut. Es spritzte nur so aus der Wunde. Die Klinge war messerscharf, das Ziel perfekt – wenn sie vorgehabt hätte, sich ihren eigenen Zeigefinger abzuschneiden. Was nicht ihre Absicht gewesen war. Aber das Endstück der Salami war ihr durch die Finger gerutscht, als sie versucht hatte, sich eine dünne Scheibe für ein Sandwich abzuschneiden.

„Verdammt!"

Konnte sie heute denn gar nichts richtigmachen? Erst hatte sie verschlafen, dann hatte sie sich beinahe mit dem Föhn die Haare verbrannt, weil sie durch die Nachrichten am Radio abgelenkt gewesen war, und jetzt das.

Sie rannte zur anderen Seite der Küche und riss die oberste Schublade auf. Während sie darin herumwühlte, drückte sie auf die Wunde ihres verletzten Fingers, damit das Blut nicht überall hin tropfte. Ohne Erfolg. Um das Blut damit aufzusaugen, riss sie ein Blatt der Küchenrolle ab und wickelte es um ihren Finger, während sie weiter nach dem Pflaster suchte, das sie dort nur eine Woche zuvor hineingelegt hatte – da sie ihre letzten Erste-Hilfe Vorräte nach einem ähnlichen Missgeschick aufgebraucht hatte.

Tja, sie war eben mit Messern ungeschickt, und mit Feuer, und mit Hammer und Nagel. Zwei linke Hände, hatte ihre Großmutter vor vielen Jahren gemeint und ihr geraten, sich einen Beruf zu suchen, bei dem sie nicht mit Werkzeugen hantieren musste.

„Na super", grummelte Winter vollkommen entnervt, als sie plötzlich die Schachtel Pflaster in der hintersten Ecke der Schublade entdeckte.

Etwas ungeschickt schaffte sie es, ein

Pflaster aus der Schachtel zu nehmen und die Schutzhülle zu entfernen. Weiteres Blut tropfte aus der Schnittwunde, bis sie es schaffte, sie mit dem Pflaster zu verarzten. Sie übte weiterhin Druck darauf aus und nach ein paar Minuten schien das Blut zu gerinnen.

Winter seufzte und räumte die Unordnung auf, wischte das Blut vom Tresen und blickte auf ihren misslungenen Versuch, ein Sandwich zu machen. Plötzlich war sie nicht mehr hungrig. Sie griff nach dem Stück Salami und beäugte es.

„Ach, was soll's." Sie biss ein großes Stück ab und begann zu kauen. Ein zweites Mal würde sie nicht versuchen, dünne Scheiben abzuschneiden.

Sie packte die zwei Scheiben Brot wieder in den Beutel und verschloss ihn, als ein Geräusch sie aufhorchen ließ. Immer noch die Salami kauend fuhr sie herum und sah in den kurzen Flur. Die Tür zum Geschäft war geschlossen. Das Schild, das ihre Mittagspause verkündete, hatte sie in die Tür gehängt – da war sie sich sicher. Warum knarrten nun also die alten Dielenbretter im

Geschäft? Hatte sie vergessen, die Ladentür abzuschließen?

Winter wischte sich die Hände am Geschirrtuch ab, dann marschierte sie zur Tür und öffnete sie. Ein großer Mann stand mit dem Rücken zu ihr im Geschäft und sah sich die Bilder an, die an den Wänden hingen. Er hatte etwas Vertrautes an sich. Ein Funke des Erkennens durchzuckte ihre Erinnerung, doch sie konnte ihn nicht festhalten.

„Es tut mir leid, aber wir haben über Mittag geschlossen", sagte sie mit strenger Stimme.

Er drehte sich selbstbewusst um, als wäre er nicht überrascht, dass er nicht mehr alleine war. Ihre Augen trafen sich. Sie erstarrte, konnte sich keinen Zentimeter bewegen. Der Funke des Erkennens, den sie verspürt hatte, als sie ihn von hinten gesehen hatte, meldete sich wieder, dieses Mal noch intensiver. Als hätte sie ihn schon mal irgendwo gesehen, obwohl sie sein Gesicht nicht erkannte.

Und das würde sie mit Sicherheit. Welche lebendige, atmende Frau in den besten Jahren – und das war sie, obwohl sie schon lange nicht mehr gedatet hatte – würde ein Gesicht wie seines vergessen? Gemeißelte Züge, starke Wangenknochen, ausgeprägte, schwarze Augenbrauen, eine gerade Nase, kurzes schwarzes Haar, all das unterstrich sein klassisches, gutes Aussehen. Ein Kinn, das Entschlossenheit demonstrierte, obwohl seine Lippen etwas anderes versprachen, etwas, das nicht zu dem Mann passte, der aussah, als gehörte er auf ein Werbeposter des Militärs. Militär, ja, denn sein Körper war muskulös, nicht wie ein Bodybuilder, sondern wie ein Krieger. Alles an diesem Mann war gestählt, jeder Muskel schien einen Zweck zu erfüllen, doch seine Lippen waren leicht geöffnet und verrieten die Weichheit und Sanftheit, die in seinem Inneren steckte.

Trotzdem sah sie, dass er aufgewühlt war. Dass er Antworten suchte. Dass er diese sofort brauchte und nicht warten konnte.

„Miss Collins? Miss Winter Collins?", fragte er.

Das Timbre seiner Stimme hallte in ihrer Brust wider, als würde er auf ihren Rippen Musik spielen.

„Ja", hauchte sie, denn sie fühlte sich plötzlich atemlos.

Sie versuchte das Gefühl der Benommenheit abzuschütteln. Warum fühlte sie sich plötzlich so benebelt? Sie war schon vielen gut aussehenden Männern begegnet und noch nie so sprachlos gewesen. Irgendwie ahnte sie, dass ihre Reaktion nichts mit seinem Aussehen, sondern dem Gefühl des Erkennens zu tun hatte.

Er hat dich in deinem Traum gerettet.

Das war unmöglich. Sie wusste viel über Träume, über die Tatsache, dass man nicht von einem Gesicht träumen konnte, das man nie zuvor gesehen hatte. Dass Träume nur eine Art und Weise waren, wie der Verstand verarbeiten konnte, was tagsüber geschehen war. Aber sie wusste auch, dass ihre Alpträume anders waren. Dass sie ihr Dinge zeigten, die nicht existieren konnten. Aber wenn er der Mann aus ihrem Alptraum war, der die grünäugigen Monster abgeschlachtet hatte, warum stand er dann in ihrem Geschäft?

Sie befand sich nicht mitten in einem ihrer Alpträume. Sie hatte den Schmerz nicht verspürt, der sie immer einleitete. Sie wusste, dass sie klarsichtig war. Sie musste sich irren. Er war nur ein Kunde. Einer, der das Schild in der Tür nicht gesehen hatte, das ihre Mittagspause anzeigte.

„Setzen Sie sich bitte", entfuhr es ihr, obwohl sie vorgehabt hatte, ihm zu sagen, dass er nach ihrer Mittagspause zurückkommen sollte.

„Mich setzen?", wiederholte er, als hätte er sie nicht richtig verstanden.

Sie zeigte zum Tisch mit den zwei Stühlen. „Ja, für Ihre Tarotlesung. Deshalb sind Sie doch hier, oder? Weil Sie Fragen haben. Wie heißen Sie?"

„Logan", sagte er langsam. Noch langsamer ging er auf den Tisch zu, als ob er es sich nochmal anders überlegen würde.

Sie hatte dieses Zögern bei Erstkunden schon oft gesehen. Sie hatten all ihren Mut zusammengekratzt, um zu kommen, und nun, wo sie in ihrem Geschäft waren, verließ sie der Mut und sie machten einen Rückzieher. Aber Logan schien ihr nicht wie der Typ, der plötzlich den Mut verlor. Nein, da war etwas anderes. Als wollte er nicht wirklich die Antwort auf seine Frage wissen.

Winter setzte sich und wartete, bis Logan ihr gegenüber Platz genommen hatte. „Die Tarotlesung kostet vierzig Dollar. Ich hoffe, das passt.“

Er nickte. „Kein Problem.“

Sie nahm die Karten und reichte sie ihm. „Mischen Sie sie bitte.“

Sie beobachtete seine Hände, während er mischte. Lange Finger, saubere Nägel, doch das waren nicht die Hände eines Mannes, der in einem Büro arbeitete. Zu viele Narben, zu viele Verletzungen, zu viele Schwielen. Er arbeitete mit seinen Händen, mit seinem ganzen Körper. Sie konnte sich bildlich vorstellen, wie er aussah, wenn er arbeitete: sein Oberkörper nackt, seine Muskeln angespannt, seine Haut glänzend vom Schweiß. Sie stellte sich vor, wie ihre Hände über die gebräunten Rippen glitten ...

Oh Gott, was war nur mit ihr los? Sie kam sich vor wie eine läufige Hündin.

Sie hustete.

„Wann soll ich aufhören?“, fragte Logan.

Seine Frage ließ sie sich wundern, wie lange sie ihn so angestarrt hatte, ihn zu einem Objekt gemacht und ihn sich halb nackt vorgestellt hatte. „Äh, das reicht jetzt."

Er legte das Deck auf den lila Samt.

„Heben Sie bitte ab", wies Winter an.

Er kam ihrer Bitte nach und wartete. Winter nahm die Karten und legte sie zum Hufeisen aus, froh darüber, dass sie ihre Hände mit etwas beschäftigen konnte.

„Sagen Sie mir, was für eine Frage Sie haben, Logan." Sie sah von den Karten hoch und bemerkte, dass er sie anstarrte.

Er hätte auf Manus hören sollen, der vorgeschlagen hatte, sich Winter unsichtbar zu nähern und sie zu eliminieren, bevor sie überhaupt wusste, was ihr geschah. Doch Logan hatte nicht hören wollen, denn eine Unschuldige zu töten war nichts, was er auf die leichte Schulter nahm. Dieser Schritt war unwiderruflich und deshalb musste er sicher sein, dass er das Richtige tat. Er brauchte die

Bestätigung, dass sie wirklich über die Hüter der Nacht Bescheid wusste und eine Gefahr darstellte.

Als Sentinel, der Führer dieser Mission, hatte er Manus' Protest überstimmt und ihm befohlen, im Auto zu bleiben und nach Dämonen Ausschau zu halten. Widerwillig hatte Manus zugestimmt.

Logan hatte gewartet, bis Winter zu Mittag abgesperrt hatte, um sicherzugehen, dass sie alleine sein würde. Er hatte seine übernatürliche Fähigkeit durch solide Objekte hindurchzugehen, benutzt, um das Geschäft zu betreten. Nach dem vorliegenden Bericht war Winter mental labil, deshalb musste er sie einfach davon überzeugen, dass sie vergessen hatte, die Tür abzusperren und ihre eigene Erinnerung anzuzweifeln. Es war jedoch nicht notwendig gewesen, denn sie hatte das gar nicht in Frage gestellt.

Stattdessen hatte sie ihn angestarrt. Genauso, wie sie ihn jetzt anstarrte.

„Ihre Frage", forderte sie ihn auf.

„Ich muss eine wichtige Entscheidung treffen. Ich muss wissen, ob es die richtige ist", sagte er, denn er musste ihr irgendetwas geben, um keinen Verdacht zu erregen.

Winter nickte und drehte die erste Karte um. Er sah nicht einmal hin. Stattdessen blickte er zu den verschiedenen Zeichnungen, die an der Wand hingen. Eine zeigte die Callanischen Felsen, die Barclay ihm auf seinem Handy gezeigt hatte, eine andere Zeichnung war die eines Dolches, den nur Ratsmitglieder besaßen. Es gab noch mehr Zeichnungen, alle in schwarzer Kreide auf weißem Hintergrund.

„Sie tun beides: Befehle geben und Befehle befolgen", sagte Winter und sah kurz von den Karten auf.

Er nickte.

Sie senkte ihren Blick wieder auf die Karten und drehte die nächste um, während Logan die Zeit nutzte, seine Augen über die Wand hinter ihr schweifen zu lassen, wo eine Tür mit dem Wort *Privat* in den anderen Teil des kleinen Reihenhauses führte. Er wollte gerade wegsehen, als er Markierungen über dem Türrahmen bemerkte: Runen. Die selbe Art von Runen, die auch die Komplexe der Hüter zierten. Der Bericht hatte davon nichts erwähnt.

Doch wenn Winter die Runen kannte, wusste sie schon zu viel.

„Dieses Mal sind Sie sich nicht sicher, ob Sie den Befehl befolgen sollten."

Logan drehte seinen Kopf mit einem Ruck zu Winter und bemerkte, wie sie die Stirn runzelte. Als sah sie etwas, das sie nicht verstand. Als echte Seherin könnte sie sehen, was er dachte, was er plante? Denn nun, da er die Runen gesehen hatte, selbst gesehen hatte, dass sie die Geheimnisse der Hüter leichtsinnig zur Schau stellte und damit seine Spezies in Gefahr brachte, hatte er seine Entscheidung getroffen. Er musste dem Befehl nachkommen.

„Sie quälen sich mit Ihrer Entscheidung", fügte Winter hinzu.

Nein, sie wusste nicht, was in ihm vorging, denn dann würde sie sehen, dass sein innerer Kampf vorbei war, die Entscheidung getroffen war. Was sie jetzt tat, war der übliche Hokuspokus, den jeder Tarotleser seinen Kunden servierte. Ein paar belanglose Sätze, die so oder so interpretiert werden konnten. Doch die Bilder, die sie gezeichnet hatte, die Bilder an den Wänden ihres Geschäftes, waren ihre Visionen, sie waren die Wahrheit.

„Kämpfen, quälen …", stammelte sie und drückte eine Hand an ihre Schläfe.

Noch mehr Drama. Er musste es ihr lassen. Sie verkaufte sich gut.

Ihre Lippen bebten und ihre Atmung beschleunigte sich. „Nein, nicht schon wieder, nein …" Ihr Gesicht verzog sich vor Schmerz und sie hob beide Hände zum Gesicht, wo sie sie gegen ihren Kopf presste, als versuchte sie ihn vorm Explodieren zu bewahren.

Alarmiert fragte Logan: „Was ist los?"

Sie schoss vom Tisch hoch, stolperte und warf dabei den Stuhl um. „Nein, bitte, nein!"

Logan sprang auf, gerade als Winter hilfesuchend nach dem Tisch griff, doch nur die lila Tischdecke erwischte. Winter verlor das Gleichgewicht, taumelte rückwärts und die Tarotkarten flogen durch die Luft. Logan sprang nach vorne und erwischte Winter keine Sekunde zu spät. Zusammen stürzten sie zu Boden, aber Winter landete auf ihm und nicht auf dem harten Boden, wo sie sich hätte verletzen können.

„Winter, bist du okay?"

Sie schlug in seinen Armen um sich, doch er wusste, dass sie es nicht tat, um sich zu befreien. Sie hatte einen Krampf, den man für einen epileptischen Anfall halten könnte, obwohl er nicht ganz so heftig war. Doch er wusste es besser: Winter hatte eine Vision. Der Bericht hatte angedeutet, dass sie sich vermutlich körperlich gegen die Visionen wehrte, weil sie nicht wusste, was mit ihr geschah. Das Resultat waren diese Krämpfe des ganzen Körpers.

„Du musst dich entspannen, Winter", sagte er sanft und strich ihr ein paar Strähnen des dunklen Haares aus dem Gesicht.

Er wusste, dass jetzt der perfekte Zeitpunkt war, ihr das mitgebrachte Gift zu verabreichen. Es war schmerzlos und wirkte fast sofort. Innerhalb weniger Sekunden würde sie sterben und nichts davon mitbekommen. So hatte er es geplant. Doch sie jetzt zu töten, wo sie am verletzlichsten war, widerstrebte ihm, obwohl er wusste, dass es seine Pflicht war.

Würde er zögern, wenn sie nicht so eine schöne Frau wäre? Würde er zögern, wenn sie nicht so sinnlich, so faszinierend wäre? Das würde er nicht. Doch jetzt, wo er sie ansah, wie er sie in seinen Armen wiegte und beschützte, kamen Zweifel in ihm hoch. Zweifel an seinem Befehl, seiner Pflicht.

Mit Winter in seinen Armen erhob er sich. Sie zuckte immer noch, doch nun nicht mehr so heftig, als verblasste die Vision. Er trug sie zur Zwischentür, öffnete sie und schritt hindurch. Er trat die Tür hinter sich zu und durchquerte den kurzen Gang, der in eine Wohnküche führte. Ein Esstisch mit vier Stühlen stand in der Mitte des großen Raumes, ein heruntergekommenes Sofa an einer Wand. Er legte Winter auf das Sofa, gerade als sie ihre Augen wieder öffnete.

Deren tiefblaue Farbe blendete ihn fast und er erstarrte mitten in der Bewegung, seine Arme immer noch um Winter geschlungen, als wäre er ihr Liebhaber. Was er natürlich nicht war. Diese Frau würde nie wieder einen Liebhaber haben, denn sie würde heute sterben. Für einen Moment wurde er von Bedauern durchflutet. Doch dann hatte er sich wieder im Griff. Er war hier, um die Pflicht gegenüber seinem Volk zu erfüllen und es vor Gefahren zu beschützen. Das hatte er vor vielen Jahrzehnten geschworen und diesen Schwur hatte er nie gebrochen. Er würde ihn auch jetzt nicht brechen. Egal, wie schwer es sein würde, diese Frau zu töten.

Winter sah ihn peinlich berührt an.

„Sie sind zusammengebrochen", erklärte er schnell.

Sie schluckte sichtbar und nickte. Unwillkürlich entließ Logan sie aus seinen Armen und sie setzte sich schnell auf.

„Es tut mir leid", sagte sie und vermied den Augenkontakt.

Was hatte sie gesehen? Hatte es etwas mit ihm zu tun? Oder mit seinen Kameraden? Konnte er vielleicht Informationen von ihr bekommen, bevor er seinen Plan ausführen musste?

„Was ist passiert?", fragte er. „Ist es Epilepsie?" Er wusste, dass es das nicht war, doch er wollte sie zum Reden bringen.

Sie schüttelte den Kopf. „Nein, nein." Sie machte eine wegwerfende Handbewegung. „Nur ein ..." Sie zögerte und räusperte sich.

Er konnte die Lüge sehen, bevor sie über ihre Lippen rollte.

„… Schwächeanfall. Ich muss vermutlich nur etwas essen und trinken."

Sie würde ihre Geheimnisse keinem Fremden anvertrauen. Logan konnte es ihr nicht einmal übelnehmen. Gleichzeitig hatte sie ihm den Ansatzpunkt gegeben, den er brauchte.

„Ich hole Ihnen ein Glas Wasser."

„Das müssen Sie nicht. Das kann ich selbst." Sie machte Anstalten aufzustehen.

„Ich bestehe darauf." Er drehte sich um und ging auf die Spüle zu. „Wo haben Sie Gläser?"

„In dem Schrank über der Spüle."

Er öffnete den Hängeschrank und nahm ein Glas heraus.

„Aber nehmen Sie nicht das Leitungswasser. Es schmeckt nach Chlor. Im Kühlschrank ist ein Krug mit gefiltertem Wasser."

Er wandte sich dem Kühlschrank zu, der an der anderen Wand stand, und merkte, dass die offene Tür Winter die Sicht auf seine Aktivitäten nahm. Er füllte ein Glas mit dem gefilterten Wasser und stellte den Krug zurück. Doch bevor er die Tür schloss, griff er in seine Innentasche, nahm eine kleine Phiole heraus und goss den Inhalt in das Glas. Das Gift war geschmacks-

und geruchslos. Winter würde es nicht bemerken.

Nachdem Logan die leere Phiole wieder in seine Tasche gesteckt hatte, schloss er die Kühlschranktür und wandte sich zu Winter um. Sie war aufgestanden und ging auf den Esstisch zu, auf dem Papiere, Malstifte und anderer Krimskrams verstreut waren.

„Entschuldigen Sie die Unordnung. Ich hatte keinen Besucher erwartet", entschuldigte sie sich und schob einige der Blätter zu einem Papierstapel zusammen.

Zeichnungen, wie die in ihrem Geschäft. Doch anders. Bei diesen hatte sie das Schwarz mit bunten Malstiften ergänzt.

„Sind das Ihre Zeichnungen?", fragte er und trat näher, um sie besser sehen zu können.

„Ja." Sie zuckte mit den Schultern. „Ich habe eigentlich kein Talent. Aber es hilft mir."

„Darf ich?" Logan streckte seine Hand an ihr vorbei, um eine der Zeichnungen aufzuheben.

„Zeichnen Sie auch?"

Er stellte das Glas Wasser auf den Tisch. „Ein bisschen", log er und griff nach einer weiteren Zeichnung von dem Stapel.

„Expressionismus? Realismus? Was zeichnen Sie?"

Noch ein Schulterzucken. „Nur Dinge, die mir in den Kopf kommen."

Sie breitete den Stapel aus und lenkte Logans Aufmerksamkeit damit auf eine Zeichnung mit einem schwarzen Kreis, der von einem Wirbel aus Rauch oder Nebel umgeben war. Innerhalb des Kreises waren grüne Punkte, neongrüne. Er sah genauer hin. Dämonenaugen. Winter hatte Visionen von den Dämonen.

„Das sieht interessant aus. Was ist es?", fragte er, obwohl er wusste, dass es ein Dämonenvortex war. Ein Portal, das die Dämonen heraufbeschwören konnten, um von der Unterwelt in die menschliche Welt zu reisen.

„Nur Lichter im Nebel", sagte Winter beiläufig, zu beiläufig. Sie fürchtete sich vor dem Bild. Ihre Hand zitterte, als sie die Zeichnung unter eine andere schob.

Logans Blick fiel auf die Zeichnung, die nun oben lag. Er hielt den Atem an. Das war kein Vortex, sondern etwas viel Wichtigeres, *falls* er es richtig interpretierte. „Was ist das?"

„Oh, Tunnel, Untergrundtunnel. Wie ein

Labyrinth", antwortete sie, ihre Stimme jetzt etwas rau. Sie griff nach dem Glas Wasser.

Er beugte sich über den Tisch. Es war eine Karte. Eine Karte der Unterwelt. Dessen war er sich sicher. Virginia und Wesley, die einzigen Nicht-Dämonen, die je die Unterwelt betreten hatten und ihr lebendig entkommen waren, hatten berichtet, dass die Höhle der Dämonen ein Labyrinth aus miteinander verbundenen Tunneln war. Doch sie hatten nur einen kleinen Teil davon gesehen und keine Karte erstellen können. Aber dies, Winters Zeichnung, schien viel umfassender zu sein, vielleicht sogar vollständig.

Winter hatte nicht nur Visionen von den Hütern der Nacht und deren Festungen, sie sah auch die Dämonen und konnte deren Unterschlupf beschreiben. Sie war überaus wertvoll. Wenn ihre Visionen fokussiert werden könnten, würden die Hüter der Nacht ein mächtiges Ass im Ärmel haben.

Eine Bewegung im Augenwinkel ließ ihn seinen Kopf zur Seite drehen.

Winter setzte das Glas an ihre Lippen, um das Wasser zu trinken, das vergiftete Wasser.

Scheiße!

Er stieß seinen Arm quer über den Tisch, als ob er nach etwas darauf greifen wollte und stolperte absichtlich, sodass er Winter anrempelte. Der absichtliche Sturz schlug ihr das Glas aus der Hand. Es fiel zu Boden und zerschmetterte dort. Das Wasser lief auf den Holzboden, wo das Gift niemandem schaden konnte.

Winter schnappte nach Luft und sie hielt sich an der Tischkante fest.

Erleichtert atmete Logan scharf aus. Niemand würde heute Gift trinken.

„Oh, tut mir so leid", entschuldigte er sich. „Ich bin manchmal so ungeschickt. Aber diese Zeichnungen haben mich so fasziniert. Ich glaube Sie stellen Ihr Licht unter den Scheffel." Er plapperte zusammenhanglos, aber wenn sie ihm den glücklosen Idioten abnahm, dann würde sie nicht ahnen, dass er beinahe ihr Leben ausgelöscht hätte.

Planänderung. Winter musste beschützt werden. Koste es, was es wolle.

Und um das tun zu können, musste er ihr Vertrauen gewinnen.

5

Logan bestand darauf, die Unordnung aufzuräumen, die er verursacht hatte. Winter ließ es zu und beobachtete ihn, wie er die Glasscherben vorsichtig beseitigte und den Fußboden trocken wischte.

Als er damit fertig war, sah er mit einem zögernden Lächeln zu ihr auf. „Nochmals sorry."

„Macht nichts. Es war nur ein Glas." Sie stand vom Stuhl auf. Sie fühlte sich jetzt besser.

Der Alptraum war heftig gewesen, doch sie hatte es geschafft, ihn zurück in die Schranken zu weisen, indem sie Kraft von Logan geschöpft hatte. Sonderbar, dass es ihr geholfen hatte,

Logans Arme während des Anfalls um sich zu spüren. Es hatte ihre Qual kürzer und weniger angsteinflößend als sonst erscheinen lassen. Vielleicht würde sie diese Alpträume bezwingen und endgültig aus ihrem Leben verbannen können, wenn sie jemanden hätte, der sich um sie sorgte und ihr während dieser Episoden beistand.

„Sind Sie in Ordnung?", fragte Logan mit einer Besorgnis in seiner Stimme und einer Wärme in den Augen, die zuvor nicht dagewesen waren.

„Ja, ja. Es geht mir gut, wirklich. Wir können jetzt mit der Tarotlesung weitermachen. Ich lege die Karten neu aus –"

Seine Hand auf ihrem Unterarm stoppte sie. „Das ist nicht notwendig."

Sie versuchte das beruhigende Gefühl zu ignorieren, das seine Hand auf ihrer Haut auslöste. Oder dass sie nicht wollte, dass er sie je wieder wegnahm. „Aber Sie kamen hierher, weil Sie eine Frage hatten."

„Das ist nicht mehr wichtig."

Zum ersten Mal lächelte Logan und ihr schien, dass die ganze Küche plötzlich hell erleuchtet war. Er war nicht nur gut aussehend, er hatte auch das entwaffnendste Lächeln, das sie je gesehen hatte. Wie ein Licht in der Dunkelheit. Wieder flackerte das Bild des Mannes, der die grünäugigen Monster ihres Alptraums geköpft hatte, vor ihrem inneren Auge auf. Doch dieses Mal versuchte sie, an den Monstern vorbei zu sehen und sich ganz auf das Gesicht ihres Retters zu konzentrieren. Bis sie das schaffte, hatte der Held in ihrem Traum ihr jedoch bereits den Rücken zugekehrt. Sie konnte sein Gesicht nicht sehen. Nur seinen Hinterkopf, sein kurzes, schwarzes Haar.

„Sie scheinen immer noch ein wenig benommen", sagte Logan.

Die Hand auf ihrem Arm war verschwunden. Sie blinzelte und lächelte ihn beschwichtigend an. „Mir geht es ausgezeichnet. Danke. Darf ich Ihnen etwas zu trinken anbieten? Oder zu essen?" Nur damit er noch ein paar Minuten blieb und sie seine Gesellschaft genießen konnte.

Als er zögerte, sagte sie schnell: „Ist schon in Ordnung. Sie müssen vermutlich irgendwo hin. Ich sollte Sie nicht aufhalten. Sie haben schon genug getan."

„Ich muss nirgends hin. Jedenfalls nicht im Moment", sagte er. Er verlagerte sein Gewicht, als fühlte er sich unbehaglich – oder nervös. „Es ist nur … es gibt da etwas, über das ich mit Ihnen sprechen muss." Er deutete zum Esstisch.

Sie blickte über ihre Schulter, doch sie sah nichts Besorgniserregendes. Nur ihre Zeichnungen, die immer noch zerstreut herumlagen. Als sie sich wieder Logan zuwandte, bemerkte sie, dass er sich genähert hatte. Sein Gesichtsausdruck war unlesbar.

„Diese Zeichnungen", begann er, „ich weiß, was sie sind."

Ihr Atem stockte. Logan wusste, dass die Zeichnungen Teil ihrer Kunsttherapie waren und ihr helfen sollten, ihre Alpträume zu verarbeiten? Doch wie? Die Diskretion zwischen Ärzten und ihren Patienten hätte es ihrem Psychiater nie erlaubt, Informationen über sie preiszugeben. Wie wusste dieser Fremde also davon? Oder ahnte er es nur? Machte Logan etwas Ähnliches durch wie sie? Wollte er ihr sagen, dass er genauso wahnsinnig war wie sie? Dass er unter der selben

Krankheit litt wie sie? Hatte er sich deshalb so fürsorglich um sie gekümmert, weil er wusste, wie es sich anfühlte, diese Alpträume zu durchleben?

„Die Zeichnungen bedeuten nichts", sagte sie.

„Hören Sie zu", sagte Logan ruhig. „Ich weiß, dass es schwer ist, darüber zu sprechen ... vor allem mit einem Fremden, aber wenn Sie mich erklären lassen würden."

Winter verengte ihre Augen. Argwohn kroch ihre Wirbelsäule hinauf. „Ich weiß nicht, wovon Sie sprechen. Ich glaube, Sie sollten jetzt lieber gehen. Wie ich vorhin schon sagte, mache ich gerade Mittagspause und Sie sind nicht an einer Tarotlesung interessiert." Sie deutete zur Tür. „Bitte."

Logan hob kapitulierend die Hände. „Ich will Ihnen nichts Böses. Und ich wünschte, ich könnte es einfacher für Sie machen, aber es gibt keinen einfachen Weg, Ihnen das zu sagen, was Sie wissen müssen."

Jetzt klang er wie ein Betrüger, der sie in eine Falle locken wollte. Sie hatte sich erlaubt, ihren Schutzwall zu senken, weil er gut aussehend und nett war. Das war ein Fehler gewesen.

Unwillkürlich wich sie ein paar Schritte zurück, bis der Esstisch ihren Rückzug stoppte. „Was auch immer Sie sagen oder mir verkaufen wollen, es interessiert mich nicht. Bitte gehen Sie."

Er bewegte sich nicht und machte weder Anstalten, den Raum zu verlassen, noch sich ihr zu nähern. Tatsächlich stand er wie versteinert da.

„Ich kann nicht gehen. Sie verdienen die Wahrheit. Das, was Sie in Ihren Visionen sehen, ist echt."

„Visionen?" Sie schüttelte den Kopf. „Woher wissen Sie von meinen Alpträumen?"

„Es sind keine Alpträume. Es sind übersinnliche Visionen. Die grünäugigen Geschöpfe, die Sie sehen, sind Dämonen." Er deutete zu dem Tisch hinter ihr.

„Nein." Sie schnappte schnell nach Luft. „Sie haben meine medizinische Akte gestohlen, nicht wahr?" Sie drückte sich vom Tisch weg und arbeitete sich in Richtung Küchentresen vor, wo immer noch das Messer lag, mit dem sie sich zuvor geschnitten hatte.

„Was haben Sie vor? Mich in Verlegenheit bringen? Mein Geschäft ruinieren? Mich in den Wahnsinn treiben?"

Sie lachte bitter auf und machte einen weiteren Schritt in Richtung Tresen, wobei sie vermied, zu dem Messer zu schauen, damit er nicht mitbekam, was sie vorhatte.

„Warum?", fuhr sie fort, um Zeit zu schinden. „Wenn Sie meine Akte gesehen haben, wissen Sie doch, dass ich sowieso wahnsinnig werde. Und Sie würden auch wissen, dass ich nichts besitze, was Sie brauchen könnten, kein Geld, nichts Wertvolles." Sie griff nach dem Messer und zielte damit auf Logan. „Jetzt verschwinden Sie."

„Winter, bitte hören Sie mir zu." Er zeigte auf das Messer. „Legen Sie es weg oder Sie tun sich nur weh. Ich komme nicht näher. Ich habe nicht die Absicht, Ihnen wehzutun, weder körperlich noch irgendwie anders."

„Wer sind Sie?"

„Ich heiße Logan Frazer."

„Ihr Name ist nicht von Bedeutung. Sind Sie ein Verbrecher?"

„Nein, obwohl ich zugeben muss, dass ich in Ihr Geschäft eingedrungen bin, obwohl die Tür abgeschlossen war."

Sie hatte es gewusst! Sie war sich sicher gewesen, dass sie die Tür abgesperrt hatte.

„Also sind Sie doch ein Verbrecher. Ich habe Ihnen schon gesagt, dass ich nichts besitze. Kein Geld, nichts von Wert. Ich kann kaum meine Miete bezahlen."

„Ich bin nicht hier, um Sie auszurauben. Ich bin hier, weil –"

Er hielt mitten im Satz inne und drehte seinen Kopf ruckartig in Richtung Geschäft.

Ihr Herz pochte plötzlich wie wild. Unwillkürlich hielt sie den Atem an. Dann hörte sie es auch: Die Dielenbretter in ihrem Geschäft knarzten.

„Sie verschwinden lieber, bevor ich schreie und den Kunden, der mein Geschäft betreten hat, alarmiere", warnte sie ihn.

Er wendete seinen Kopf zu ihr zurück. „Das ist kein Kunde. Die Eingangstür ist immer noch abgeschlossen. Wer auch immer das ist, ist eingebrochen."

Verwirrt über seine Worte wollte sie protestieren, doch dann klingelte Logans Handy.

Er zog es aus seiner Tasche und blickte auf das Display. „Verdammt! Dämonen!"

6

Zuerst nahm Logan an, dass Manus das Geschäft genau wie er betreten hatte: durch die verschlossene Tür. Doch Manus' SMS hatte diese Annahme zerstört. Dämonen mussten das Schloss geknackt haben und eingedrungen sein. Wie viele Dämonen, wusste Logan nicht. Und er hatte keine Zeit, Manus zu fragen.

Ungläubig und mit offenem Mund starrte Winter ihn an.

Doch es blieb keine Zeit für Erklärungen. Die Tür schwang auf und mehrere Dämonen drangen durch den kurzen Gang in die Küche.

Winter schrie laut auf.

„Fuck!", zischte Logan. Es waren vier.

Scheinbar glaubte Zoltan, der Herrscher der Dämonen, dass heutzutage so viele Dämonen wie möglich auch für ein kleines Problem wie eine Seherin eingesetzt werden müssten. Es schien, als hätte er aus seinen Fehlern gelernt. Und die Dämonen hatten einen Vorteil: Es gab keinen Hinterausgang, durch den Logan und Winter fliehen konnten.

„Bleib zurück, Winter", warnte Logan und sah sie wie gelähmt am Küchentresen stehen. Immerhin hielt sie noch das Messer in der Hand.

Die vier Dämonen funkelten ihn und Winter mit ihren verräterischen grünen Augen an und stürzten auf Logan zu. Es waren große Kreaturen, die wie Menschen aussahen, jedoch stärker und weniger verwundbar waren. Nur Waffen, die in der Dunklen Epoche geschmiedet worden waren, konnten sie töten. Logan zog jetzt genau so eine Waffe, einen alten Dolch, aus einer versteckten Innentasche seiner Jacke.

„Kommt schon, ihr Scheißkerle!", schrie er. Er musste sie von Winter fernhalten, bis Verstärkung eintraf.

Mehrere Klingen zielten in seine Richtung. Die Dämonen sprangen auf ihn zu. Logan machte sich unsichtbar, eine Fähigkeit, die nur die Hüter der Nacht besaßen, und duckte sich links weg, um den Dolchen seiner Angreifer auszuweichen. Verärgertes Grunzen hallte von den Wänden wider.

„Holt euch die Seherin!", befahl einer der Dämonen.

Nur über meine verdammte Leiche!

Immer noch unsichtbar sprang er vor den Dämon, der sich von den anderen drei getrennt hatte und Winter zu erreichen versuchte. Logan stieß seinen Dolch tief in den Oberschenkel des Arschlochs.

Grünes Blut spritzte aus dem verletzten Dämon, der gleichzeitig vor Schmerz aufschrie. Logan hatte die Femoralarterie erwischt. Er kickte den Dämon beiseite und verhinderte so, mit Blut besudelt zu werden. Erleichtert wirbelte er herum. Wie eine Wand kamen die drei unverletzten Dämonen auf ihn zu.

„Er muss hier sein!", grunzte einer verärgert. „Verdammter Hüter!"

Immer noch unsichtbar sprang Logan hoch,

zielte mit seinem Fuß auf den Dämon links und schleuderte ihn gegen den Türrahmen, während er mit seinem rechten Arm weit ausholte, um dem mittleren Dämon die Kehle durchzuschneiden. Wieder spritzte Blut, doch der Dämon war nicht tot. Logan hatte ihn nur gestreift.

„Ich sehe dich!", stieß einer der Dämonen aus.

Logan wusste, ohne an sich hinabzusehen, dass er mit grünem Dämonenblut bespritzt worden war, Blut, das seinen Standort verriet. Im Gegensatz zu anderen Substanzen konnte Dämonenblut nicht unsichtbar gemacht werden.

„Scheiße!"

Da sein Vorteil nun verspielt war, machte sich Logan sichtbar, um Kraft zu sparen, und stürzte sich wieder auf den Dämon, dem jetzt aber die anderen zwei zu Hilfe kamen. Und auch hinter sich hörte Logan Kampfgeräusche. Der verletzte Dämon versuchte, Winter zu ergreifen, aber Logan hatte keine Chance, sich umzudrehen.

Er trat einem seiner Angreifer in die Weichteile und während der Bastard zusammenklappte und unter Schmerzen schreiend seine kostbaren Juwelen hielt, zielte Logan auf den Dämon zu seiner Rechten, schaffte es, ihm eine Schnittwunde quer über die Brust zu verabreichen.

Doch dann kam von der anderen Seite eine Klinge auf ihn zu und Logan duckte sich, konnte jedoch nicht ganz ausweichen. Schmerz schoss durch seinen Oberarm. Er holte mit dem anderen Arm aus und schleuderte den Dämon zurück. Aber der nächste kam schon auf ihn zu. Dieses Mal hatte Logan nicht die Zeit, wegzutauchen.

Doch der Dolch des Dämons erreichte Logans Brust nicht. Sein Angreifer hielt plötzlich inne; Blut schoss aus seinem Hals und er fiel zur Seite. Hinter ihm stand Manus mit einem zufriedenen Grinsen im Gesicht und einem blutverschmierten Dolch in der Hand.

„Gern geschehen", sagte Manus und sprang auf den Dämon zu, den Logan gerade zuvor weggeschleudert hatte.

Jetzt befreit, wirbelte Logan herum.

Winter kämpfte mit dem verletzten Dämon am Küchentresen. Eine Hand drückte der

Dämon auf seine Wunde, um die Blutung zu stoppen, die andere war um Winters Hals gelegt. Das Messer in ihrer Hand war weg, doch Logan konnte einige Schnittwunden an den Armen des Dämons sehen.

Logan eilte auf die beiden zu, seinen Dolch fest in der Hand. Er packte den Dämon beim Haarschopf, riss den Kopf zurück und hieb mit solcher Wucht durch den Hals, dass er den Kopf vom Körper trennte.

Er trat die Leiche zu Boden und schmiss den Kopf hinterher wie ein nutzloses Stück Abfall. Was er auch war.

„Bist du okay?", fragte er Winter, die ihn mit aufgerissenen Augen anstarrte. Sein Blick wanderte schnell über ihren Körper, doch er konnte keine Wunden entdecken, nur die Rötung an ihrem Hals, wo der Dämon versucht hatte, sie zu erdrosseln. Glücklicherweise hatte er durch den Blutverlust nicht genug Kraft aufbringen können.

Winter nickte mit bebenden Lippen.

Verärgertes Grunzen ließ Logan herumwirbeln. Manus kämpfte mit den zwei verbleibenden Dämonen und hielt sie sich so gut er konnte vom Hals.

Nachdem Logan sich versichert hatte, dass Winter in Ordnung war, kam er seinem Kameraden zu Hilfe. Er riss einen der Dämonen von ihm weg und zielte mit dem Dolch auf seine Brust. Doch der Bastard war stark, stärker als die anderen Kämpfer. Es überraschte Logan, dass Manus ihn hatte in Schach halten können, während er es gleichzeitig mit einem zweiten Angreifer zu tun hatte. Logan konnte kaum einen Schlag oder einen Hieb landen, geschweige denn mit seinem Dolch Schaden anrichten.

„Scheiße!", fluchte Logan. „Verdammte Dämonen!"

Er konnte nicht sehen, wie es Manus mit der anderen bösartigen Kreatur ging, doch er hörte Keuchen und dumpfe Schläge, was darauf deutete, dass sie immer noch kämpften. Endlich schaffte Logan es, dem Dämon in den Magen zu treten und ihn zurück gegen den Türrahmen zu schleudern. Holz zersplitterte und sein Opfer rang hörbar nach Luft. Die Knie des Dämons knickten von dem Aufprall ein und Logan sah seine Chance, ihn zu erledigen. Er sprang auf ihn zu, doch der Dämon drehte sich mit funkelnden grünen Augen um und rannte durch den Gang in den Laden.

Bis Logan ihn eingeholt hatte, beschwor der Dämon auch schon mitten im Geschäft einen Vortex herauf. Ein Schwall von schwarzem Nebel und kaltem Wind wirbelte plötzlich mitten im Raum und die Kraft der Magie drückte Logan kurzzeitig gegen die Wand und weg vom Vortex. Der Dolch fiel aus Logans Hand und schlitterte zur anderen Seite des Geschäfts, fern seiner Reichweite.

Doch Logan fing sich trotz Waffenverlust schnell wieder. Um die Flucht des Dämons zu verhindern, stürzte Logan sich mit all seiner Energie auf ihn, als er gerade den Vortex betrat.

Logan bekam den Unterarm des Dämons zu fassen und versuchte, ihn festzuhalten. Dabei spürte er die Kraft des Vortex jetzt viel intensiver, als wollte der Wirbel ihn verschlingen. Doch er würde den Dämon nicht entkommen lassen. Nur ein toter Dämon war ein guter Dämon. Das war sein Motto.

Die zweite Hand des Dämons tauchte wieder

aus dem dunklen Nebel auf und landete einen Faustschlag. Logans Kopf wurde zurückgeschleudert, doch so schnell ließ er sich nicht bezwingen. Mit der freien Hand versuchte er, nach dem zweiten Dolch in seinem Stiefel zu greifen, doch seine Finger konnten ihn nicht erreichen, jedenfalls nicht, ohne den Dämon loszulassen.

„Scheiße!"

Er hatte nun keine Wahl. Logan stürzte sich nach vorne, hinein in den Vortex. Doch der Dämon war schneller. Ein schwerer Stiefel traf Logans Magengrube und stieß ihn aus dem Vortex. Er knallte gegen die Wand des Ladens. In den paar Sekunden, die Logan brauchte, um sich aufzurappeln, entkam der Dämon. Er schloss den Vortex hinter sich und verschwand wie eine Fata Morgana.

„Verdammt!"

Doch er hatte keine Zeit, der verpassten Chance nachzuweinen. Logan fuhr herum und eilte zurück in die Küche. Drei tote Dämonen lagen auf dem Boden, badeten dort in ihrem grünen Blut. Erleichtert atmete Logan durch.

Doch ihm blieb keine Zeit, den kurzen Augenblick des Friedens zu genießen.

Winter schrie. Logans Kopf wirbelte herum und schon waren seine Beine in Bewegung. Er stürmte dorthin, wo Manus sie an die Wand drückte, eine Klinge an ihre Kehle gepresst.

„Neiiiiin!", brüllte Logan.

Manus wandte seinen Kopf ruckartig herum und starrte ihn an, Resignation in den Augen. „Es muss getan werden. Die Dämonen werden nie aufgeben."

„Nein!"

Doch Manus wandte seinen Kopf zurück zu Winter. Logan sprang zu ihm, packte Manus' Handgelenk und schlug es so hart gegen die Wand, dass Manus seinen Dolch fallen ließ.

„Verdammtes Arschloch!", zischte Manus und funkelte ihn an.

Logan zögerte nicht. Er zerrte Manus von Winter weg, legte seinen Arm um den Hals des Kameraden und nahm ihn in einen Würgegriff. Manus kämpfte gegen ihn an, trat mit den Beinen und zerrte an Logans Arm, doch es war nutzlos. Logan hatte die Oberhand in diesem Kampf und er behielt sie – denn er durfte nicht verlieren. Nicht, wenn Winters Leben auf dem Spiel stand.

Später würde er seinem Freund sein Handeln erklären und ihn davon überzeugen, Winter zu beschützen, statt sie zu töten. Doch jetzt, in diesem Moment, wo Manus nach dem Kampf mit Adrenalin vollgepumpt war, konnte er nicht vernünftig mit ihm reden.

„Tut mir leid, Kumpel", murmelte er an Manus' Ohr, als sein Freund aufhörte, sich zu wehren, und das Bewusstsein verlor.

Logan legte Manus langsam auf den Boden, damit er nicht mit dem Kopf aufschlug. Dann sah er zu Winter hoch, die ihn anstarrte. Ihr Gesicht war kreideweiß und ihre Lippen bebten.

„Er hat versucht, mich umzubringen." Sie schaute in Richtung der toten Dämonen, wies mit ihrer Hand dorthin. „Diese Dinger. Diese Monster. Sie sind wie die Monster in meinem Traum. Grünäugige Monster." Ihre Stimme zitterte.

„Sie sind Dämonen. Dämonen der Angst. Und du hattest keine Träume. Du hattest Visionen von ihnen, weil du eine Seherin bist. Deshalb sind sie gekommen."

„Um mich zu töten", sagte sie.

Logan schüttelte den Kopf. „Tot nützt du ihnen nichts. Sie wollten dich kidnappen. Dich in die Unterwelt bringen, damit du ihnen dienen kannst."

Schluchzend brach ihre Stimme. „Die Flammen, die Höhlen ..." Sie starrte ihn mit einer Million Fragen in den Augen an.

„Ich werde alles erklären. Aber wir müssen weg. Jetzt sofort. Du bist hier nicht mehr sicher." Er deutete zum Gang, wo eine Treppe in den ersten Stock führte. „Pack eine Tasche mit dem Nötigsten. Medikamente, Kleidung, Bargeld, Wertsachen."

Sie nickte, als wäre sie auf Autopilot. Logan sah zu, wie sie nach oben ging. Als sie außer Sicht war, beugte er sich zu Manus und schrieb mit dessen Handy eine SMS an den Komplex in Baltimore, in der er Backup verlangte und eine Crew zur Entsorgung der toten Dämonen. Er fühlte Manus' Puls. Sein Freund würde okay sein, doch sehr schlecht gelaunt, wenn er aufwachte. Es war besser, dass er so weit wie möglich weg war, wenn das geschah, und ihm alles telefonisch erklärte.

Nachdem er sich versichert hatte, dass alle Dämonen wirklich tot waren, sammelte Logan ihre Waffen ein und warf sie in einen Plastikbeutel, den er in einer Schublade fand. Da Waffen, die in der Dunklen Epoche geschmiedet worden waren, selten waren, und die Waffen der Dämonen aus der selben Ära stammten, waren sie immer ein willkommenes Geschenk.

Er hörte, dass Winter bereits wieder die Treppe herunterkam. Gut, sie hatte sich an seine Anweisung gehalten und schnell gepackt. Logan ließ seinen Blick nochmals durch die Küche schweifen und seine Augen fielen auf den umgeworfenen Esstisch. Winters Zeichnungen lagen auf dem Boden verstreut. Er sammelte schnell ein paar davon ein und stopfte sie in seine Jackentasche.

„Ich bin so weit", verkündete Winter vom Gang.

Logan wandte sich zu ihr um. „Lass uns gehen."

7

Winter fühlte sich immer noch wie betäubt, als Logan sie zu seinem Auto führte und ihr hinein half. Sie konnte nicht sprechen. Es hatte sich wie in einem ihrer Alpträume angefühlt, doch gleichzeitig war es auch anders. Es war echt. Was bedeutete, dass alles, was sie je während dieser Anfälle gesehen hatte, real war. Die grünäugigen Monster waren Dämonen und sie hatte sich zu Recht vor ihnen gefürchtet. Sie wollten sie schnappen und in die Unterwelt entführen. In die Hölle. Sie hatte sich in der Tat schon dort gesehen. Als wäre es ihr Schicksal. Oder hatte Logan jetzt ihre Zukunft geändert?

Hatte er sie vor ihrem Schicksal bewahrt, indem er die Dämonen getötet hatte?

„Ich bin nicht wahnsinnig", murmelte sie zu sich selbst.

„Wie bitte?"

Sie begegnete Logans Blick. „Ich dachte, ich würde wahnsinnig. Ich dachte, dass die Alpträume ein Zeichen von Geisteskrankheit wären."

„Sind sie nicht", bestätigte er und sah wieder auf die Straße vor ihm, während er das Auto durch den ruhig fließenden Verkehr steuerte.

Sie war erleichtert. Sie brauchte die Medikamente nicht, die ihr der Psychiater verschrieben hatte. Medikamente, mit denen sie sich fühlte, als wäre sie gar nicht richtig da. Als lebe sie in Watte. Jetzt war ihr alles klar, doch sie hatte immer noch Fragen. Millionen Fragen. Und sie wusste nicht, wo sie anfangen sollte.

„Was genau ist eine Seherin? Ich meine, heißt das, ich kann wirklich hellsehen?"

Logan warf ihr einen Seitenblick zu. „In gewisser Weise. Seher können sowohl die Vergangenheit als auch die Zukunft sehen.

Doch das bedeutet nicht unbedingt, dass das, was sie sehen, auch so eintrifft. Dadurch, dass du deine Vision mit jemandem teilst, kannst du die Zukunft ändern.“

„Was meinst du damit?“

„Wenn du zum Beispiel jemanden vor etwas warnst, das du gesehen hast, kann sich diese Person darauf vorbereiten und so das Geschehen beeinflussen und die Zukunft ändern.“

„Oh.“ Jetzt verstand sie, welche Auswirkungen ihre Visionen haben könnten. Und sie hatte davon keine Ahnung, bis diese Kreaturen aufgetaucht waren und sie angegriffen hatten. „Die Dämonen ... erzähl mir von ihnen. Sie wirkten so stark. Und ihr Blut ... ich hätte nie gedacht, dass jemand grünes Blut haben könnte“, sagte sie.

„Sie sind durch und durch böse“, begann Logan. „Ihr Blut und ihre grünen Augen sind die einzigen Merkmale, an denen wir sie erkennen können. Aber sie können ihre Augen tarnen, damit wir Schwierigkeiten haben, sie als Dämonen zu identifizieren.“

„Farbige Kontaktlinsen?“, erriet sie.

Er nickte und sah sie anerkennend an. „Das, und Sonnenbrillen. Weil sie immer wieder auf Sonnenbrillen zurückgreifen, glauben wir, dass die farbigen Kontaktlinsen nicht immer funktionieren. Wir vermuten jetzt schon seit längerer Zeit, dass die grüne Farbe ihrer Augen das Resultat einer Substanz ist, die sich nach einiger Zeit durch die Kontaktlinsen brennt und sie nutzlos macht."

„Deshalb brauchen sie die Sonnenbrillen als Backup."

„Du lernst schnell. Das ist gut."

Sie hatte keine Wahl. „Ich will überleben."

„Und dafür werde ich sorgen."

„Du hast gewusst, wie du sie bekämpfen konntest."

„Meine Leute kämpfen schon seit Jahrhunderten gegen sie. Und wir werden uns ihnen so lange entgegenstellen, bis wir sie vernichtet haben", sagte Logan grimmig.

„Aber sie sind so stark. Selbst verletzt hätte mich dieser Dämon fast erdrosselt, wenn du ihn nicht getötet hättest. Ich habe versucht, mich zu wehren … Ich hatte ein Messer, aber als ich auf ihn einstach, lachte er nur, als würde es ihm überhaupt nicht wehtun." Sie schüttelte den Kopf. „Spüren sie denn keine Schmerzen?"

„Du hast mutig gekämpft. Aber du hattest nicht die richtige Waffe."

„Aber ich hatte ein Messer", protestierte sie. „Und ihr habt auch mit Messern gekämpft." Was an sich auch schon sonderbar war. Warum benutzten sie keine Schusswaffen gegen so einen starken Feind?

„Dolche", sagte er mit einem flüchtigen Seitenblick.

„Das sind doch auch Messer."

„Unsere Waffen wurden vor langer Zeit geschmiedet. Aus einem speziellen Metall. Es sind die einzigen Waffen, die einen Dämon töten können. Sicher, dein Messer konnte ihn verletzen, aber es konnte ihm nicht wirklich wehtun oder ihm eine tödliche Wunde zufügen." Er zuckte mit den Schultern. „So ist das eben. Das konntest du nicht wissen. Du hattest keine Chance, dich zu verteidigen."

Winter schluckte. Es stimmte, was man sagte: Während einer gefährlichen Situation war man sich nicht wirklich bewusst, wie übel es tatsächlich war und was alles hätte passieren können. Aber danach, wenn der Verstand die Ereignisse verarbeitete, spielten sich alle möglichen Szenarien von dem, was geschehen hätte können, im Geist ab. Winter ging den Kampf nochmals Bild für Bild in ihrer Erinnerung durch – und geriet dabei fast sofort ins Stocken.

Sie wandte ihren Kopf ruckartig in Logans Richtung. „Noch bevor der Kampf begann, warst du plötzlich weg. Ich war in solcher Panik, dass ich dachte, ich hätte Halluzinationen, aber jetzt, wo ich zurückschaue, erinnere ich mich genau: Du bist einfach verschwunden."

Er drehte seinen Kopf langsam zu ihr und sie bemerkte, wie er zögerte und tief Luft holte.

„Was verschweigst du mir?", fragte sie.

„Jede Menge. Das gebe ich zu. Ich kann dich nicht in alles einweihen. Aber etwas muss ich dir erklären, da du es bereits gesehen hast. Ich bin nicht verschwunden. Ich war immer noch da, aber ich habe mich unsichtbar gemacht, um es den Dämonen schwerer zu machen, mich zu bekämpfen."

„Unsichtbar?", echote sie und presste die

Hand gegen ihre Brust. „Wie in dem Film *Der unsichtbare Mann*?"

Er nickte. „Ja, wir haben diese Fähigkeit."

„Wir?"

„Mein Volk und ich."

Unwillkürlich wich sie von ihm zurück, während ihr Herz hämmerte. „Wer bist du? Was bist du?"

Er hob seine Hand vom Lenkrad und machte eine beruhigende Geste. „Ich bin ein unsterblicher Krieger. Wir nennen uns Hüter der Nacht. Wir sind die Beschützer der Menschheit. Unser einziger Lebenszweck ist es, die Menschen vor dem Einfluss der Dämonen zu beschützen. Das machen wir schon seit Jahrhunderten."

Sie schluckte und atmete aus. „Unsterblich ..."

„Ja. Ich bin zweihundert Jahre alt."

Ungläubig schüttelte sie den Kopf. Doch sie wusste, dass es wahr war, spürte es, genauso wie sie jetzt wusste, dass die Dämonen in ihren Alpträumen – nein, Visionen – echt waren. Warum sollten also unsterbliche Krieger nicht auch echt sein? Zumindest würde das die

Kräfte auf dem Schlachtfeld ins Gleichgewicht bringen.

„Es tut mir leid. Ich weiß, das ist viel auf einmal. Ich wünschte, ich hätte dir mehr Zeit geben können, das alles zu verdauen, aber der Angriff der Dämonen hat mich überrascht. Wir wussten nicht, dass die Dämonen dich bereits im Visier hatten. Wir erfuhren erst heute Morgen von deiner Existenz." Er stoppte abrupt, als ginge die Konversation in eine Richtung, die er lieber meiden wollte. „Wie auch immer, das ist viel zu verkraften."

„Du wusstest, dass ich eine Seherin bin, als du in mein Geschäft kamst. Du wolltest keine Lesung", sagte sie. Es war keine Frage, nur eine Feststellung, um ihre eigenen Gedanken zu ordnen. „Warum wusste ich nicht, dass ich eine Seherin bin? Dass ich Visionen habe?"

„Seher sind Naturtalente, aber sie brauchen etwas Hilfe, um diese Gabe zu meistern. Es ist eine mächtige Kunst, eine, die einen überwältigen kann. Und die Visionen können sich in der Tat wie Alpträume anfühlen. Du hast Dämonen gesehen, nicht wahr?"

Sie nickte. „Sie haben mir Angst gemacht.

Ich hatte das Gefühl, dass sie hinter mir her waren. Ihre grünen Augen ... als sie mich mit diesen giftgrünen Augen ansahen, gefror mir das Blut in den Adern. Ich spürte das Böse in ihnen. Ich hatte noch nie in meinem Leben solche Angst."

„Ich verstehe. Kein Wunder, dass sich die Visionen wie Alpträume angefühlt haben. Aber jetzt kennst du die Wahrheit. Das nächste Mal bist du besser vorbereitet."

„Das nächste Mal?"

„Deine Visionen werden nicht einfach aufhören, nur weil du jetzt weißt, dass sie real sind. Alpträume verschwinden vielleicht, sobald die darunter liegenden Probleme gelöst sind. Visionen funktionieren anders. Sie sind ein Teil von dir. Du bist besonders. Deshalb wollen die Dämonen dich; damit du ihnen helfen kannst, uns zu besiegen."

Sie runzelte die Stirn. „Wie bitte?"

„Du hast in den Visionen viel mehr gesehen als nur die Dämonen. Du sahst unsere Waffen, unsere Festungen. Du kannst uns finden. Und deshalb bist du für die Dämonen wertvoll."

„Aber das kann ich nicht. Ich weiß gar nichts über dich und dein Volk", protestierte sie.

„Tust du doch. Auch wenn du es vielleicht noch nicht realisiert hast." Er setzte den Blinker und bog in eine Straße, die zu einem Park führte. „Mit deinen Zeichnungen können wir identifiziert werden. In deinem Geschäft hängt das Bild von einem Dolch. Ein anderes zeigt die Callanischen Felsen, den Ort, an dem eine unserer Anlagen, ein Komplex, gestanden hat. Du hast diese Dinge gezeichnet, ohne ihre Bedeutung zu kennen, aber die Dämonen würden in der Lage sein, eins und eins zusammenzuzählen."

Winter schlug sich die Hand auf den Mund. „Oh nein. Aber das habe ich doch nicht gewollt. Der Psychiater ... er sagte, dass es mir guttun würde, wenn ich das zeichne, was ich sehe. Dass mir das helfen würde, darüber hinwegzukommen."

Zu ihrer Überraschung nahm Logan ihre Hand und drückte sie. Seine Wärme war tröstend.

„Fühl dich nicht schuldig. Das konntest du

nicht wissen. Und ich bin gerade noch rechtzeitig gekommen."

„Ja, deswegen –"

„Später", unterbrach er und stoppte das Auto auf einem kleinen Parkplatz mit einer Bank und einer Hütte, die sie als Toilettenhäuschen identifizierte. „Wir müssen uns umziehen, bevor wir weiterfahren können."

„Umziehen? Wieso?"

Er deutete auf die grünen Flecken auf seinem Hemd und dann auf sie. Sie sah an sich hinab und bemerkte auch Flecken auf ihrer Kleidung.

„Ich muss uns zu einem Safehouse bringen. Aber dazu muss ich uns beide unsichtbar machen –"

„Unsichtbar? Du kannst mich unsichtbar machen?"

„Ja, entweder durch meine Berührung oder mit meinem Geist. Aber eine Substanz trotzt meinen Fähigkeiten." Er deutete auf die grünen Flecken. „Ich kann Dämonenblut nicht unsichtbar machen. Wenn ich uns jetzt unsichtbar machen würde, könnte man immer noch das Blut auf unseren Kleidern sehen. Und wenn Dämonen in der Nähe wären, würden sie uns finden. Das kann ich nicht riskieren."

Sie nickte. „Ich verstehe."

Er zeigte zu den Toiletten. „Ich werde mich davon überzeugen, dass niemand drinnen ist. Dann gehst du rein und ziehst dich um, und ich ziehe mich hier draußen um und sorge dafür, dass sich niemand nähert. Du wirst in Sicherheit sein."

Sie sah in seine Augen und wusste, dass er die Wahrheit sagte. Logan würde sie beschützen.

8

Zoltan ritt die Dämonin hart. Er hatte sie über den Schreibtisch in seinem Arbeitszimmer gebeugt. Ihre Cargohose bauschte sich um die Knöchel, ihr Hintern war nackt, während er ihre Hüften mit beiden Händen festhielt und sie von hinten rammte. Seine Hose hatte er bis zu seinen Oberschenkeln heruntergeschoben, gerade weit genug, um seinem Schwanz und seinen Eiern genug Raum zu geben, diese Tat zu bewerkstelligen. Dies war kein romantisches Stelldichein, sondern ein Bedürfnis, das er stillen musste. Es gab immer genug Dämonen-Frauen, die ihm gerne ihre Dienste anboten. Schließlich war er der Großmächtige und wenn ihm eine gefiel, würde er sie vielleicht sogar in sein Bett einladen und sie mit mehr als nur einem schnellen Fick begünstigen. Oder auch nicht.

Er stieß in das willige Fleisch und ignorierte die Laute, die über die Lippen der Frau kamen – ein vorgetäuschtes Stöhnen – und konzentrierte sich auf sich selbst, seine Bedürfnisse, sein Verlangen, seine Ziele. Niemand sonst zählte. Alle anderen waren entbehrlich. Ersetzbar. Genauso, wie die Frau am Ende seines Schwanzes. Er sah auf sie hinab, blickte auf ihr langes, blondes Haar. Ihres war glatt, doch es erinnerte ihn an eine Frau mit blonden Locken, nein, Zöpfen, die aber entflochten bestimmt lockig wären.

Ein lautes Klopfen an der Tür hielt ihn davon ab, seine Gedanken weiter in diese Richtung treiben zu lassen.

„Was gibt es?", rief er in Richtung Tür.

„Dringende Nachrichten." Es war Yannick, der Dämon, der für die Vortex-Kreise in der Unterwelt verantwortlich war und deshalb über jedermanns Kommen und Gehen Bescheid wusste.

Verdammt!

Zoltan stieß noch zweimal zu und mit dem zweiten Stoß schoss er seinen Samen in die blonde Frau. Dann ließ er von ihr ab und zog seine Hose hoch. Er gab der Frau keine Chance, sich anzuziehen und rief: „Komm herein, Yannick."

Die Tür ging sofort auf. Yannick kam herein, während Zoltan noch den Reißverschluss hochzog und den Knopf seiner Hose schloss. Die Dämonin murrte verärgert über die Unterbrechung und zog hastig ihre Hose über den Hintern, doch nicht, bevor Yannick einen guten Blick darauf werfen konnte.

„Raus mit dir", befahl Zoltan und deutete zur Tür.

Missmutig huschte die Dämonin hinaus und Zoltan machte sich eine gedankliche Notiz, sie nie wieder einzuladen. Ihr Benehmen gefiel ihm nicht.

Als die Frau außer Hörweite war, fragte er: „Was für Neuigkeiten?"

„Nachrichten von der Gruppe, die die Seherin finden sollte."

„Ausgezeichnet!" Sein Tag wurde immer besser.

Yannick räusperte sich. „Äh …"

Zoltan verengte die Augen und sah ihn an. Er konnte es jetzt an Yannicks Benehmen erkennen. Die Nachrichten waren keine guten. „Fuck!"

„Einer kam zurück", bot Yannick an und deutete zur Tür.

„Wer?"

„Colton, oh Großmächtiger."

Zoltan spähte in den dunklen Gang hinter Yannick. „Colton! Komm herein! Jetzt sofort!" Dann blickte er flüchtig in Yannicks Richtung. „Du bleibst hier."

Yannick blieb wie angewurzelt stehen und nickte, während Colton hereineilte.

„Schließ die verdammte Tür!"

Zitternd drehte sich Colton um, schloss die Tür und wandte sich dann wieder mit einer Verbeugung um. „Oh Großmächtiger."

„Wo sind die anderen?"

„Tot. Wir wurden überfallen."

Voller Misstrauen musterte Zoltan ihn. „Überfallen?"

„Von den Hütern der Nacht. Sie haben uns aufgelauert, als wir beim Haus der Seherin ankamen. Wir waren im Nachteil." Colton ließ den Kopf hängen.

„Erklär es mir."

„Äh … die, äh … die Hüter der Nacht wussten, dass wir kommen würden. Sie waren schon zum Kampf bereit."

„Sie sind immer zum Kampf bereit. Ihr habt euch vermutlich lautstark angekündigt. Kein Wunder."

„Nein, oh Großmächtiger. Wir waren vorsichtig. Aber sie waren in der Überzahl", behauptete Colton.

Doch Zoltan sah etwas in seinen Augen. Sie flimmerten durch einen Überschuss des Stoffes, der die Augen grün färbte. Wie Tränen sickerte die Substanz durch die Iris. Ein Dämon konnte nicht weinen, doch vieles andere konnte durch die Augen ausgedrückt und erkennbar werden. Zum Beispiel eine Lüge. Zoltan studierte seine Dämonen schon seit Jahren und hatte gelernt, die Anzeichen in den Augen zu erkennen. Er war keineswegs unfehlbar, doch das war auch nicht nötig. Es war auf jeden Fall besser, einen ehrlichen Dämon zu vernichten, als einen Lügner am Leben zu lassen.

„In der Überzahl, sagst du? Mit wie vielen Hütern hattet ihr es zu tun?", fragte Zoltan ruhig, fast beiläufig, obwohl er innerlich vor Wut kochte.

„Viele, eine ganze Gruppe." Coltons Stimme klang jetzt weniger sicher und seine Hände zitterten leicht, was er zu verbergen versuchte, indem er sie verschränkte.

Zoltan ging einen Schritt näher heran. „Wie viele?"

„Vielleicht sechs oder sieben."

Noch eine Lüge. Dieses Mal viel einfacher zu erkennen.

„Wie viele?"

„Vier?"

Zoltan schnappte sich Colton am Hals. „Heraus mit der Wahrheit."

Colton rang nach Luft. Zoltan lockerte seinen Griff etwas, um ihm noch genug Luft zum Sprechen zu lassen.

„Zwei. Es waren zwei. Aber sie waren gerissen und stärker als andere."

Zoltan ließ von Coltons Hals ab. „Na, war das so schwer? Ich meine, die Wahrheit zu sagen?"

Stumm schüttelte Colton den Kopf.

„Ich bin froh, dass ich dir etwas beibringen konnte. Leider kommt diese Lektion zu spät für dich."

Zoltan zog seinen Dolch aus der Scheide an seiner Hüfte und rammte ihn in den Dämon. „Lüge deinen Gebieter nie an, denn er wird es immer herausfinden."

Colton gurgelte hilflos und Zoltan drehte den Dolch in seinem Bauch, bis grünes Blut aus Coltons Mund rann. Dann zog er seinen Dolch heraus und kickte den Dämon nach hinten weg, wo er auf dem harten Steinboden landete.

Zoltan löste seinen Blick von dem sterbenden Dämon und wandte sich an Yannick. „Stell eine Truppe meiner besten Krieger zusammen und schicke sie aus, um die Seherin zu finden. Sie sollen jeden Hüter der Nacht töten, der ihnen über den Weg läuft, und auch alle anderen, die ihnen dabei in die Quere kommen. Ich will die Seherin. Lebendig."

„Ja, oh Großmächtiger!", antwortete Yannick. Er verbeugte sich und eilte auch schon zur Tür.

„Und lass den Müll rausbringen", befahl Zoltan und deutete zum Boden. „Hier stinkt es nach Feigheit."

9

Logan warf sein schmutziges Hemd in eine Tasche im Kofferraum, holte ein frisches heraus und zog es an. Er machte das selbe mit seiner Hose, die ebenfalls grüne Blutflecken abbekommen hatte. Es war Standard, für Vorfälle wie diesen extra Kleidung im Auto zu haben.

Er zog gerade den Reißverschluss hoch, als sein Handy klingelte. Er holte es heraus und blickte auf das Display. Er hatte den Anruf erwartet.

Logan schaute in Richtung der Toiletten, wo sich Winter gerade umzog, und entfernte sich ein paar Schritte, damit sie das Gespräch nicht mithören konnte. Er drückte *annehmen* und hob das Handy an sein Ohr.

„Man–"

„Du verdammtes Arschloch!", schrie Manus in sein Ohr und zwang ihn so, das Handy einen Moment lang einen halben Meter wegzuhalten. „Was zum Teufel hast du dir dabei gedacht, mir das Licht auszuknipsen? Hast du völlig den Verstand verloren? Du hast mich praktisch überfallen. Mich! Deinen Freund. Du verdienst es, verprügelt zu werden, du verdammter Scheißkerl! Erklär mir, was das sollte! Wo bist du? Du hast mich einfach mit den toten Dämonen im Stich gelassen!"

„Bist du mit deiner Tirade fertig?"

„Nein, ich bin nicht fertig. Ich bin noch lange nicht fertig! Wir hatten einen Auftrag. Und durch dich konnte ich ihn nicht zu Ende bringen. Was zum Teufel ist in dich gefahren?"

„Wenn du aufhören würdest, dich zu beschweren, könnte ich es dir erklären."

Manus murmelte etwas Unverständliches.

„Hör zu. Wir dürfen sie nicht töten. Sie ist zu wertvoll."

„Der Rat hat abgestimmt. Und weder du noch ich werden deren Entscheidung in Frage stellen.“

„Sie hatten nicht genug Infos, um die richtige Entscheidung zu treffen.“

„Und du hast sie? Fick dich, Logan!“

„Würdest du die Klappe halten und einen Moment zuhören? Die Sachen, die sie sieht, betreffen nicht nur uns. Sie sieht auch die Dämonen. Verdammt, sie hat sogar ein Labyrinth gezeichnet, und ich glaube, dass es das Tunnelsystem der Unterwelt ist.“

„Na und? Glaubst du wirklich, der Rat weiß nichts davon?“

„Kapierst du es nicht? Mit den Informationen, die sie uns geben kann, könnten wir die Hochburg der Dämonen finden. Wir könnten sie vernichten.“

Manus schnaubte. „Und *du* scheinst nicht zu kapieren, dass der Rat all das schon in Betracht gezogen hat, als die Mitglieder ihre Entscheidung trafen. Sie sind nicht dumm. Ich bin mir sicher, sie haben die Vor- und Nachteile gegeneinander abgewogen. Und die Nachteile hatten nun mal mehr Gewicht. Ihre

Entscheidung ist Gesetz. Und das weißt du auch.“

„Wir müssen ihre Meinung ändern. Wenn wir ihnen die Zeichnungen zeigen, die ich in der Wohnung gefunden habe, können wir sie davon überzeugen, dass sie lebend wertvoller ist als tot.“

„Wir? Nein, Kumpel, auf keinen Fall. Ich begehe keinen Hochverrat. Und du lieber auch nicht.“

„Ich begehe keinen Hochverrat. Das ist –“

„Sag mir, wo du bist. Wo hast du sie hingebracht? Wir müssen den Auftrag beenden. Bevor die Dämonen nochmals angreifen. Sollte sie in ihre Hände fallen –“

„Das wird sie nicht.“ Logan schaute in Richtung der Toiletten. Er hatte keine Zeit mehr, Manus zu überzeugen. Winter könnte jeden Augenblick auftauchen. „Bist du nun auf meiner Seite?“

„Nein“, schnauzte Manus zurück. „Du musst deine Entscheidung ändern, denn der Rat wird nicht neu abstimmen. Und wenn du mit ihr flüchtest, werden wir dich finden. Der Rat wird dich anklagen. Lass das sein. Komm sofort zurück. Der Rat muss nicht herausfinden, was heute passiert ist. Ich werde nichts verraten."

Logan schüttelte den Kopf. „Das kann ich nicht. Tut mir leid. Sie muss leben. Wir brauchen sie."

Er beendete den Anruf und starrte auf sein Handy.

In ein Safehouse zu gehen, kam jetzt nicht mehr in Frage. Manus würde ihn dort finden. Genauso wie er Logans Handy und sein Auto orten könnte, sobald er seine Kollegen im Baltimore Komplex kontaktiert hatte. Pearce hätte innerhalb von Minuten seine Spur und kurz darauf würden mehrere seiner Kumpel ihn festnehmen und Winter töten. Das durfte er nicht zulassen. Jetzt musste er sie nicht nur vor den Dämonen verstecken, sondern auch vor seinen eigenen Leuten.

„Scheiße!"

„Stimmt was nicht?" Winters alarmierte Stimme kam vom Eingang zu den Toiletten.

Logan drehte sich rasch zu ihr um, als sie auch schon hastig auf ihn zukam, während ihre Augen die Umgebung nach Gefahren absuchten. Sie hatte ihr Zigeuner-Outfit gegen eine Jeans und ein übergroßes Sweatshirt eingetauscht und von ihren Handgelenken Dutzende von Armreifen abgenommen.

Er wusste, dass sie ihm nicht glauben würde, wenn er sagte, dass alles in Ordnung war, also entschied er sich, ihr eine Lüge aufzutischen. „Das Safehouse, zu dem ich dich bringen wollte, ist nicht frei. Wir müssen woanders hin. Und wir müssen unsere Spuren verwischen." Er deutete zum Auto. „Steig ein. Wir müssen von hier weg."

Er nahm ihre Reisetasche und stellte sie auf den Rücksitz. Dann stieg er auf der Fahrerseite ein, wartete, bis Winter im Beifahrersitz platzgenommen hatte, und fuhr los.

„Wohin?", fragte sie.

„Daran arbeite ich gerade." Er tippte auf das Navi-System des Autos und vergrößerte die Landkarte, um einen besseren Überblick zu gewinnen. „Wir müssen das Auto loswerden." Und er hatte gerade entschieden, wie.

„Aber ohne Auto –"

Er warf ihr einen beschwichtigenden Blick zu. „Das geht schon. Es gibt andere Verkehrsmittel. Ich beschütze dich. Das verspreche ich."

Sie begegnete seinem Blick und hielt ihn für ein paar Sekunden fest. Dann nickte sie. „Ich vertraue dir."

Er schluckte schwer und konzentrierte sich wieder auf die Straße vor ihm. Winter vertraute dem Mann, der ihr in ihrer Wohnung das Leben gerettet hatte. Aber würde sie auch dem Mann vertrauen, der sie hätte umbringen sollen? Was würde sie tun, wenn sie das herausfand? Würde sie ihm dann immer noch vertrauen?

Logan schob die Gedanken beiseite. Das war jetzt nicht wichtig. Das Einzige, was zählte, war, Winter an einen sicheren Ort zu bringen, sie vor den Dämonen und den Hütern der Nacht zu verstecken und dann einen Plan zu schmieden, wie er den Rat davon überzeugen konnte, Winter unter dem Schutz seines Volkes leben zu lassen.

Der Busbahnhof in Philadelphia sah deprimierend aus, wie eine alte Irrenanstalt mit Neonbeleuchtung. Für eine Großstadt wie Philadelphia war er eher klein. Er lag im Herzen der Stadt, nur einen Häuserblock vom Kongresszentrum und wenige Blocks vom Rathaus entfernt.

Logan parkte das Auto auf einem Parkstreifen mit Parkuhr beim Busbahnhof und wandte sich zu Winter. „Nimm deine Tasche. Wir lassen das Auto hier.“

Während Winter ihre Tasche vom Rücksitz nahm, aktivierte Logan einen Alarm, der den Motor blockierte, bis ein Hüter der Nacht einen Code eingab. Es würde einen Diebstahl verhindern. Dann sah er sich im Wageninneren um, ob er nichts vergessen hatte, das ihn und Winter identifizieren konnte, und stieg aus.

Aus dem Kofferraum holte er die Tasche mit seiner dreckigen Kleidung. Er öffnete eine App auf seinem Handy, tippte einen Befehl ein und prägte sich die drei Ergebnisse ein, die die App ihm anzeigte. Danach sperrte er sein Handy ohne es auszuschalten, warf es in die Tasche mit der Kleidung und zog den Reisverschluss zu. Aus der Plastiktüte mit den Dolchen, die er den toten Dämonen abgenommen hatte, nahm er zwei Messer und steckte eins davon in den Stiefelschaft, das andere in die Innentasche seine Jacke. Dann sperrte er das Auto ab und warf mehrere Münzen in die Parkuhr, um zu verhindern, dass das Auto in den nächsten zwei

Stunden abgeschleppt würde. Er musste seinen Kollegen genug Zeit geben, der Spur zu folgen, die er für sie auslegte.

„Wohin jetzt?" Winter wartete auf dem Bürgersteig auf ihn.

Logan deutete zum Busbahnhof. „Wir müssen Fahrkarten kaufen."

Winter ging neben ihm, als sie auf die Glasfront des Gebäudes zugingen. „Wir fahren mit dem Bus?"

„So ähnlich."

Er spürte ihren Blick, die Augenbrauen fragend hochgezogen.

„Du wirst es gleich sehen."

Logan öffnete die Tür und ließ Winter vor ihm eintreten, während er sich umsah. An den Fahrkartenschaltern gab es ein paar kurze Schlangen, etwa zwei Dutzend Leute saßen auf den Bänken und warteten auf ihren Bus und ein paar Taugenichtse lungerten bei den Toiletten herum. Er ging weiter in die Halle hinein und sah durch die Seitentüren zu den Bushaltestellen hinaus. Draußen warteten noch mehr Leute. Ein paar stiegen gerade in einen

Bus ein. Logan las das im Seitenfenster angezeigte Ziel: Chicago.

Er schob Winter zu einem Fahrkartenschalter.

„Ich brauche deine Kreditkarte", sagte er leise.

Sie sah ihn an. „Aber werden die Dämonen die Kreditkarte nicht nachverfolgen können? Ich meine, wenn sie doch wissen, wie man mit Computern umgeht."

„Genau deshalb. Ich will, dass sie unserer Spur folgen."

Verdutzt sah sie ihn an, doch dann zuckte sie mit den Schultern, griff in ihre Tasche und zog ihre Geldbörse heraus. Einen Moment später reichte sie ihm die Kreditkarte.

Die Schalterangestellte wurde gerade mit einem Kunden fertig und rief: „Der Nächste bitte."

Logan ergriff Winters Ellbogen und marschierte mit ihr zum Schalter. „Guten Tag. Haben Sie noch Fahrkarten für den Bus nach Chicago?"

Gelangweilt schaute die Angestellte zur Uhr

an der Wand. „Der Bus fährt in acht Minuten ab."

Das beantwortete seine Frage nicht wirklich, also versuchte er es nochmal. „Zwei Fahrkarten bitte."

Die Angestellte tippte etwas auf ihrer Tastatur. Dann sah sie hoch und sagte: „Das sind 87 Dollar pro Person. Zusammen 174 Dollar. Bar oder Karte?"

„Karte."

„Scheckkarte oder Kreditkarte?"

„Kreditkarte."

Logan legte Winters Kreditkarte in das Fach unter der Glasscheibe, die ihn von der Angestellten trennte, und beobachtete, wie diese den Hebel bewegte, um die Karte auf ihrer Seite herauszuholen.

Während die Angestellte die Transaktion buchte, wechselte Logan einen kurzen Blick mit Winter, dann schaute er über seine Schulter durch die Glastür, wo er den Bus nach Chicago sehen konnte. Der Busfahrer half den Fahrgästen, ihre Reisetaschen in ein großes Gepäckfach unter dem Abteil zu laden.

„Bitte unterschreiben Sie hier", sagte die Angestellte.

Logan sah Winter an, nahm den Beleg, den Kugelschreiber und die Kreditkarte aus dem Fach und trat zur Seite. „Winter?"

Sie nahm den Kugelschreiber und unterzeichnete den Beleg, bevor sie beides wieder zurücklegte.

Einen Augenblick später hielt Logan zwei Fahrkarten für den Bus nach Chicago in der einen Hand und Winters Kreditkarte in der anderen. Er entfernte sich etwas vom Schalter, dann beugte er sich zu Winter und flüsterte ihr etwas ins Ohr.

„Ich möchte, dass du so tust, als ob du deine Kreditkarte wieder in die Tasche steckst, aber lass sie stattdessen fallen."

Sie starrte ihn entgeistert an. „Wie bitte?"

„Mach schon. Heute hast du sie zum letzten Mal benutzt. Sie nutzt uns jetzt nichts mehr. Ich habe ein paar Typen hier drin bemerkt, die die Karte bestimmt aufheben und dann benutzen werden. Genau das wollen wir. Damit verschleiern wir unsere Spur."

„Aber das wird mich finanziell ruinieren."

„Das ist das geringste deiner Probleme. Du bist vor Dämonen auf der Flucht."

Winter seufzte. „Du hast vermutlich recht."

„Hab ich. Also tu es."

Er beobachtete, wie Winter so tat, als steckte sie die Karte in ihre Tasche, um sie dann aber stattdessen auf den Boden fallen zu lassen.

„Gut. Lass uns gehen. Wir müssen den Bus erwischen", sagte er und nahm ihre Hand.

Er führte sie zum Bus und ging dorthin, wo der Fahrer Reisetaschen in das Gepäckabteil lud. Logan übergab ihm seine Tasche und sah zu, wie er sie in das Fach räumte. Als Winter Anstalten machte, dem Fahrer auch ihre Tasche zu reichen, stoppte Logan sie.

„Die nehmen wir mit in den Bus."

Er lächelte dem Busfahrer zu, dann führte er Winter zu der Reihe von Fahrgästen, die in den Bus einstiegen. Doch statt sich hinten anzustellen, führte er Winter an den Leuten vorbei und um den Bus herum.

„Aber der Bus –", protestierte Winter und schaute über ihre Schulter.

„Wir nehmen ein anderes Verkehrsmittel",

versicherte er ihr. „Der Bus war nur eine Ablenkung.“

„Aber deine Tasche –“

„Alles Teil des Plans. In der Tasche ist mein Handy. Wenn sie sich in mein GPS einloggen, glauben sie, dass wir auf dem Weg nach Chicago sind.“ Winter musste nicht wissen, dass er mit *sie* seine Kollegen und nicht die Dämonen meinte. Diese Finte würde ihm etwas Zeit verschaffen, einen Plan auszuarbeiten, wie er den Rat davon überzeugen konnte, Winter am Leben zu lassen. Und wo sie sich in der Zwischenzeit verstecken konnten.

„Zusammen mit der Information, dass wir mit deiner Kreditkarte zwei Fahrkarten gekauft haben, glauben sie dann ganz sicher, dass wir nach Chicago unterwegs sind und werden uns folgen.“

Winters Gesichtsausdruck zeigte nun Anerkennung. „Das machst du nicht zum ersten Mal, oder?“

„Und bestimmt nicht zum letzten Mal.“ Er steuerte auf zwei geparkte Busse zu.

„Was machen wir jetzt?“

„Hör gut zu.“ Er sah sich um, doch niemand

konnte sie hier sehen. Und hier gab es auch keine Kameras. Er hatte sich danach umgesehen. „Ich mache uns beide unsichtbar. Halte meine Hand, damit ich nicht zu viel Kraft verbrauchen muss. Während wir unsichtbar sind, darfst du nicht sprechen, außer es ist ein Notfall. Man kann uns nämlich immer noch hören. Und man kann uns anrempeln. Verstehst du?"

„Du willst nicht, dass uns eine Verkehrskamera in der Stadt filmt", sagte sie.

„Oder die Kameras der SEPTA."

„SEPTA?"

„Die öffentlichen Verkehrsbetriebe hier. Die U-Bahn und die Züge. Wir müssen es hier rausschaffen, ohne von den Kameras gesehen zu werden."

„Okay." Sie nickte, dann biss sie sich auf die Lippe.

„Was?"

„Wenn ich unsichtbar bin, wie fühlt sich das an?"

„Wie fühlst du dich jetzt?"

Sie zuckte mit den Schultern. „Normal. Wieso?"

„Weil du schon unsichtbar bist. Genau wie ich."

Ihr Atem stockte. Sie sah an sich hinab. „Aber ich kann mich immer noch sehen. Und dich auch."

„Es gibt verschiedene Stadien. Ich habe dafür gesorgt, dass du mich noch sehen kannst und ich dich. Aber kein anderer kann uns sehen." Nicht einmal ein anderer Hüter der Nacht könnte sie jetzt entdecken. Und um das ging es im Moment. Er hasste es, gegen die Regeln seines eigenen Volkes zu verstoßen, aber manchmal musste ein Krieger einen Befehl verweigern und seinem Bauchgefühl folgen. Heute war so ein Tag.

„Na gut", sagte Winter mit einem tapferen Gesichtsausdruck.

Er musste zugeben, dass ihr Mut ihn beeindruckte. Eine andere Frau wäre schon lange hysterisch geworden. Aber Winter war stark. Der Rat hatte unrecht, zu sagen, dass sie labil und nicht in der Lage wäre, sich gegen die Dämonen zu behaupten. Irgendwie musste er den Rat davon überzeugen, damit sie sie am Leben ließen.

„Hier entlang", sagte Logan. „In der Innenstadt treffen mehrere U-Bahn-Linien zusammen. Von jetzt an müssen wir schweigen, bis wir an unserem Ziel ankommen." Er drückte ihre Hand. „Bist du in Ordnung?"

„Ich schaffe das schon."

10

Seine Hand haltend ging Winter neben Logan her, ohne zu hinterfragen, wohin er sie führte. Er hatte sie vor dem sicheren Tod durch die Hand der Dämonen gerettet. Und jetzt beschützte er sie auch. War das nicht Grund genug, ihm zu vertrauen? Für sie jedenfalls war es das. Das Leben war plötzlich sehr kostbar geworden, mit dem Wissen, dass sie nicht verrückt war und ein erfülltes Leben führen konnte, ohne die Sorge, dass sie in einer psychiatrischen Anstalt landen würde. Natürlich bedeutete das nicht, dass sie keine Probleme mehr hatte. Nur waren diese jetzt anderer Natur.

Ja, sie war jetzt auf der Flucht vor den Dämonen. Doch zumindest hatte sie einen übernatürlichen Beschützer, einen Unsterblichen, der sich selbst und sie unsichtbar machen konnte. Das dürfte helfen, obwohl unsichtbar zu sein nicht ganz so cool war, wie sie es sich vorgestellt hatte.

Zum Beispiel konnte niemand sie sehen, was bedeutete, dass die Leute auf dem Bürgersteig ihr und Logan nicht aus dem Weg gingen. Sie beide mussten ständig allen Leuten ausweichen, um nicht mit ihnen zusammenzustoßen. Das führte zu einem sehr sonderbaren Spaziergang durch die belebte Innenstadt. Doch sie nahm es ohne Klage auf sich. Logans starke Hand verlieh ihr Führung und Sicherheit. Sie schöpfte Stärke von ihm und aus der Zuversicht, mit der er durch die Straßen steuerte, der gleichen Zuversicht, mit der er die falsche Spur für die Dämonen gelegt hatte.

Sie marschierten mehrere Blocks weit, bis Logan am Eingang einer U-Bahn-Station stehenblieb. Er deutete darauf. Sie nickte und zusammen gingen sie die Treppe hinunter, noch mehr Leuten ausweichend. Logan bot sich selbst als Schutzschild an, sodass sie hinter ihm gehen konnte und es leichter war, niemanden anzurempeln. Sie war ihm dafür dankbar, denn der Hindernislauf zerrte an ihren Nerven und erschöpfte sie. Und wer wusste schon, wie lange sie auf der Flucht sein würden. Sie musste ihre Kräfte sparen, bis sie einen sicheren Ort fanden, an dem sie sich ausruhen konnten.

Als sie endlich an den Drehkreuzen ankamen, blieb Logan stehen und wandte sich zu ihr um. Er machte eine Handbewegung, die andeutete, dass sie warten sollte. Dann ließ er ihre Hand los und schritt durch das Drehkreuz, ohne dass es sich bewegte.

Winter blinzelte verwirrt. Wie war das möglich? Weil er unsichtbar war? Sie ging auf dasselbe Drehkreuz zu und stieß auf Widerstand. Sie kam nicht durch. Ohne Fahrkarte ließ das Drehkreuz sie nicht hinein. Plötzlich fasste Logan von der anderen Seite nach ihrer Hand.

Sie begegnete seinem Blick und er bedeutete ihr, dass er sie über das Hindernis heben würde. Er stellte die Reisetasche, die er für sie getragen hatte, neben sich auf den Boden, um seine Hände frei zu haben. Ein paar Augenblicke später stand auch sie – mit seiner Hilfe – auf der anderen Seite des Drehkreuzes in dem Bereich für die Fahrgäste, die bezahlt hatten. Logan ergriff wieder ihre Hand, nahm die Tasche mit der anderen und zog sie dorthin, wo ein Zug gerade in die Station einfuhr.

Sie hatte keine Gelegenheit, ihn zu fragen, wie er einfach *durch* das Drehkreuz gehen konnte, *durch* feste Masse, als bestünde er nur aus Luft und nicht aus Fleisch und Blut. Doch sie würde ihre Frage nicht vergessen. Sie würde ihn später fragen, wenn sie wieder sprechen konnte, ohne Aufmerksamkeit zu erregen. Es war offensichtlich, dass Logan ihr nicht alles über sich erzählt hatte. Wer wusste schon, welche Fähigkeiten er sonst noch hatte? Als ein Unsterblicher, ein übernatürliches Wesen, konnte er vermutlich jede Menge wilder Sachen tun und nicht nur durch feste Masse marschieren oder sich unsichtbar machen.

Da traf es sie plötzlich wie ein Schlag. Was, wenn er den Dämonen gar nicht so unähnlich war? Denn um böse Kreaturen wie die Monster, die sie angegriffen hatten, zu bekämpfen, hatte er schließlich auch Fähigkeiten, die nicht von dieser Welt waren, oder etwa nicht?

Die U-Bahn hielt an und jede Menge Leute strömten auf den Bahnsteig und ihnen entgegen. Logan riss sie zur Wand und presste sie mit dem Rücken flach dagegen, während er sie mit seinem breiten Körper abschirmte. Sie konnte die vorbeieilenden Fahrgäste nicht mehr sehen, da Logan so viel größer als sie war, doch sie konnte sie spüren, wann immer jemand gegen ihn prallte, denn dadurch stieß Logan gegen sie. Sie müsste eigentlich Platzangst bekommen, wie eine Sardine zwischen der Wand und ihm eingeklemmt, doch das tat sie nicht. Stattdessen fühlte sie sich wie in einem Kokon. Als könnte ihr nichts geschehen, solange sie mit ihm zusammen war.

Sei nicht so dumm!

Er war vielleicht unsterblich, doch das bedeutete nicht, dass *sie* das auch war. Sie war immer noch ein Mensch – obwohl sie eine Seherin war – und deshalb verwundbar.

Sie hob ihren Blick und bemerkte, wie Logan sie anstarrte. War er sich der Intimität ihrer

Situation bewusst? Konnte er spüren, wie heftig ihr das Herz in der Brust schlug? Konnte er sehen, dass seine Nähe sie nicht unberührt ließ? Denn ja, sie konnte es sich selbst eingestehen – wenn auch niemandem sonst – dass sie Logan attraktiv fand. Dass die Nähe seines Körpers ein Verlangen in ihr entfachte, das nichts mit Dankbarkeit zu tun hatte, dass er ihr Leben gerettet hatte.

Logans Kopf kam näher, langsam, aber unausweichlich. Sie schluckte schwer und ihr Puls raste jetzt. Er neigte seinen Kopf noch tiefer. Würde er sie küssen? Sie öffnete ihren Mund und spürte einen Atemzug über ihre Lippen huschen.

„Wir müssen diese U-Bahn erwischen", flüsterte er an ihrem Ohr. „Lass uns gehen."

Hitze wallte in ihren Wangen auf.

Logan drehte sich abrupt weg, ergriff ihre Hand und eilte auf die Türen der U-Bahn zu. Sie hörte etwas piepen. Die Türen begannen, sich zu schließen. Logan sprang in die Bahn und zog sie mit sich. Hinter ihr schlossen sich die Türen und der Zug setzte sich in Bewegung.

Das Abteil war relativ voll. Es gab keine

freien Sitze, also blieben sie in der Nähe der Türen stehen. An jeder Station mussten sie Fahrgästen ausweichen, die aus- oder einstiegen, während der Zug leerer wurde, je weiter sie sich von der Stadtmitte entfernten. Endlich fanden sie freie Plätze abseits der anderen Fahrgäste und setzten sich hin.

Winter wagte es nicht, Logan anzusehen. Warum hatte sie gedacht, dass er sie hatte küssen wollen? Wie dumm von ihr. Er kannte sie nicht einmal. War ihr erst ein paar Stunden zuvor das erste Mal begegnet. Und schon hatte sie romantische Fantasien. Als wäre sie mitten in einem Abenteuer wie *Auf der Jagd nach dem grünen Diamanten*, in dem die Heldin am Ende des Films mit ihrem Retter zusammenkam. Aber das hier war kein Film. Und kein Buch. Es war echt! Ein echtes Leben mit echten Dämonen. Es gab keine Zeit für Romantik. Es gab kaum genug Zeit zur Flucht.

Mehrere Stationen vor dem Ende der Broad-Street-Linie stiegen Winter und Logan aus der U-Bahn. Doch Logan schien sich noch nicht damit zufrieden zu geben, wie weit sie unsichtbar gereist waren. Er lenkte sie in

Richtung der Regionalbahn. Ohne nachzufragen, ging Winter mit ihm und sie bestiegen den ersten Zug, der die Station verließ. Sie sah nicht einmal auf die Anzeige, wohin der Zug fuhr. Es war ihr egal.

Die Regionalbahn war nicht so voll wie die U-Bahn und sie konnten schnell freie Plätze finden. Logan hielt immer noch ihre Hand und die Tasche stand jetzt auf dem Boden zwischen seinen Beinen. Sie seufzte stumm und erhaschte Logans Blick. Er hob eine Hand, während er den Kopf schieflegte und die Augen schloss.

Sie nickte. Ja, sie war erschöpft und konnte die Müdigkeit in ihren Knochen spüren.

Er drehte sich etwas seitwärts, hob einen Arm und zog sie an sich, sodass sie ihren Kopf an seine Brust legen konnte. Ohne Protest akzeptierte sie sein Angebot und schloss die Augen. Die Vibrationen des Zuges und die Wärme von Logans Körper ließen sie ruhiger werden. Sie konnte nicht schlafen und wusste auch nicht, ob sie je wieder schlafen könnte, deshalb döste sie nur und gönnte ihren Augen und ihrem Körper so viel Ruhe wie möglich.

Sie spürte Logans gleichmäßigen Herzschlag, doch sie wusste, dass er nicht schlief. Er beschützte sie.

Wie ein Wächter in der Nacht. Wie der unsterbliche Krieger, der er war.

Wie ihr Held.

11

Logan hatte schon lange keine Frau mehr umarmt. Nicht, dass dies hier – in einem Zug sitzend, mit Winters Kopf an seine Brust gelehnt – wirklich eine Umarmung genannt werden konnte. Er stützte sie nur, damit sie sich ein paar Minuten ausruhen konnte. Gleichzeitig genoss er jedoch, wie Winter sich an ihn kuschelte. Es erinnerte ihn an eine Frau nach dem Sex, wenn sie kuscheln und er nur noch aufstehen und wegrennen wollte. Nur hatte es keinen Sex gegeben und er verspürte nicht den Drang, vor Winter wegzurennen.

Ein paar Minuten lang erlaubte Logan

seinen Gedanken freien Lauf und folgte dem Weg, der mit *was-wäre-wenn* gepflastert war. Vor vielen Jahrzehnten hatte er sich entschlossen, seinem Volk als Krieger zu dienen und es zu beschützen. Er hatte diese Berufung angenommen, obwohl er wusste, was das bedeutete: Verzicht. Alle Krieger waren gezwungen, zusammen mit fünf bis zehn anderen Kriegern in den Komplexen zu leben. Es war beinahe, als lebte man in einem Kloster, obwohl es Alkohol und Partys gab wie an jedem Ort, wo mehr als zwei Männer versammelt waren. Niemand erwartete, dass Krieger keusch lebten. Doch die Anforderungen ihres Jobs und die Lebensumstände hatten viele Krieger zu Mönchen gemacht.

Die Gelegenheiten, sexuelle Befriedigung zu finden, waren selten. Weil die Geburtenrate der Hüter der Nacht zu Gunsten der männlichen Nachkommen verschoben war, gab es viel weniger Hüterinnen als Hüter. Und sogar noch weniger Kriegerinnen. Sein Komplex hatte eine Kriegerin. Doch Enya war zickig. Sie wollte mit keinem von ihnen etwas zu tun haben und Logan musste zugeben, dass auch er nicht romantisch an ihr interessiert war. Er war praktisch mit ihr aufgewachsen. Er wusste, dass es den anderen im Komplex genauso ging.

Der Mangel an Frauen ihrer eigenen Rasse bedeutete, dass sich die Krieger mit menschlichen Frauen die Hörner abstoßen mussten. Normalerweise war das kein Problem. Schließlich sahen die Hüter der Nacht nicht anders als Menschen aus, und die Frauen, mit denen sie schliefen, würden nie Verdacht schöpfen, dass sie übernatürliche Geschöpfe waren. Geschöpfe, die sie nicht einmal schwängern konnten, denn ein Hüter war unfruchtbar, bis er mit einer Frau das Bindungsritual durchgeführt hatte. One-Night-Stands waren eine beliebte Option, wenn ein Hüter sexuell nicht ausgelastet war. Doch wenn er mehr wollte, wenn er eine Beziehung wollte, fingen die Probleme an.

Es begann damit, dass Menschen in den Komplexen nur erlaubt waren, wenn sie sich mit einem Krieger verbunden hatten. Natürlich hatten auch seine eigenen Kumpel diese Regel schon mehrmals gebrochen. Ein Krieger, der sich an die Regeln halten wollte, hatte es außerdem schwer, das Vertrauen einer Frau zu gewinnen, wenn er sie nicht einmal mit nach Hause – den Komplex – bringen durfte. Denn viele Frauen waren gegenüber Männern mit Geheimnissen misstrauisch. Sie konnten spüren, wenn ein Mann ihnen etwas verheimlichte. Was zur nächsten Hürde führte: Ein Krieger musste einem Menschen bis zur Entscheidung, dass er sich dauerhaft mit ihm verbinden wollte, seine übernatürlichen Fähigkeiten verschweigen.

Logan seufzte. Warum dachte er über das überhaupt nach? Seine Situation mit Winter war vollkommen anders. Sie war keine Frau, die er in einer Bar oder einem Supermarkt angemacht hatte. Sie war kein potenzieller One-Night-Stand, obwohl er sie unter anderen Umständen um ein Date gebeten hätte, um herauszufinden, ob es zwischen ihnen funken könnte. Ob sie wenigstens für eine Nacht zusammen sein könnten. Doch das war jetzt unmöglich. Winter stand unter seinem Schutz und er würde die Situation nicht ausnützen. Das wäre nicht ethisch. Winter war sein Schützling. Er war ihr Beschützer, ihr Hüter.

Selbst wenn der Rat ihm etwas anderes befohlen hatte.

Als der Zug langsamer wurde, sah Logan aus dem Fenster. Sie näherten sich schon der Endstation: Trenton. Er rüttelte Winter sanft an der Schulter. Sie setzte sich sofort auf und sah ihn an. Er deutete zum Fenster, wo der Bahnhof von Trenton gerade in Sicht kam. Sie nickte, denn sie hatte verstanden, dass sie hier aussteigen würden.

Logan wartete, bis die meisten Fahrgäste ausgestiegen waren und trat dann auf den Bahnsteig, während er Winters Hand hielt. Es war immer noch am besten, sie durch seine Berührung unsichtbar zu machen, denn das benötigte weniger Energie. Außerdem war das sicherer, als sie nur mit seiner geistigen Kraft unsichtbar zu machen, falls seine Konzentration nachließ. Und im Moment musste er sich auch darauf konzentrieren, ein sicheres Versteck für sie zu finden.

Bis Logan den Stadtplan in der Ankunftshalle studiert und ein für ihre Zwecke passendes Hotel gefunden hatte, war die Sonne untergegangen. Er sah sich um. Der Bahnhof war mit Kameras ausgestattet, sodass es noch gefährlich war, wieder sichtbar zu werden. Es wäre bequemer gewesen, ein Taxi zum Hotel zu nehmen, doch die Sicherheitskameras rund um den Bahnhof würden ihn und Winter erfassen. Und sobald Manus herausfand, dass die Spur nach Chicago nur ein Ablenkungsmanöver war, würde er Pearce bitten, ein Gesichtserkennungsprogramm durch die Aufnahmen aller Überwachungskameras laufen zu lassen. Logan kannte das Protokoll.

Als sie außer Hörweite anderer Leute waren, flüsterte Logan zu Winter: „Wir müssen zu Fuß gehen. Es ist nur etwa eine Meile. Geht das?"

„Ja. Sind wir immer noch unsichtbar?"

„Ja. Aber sobald wir das Hotel erreichen und die Luft rein ist, mache ich uns wieder sichtbar."

„Wir gehen zu einem Hotel?"

„Ja, für heute Nacht. Dann reisen wir weiter." Wohin, das hatte er sich noch nicht überlegt, das würde er später tun. Im Moment war es wichtig, dass sie von der Straße wegkamen.

Logan war froh, als sie endlich das Billighotel erreichten, das er auf dem Stadtplan im Bahnhof entdeckt hatte. In so einem Hotel bar statt mit der Kreditkarte zu bezahlen wäre nichts Ungewöhnliches. So gerne er Winter in einem besseren Hotel untergebracht hätte, konnte er es nicht riskieren, mit einer seiner eigenen Kreditkarten für das Zimmer zu bezahlen. Seine Kameraden würden ihn sonst in einer Nanosekunde aufspüren.

Der Hotelangestellte an der Rezeption zuckte nicht mit der Wimper, als Logan um ein Zimmer im ersten Stock bat und bar bezahlte. Er schien sich auch nicht über den Mangel an Gepäck zu wundern, das nur aus Winters kleiner Tasche bestand.

„Kann man hier in der Nähe irgendwo zu Abend essen?", fragte Logan, während er die Schlüsselkarte entgegennahm.

Der Rezeptionist deutete über seine Schulter. „Nehmen Sie die Gasse hinter dem Hotel. An der nächsten Ecke gibt es ein gutes Grill-Restaurant." Er warf Winter einen Blick zu und musterte sie interessiert. „Dort gibt's auch Essen zum Mitnehmen."

„Danke." Logan wandte sich ab und nahm Winters Hand in seine. Sie gingen um die Ecke, wo sich die Aufzüge befanden. „Ich bringe dich erst mal aufs Zimmer. Dann hole ich uns was zu essen."

„Klingt gut. Ich bekomme langsam Hunger", sagte sie und sah ihn dankbar an.

Das Zimmer war sauber und praktisch: zwei große Betten, ein eingebauter Schreibtisch mit einem Stuhl, ein an der Wand aufgehängter Fernseher, ein kleiner Tisch mit zwei Stühlen und ein angrenzendes Badezimmer. Die Vorhänge waren bereits zugezogen, als Logan den Raum vor Winter betrat, um sicherzustellen, dass alles okay war.

Er winkte sie herein und stellte die Tasche neben dem Tisch auf den Boden, dann schaute er zu Winter und bemerkte, dass sie die Betten anstarrte.

„Es tut mir leid, Winter, aber ich kann dich nicht alleine in einem Zimmer übernachten lassen. Ich muss in deiner Nähe bleiben, damit du in Sicherheit bist", sagte er.

Ihre Blicke trafen sich. „Ich beschwere mich nicht."

„Nein, tust du nicht. Und das weiß ich zu schätzen. Du akzeptierst das alles ohne viel

Theater. Viele würden nicht so ruhig bleiben." Und deshalb stieg sie noch mehr in seiner Bewunderung. Sie war kein scheues Reh.

„Ich bin dir dankbar für deine Hilfe. Du bringst dich für mich in Gefahr."

„Das ist meine Aufgabe." Während er das sagte, nagte ein Schuldgefühl an ihm. Es war seine Aufgabe sie zu töten, nicht zu retten. Verdiente sie nicht die Wahrheit, die Wahrheit, warum er wirklich in ihrem Geschäft aufgetaucht war? Doch wenn sie die Wahrheit kannte, dann würde sie ihn nicht so wie jetzt ansehen, mit vor Bewunderung und Dankbarkeit schimmernden Augen.

Er war ein Scheißkerl, sie glauben zu lassen, dass er ein Held war, ein Ehrenmann.

„Winter, es gibt etwas, das du wissen solltest", begann er. Es war am besten, ihr die Wahrheit zu sagen oder sein schlechtes Gewissen würde ihn langsam umbringen.

Sie ließ sich auf eins der Betten fallen und atmete tief aus. „Es gibt jede Menge Dinge, die ich wissen sollte. Angefangen damit, wie du einfach durch das Drehkreuz in der U-Bahn-

Station gegangen bist. Wie hast du das gemacht? Du hättest mich warnen können."

„Oh, das."

„Ja, das."

Er zuckte mit den Schultern. Vielleicht würde sich im Laufe ihres Gesprächs eine bessere Gelegenheit bieten, ihr zu gestehen, warum er tatsächlich in ihrem Laden gewesen war. Es war besser, erst einmal Vertrauen zwischen ihnen aufzubauen, damit sie ihn verstehen würde, wenn er ihr die Wahrheit gestand.

„Das ist eine der Fähigkeiten, die jeder Hüter der Nacht hat. Wir können unseren Körper dematerialisieren und so durch feste Objekte gehen." Durch jedes Material außer Blei, doch es war nicht notwendig, ihr gegenüber diese Schwäche seiner Rasse zu entblößen. „So können wir jedes Gebäude betreten und jede Barriere durchdringen. Das ein oder andere Mal war das schon mal hilfreich."

Winter gluckste unerwartet und zauberte damit eine Sanftheit auf ihr Gesicht, die sein Herz höher schlagen ließ. „Das klingt nach Untertreibung."

War es auch.

„Warum musste ich dann über das Drehkreuz klettern? Du hättest mich einfach –"

„Das konnte ich nicht." Er schüttelte den Kopf. „Der menschliche Körper ist zu zerbrechlich. Würde ich dich dematerialisieren, dann könnten deine Zellen sich nie wieder richtig zusammensetzen."

„Oh, meinst du, wie in der Episode von *Star Trek*, als der Transporter nicht funktionierte?"

Er wusste nicht, von welcher Episode sie sprach und sagte: „Vermutlich. Es wäre nicht schön anzusehen. Leider bedeutet das auch, dass wir immer einen Fluchtweg im Blick haben müssen, auf dem sich auch unsere Schützlinge durchschlagen können."

„Eure Schützlinge? Nennt ihr so Leute wie mich?"

Er würde sie gerne anders nennen, doch dafür war nun weder die Zeit noch der richtige Ort. Tatsächlich würde es nie die richtige Zeit oder den richtigen Ort geben, sie als etwas anderes als seinen Schützling zu sehen. „Ja. Aber ich sollte uns was zu essen holen. Du hast gesagt, dass du hungrig bist."

Sie nickte. „Ein Burger und Pommes wären nicht schlecht."

„Das geht klar. Ich beeile mich. Aber du musst mir versprechen, dass du das Zimmer nicht verlässt, nicht einmal, um zur Eismaschine am Ende des Ganges zu gehen."

„Ich habe nicht die Absicht, alleine irgendwohin zu gehen."

„Gut. Und mach niemandem außer mir die Tür auf."

Sie stand plötzlich auf, als wäre ihr gerade etwas eingefallen. „Und die Dämonen? Ich meine, können die nicht durch Türen gehen wie du?"

Logan lächelte sie an. „Nein. Die einzige Person, die durch diese Tür dringen kann, bin ich."

Oder einer seiner Brüder. Aber er war sich sicher, dass sie ihm noch nicht auf die Spur gekommen waren.

12

Wut strömte durch jede Zelle seines Körpers, als Manus in die Kommandozentrale stürmte.

„Verdammter Bastard!"

Logan hatte ihn hintergangen. Zum Teufel, er hatte nicht nur ihren Komplex hintergangen, sondern die ganze Rasse. Und wenn er Logan nicht schnell fand, würde dieser für seinen Verrat mit dem Leben bezahlen.

Manus marschierte auf die Computerkonsole zu, wo Pearce gerade arbeitete. „Irgendetwas?"

Hinter sich hörte er andere Personen die Kommandozentrale betreten. Er wusste, dass

Aiden und Hamish, die ihm bei der Entsorgung im Geschäft und der Wohnung der Seherin geholfen hatten, ihm gefolgt waren. Doch jetzt sah er auch Enya, die einzige weibliche Kriegerin ihres Komplexes, eintreten.

„Ich habe etwas", sagte Pearce. „Weiß aber nicht, ob's hilft."

„Kann mir jemand erklären, was hier vor sich geht?", fragte Enya und näherte sich.

„Später", sagte Manus und zeigte zum Computer. „Was hast du gefunden? Wo ist Logan?"

„Ich kann dir sagen, wo sein Auto ist." Auf dem Bildschirm deutete Pearce auf einen Punkt der Landkarte. „Er hat es direkt vor der Busstation in Philadelphia geparkt. Es ist immer noch dort. Jemand sollte es lieber abholen, bevor es abgeschleppt wird."

„Ja, später", sagte Manus ungeduldig. „Und Logan?"

„Da das Auto vor der Busstation steht, habe ich dort angefangen. Und stell dir vor, eine Kamera hat ihn erfasst, als er mit einer Frau die Schalterhalle betrat."

„Und dann?"

Pearce drehte sich in seinem Stuhl um. „Wie wär's, wenn du mir ein bisschen mehr Informationen geben würdest, was hier vor sich geht? Es ist ziemlich schwer, herauszufinden, was Logan plant, wenn du mir nur die Hälfte der Fakten gibst. Was ist auf eurer Mission passiert? Oder ist das zu *super*-geheim, um es selbst uns zu sagen?"

Manus sah in die Richtung, wo Aiden und Hamish standen. Sie waren nach Wilmington gefahren, um ihm bei der Entsorgung der Dämonenleichen zu helfen und ihn abzuholen, doch er hatte ihnen auch nur gesagt, dass Logan mit der Frau verschwunden war.

„Ach, zum Teufel mit der scheiß Vertraulichkeit. Ich weiß nicht, warum Barclay darauf bestanden hat." Als Manus Aidens gehobene Augenbrauen aus den Augenwinkeln sah, zuckte er nur mit den Schultern. „Dein Vater kann manchmal echt nerven."

„Damit rennst du offene Türen ein", sagte Aiden. „Also sag uns jetzt, was hier wirklich vor sich geht. Logan läuft doch nicht einfach vor Dämonen weg."

„Er lief nicht vor den Dämonen weg, sondern vor mir.“

Enya ließ sich in einen Stuhl fallen. „Das klingt, als ob's interessant wird.“

„Was hast du diesmal getan, um ihn zu verärgern?“, fragte Hamish.

„Ich bin nicht der Schuldige.“ Manus schüttelte den Kopf. „Logan hat einen Befehl des Rates nicht befolgt.“

„Kannst du dich vielleicht noch etwas rätselhafter ausdrücken?“, fragte Pearce, seine Stimme vor Sarkasmus triefend.

Manus legte den Kopf schief und zog eine Grimasse. „Na gut. Hier ist die Story. Logan und ich bekamen den Auftrag, eine Seherin auszuschalten.“

Zahlreiche Anwesende schnappten nach Luft.

„Ja, und bevor ihr alle auf einmal redet, erzähle ich euch, was ihr wissen müsst. Die Seherin, eine Frau namens Winter Collins, ist sich scheinbar ihrer übersinnlichen Fähigkeiten nicht bewusst. Sie ist geistig labil und stellt Zeichnungen ihrer Visionen öffentlich in ihrem Laden aus.“ Er deutete zu Aiden und Hamish.

„Ihr habt es ja gesehen. Wir mussten die Runen, die sie mit Kreide auf den Türrahmen gekritzelt hatte, abwischen. Und wir mussten die Bilder, die sie aufgehängt hatte, abnehmen. Jeder im Laden konnte sie sehen. So sind vermutlich die Dämonen auf sie aufmerksam geworden."

Er seufzte.

„Jedenfalls sollte Logan in den Laden gehen und ihr irgendwie Gift unterjubeln, um sie schnell zu töten. Ich wartete draußen im Auto und sah die Dämonen einbrechen. Ich bin ihnen so schnell es ging hinterhergejagt. Und als ich reinkam, kämpfte Logan gegen die Dämonen und die Seherin war noch am Leben. Er hatte sie nicht getötet." Er sah seine Kollegen an. „Wir haben die Dämonen dann gemeinsam bekämpft. Haben sie alle bis auf einen, der durch einen Vortex entkommen war, erledigt. Aber ich wusste, sie würden zurückkommen. Wir hatten Glück, sie besiegen zu können, ohne dass sie die Seherin schnappen konnten. Also wollte ich die Sache selbst in die Hand nehmen, da Logan es offensichtlich nicht fertigbrachte."

Manus schnaubte verärgert.

„Und was zum Teufel tut er, als ich ihr

gerade die Kehle aufschlitzen will? Das Arschloch greift mich an! *Mich!* Und er würgt mich so lange, bis ich ohnmächtig werde."

„Mmm", brummte Aiden. „Ich verstehe nicht, warum er das tun sollte. Ich meine, das war ein Befehl des Rates. Sie haben abgestimmt, oder?"

Manus nickte. „Fünf zu vier, die Seherin zu eliminieren."

„Schon komisch, dass sie beschlossen haben, sie zu töten, wenn sie uns von Nutzen sein könnte", meinte Enya.

„Scheinbar war der Rat anderer Meinung", sagte Manus.

„Und Logan?", fragte Hamish.

„Als ich das Arschloch anrief, hat er mir die Ohren vollgelabert von wegen wie nützlich sie sein könnte und dass sie Visionen von den Dämonen hat und uns helfen könnte, sie zu vernichten. Glaubt ihr nicht, dass der Rat das nicht in Betracht gezogen hat, bevor sie abgestimmt hatten? Aber nein, Logan weiß es besser. Er hat gesagt, dass er sie retten müsse. Und dass er dem Rat beweisen wird, dass sie lebendig mehr wert ist als tot. Idiot! Sie werden ihre Meinung nie ändern."

Enya zuckte mit den Schultern. „Mit den richtigen Beweisen vielleicht doch."

„Oh, bitte!" Manus funkelte sie an. „Hast du sie nicht alle, oder was?"

Enya verengte ihre Augen. „Fang du nicht –"

„Hört auf! Beide!", befahl Hamish. „Euer Gezänk hilft uns nicht, Logan zu finden."

„Hamish hat recht", sagte Aiden. „Wir müssen ihn finden. Und zwar schnell, bevor der Rat mitbekommt, dass er mit der Seherin auf der Flucht ist, statt sie zu töten. Das ist Hochverrat. Und ich lasse meinen Freund nicht wegen Hochverrats über die Klippen springen."

„Ich auch nicht", bestätigte Pearce.

„Ebenfalls", sagte Enya knapp.

Hamish nickte nur.

Manus schnaubte. „Ja, okay, ich lasse das auch nicht zu. Aber er ist trotzdem ein Arschloch!" Arschloch oder nicht, Logan war sein Freund und er konnte nicht zulassen, dass sein Freund des Hochverrats angeklagt wurde, einem Verbrechen, das mit dem Tod bestraft wurde.

Er wandte sich an Pearce. „Hast du Logans Kreditkarten nachverfolgt, um zu sehen, ob er sie in der Busstation benutzt hat?"

Pearce nickte. „Ja. Kein Erfolg. Er ist nicht so blöd, seine eigenen Karten zu benutzen, wenn er vor uns auf der Flucht ist."

„Dann checke die der Frau. Winter Collins. Vielleicht haben sie ihre benutzt."

„Gib mir einen Augenblick, um ihre Daten zu finden." Pearce fing an, etwas in den Rechner zu tippen. Fenster poppten auf und schlossen sich wieder. Es schien eine Ewigkeit zu dauern, auch wenn in Wirklichkeit vielleicht nur ein paar Minuten verstrichen, bis Pearce die Kreditkarte der Frau gefunden hatte und die letzten Belastungen überprüfte. Er deutete auf den Bildschirm. „Hier. Sie hat zwei Fahrkarten für den Greyhoundbus von Philadelphia nach Chicago gekauft."

Manus starrte auf den Eintrag. „Warum fährt er nach Chicago? Das ergibt keinen Sinn. Warum mit dem Bus?"

Pearce begegnete seinem Blick. „Genau. Warum riskiert er, so lange in der Öffentlichkeit unterwegs zu sein, wenn er einfach zum nächsten Portal gehen und verschwinden könnte, ohne dass wir ihn finden können?"

„Genau", sagte Manus. „Er hat die Spur für uns gelegt. Aber warum?"

„Können wir überprüfen, ob er wirklich in dem Bus nach Chicago sitzt?", fragte Hamish. „Was ist mit seinem Handy? Hast du es angepeilt?"

Pearce drehte sich wieder zum Bildschirm. „Hab's schon vorhin versucht, aber kein gutes Signal bekommen. Er war vielleicht in einer Gegend mit schlechtem Empfang. Lass es mich nochmal versuchen."

Ein paar Augenblicke später erschien eine Landkarte auf einem der Monitore. Ein roter Punkt blinkte.

„Er bewegt sich", sagte Pearce. „Im Moment ist er außerhalb von Pittsburgh. Das liegt auf der Strecke, die der Bus von Philadelphia nach Chicago nehmen würde. Sieht so aus, als wäre er im Bus."

Manus schüttelte den Kopf. Etwas stimmte nicht. Er wandte sich an seine Kameraden. „Sagt mal, wenn einer von euch vor uns flüchten würde, würdet ihr dann das Handy eingeschaltet lassen, wo ihr doch genau wisst, dass wir es mit unserer Software orten können?"

Alle schüttelten die Köpfe.

„Dachte ich mir doch." Manus knurrte. „Verdammter Scheißkerl. Er hat Brotkrumen für uns ausgelegt, damit wir einer falschen Spur folgen. Er ist nicht mal annähernd in der Nähe von Chicago."

„Wo dann?", fragte Aiden.

„Er ist auf dem Weg zu einem Portal, um zu verschwinden." Manus wandte sich wieder an Pearce. „Zeig mir alle verlorenen Portale, die man mit öffentlichen Verkehrsmitteln von Philadelphia erreichen kann. Denn er kann nicht sehr weit kommen, außer er hätte ein Auto gestohlen. Er muss die Bahn benutzen. Aber überprüfe alle Berichte von gestohlenen Wagen in der Gegend, nur für den Fall ..."

Pearce tippte auf seiner Tastatur, dann fluchte er. „Scheiße, zu viele Portale. Philadelphias Gleisnetz ist zu groß. Es ist unmöglich, dass wir an jedem Portal einen Mann postieren können, um ihn abzufangen. Und wir können keinen von einem anderen Komplex um Hilfe bitten. Niemand darf erfahren, dass Logan flüchtig ist. Wir müssen die Zahl der möglichen Portale einschränken."

„Wie?", fragte Aiden.

„Wir müssen uns in Logan hineinversetzen", sagte Pearce. „Was würde Logan tun?"

13

Das Essen war genau das, was Winter gebraucht hatte. Sie fühlte sich besser, nachdem sie den von Logan mitgebrachten Burger verschlungen hatte. Während des Essens hatte sie Logan mehr über die Dämonen und ihr ultimatives Ziel gefragt.

„Die Weltherrschaft?", wiederholte sie.

„Exakt." Logan schnappte sich die Pappteller mit den Essensresten und stopfte sie in die Plastiktüte, in der er das Essen geholt hatte. Dann band er die Tüte oben zu und ging ins Badezimmer.

Sie hörte, wie er die Tüte dort in den

Abfalleimer schmiss und sich dann die Hände wusch.

Auch sie stand auf und ging zur offenen Badezimmertür. „Und du und die anderen Hüter der Nacht, ihr bekämpft sie schon seit Jahrhunderten ohne Erfolg? Als du gegen die vier Dämonen gekämpft hast, konntest du dich aber gut behaupten. Ich kann nicht glauben, dass ihr sie nicht besiegen könnt. Du bist doch so stark.“

Logan trocknete sich die Hände ab. Ihre Augen trafen sich im Spiegel. „Sie sind genauso stark.“

„Aber du kannst dich unsichtbar machen und durch Wände gehen. In einem Kampf gibt dir das einen Vorteil.“

„Das stimmt schon, aber wir sind einfach nicht genug. Es gibt zu viele Dämonen. Und ihre Zahl steigt mit jeder Minute.“

Sie verzog ihr Gesicht. „Soll das heißen, dass die sich fortpflanzen können?“ Bei diesem Gedanken wurde ihr ganz übel.

„Nicht im traditionellen Sinne, obwohl wir uns dessen auch nicht ganz sicher sind. Nein, ihre Zahl wächst immer dann, wenn sie einen

Menschen zum Bösen verleiten und ihn dazu bringen können, im Namen der Dämonen eine Untat zu begehen. Dann verwandelt sich der Mensch in einen Dämon und verliert seine Seele für immer. So vermehren sie ihre Reihen. Es gibt so viel Böses in der Welt, so viel Groll, so viel Zwietracht, nicht nur in unserem eigenen Land. Wenn man dazu noch die Kriege auf der ganzen Welt hinzuzählt, hast du den perfekten Nährboden, auf dem der nächste Dämon gedeihen kann."

Sie sah ihn mit aufgerissenen Augen an. „Ein nie versiegendes Angebot."

Logan kam aus dem Badezimmer und sie machte ihm Platz, bevor sie ihm zum Tisch folgte. Er lehnte sich mit dem Hintern gegen die Tischplatte und warf ihr ein trauriges Lächeln zu. „Das ist eine nie endende Schlacht."

„Wie schaffst du es angesichts dieser bösen Übermacht, die Hoffnung nicht zu verlieren?"

Er zuckte mit den Schultern. „Ich lebe einen Tag nach dem anderen. Töte einen Dämon nach dem anderen. Mehr kann ich nicht tun."

Winter schüttelte den Kopf und näherte sich

ihm. „Und jetzt musst du dich auch noch um mich kümmern." Sie seufzte. „Es tut mir leid."

Dann nahm sie seine Hand und drückte sie. Er starrte sie schweigend und erstaunt an. Was sie als Geste des Trostes gemeint hatte, fühlte sich plötzlich ganz anders an. Logans Augen glühten wie flüssiges Glas, sodass sie sich in ihnen verlor. Diese Schönheit, diese Macht. Winter hob ihre Hand und strich mit den Fingerknöcheln über seine Wange. Sie spürte, wie die Berührung sie erschauern ließ. Sie fühlte sich wie elektrisiert. Ohne zu wissen, was sie tat, bewegte sie sich noch näher auf ihn zu. Logans Mund war leicht geöffnet und sah verlockender aus als alles, was sie je gesehen hatte. Sie atmete tief ein und neigte sich zu ihm.

Doch plötzlich bewegte sich Logan und wich zurück.

Überrascht rang sie nach Luft und versuchte, sich wegzudrehen, doch er schnappte ihren Arm.

„Es ist besser, wenn du mich nicht küsst."

Hitze schoss in ihre Wangen. Hatte sie den Verstand verloren und gerade wirklich versucht, ihm ihre Lippen anzubieten? Scham überwältigte sie und sie versuchte, einen Schritt zurückzutreten, doch Logan ließ ihren Arm nicht los. Sie warf ihm einen kurzen Blick zu. Zu ihrer Überraschung sah sie Bedauern in seinen Augen aufflackern.

„Es tut mir leid", sagte sie.

„Nein, muss es nicht", sagte er. „Ich würde deine Berührung gerne willkommen heißen. Ich hätte den Kuss erwidert. Aber zwischen dir und mir kann es nichts Sexuelles geben."

Er hätte ihren Kuss erwidert? Also spürte auch er die Anziehungskraft zwischen ihnen? Warum hatte er dann Skrupel? Oder war es das nicht? Was, wenn der Grund nicht darin lag, dass er keinen Sex mit ihr haben *wollte*, sondern darin, dass er es nicht *konnte*? *Körperlich* nicht konnte. Der Gedanke ließ ihren Atem stocken. Ja, das musste es sein. „Oh." Sie schluckte schwer und senkte ihre Augen. „Ich hatte keine Ahnung. Ich dachte, weil du so menschlich aussiehst ... na, ja ... dass du all die gleichen ... äh, Teile hast." Sie räusperte sich. „Ich wollte nicht –"

„Teile?", unterbrach Logan mit lauter werdender Stimme.

„Äh ..." Bestand er wirklich darauf, dass sie es aussprach? Oh Gott, wie peinlich. Sie deutete in Richtung seines Schrittes, dann wandte sie schnell ihre Augen ab. „Du weißt schon ..."

„Du glaubst, ich habe nicht die richtige Ausstattung?"

Winter hustete nervös. „Bitte, es tut mir leid, ich wollte dir nichts unterstellen. Es tut mir leid, dass ... äh ... Können wir die Sache bitte vergessen?"

„Nein, können wir nicht."

Sie sah zu ihm hoch. Es schien, als kämpfte er innerlich mit sich.

„Du verstehst mich falsch", sagte Logan. „Es ist mein Fehler. Ich habe dir vielleicht die falschen Signale geschickt. Ich bin deinen Reizen gegenüber nicht immun. Aber du bist mein Schützling. Meine Verantwortung. Es ist egal, was ich will, denn ich werde meinen Wünschen nicht nachgeben. Das kann ich nicht." Er ließ ihren Arm los. „Ich werde eine Frau, die unter meinem Schutz steht, nicht ausnutzen. Das ist nicht recht. Du bist verletzlich. Beeinflussbar. Du glaubst vermutlich, dass du mir etwas schuldest. Das tust du nicht. Aber ich brauche deine Hilfe, dieser Versuchung zu widerstehen. Bitte versuche nicht wieder, mich zu küssen. Es würde nur zu einem führen." Er deutete zum Bett. „Zu wissen, dass wir heute Nacht im selben Zimmer schlafen werden, ist Versuchung genug. Ich bin vielleicht ein unsterblicher Krieger, aber ich bin auch ein Mann." Er stieß ein schwaches Lachen aus. „Mit den richtigen *Teilen*."

Winter starrte ihn mit offenem Mund an. Er fühlte sich zu ihr hingezogen. Und obwohl sie verschiedenen Spezies angehörten, waren sie kompatibel. Und sein Einwand war, dass er glaubte, er würde sie ausnutzen? Das konnte doch unmöglich wahr sein.

„Moment mal. Du findest mich relativ attraktiv –", fing sie an.

„Nicht nur relativ."

Sie nahm den Kommentar zufrieden zur Kenntnis. „Und du hast *die richtigen Teile*." Sie blickte flüchtig zu seinem Schritt. „Und ich nehme an, sie funktionieren?"

Logan brummte. „Sie funktionieren ganz gut", drückte er zwischen zusammengepressten Zähnen hervor.

„Aber du glaubst, dass du mich ausnutzt, wenn du mit mir schläfst." Sie verdrehte die Augen. „Männer! Kein Wunder, dass ich mich nicht viel verabrede. Männer sind einfach zu kompliziert."

„Du denkst, ich bin kompliziert?"

„Nein, du –", sie bohrte ihm ihren Zeigefinger in die Brust, „bist dumm."

Er verengte seine Augen. „Würdest du mir vielleicht erklären, warum ich diese harsche Kritik verdiene?"

„Du verstehst es immer noch nicht, oder? Ich könnte morgen sterben. Zum Teufel, wir könnten beide morgen sterben. Die Dämonen könnten uns finden und uns im Schlaf ermorden. Und du machst dir Sorgen, dass du mich ausnutzt, wenn ich doch diejenige bin, die dich angemacht hat?" Sie schüttelte den Kopf und wandte sich ab. „Wirklich! Wenn du meine Gefühle nicht verletzen willst, weil du nicht wirklich an mir interessiert bist –"

Eine starke Hand auf ihrer Schulter wirbelte

sie herum, damit sie ihn ansehen musste. Plötzlich waren beide Hände auf ihren Schultern und hielten sie fest. „Ich bin an dir interessiert."

Er zog sie an sich und seine Hände glitten ihren Rücken hinunter zu ihrem Po. Er drückte sie gegen seine Lenden, wo sich etwas Hartes an ihrem Bauch rieb. Ihr Atem stockte.

„Reicht dieser Beweis meines Interesses?"

Winter begegnete seinem Blick. Er sah nicht mehr verärgert aus, auch klang seine Stimme nicht wütend. Stattdessen grinste er. Fassungslos erstarrte sie.

„Na, na, sieh mal an. Plötzlich ist die kleine Verführerin nicht mehr so mutig, wie? Machst du jetzt einen Rückzieher, wo du merkst, dass ich dein Angebot annehmen werde, wenn du es nochmal machst? Ich hoffe, das dient dir als Warnung. Spiele keine Spielchen mit mir."

Sie spürte, wie er seinen Griff lockerte und sie zurückschob, doch bevor er seine Umarmung lösen konnte, legte sie ihre Hände auf seine Oberarme und hielt ihn fest. „Ich wollte keine Warnung. Und ich spiele keine Spielchen."

„Verdammt", stieß Logan aus und neigte

gleichzeitig seinen Kopf zu ihr. „Das ist ein Fehler."

„Aber einer, den ich genießen werde", murmelte sie. „Und dazu muss ich keine Seherin sein."

„Winter?"

„Hmm?"

„Hör auf zu reden."

„Dann küss mich doch endlich."

Eine Sekunde später spürte sie Logans Lippen mit sanftem Druck auf ihrem Mund. Wärme durchflutete sie sowie das Wissen, dass sie für eine kurze Weile alles vergessen würde, was in den letzten Stunden geschehen war.

14

Logan spürte, wie Winter auf seinen Kuss reagierte und wusste, dass es kein Zurück mehr gab. Wie Barclay gesagt hatte, war sie frei in ihrem Denken und scherte sich nicht um Konventionen. Obwohl sie ihn kaum kannte, bot sie ihm ihren Körper so vertrauensvoll an. Und er war ein Schurke, dieses Angebot anzunehmen. Denn er wusste, was er tat, war falsch. Falsch in jeder Hinsicht.

War es nicht genug, dass er auf der Flucht war, seine Freunde betrogen und den Befehlen seiner Vorgesetzten zuwidergehandelt hatte? War es nicht genug, dass er Winter immer noch darüber anlog, warum er in ihren Laden gekommen war? Musste er der Sache noch das i-Tüpfelchen aufsetzen, indem er jetzt mit ihr schlief?

Verdammt! Er sollte aufhören, sollte alles gestehen. Aber das konnte er nicht. Winter in seinen Armen zu spüren, fühlte sich zu gut an. Ihr Mund gab sich ihm hin, ihre Lippen teilten sich, um ihn willkommen zu heißen. Und welcher Mann, welches lebende, atmende Wesen konnte solch einer Versuchung widerstehen? Sie war jung und schön, ihr Körper weich, ihre Kurven rund und verführerisch.

Winter zu küssen glich einem sinnlichen Tanz, einem Tanz zweier Fremder, die keinerlei Geheimnisse voreinander hatten. Zwei Fremde, die einander vertrauten. Trug Winters Zwanglosigkeit, ihre Unkonventionalität zu dem bei, was nun zwischen ihnen geschah? Oder trieb der Horror der letzten Stunden sie zu dieser Tat, einer Tat, die das Leben bejahte?

Bei jeder drängenden Berührung ihrer Lippen, bei jedem Aufeinandertreffen ihrer Zungen spürte Logan ein steigendes Fieber in seinem Körper. Es war schon eine Weile her, dass er so eine Begierde verspürt hatte, dass ein Kuss ihn so erregte. Aber es war nicht nur der Kuss. Er spürte ihre Hände am ganzen Körper. Sie berührte ihn, erforschte ihn mit fast verzweifelter Vorfreude, mit einer Wildheit, die er willkommen hieß.

Sie fing schon an, die Knöpfe seines Hemdes zu öffnen, als hätte sie Angst, dass er seine Meinung ändern und plötzlich wieder aufhören würde, wenn sie ihn nicht schnell genug auszog.

Logan zog seinen Kopf zurück und nahm ihre Hände gefangen.

Sie sah ihn an und sofort flammte Enttäuschung in ihren Augen auf.

„Langsam, Winter, wir haben Zeit." Er ließ ihre Hände los, legte zwei Finger unter ihr Kinn und hob es an. „Wenn wir das hier wirklich machen, dann lass es uns nicht überstürzen. Du hast recht, wir könnten morgen sterben, also lass uns das hier auf jeden Fall zusammen genießen."

Langsam formte sich ein Lächeln auf ihren Lippen, während ein erleichterter Atemzug aus ihrer Kehle drang. „Du hast mir einen Moment lang Angst gemacht."

„Du solltest nie Angst vor mir haben. Das meine ich ernst, Winter." Er legte seine Lippen auf ihre und nahm sie für einen Kuss gefangen. Und noch einen.

Gleichzeitig begann er, sie langsam zu entkleiden. Lage für Lage schälte er weg. Erst ihr Sweatshirt, dann ihr Unterhemd. Darunter trug sie einen BH. Er erlaubte ihr, ihn anzulassen. Fürs Erste. Er war noch nicht bereit, sie ganz zu entblößen.

Doch er wollte ihre Kurven spüren, also ließ er seine Hände über ihre Schultern gleiten, hinab über ihren Oberkörper, wo ein einfacher Baumwoll-BH ihre wohlproportionierten Brüste bedeckte. Unter den vielen Schichten, die sie in ihrem Laden getragen hatte und später dem unförmigen Sweatshirt, hatte er solche Schätze nicht erahnen können. Zwei perfekte Kugeln, fest und doch weich, luden ihn ein, sie zu erforschen.

Mit seinem Daumen fuhr er den Saum ihres BHs nach und schob ihn dann unter den Stoff, um ihre seidene Haut zu berühren. Ihre Brust hob sich einladend und ein abgehakter Atemzug entkam ihrer Kehle.

„Wunderschön", murmelte er und senkte seinen Kopf, um die Mulde zwischen ihren Brüsten zu küssen. Sie roch dort nach Lavendel, nach Unschuld und Sinnlichkeit. Als er seinen Blick hob, um ihr ins Gesicht zu schauen, sah er, wie sie ihn beobachtete, ihre Augen halb geöffnet, ihre Lippen geteilt und immer noch feucht von seinen Küssen.

Der Anblick ließ seinen Schwanz vor Vorfreude zucken. Er war schon hart, schon seit dem Moment, als sie angefangen hatte, über *Teile* zu sprechen. Hatte sie wirklich geglaubt, dass er nicht die richtige Ausstattung hatte, um Liebe mit ihr zu machen? Wie dumm und gleichzeitig charmant.

„Willst du nicht weitermachen?", fragte sie plötzlich.

Er gluckste. „Glaub mir, nur eine Sache kann mich jetzt noch stoppen."

„Und was wäre das?"

Er sah ihr direkt in die Augen. „Du, wenn du deine Meinung änderst. Es ist noch genug Zeit dafür."

Winter schüttelte ihre dunklen Locken. „Nein, ist es nicht." Ihre Hand glitt an seinem Oberkörper hinab zum Reißverschluss seiner Hose und legte sich über die harte Ausbeulung. Er sog als Antwort darauf tief die Luft ein. „Siehst du? Wir können jetzt keinen Rückzieher mehr machen. Ich muss dich spüren, hautnah."

„Ich glaube mein Volk hat sich geirrt: Du bist keine Seherin. Du bist eine Hexe."

Sie lachte leise. „So nennen Männer eine Frau, die sie nicht zähmen können." Ihre Wimpern flatterten und sie leckte mit der Zunge über ihre Lippen. „Aber ich glaube, du kannst mich mit dem hier zähmen." Sie drückte seinen Schwanz durch die Hose.

Ihre Dreistigkeit überraschte ihn – und machte ihn an.

„Fuck!", fluchte er unterdrückt und presste Winter an die Wand hinter ihr.

Er senkte seinen Kopf und küsste eine Brust durch den dünnen Baumwollstoff, bis ihr Nippel steinhart und der Stoff vor Nässe durchsichtig wurde. Dann verwöhnte er die andere Brust mit derselben Qual. In der Zwischenzeit waren seine Hände nicht untätig. Er machte sich schnell am Knopf ihrer Jeans zu schaffen, öffnete den Reißverschluss und streifte ihr die Hose bis auf die Oberschenkel hinunter. Sie trug ein Baumwollhöschen ohne Verschnörkelungen. Er schob seine Finger unter den Stoff und strich durch das raue Haar am Scheitelpunkt ihrer Schenkel, bis er fand wonach er suchte: warme Feuchtigkeit, die aus ihr tropfte.

Er stöhnte gegen ihren Nippel und badete seine Finger in ihrer Erregung.

„Logan, oh Gott!", stammelte sie stöhnend.

Da er nun wusste, dass seine Berührung willkommen war, fing er an, ihre Spalte zu reiben und dann die Feuchtigkeit nach oben zu bringen, wo ihre Klitoris unter einem schützenden Häubchen versteckt war. Er strich darüber und benetzte das empfindliche Organ mit ihren Säften.

Noch ein Stöhnen, dieses Mal noch atemloser.

Er ließ von ihrem Nippel ab und hob den Kopf, dann küsste er einen Pfad ihren Hals hinauf, bis er mit dem Mund an ihrem

Ohrläppchen saugen konnte. „Magst du meine Finger da?"

„J-ja", stammelte sie.

„Gut, weil ich dich zuerst mit meinen Fingern kommen lasse, damit du schön entspannt bist, wenn ich dich mit meinem Schwanz liebe."

Ihr Atem stockte und er spürte ihre Nippel gegen seine Brust stoßen.

Mit der Jeans in den Kniekehlen war Winters Bewegungsfreiheit eingeengt. Sie konnte ihre Beine nicht weiter öffnen, doch Logan machte das nichts aus. Er hatte gerade genug Platz, um drei Finger vor und zurück zu reiben, um ihre Klitoris problemlos zu erreichen. Winter konnte seinen Liebkosungen nicht entkommen. Sie war ihm ausgeliefert.

Mit offenem Mund pflanzte er Küsse auf ihren Hals, während er weiter ihr Lustzentrum streichelte. Er spürte, wie ihre Klitoris immer mehr anschwoll, während Winters Becken seiner Hand immer fordernder entgegendrängte. Er kam ihrem Wunsch nach und streichelte sie intensiver, passte sein Tempo ihrer Atmung und ihrem rasenden Herzschlag an.

„Logan, oh ja, ja bitte!"

Selbst ohne diesen Ausruf hätte er gewusst, wie nahe sie an ihrem Orgasmus war. Ihre rosarot angehauchte Haut war mit feinen Schweißperlen bedeckt, ihre Brust flatterte unter schnellen Atemzügen und ihr Puls raste. Er liebte es, sie so zu sehen, liebte es, der Grund dafür zu sein. Er spürte, wie ihre Klitoris pulsierte, wusste, dass sie so weit war. Er ließ seinen Mittelfinger tief in sie gleiten, dann drückte er ihren Lustknopf zwischen seinem Daumen und Zeigefinger.

Ihr Körper zuckte und ihre Scheidenmuskeln umklammerten seinen Finger. Er spürte sie erschauern, als der Orgasmus über sie hereinbrach. Dann hielt er seine Finger ruhig und erlaubte ihr, das Vergnügen, das nun durch ihren Körper jagte, auszukosten, und küsste ihren Hals, ihre Schultern, senkte seinen Kopf zu ihren Brüsten und küsste sie auch dort, bis die Anspannung ihren Körper verlassen hatte und sie gegen die Wand sank.

Langsam, zärtlich nahm er seinen Finger aus ihr. Dann hob er sie in seine Arme und legte sie auf das Bett.

„Jetzt kümmere ich mich um dich", versprach er und fuhr fort, sie auszuziehen.

***

Winter war wie benommen. Wie in einem Traum. Aber es war kein Traum. Sie lag auf dem Bett und Logan zog sie aus. Sie spürte einen kühlen Lufthauch auf ihrer Haut und wusste, dass er ihr die Hose ausgezogen hatte. Doch sie war von ihrem Orgasmus noch zu gesättigt, um den Kopf zu heben und an sich hinabzusehen.

Dann spürte sie seine Hände auf ihren Brüsten. Sie beobachtete ihn, wie er sie von ihrem BH befreite. Er warf ihn beiseite, dann senkte er seinen Kopf zu einer Brust und leckte über den Nippel. Ihr ganzer Körper war immer noch überempfindlich und sie stöhnte auf.

Logan sah flüchtig zu ihr hoch, lächelte, griff nach ihrem Slip und zog ihn ihr aus. Es war ihr nicht peinlich, sich vor ihm so zu entblößen. Sie wollte, dass er sie so sah. Genauso, wie sie ihn so sehen wollte. Jeden unsterblichen Zentimeter von ihm.

„Zieh dich auch aus", sagte sie und erkannte

dabei kaum ihre eigene Stimme. Wann genau hatte sie sich in einen Vamp mit rauchiger Stimme verwandelt?

Logan stand auf. „Nur wenn du zusiehst."

Sie stützte sich auf ihre Ellbogen und sah ihn an, aufmerksamer als zuvor. „Oh, ich sehe zu."

Es hatte etwas intimes, einem Mann beim Ausziehen zuzusehen. Doch Logan dabei zu beobachten, wie er sein Hemd auszog und seine Hose aufknöpfte, erregte sie noch mehr. War das so, weil er unsterblich war? Oder weil er ein Fremder war und sie keinerlei Erwartungen hatte? Vielleicht war es beides.

Auf seiner Brust zeigte sich nur ein Hauch von dunklem Haar, so dunkel wie das Haar auf seinem Kopf. Seine Brustmuskeln waren gut proportioniert, nicht wie bei einem Bodybuilder, sondern, na ja, wie bei einem Krieger. Man sah ihm seine Kraft und Stärke an. Seine Bauchmuskeln waren gut entwickelt und sie erinnerten sie an die Wellen im Sand, die der Ozean am Strand hinterließ. In der Mitte seiner Bauchmuskeln wuchs das Haar etwas stärker, bevor es in seinem Hosenbund verschwand.

Ihre Augen waren auf seine Hände fixiert, seine starken, doch eleganten Finger, als er den Reißverschluss hinab zog und unter der Khaki-Hose schwarze Boxershorts enthüllte. Er stoppte und sie hob den Kopf, um den Grund dafür herauszufinden, und sah, dass er sie beobachtete.

„Wollte nur sichergehen, ob du willst, dass ich weitermache", sagte er mit einem Grinsen.

„Scherzkeks", sagte sie.

„Oder vielleicht genieße ich nur, wie du mich ansiehst."

„Ich würde es noch mehr genießen, wenn ich etwas mehr zu sehen bekäme." Sie warf einen bedeutungsvollen Blick auf seine Leistengegend.

Endlich fuhr Logan fort, sich auszuziehen. Er beugte sich hinab und schnürte seine Stiefel auf. Er zog einen Dolch aus einem Stiefel und legte ihn beiseite, dann zog er die Boots aus. Die Socken folgten, dann stand er wieder auf und schob seine Hose nach unten. Als er sie ganz auszog, wurde sie mit einer Sicht auf zwei muskulöse Beine belohnt. Doch ihr Interesse lag weiter oben, wo der schwarze Stoff seiner

Boxershorts sich über eine dicke Beule spannte.

Winter leckte sich die Lippen. Ein Stöhnen kam von Logan, dann hakte er seine Daumen in den Bund, schob sein letztes Kleidungsstück hinunter und befreite sich. Sein Schwanz sprang heraus. Hart und schwer wölbte er sich gegen seinen Bauch und darunter hingen seine Hoden in einem straffen Sack.

„Du hast wirklich die richtigen Teile." Sie hob ihren Blick zu seinem. „Perfekte Teile."

„Freut mich, dass sie dir gefallen." Langsam näherte er sich dem Bett und schob ein Knie auf die Matratze. „Dann lass uns dieses Teil angemessen verwenden."

„Ja, lass uns das machen." Sie streckte ihre Hand nach ihm aus, streichelte an der Unterseite seines Schwanzes entlang und genoss die Weichheit seiner empfindlichen Haut. „Perfekt."

Logan drückte sie zurück auf die Mattratze und legte sich zu ihr. „In dir wird es noch viel perfekter sein."

„Wir brauchen ein Kondom." Wie konnte sie so etwas nur vergessen haben?

Logan erstarrte. „Ich habe kein Kondom." Er seufzte. „Unser Volk benutzt keine. Wir brauchen sie nicht. Als übernatürliche Geschöpfe haben wir keine Krankheiten."

„Das macht Sinn", sagte sie, halbwegs erleichtert. „Aber ich nehme die Pille nicht."

Er schüttelte seinen Kopf. „Darüber musst du dir keine Sorgen machen. Ich kann dich nicht schwängern."

Sie sah ihm in die Augen und sah die Wahrheit darin. „Nun, dann denke ich ..." Sie zog ihn zu sich hinunter und spreizte ihre Beine weit, um Platz für ihn zu machen.

Logan glitt zwischen ihre Schenkel, als hätte er das schon tausendmal getan. Ihre Blicke trafen sich und sie sah die Leidenschaft, die sich dort widerspiegelte. Seine Augen waren hellbraun mit dunkleren Flecken. Sie schienen zu funkeln. Und dann spürte sie es, spürte wie sein Schwanz gegen den Eingang ihres Körpers stieß und zwischen ihre feuchten Falten glitt. Während er immer noch ihren Blick festhielt, drang er tief in sie ein, dehnte sie, füllte sie.

Sie atmete mit einem sanften Stöhnen tief aus.

„Siehst du?", murmelte er. „Wir passen perfekt."

Sie liebte das Gefühl seiner harten Wurzel in ihr, liebte die Fülle. Sie presste ihre Scheidenmuskeln zusammen, denn sie wollte mehr von ihm spüren.

Logan stöhnte und schloss seine Augen für einen Moment, bevor er sie wieder ansah. „Mach so weiter und das hier wird im Nu vorbei sein", warnte er sie.

„Dann solltest du vielleicht etwas dagegen tun." Sie bewegte ihre Hüften und bäumte sich ihm entgegen.

„Vielleicht sollte ich das."

Bevor er das letzte Wort ausgesprochen hatte, zog er sich aus ihrer Scheide, dann stieß er wieder hinein. Dieses Mal nicht so sanft wie zuvor. Doch das machte ihr nichts aus. Im Gegenteil, sie fand es aufregend.

„Jetzt verstehen wir uns."

„Nicht mehr reden", sagte er und küsste sie.

Weiter unten bewegten sich seine Hüften und sein Schwanz stieß vor und zurück, hinein und hinaus. Sie war so feucht. Er hatte sie zu so einem gewaltigen Höhepunkt gebracht, dass selbst jetzt ihr Körper noch hypersensibel war. Und mit jedem Stoß, mit jeder Bewegung seines prächtigen Schwanzes trieb er sie wieder auf so einen Höhepunkt zu.

Winter legte ihre Hände auf seinen Rücken, berührte ihn, streichelte ihn, erforschte alles, was sie erreichen konnte. Seine Pomuskeln spannten sich mit jedem Stoß an und sie konnte nicht widerstehen, ihn weiter anzuspornen, noch tiefer in sie zu stoßen, indem sie ihre Fingernägel in seinen Hintern grub.

Die ganze Zeit küsste Logan sie, ihre Lippen, ihren Hals, ihre Schultern, ihre Brüste. Als könnte er nicht genug bekommen. Seine Brust war mit einer dünnen Schweißschicht bedeckt, er atmete stoßweise und sein Schwanz bewegte sich unaufhörlich. Die Geräusche seines Atems vermischten sich mit tiefem Stöhnen und die Sehnen in seinem Hals spannten sich an, als würde es ihn das letzte Quäntchen seiner Kraft kosten, die Beherrschung nicht zu verlieren.

Wie sehr liebte sie einen Mann, der alles von sich gab, wenn er Liebe machte. Wie sehr liebte sie einen Mann, der nur im Hier und Jetzt lebte, nur für diesen einen Moment des Vergnügens und der absoluten Glückseligkeit. Wie sehr liebte sie einen Mann, der ihr das Gefühl gab, begehrt zu sein. Einen Mann, der sie zu solchen Höhen treiben konnte.

Mit jeder Bewegung, jedem Stoß, jedem Kuss wurde ihr heißer. Ihr Puls raste und sie wusste, dass sie auf dem Weg zu einem weiteren monumentalen Orgasmus war.

„Oh Logan!", rief sie aus.

Als ob er wüsste, was sie ihm sagen wollte, veränderte er seinen Winkel. Nun stieß sein Beckenknochen mit jedem Stoß seines Schwanzes gegen ihre Klitoris und entzündete sie. Wellen des Vergnügens brachen über sie herein. Dann spürte sie eine andere Art von Lustwelle. Logans Schwanz zuckte in ihr und flüssige Hitze füllte sie, als er seinen Samen in sie schoss.

Logans Stöhnen mischte sich mit ihrem, bevor seine Bewegungen langsamer wurden und er schließlich auf ihr zur Ruhe kam, Gewicht auf Knie und Ellbogen verlagert, seinen Schwanz immer noch in ihr.

Als sie seinem Blick begegnete, lächelte er.

„Du hast dich so gut angefühlt", sagte er und streifte ihren Mund mit seinen Lippen. „Danke, dass du mir erlaubt hast, Liebe mit dir zu machen."

Sie konnte sich nicht erinnern, dass ein Mann ihr je nach dem Sex gedankt hatte. „Ich habe das Gefühl, ich sollte *dir* danken." Schließlich hatte er sie zweimal zum Höhepunkt gebracht und das hatte sie heute wirklich gebraucht, nach all den Enthüllungen, mit denen sie sich hatte auseinandersetzen müssen.

Er zog seinen Schwanz langsam halb aus ihr heraus, stieß dann wieder in sie hinein, und entlockte ihr so ein weiteres Stöhnen.

„Wenn du so weitermachst, dann werden wir heute Nacht keinen Schlaf bekommen", warnte sie.

„Keine Angst. Ich sorge dafür, dass du heute Nacht wie ein Baby schläfst. Ich werde über dich wachen."

Sie starrte ihn an. „Du wirst nicht schlafen?"

„Nur mit einem Auge."

Winter hob ihre Hand und kämmte mit ihren

Fingern durch sein Haar. „Glaubst du nicht, dass wir heute Nacht hier in Sicherheit sind?"

„Vermutlich sind wir das." Er drückte einen Kuss auf ihre Lippen, dann rollte er sich langsam von ihr herunter. „Du solltest schlafen." Er machte sich daran, aus dem Bett zu steigen.

Sie griff nach seinem Arm und stoppte ihn. „Bleibst du nicht mit mir im Bett?"

Logan lächelte sie zögernd an. „Willst du nicht, dass ich das andere Bett nehme und dir etwas Platz mache?"

Sie schüttelte den Kopf. „Außer du bist derjenige, der Platz braucht."

„Nein. Aber meine ... äh, *Teile* könnten eventuell darauf reagieren, wenn ich dich die ganze Nacht in den Armen halte." Er deutete zu seinen Lenden, wo sein Schwanz immer noch halb erigiert war.

Sie drängte sich an ihn, bis ihre Lippen nur ein paar Zentimeter von seinen entfernt waren. „Darum kümmern wir uns, wenn es soweit ist." Sie legte ihre Lippen auf seinen Mund und küsste ihn. Augenblicke später spürte sie die Mattratze unter ihrem Rücken und Logans nackten Körper gegen ihren reiben.

15

Logan war immer wieder aufgewacht und hatte nur wenig geschlafen. Mit Winter das Bett zu teilen, hatte sein Verlangen nach ihr noch gesteigert, trotzdem hatte er dem nicht nachgegeben und sie schlafen lassen. Sie brauchte Ruhe. Stattdessen hatte er in der Dunkelheit des Hotelzimmers über einem Plan gegrübelt, wie es weitergehen sollte. Er wusste, er musste vorsichtig sein. Nicht nur die Dämonen waren auf ihren Fersen, sie mussten sich auch vor den Hütern der Nacht verstecken – zumindest bis er ausgeknobelt hatte, wie er den Rat davon überzeugen konnte, dass Winter leben musste. Bis dahin musste er jegliche Vorsichtsmaßnahmen ergreifen, seinen Kollegen aus dem Weg zu gehen. Was auch bedeutete, dass er sie nicht um Hilfe bitten konnte. Diese Hilfe musste er woanders holen.

Er hatte sich bereits geduscht und angezogen, als Winter sich regte. Er ging zum Bett und setzte sich auf die Kante. Als er ihr einen Kuss auf die Schulter drückte, brummte sie sanft.

„Zeit aufzustehen", sagte er. „Wir haben heute viel vor uns."

Sie drehte sich um und rieb sich den Schlaf aus den Augen. Ihr Haar war zerzaust und ein sanfter Schimmer schien um sie zu schweben. Sie sah ausgeruht aus. Und unwiderstehlich. Doch sein Schuldgefühl machte sich heute Morgen wieder bemerkbar. Er hatte mit Winter geschlafen, hatte ihr jedoch nicht gestanden, dass er zu ihrem Laden gekommen war, um sie zu töten. Er war ein Mistkerl, sie so zu hintergehen, doch im Moment konnte er ihr die Wahrheit nicht sagen. Was, wenn sie davonlief, sobald er ihr gestand, dass er nicht nur ein unsterblicher

Hüter war, sondern manchmal auch ein Auftragskiller sein musste?

„Guten Morgen", murmelte sie und schlang ihre Arme um ihn.

Die Geste war so vertrauensvoll und sorgte dafür, dass er sich noch schlechter fühlte. Doch sie durfte nicht misstrauisch werden, also umarmte er sie und drückte einen Kuss in ihr Haar. „Die Nacht mit dir war wunderschön." Das war wahr, doch nicht der Grund, warum er es sagte. Er wusste nur zu gut, dass am Morgen danach Zweifel aufkommen konnten, und er wollte nicht, dass Winter die Nacht bedauerte. Auch wenn er bedauerte, dass er zu schwach gewesen war, ihren Reizen zu widerstehen. Was er getan hatte, war falsch. Trotzdem, Winter in den Armen zu halten und Liebe mit ihr zu machen, war das Beste, was er je in seinem Leben getan hatte.

Langsam löste er sich aus ihrer Umarmung und stand auf.

„Warum hole ich uns nicht Frühstück von unten, während du duschst und dich fertig machst?"

Das wäre am besten. Zumindest würde er

dann nicht versucht sein, ihr in die Dusche zu folgen und sie nochmals zu lieben. Und seinen Fehler zu wiederholen.

„Klar." Sie zuckte mit den Schultern und sah etwas enttäuscht aus, genauso enttäuscht wie er war. Warum hatten sie sich nicht unter anderen Umständen kennenlernen können?

Er zwang sich zu lächeln. „Eier? Speck? Pfannkuchen?"

„Eier und Speck. Und Kaffee. Schwarz. Danke."

„Bin gleich wieder da."

Logan verließ das Zimmer und ging hinunter zum Frühstücksbuffet. Ein Dutzend Leute waren bereits dabei, ihr Essen zu verspeisen und Kaffee zu trinken. An einer Wand war ein Fernseher angebracht, der ein Nachrichtenprogramm zeigte. Er war auf lautlos gestellt, doch Logan las die Untertitel. Es gab keine Meldungen, dass zwei Bundesstaaten entfernt tote Männer gefunden worden waren, aus denen grünes Blut floss. Hätte die Polizei Leichen mit grünem Blut gefunden, dann hätte sicherlich jede Fernsehstation im Lande darüber berichtet. Also hatten seine Kollegen aus dem Komplex Winters Laden und Wohnung aufgeräumt und die Leichen entsorgt.

Mittlerweile würden sie auch sein Auto gefunden und sein Handy geortet haben. Ob sie der falschen Spur folgten oder nicht, war eine andere Frage. Seine Kameraden waren nicht dumm. Das Ablenkungsmanöver würde sie nicht lange von seiner Spur fernhalten. Sie mussten davon ausgehen, dass er irgendwann eines der verlorenen Portale benutzen würde, um irgendwohin zu teleportieren, wo er nicht verfolgt werden konnte. Doch wie schnell würden sie herausfinden, welches Portal Logan zu benutzen gedachte?

Logan hatte sich den Standort von drei Portalen in der Gegend eingeprägt. Er konnte natürlich auch ein weiter entferntes Portal verwenden, doch dann müsste er sich von einem nicht sicheren Computer in das System der Hüter der Nacht einloggen, um die Standorte weiterer Portale zu erkunden. Sobald er das tat, würden seine Kollegen alarmiert werden und ihn über die IP-Adresse des verwendeten Computers finden. Das konnte er nicht riskieren. Es gab noch einen anderen, komplizierteren Weg, die Portale zu identifizieren, doch leider besaß Logan dazu nicht die notwendigen mathematischen Kenntnisse. Er hatte keine andere Wahl, als eins der drei Portale zu benutzen.

Minuten später betrat Logan mit einem Tablett voller Essen das Hotelzimmer. Winter hatte sich geduscht und angezogen, doch ihr Haar war noch feucht an den Spitzen. Ihre Augen waren geweitet und sie sah verschreckt drein.

Er stellte das Tablett auf den Tisch und eilte zu ihr. „Was stimmt nicht?"

„Ich habe ihn wieder gesehen."

„Wen? Wo?"

Sie umklammerte seine Arme. „Den Dämon, der versucht hat, mich zu töten. Den, den du erdrosselt hast."

Logan korrigierte sie nicht, dass der Mann, der sie töten wollte, kein Dämon war, und er gestand ihr auch nicht, dass Manus noch lebte.

„Hast du das Zimmer verlassen? Wo ist er? Wo hast du ihn gesehen?"

Winter schüttelte den Kopf. „Ich war unter der Dusche. Ich hatte eine Vision. Es war dieses

Mal anders. Vielleicht, weil ich jetzt weiß, was es ist. Ich habe nicht dagegen angekämpft, jedenfalls nicht zu Beginn. Doch dann sah ich ihn. Ich dachte, er wäre tot. Ich dachte, du hättest ihn getötet. Aber er ist noch am Leben." Tränen standen in ihren Augen.

Logan zog sie an seine Brust und streichelte mit der Hand über ihren Kopf. „Erzähl mir ganz genau, was du gesehen hast."

Sie sah zu ihm hoch. „Es war ein Lagerhaus, glaube ich. Rote Ziegelsteine. Er hat auf etwas gestarrt. Auf eine Wand. Es sah so aus, als wäre irgendetwas darauf eingraviert gewesen, aber ich konnte es nicht erkennen. Es war zu dunkel. Doch ich sah den Dolch an seinem Gürtel. Er wartete. Ich glaube, er wartete auf mich. Auf uns. Als wüsste er, wo wir auftauchen würden."

Und Manus wusste es. Er hatte es ausgetüftelt. Er hatte eins und eins zusammengezählt und daraus geschlossen, dass Logan zu einem Portal gehen würde, um mit Winter zu verschwinden. Und an einem dieser Portale lag Manus nun auf der Lauer. Und Logan musste herausfinden, an welchem und ob seine anderen Kollegen an den anderen

Portalen auf sie warteten. Zum Glück gab es in einem 50-Meilen-Radius um Philadelphia zu viele Portale, als dass seine Kollegen alle davon bewachen konnten. Sie müssten erraten, wo Logan auftauchen würde und das war alles, was sie tun konnten: raten. Denn sie konnten sich nicht auf Verkehrskameras verlassen, ihn und Winter zu finden, genauso wenig wie auf Kreditkartenzahlungen. Logan hatte dafür gesorgt.

„Gut gemacht", sagte er zu Winter.

„Gut gemacht? Aber er verfolgt uns."

Logan schüttelte den Kopf. „Er wartet an einem Ort auf uns, von dem er glaubt, dass wir dort auftauchen werden. Also sorgen wir dafür, genau diesen Ort zu vermeiden. Ich brauche einen Computer." Er deutete auf das Tablett mit dem Essen. „Iss was und mache dich fertig."

Dann ging er auf die Wand zu, die den Raum vom Nachbarzimmer trennte.

„Was hast du vor?"

Logan schaute über seine Schulter. „Ich werde den Computer eines anderen Gastes benutzen, um drei Adressen auf Google Street View zu überprüfen. Wenn eine davon wie die in deiner Vision aussieht, werden wir nicht dorthin gehen und stattdessen eine der anderen nehmen."

„Was finden wir bei diesen Adressen?"

„Portale."

Als sie ihren Mund öffnete, um eine Frage zu stellen, stoppte er sie. „Ich erkläre alles später." Dann machte er sich unsichtbar und trat durch die Wand in den anderen Raum.

Logan hatte es als sicherer empfunden, zu Fuß zu dem ausgewählten Portal zu gehen, statt mit öffentlichen Verkehrsmitteln zu fahren oder ein Auto zu stehlen. Es war sicherer, unsichtbar dorthin zu laufen. Winter machte es nichts aus. Zumindest half ihr die kühle Luft, den Kopf klar zu bekommen.

Auf dem Weg zu ihrem Ziel erklärte Logan ihr, was ein Portal war.

„Du hast gestern *Star Trek* erwähnt. Stell dir ein Portal wie den Transporterraum vor. Der Eingang zu einem Portal ist mit einem gravierten Dolch markiert. Nur die Hand eines

Hüters der Nacht kann es öffnen. Du gehst hinein, genauso wie du auf eine runde Plattform im Transporterraum des Raumschiffs Enterprise steigen würdest. Doch unsere Portale brauchen keine Ingenieure, die es bedienen."

„Was meinst du damit?", fragte Winter. „Wie sonst beamt ihr dann von einem Ort zum anderen?"

Logan tippte mit dem Finger an seine Schläfe. „Mit meinen Gedanken. Ich konzentriere mich auf mein Ziel und es bringt mich zu dem Portal, das diesem Ziel am nächsten liegt."

„Und die Dämonen? Wie machen die es? In meinen Visionen sah ich etwas anderes, seltsam ähnliches. Nebel und Rauch, alles wirbelt herum. Und sie verschwinden darin." Und das hatte ihr Angst gemacht.

Er nickte. „Das ist auch eine Art Portal. Wir nennen sie Vortexe. Aber sie sind mobil, nicht an einen bestimmten Ort gebunden."

Sie hielt einen Moment mit klopfendem Herzen inne. „Willst du sagen, dass sie überall auftauchen können?"

„Fast überall. Sie haben Limitationen."

„Welche?"

„Ein Dämon kann einen Vortex nur auf dem Erdboden heraufbeschwören."

„Was bedeutet das?"

„Die Oberfläche, auf der sie Vortexe projizieren können, muss direkt mit dem Erdboden verbunden sein. Also, zum Beispiel, können sie im Erdgeschoss eines Gebäudes einen Vortex entstehen lassen, aber nicht auf einem höheren Stockwerk."

Winter dachte einen Moment lang darüber nach. „In dem Hotel hatten wir ein Zimmer im ersten Stock."

Logan nickte. „Sonst hätte ein Dämon, der uns folgte, in unser Zimmer eindringen können, ohne die Tür einzutreten."

„Oh Gott! Also sind wir wirklich nirgends sicher."

„Nicht unbedingt. Ein Dämon muss sein Ziel bildlich vor sich haben, um dorthin zu teleportieren. Entweder muss er schon einmal dort gewesen sein oder er braucht ein Foto, um zu sehen, wie es dort aussieht."

„Woher weißt du so viel über sie?"

„Wir beobachten, wir analysieren, wir lernen.

Manchmal bekommen wir die Gelegenheit, einen Dämon einzufangen und ihn für Informationen zu foltern."

„Und Folter funktioniert?"

„Manchmal. Aber die Dämonen haben eine hohe Schmerztoleranz. Es ist schwierig, Informationen aus ihnen herauszukriegen. Sie sterben lieber. Und wir kommen ihrem Wunsch gerne nach."

In Logans Stimme lag etwas so nüchternes, als wäre das Töten von Dämonen etwas alltägliches. Und vielleicht war es das auch. Nur ein gewöhnlicher Arbeitstag. Sie musste bei dem Gedanken beinahe lachen. Aber nur beinahe, die Situation war zu schrecklich.

Logan schien ihre Stille falsch zu deuten, denn er sagte: „Sie müssen getötet werden. Das verstehst du doch, oder nicht?"

Sie schaute ihn schnell an. „Natürlich. Sie verdienen es, zu sterben. Ich verurteile dich dafür nicht. Ich bin dankbar, dass es Männer wie dich gibt. Sonst wäre ich jetzt tot." Oder schlimmer: Sie wäre in der Unterwelt und müsste die Drecksarbeit der Dämonen machen.

Der Gedanke ließ sie erschaudern.

„Wir sind fast da", sagte Logan plötzlich und deutete auf ein Gebäude.

Winter las die Beschriftung über den Doppeltüren. „Die Bücherei? Das Portal ist in einer Bücherei?"

„Komm. Wenn wir an den Mülltonnen dort drüben vorbeigehen, mache ich uns wieder sichtbar. Dann gehen wir in die Bücherei wie ganz normale Leute, die sich ein paar Bücher ausleihen wollen. Bist du soweit?"

Sie nickte.

Sie hatten keine Probleme, die Bücherei zu betreten. Es war später Vormittag und nicht viel los. Als sie bei den Bücherregalen ankamen, drehte sich Logan zu Winter um und raunte ihr zu: „Wir suchen nach einer Wand, entweder aus Stein oder Holz, in die ein antiker Dolch eingraviert ist. Halte deine Augen offen."

Winter wusste, wie ein Portal aussah. Sie hatte in ihren Visionen schon mehrere gesehen. „Wir sollten uns trennen. Ich schaue mich im ersten Stock um und du nimmst das Erdgeschoss."

Schmunzelnd schüttelte Logan den Kopf. „Auf keinen Fall. Hast du noch nie einen

Horrorfilm gesehen? Wann ist *wir sollten uns trennen* je gut ausgegangen?"

Sie schnitt eine Grimasse. „Gutes Argument."

Er nahm ihre Hand und lotste sie zur Außenwand des alten Gebäudes. „Hier entlang."

Ein paar Minuten suchten sie nach dem verräterischen Dolch, der den Eingang zu einem Portal anzeigen würde, doch sie fanden nichts.

Wieder am Ausgangspunkt angekommen, erwiderte Winter Logans Blick. „Vielleicht oben?"

Er schüttelte den Kopf. „Sehr unwahrscheinlich." Dann zeigte er nach oben. Sie standen in der Mitte eines kleinen Atriums, aus dem sie die Wände des Obergeschosses sehen konnten. „Die Wände sind zu neu. Vermutlich wurde das Original-Gebäude ausgebaut. Dafür hätten sie keine alten Felsen oder gebrauchtes Holz benutzt, in denen sich das Portal befinden könnte."

„Aber wo dann? Bist du sicher, dass hier die richtige Adresse ist?"

„Ja, ich bin mir sicher."

Schrittgeräusche in ihrem Rücken ließen

Winter herumwirbeln. Logan tat dasselbe. Eine Frau im Business-Look und mit einem Namenschild, auf dem *Chefbibliothekarin* stand, lächelte sie an.

„Sie fragen sich bestimmt, wo Sie hinmüssen", sagte die Frau mit einer angenehmen Stimme.

Winter spürte, wie Logan sich neben ihr verkrampfte und die Hand unter seine Jacke schob.

„Äh, ja, äh", stammelte Winter.

„Da sind Sie nicht die Ersten", verkündete die Bibliothekarin und deutete zu einem Bereich hinter der Geschichtsabteilung. „Die Dauerausstellung ist immer noch in der Geschichtsabteilung. Wir hatten in Betracht gezogen, sie zu verlegen, aber das wäre zu teuer geworden. Schauen Sie sich gerne um und kommen Sie zu meinem Tisch, wenn Sie Fragen haben." Dann streckte sie Winter ihre Hand entgegen und erst jetzt sah Winter, dass sie ihr ein Heftchen hinhielt. „Hier, Sie haben vergessen, sich beim Hereinkommen eine Broschüre zu nehmen."

Logan, der noch immer angriffsbereit war,

bewegte sich nicht, doch Winter zwang sich zu einem Lächeln und nahm die Broschüre. Sie blickte nur flüchtig darauf, denn sie wollte die Bibliothekarin nicht aus den Augen lassen, nur für den Fall, dass sie ein Dämon war. Doch ein Blick auf das Titelbild des Heftes ließ sie ihren Ellbogen in Logans Rippen stoßen.

„Vielen Dank", sagte sie zu der Bibliothekarin, sah Logan an und flüsterte dann mit leiser Stimme: „Schau dir das an!"

Erst als die Dame wieder zu ihrem Tisch gegangen war, blickte Logan endlich auf die Broschüre in Winters Hand.

„Das ist doch ein Witz!", murmelte er.

Winter nickte und überflog den Text auf dem Titelblatt. „Sie glauben, dass das ein Felsen ist, den die Wikinger während ihrer Entdeckungsreisen nach Nordamerika mitgebracht haben."

Logan marschierte bereits zur Geschichtsabteilung, als er sagte: „Er ist noch viel älter."

Hand in Hand umrundeten sie die Ecke direkt hinter ihm. Und dort war es. Ein Monolith mit einer Gravierung. Es war schwierig, das eingravierte Symbol zu entschlüsseln, wenn man nicht wusste, was es war. Doch sie wusste es und deshalb erkannte sie den Dolch sofort.

„Das Portal", murmelte sie voller Ehrfurcht.

Sie wechselte einen Blick mit Logan.

„Wir müssen uns beeilen, bevor sie zurückkommt", sagte Logan und stieg über die Absperrung.

Winter folgte ihm und beobachtete, wie er seine Handfläche auf den eingravierten Dolch legte. Ein paar Sekunden später war der Felsen verschwunden und an seiner Stelle führte eine Öffnung in die Dunkelheit.

Logan drehte sich zu ihr um und musste ihren verängstigten Blick gesehen haben, denn er ermunterte sie: „Vertrau mir."

Sie atmete tief ein und nickte. Dann stieg Logan in die Dunkelheit und zog sie mit sich. Als sie über ihre Schulter zurückblickte, konnte sie immer noch die Bücherregale sehen, doch einen Augenblick später wurde alles dunkel.

„Halte dich an mir fest. Lass nicht los", sagte Logan.

Winter schlang beide Arme um seinen Oberkörper und hielt sich an ihm fest.

Logan legte einen Arm um ihre Taille und senkte seinen Mund zu ihrem Ohr. „Es wird vielleicht etwas holprig."

„Okay."

Dann verlor sie den Boden unter den Füßen und schnappte vor Schreck nach Luft.

16

San Francisco war wie gewöhnlich neblig, vor allem in Corona Heights, wo Logan Winter hingebracht hatte, nachdem sie in einem Portal angekommen waren, das in einer Station des öffentlichen Verkehrssystems lag. Er hatte das Haus beobachtet, bis er sicher war, dass nur die Person anwesend war, die er sehen musste.

Logan hielt Winter an der Hand und nickte ihr beruhigend zu, als er an der Eingangstür klingelte. Er musste nicht lange warten. Die Tür wurde innerhalb weniger Sekunden geöffnet.

Ein erstaunter Wesley begrüßte ihn. „Logan?“

„Hi, Wesley.“

„Was für eine Überraschung. Kommt rein.“

Wesley winkte sie hinein und Logan war dafür dankbar. Es gefiel ihm nicht, draußen zu stehen, wo er und Winter gesehen werden konnten. „Danke.“

„Du hast Virginia gerade verpasst. Sie hat nicht erwähnt, dass du kommst. Ich rufe sie eben an.“

Logan legte seine Hand auf Wesleys Unterarm. „Nicht nötig. Wir wollen zu dir. Tatsächlich wär's mir lieber, wenn dieser Besuch zwischen dir und mir bleibt. Es ist besser, wenn wir Virginia nicht mit hineinziehen.“

Jetzt hoben sich Wesleys Augenbrauen. Es war offensichtlich, dass er ungern Geheimnisse vor seiner Frau hatte, die auch zu den Hütern der Nacht gehörte. Er zuckte mit den Schultern. „Okay?“

Logan wandte sich an Winter. „Winter, das hier ist Wesley Montgomery. Er ist ein Hexer. Ein sehr guter.“

Winter wirbelte mit dem Kopf zu Wesley und starrte ihn mit offenem Mund an. „Ein Hexer?“

Wesley sah Logan an und verdrehte die

Augen. „Du drückst dich wirklich immer sehr geschickt aus", sagte er voller Sarkasmus, bevor er Winter die Hand hinstreckte. „Mit einer Sache hat er jedoch recht. Ich bin wirklich sehr gut."

„Ja und sehr bescheiden", fügte Logan hinzu, während Wesley und Winter sich die Hände schüttelten. „Wes, Winter ist eine Seherin. Eine echte."

Jetzt weiteten sich Wesleys Augen und er hielt weiter Winters Hand fest, während er sie von oben bis unten musterte. „Ja, der Wahnsinn!" Er grinste. „Ich fühle mich geehrt. Ich habe noch nie eine Seherin getroffen."

„Und ich bin noch nie einem Hexer begegnet", sagte Winter.

Endlich gab Wesley Winters Hand frei und machte eine einladende Geste zum hinteren Teil des Hauses. „Ich bin gerade mit dem Frühstück fertig. Kommt mit in die Küche." Er wandte sich bereits um und ging den Korridor entlang. „Habt ihr Hunger?"

Logan nahm Winters Hand. „Wir hatten schon Frühstück. Wir kommen von der Ostküste."

„Das macht Sinn."

Logan folgte Wesley in die große Küche, Winter an seiner Seite. Wesley lud sie ein, sich auf einen der Barhocker zu setzen, während Logan die Reisetasche auf den Boden stellte und sich gegen die Theke lehnte. Wesley hantierte am Herd.

„Also, was gibt's? Du hast gesagt, du bist wegen mir hier, nicht wegen Virginia?"

„Wir brauchen deine Hilfe", sagte Logan.

„Klar doch. Was brauchst du?" Wesley deutete auf die Kaffeemaschine und dann zu Winter, die nickte. Er nahm eine Tasse aus dem Hängeschrank und schenkte Kaffee ein.

„Danke", sagte sie und nahm die Tasse entgegen.

„Winter braucht Hilfe, ihre Visionen unter Kontrolle zu bringen. Und da Seher extrem selten sind, können wir keinen anderen Seher um Hilfe bitten. Also dachte ich, bist du die nächstbeste Lösung", erklärte Logan.

Wesley zog eine Grimasse. „Ach, also bin ich deine zweite Wahl. Du weißt immer, was du sagen musst, damit ich mich geehrt fühle."

„Das hier ist ernst, Wes."

„Sei nicht so verspannt. Seit wann verstehst du keinen Spaß mehr?"

„Dämonen haben uns angegriffen", sagte Winter plötzlich und zog damit Wesleys Blick auf sich. Angst war in ihre Augen zurückgekehrt. „Es war schrecklich. Ihre Augen …" Winter war sichtlich erschüttert. „Überall war grünes Blut."

Zum Glück lächelte Wesley Winter nun freundlich an und verzichtete auf weitere Witze. „Ich habe das auch schon mitgemacht, glaub mir. Ich bin diesen Bastards auch schon begegnet. Mit denen ist nicht zu spaßen. Aber du hast einen guten Beschützer an deiner Seite. Einen der besten. Stimmt's, Logan?"

Logan nickte. „Wir müssen uns eine Weile verstecken, bis Winter ihre Visionen kontrollieren kann. Hilfst du uns?"

„Sicher. Aber was genau meinst du damit, ihre Visionen zu kontrollieren?"

Logan legte seine Hand auf Winters und drückte sie. „Winter fand erst gestern heraus, dass sie eine Seherin ist. Sie dachte, die Visionen seien Alpträume. Ihr Psychiater diagnostizierte eine posttraumatische Belastungsstörung."

„Ein super Psychiater!", meinte Wesley.

„Tja, er konnte es nicht besser wissen. Jedenfalls hat Winter bisher gegen ihre Visionen angekämpft, weil sie einfach zu schrecklich waren, um sich ihnen zu stellen. Aber jetzt brauchen wir Hilfe, damit sie ihre psychischen Kräfte zu kontrollieren lernt."

Wesley schenkte noch eine Tasse Kaffee ein und stellte sie vor Logan. Logan nickte ein Danke und nahm einen Schluck.

„Hmm", meinte Wes, „das erinnert mich daran, wie ich angefangen habe." Er sah Winter an. „Ich war in einer ähnlichen Situation wie du. Ich wusste nicht, dass ich ein Hexer war. Ich war nicht sonderlich stark. Aber ich habe studiert, geübt und dann noch mehr geübt. Ein langer, steiniger Weg. Aber wenn man erst einmal seine Kräfte unter Kontrolle hat, ist es sehr befriedigend. Und sehr nützlich."

„Ich wünschte, ich könnte diese Kräfte einfach auslöschen, dann würden mich die Dämonen in Ruhe lassen", sagte Winter mit einem traurigen Lächeln.

„Ich fürchte, das ist nicht möglich. Die

Kräfte eines Sehers sind erblich und werden von Generation zu Generation weitergegeben."

„Heißt das, dass ich das von meinen Eltern geerbt habe?"

„Vermutlich, obwohl es auch mal eine Generation überspringen kann, manchmal sogar zwei. Und nicht jedes Kind erbt die Kräfte. Zeigen deine Eltern irgendwelche Anzeichen von Hellsichtigkeit?"

„Sie starben, als ich neun war. Autounfall."

„Tut mir leid", sagte Wesley. „Geschwister?"

Sie schüttelte den Kopf. „Ich bin ein Einzelkind."

„Andere Verwandte? Großeltern?"

„Alle tot."

Wes wechselte einen Blick mit Logan. „Zumindest musst du dir keine Sorgen machen, dass du noch einen Seher außer Winter beschützen musst." Er drehte sich zur Kaffeemaschine und schaltete sie aus. „Ich muss mich in ein paar Sachen über Seher einlesen und herausfinden, wie sie ihre Visionen kanalisieren können. Das wollt ihr doch wissen, oder? Lernen, wie die Visionen gesteuert werden können, damit sie von Nutzen sind."

„Wenn Winter ihre Visionen so lenken kann, dass wir dadurch die Geheimnisse der Dämonen aufdecken können, dann können wir sie vielleicht besiegen." Und Logan wäre dann in der Lage, den Rat davon zu überzeugen, Winter am Leben zu lassen. Doch das konnte er nicht sagen, nicht vor Winter.

„Das dachte ich mir. Ich muss mich vielleicht mit einem anderen Hexer beraten, falls ich nicht alle Information in meiner eigenen Bücherei finden kann."

„Mach's nicht zu publik. Je weniger Leute über Winter Bescheid wissen, desto sicherer ist es für uns alle", warnte Logan ihn. „Wir müssen davon ausgehen, dass die Dämonen überall Spione haben und Gerüchte über eine Seherin mithören."

„Keine Angst, niemand wird etwas mitkriegen."

„In der Zwischenzeit brauchen Winter und ich eine Bleibe. Nur für ein paar Tage."

Wes machte eine einladende Handbewegung. „Ihr könnt hier bleiben. Virginia macht es bestimmt nichts aus."

Logan hatte erwartet, dass Wesley ihnen

sein eigenes Haus anbieten würde, doch sobald Virginia zurück war und ihn und Winter hier vorfand, würde alles auffliegen. „Äh, können wir kurz privat reden, Wes? Unter vier Augen."

Als Winter ihn misstrauisch ansah, drückte er ihre Hand. „Du musst dich um nichts sorgen."

„Es ist etwas Schlimmes, stimmt's?"

Logan zwang sich zu lächeln. „Nicht Schlimmes." Er zögerte, dann rutschte ihm eine faustdicke Lüge heraus. „Nur eine alte Sache zwischen Virginia und mir."

„Zwischen dir und ihr?", murmelte sie und warf Wes einen Blick zu. „Oh."

„Wes? Dein Büro?"

Logan stiefelte aus der Küche mit Wes auf seinen Fersen. Augenblicke später waren sie in Wesleys Arbeitszimmer und die Tür fiel ins Schloss.

„Eine alte Sache zwischen dir und Virginia? Das ist ja wohl ein Witz!", sagte Wesley. „Warum hast du sie angelogen? Was verschweigst du mir?"

Logan schluckte den Kloß in seiner Kehle hinunter. „Wir müssen nicht nur vor den

Dämonen fliehen. Ich bin auch vor meinen eigenen Leuten auf der Flucht."

Wes wirkte sichtlich erschüttert. „Was?"

„Ich habe einen direkten Befehl des Rats verweigert. Und jetzt bin ich mit Winter auf der Flucht. Virginia darf nicht herausfinden, wo ich bin, oder sie wird mich dem Rat ausliefern."

Wesley ließ sich in einen Sessel fallen. „Ah, verdammt nochmal! Was hast du nur getan? Bist du verrückt? Und du kommst zu mir ins Haus? Was, wenn Virginia zuhause gewesen wäre?"

„Ich habe gewartet, bis sie weg war."

„Oh, super. Dann ist ja alles in Ordnung." Wesley schüttelte den Kopf. „Sie ist meine Frau. Und ich habe keine Geheimnisse vor meiner Frau."

„Aber das musst du vor ihr geheim halten. Oder Winter stirbt."

Wesley sprang auf. „Was?"

„Der Rat hat ihre Exekution angeordnet."

„Weiß sie das?"

„Nein, sie hat keine Ahnung. Und sie weiß auch nicht, dass ich derjenige bin, der sie töten soll. Aber ich kann es nicht ..."

„Na ja, sie ist hübsch. Das muss ich dir lassen."

Logan funkelte ihn an. „Das war nicht der Grund." Er seufzte. „Zumindest nicht anfangs. Als ich in ihre Wohnung kam und sie töten wollte, wurde mir klar, dass sie für die Hüter der Nacht mehr wert ist, wenn sie am Leben bleibt und ihre Visionen steuern könnte. Wenn sie sie auf die Dämonen lenken könnte und für uns arbeitet."

Langsam schüttelte Wesley den Kopf, doch in seinen Augen glomm Verständnis auf. „Du versuchst, die Ratsmitglieder umzustimmen."

Logan nickte. „Ich muss nur ein einziges Ratsmitglied dazu bringen, seine Meinung zu ändern. Nur ein einziges und der Exekutionsbefehl wird rückgängig gemacht."

„Du bist absolut verrückt. Du gehst das Risiko ein, wegen Hochverrats angeklagt zu werden."

„Die Belohnung ist es wert."

„Von welcher Belohnung sprechen wir gerade? Dem Vorteil, den Winter euch im Kampf gegen die Dämonen liefern kann, oder von deiner persönlichen Belohnung?"

Wesleys Augen bohrten sich in ihn.

„Wie kannst du es wagen –“

„Komm schon, Logan, ich bin verheiratet, nicht blind! Und ich muss weder ein Hexer noch ein Seher sein, um zu wissen, was zwischen euch beiden vor sich geht.“

„Was ich für Winter will, hat damit nichts zu tun.“ Und trotzdem hatte es alles damit zu tun.

„Aber wenn du den Rat umstimmen kannst, dann bekommst du beides. Zwei Fliegen mit einer Klappe. Stimmt’s?“

„Manchmal bist du richtig lästig. Weißt du das, Wes?“

Wesley zuckte mit den Schultern. „Die Wahrheit ist nicht immer nett. Aber ich liebe eine gute Liebesgeschichte.“

„Also hilfst du uns?“

„Ja und ich werde deswegen bestimmt Schwierigkeiten mit Virginia bekommen.“

Logan lächelte. „Wenn ich mich nicht irre, kannst du sehr charmant sein, wenn du willst. Ich bin mir sicher, du weißt genau, wie du deine Kriegerin zähmen kannst.“ Er schlug Wesley auf die Schulter. „Danke, Kumpel.“

Wes schnaubte. „Du hast leicht reden.“

Dann, fast beiläufig, fügte er hinzu: „Wann hast du vor, ihr zu sagen, dass sie zum Tod verurteilt ist?"

„Und ihr sagen, dass ich derjenige bin, der sie töten soll? Ich hoffe nie."

„Ich schlage vor, du sagst es ihr lieber früher als später. Lügen finden immer einen Weg ans Tageslicht."

Logan schüttelte den Kopf. „Wenn ich es ihr jetzt sage, läuft sie mir vielleicht davon, und dann kann ich sie nicht mehr beschützen."

Wesley zuckte mit den Schultern. „Es ist deine Beerdigung."

17

Nach ein paar Stunden in Wesleys Haus fand ihr Gastgeber einen sicheren Ort, an dem Winter und Logan bleiben konnten, und er fuhr sie mit seinem schicken Mercedes selbst dorthin. Dies war Winters erster Besuch in San Francisco und während der Fahrt bekam sie einige der Sehenswürdigkeiten zu sehen, für die die Stadt so berühmt war. Doch sie war nicht wirklich aufmerksam. Stattdessen dachte sie darüber nach, was Wesley gesagt hatte. Ein Seher erbte seine Kräfte von den Eltern oder Großeltern. Konnte das bedeuten, dass ihre Großmutter eine Seherin gewesen war? Dass sie nicht geisteskrank gewesen war? Jetzt machte alles Sinn.

Ihre Großmutter hatte immer behauptet, dass sie Dinge sah, dass sie wusste, was geschehen würde. Und niemand hatte ihr geglaubt. Alle hatten gedacht, dass sie ihren Verstand verlor, obwohl sie in Wirklichkeit niemanden gehabt hatte, der ihr mit ihrer Gabe hätte helfen können – genauso, wie Winter niemanden gehabt hatte, der ihr hätte erklären können, was mit ihr geschah. Bis jetzt.

Das Gebäude, vor dem Wesley schließlich anhielt, befand sich irgendwo in der Innenstadt und sah etwas schmutzig und heruntergekommen aus.

„Beachte die Penner nicht", sagte Wesley, als er ihren abschätzenden Blick sah. „Die sind harmlos."

„Wenn du das sagst." Sie wartete, bis Logan das Auto umrundet hatte und ihre Hand nahm.

Zusammen folgten sie Wesley zur Eingangstür.

„Wo sind wir?", fragte Logan.

Wesley sperrte auf und führte sie in das dunkle Haus. „Das Gebäude gehört Amaury. Er und Nina wohnen im obersten Stockwerk, aber ihre Jungs haben eine eigene Wohnung direkt unter ihnen. Die Zwillinge sind gerade für vier Tage auf einer Trainingsmission, also ist die Wohnung leer. Ihr könnt hier bleiben. Niemand wird euch stören."

Logan sagte: „Und Amaury und Nina. Hast du –"

„Ich habe kein Wort verlauten lassen", unterbrach Wesley ihn, gerade als sich die Aufzugstüren öffneten. Er forderte sie zum Betreten auf und drückte dann auf den Knopf. „Sie sind auch nicht da. Heiße Wochenendreise oder so." Er zuckte mit den Schultern. „Du weißt ja, wie diese Turteltauben sind."

„Ja", sagte Logan.

„Wer sind sie? Kennst du sie gut?", fragte Winter und sah Logan an. Sie fühlte sich etwas unwohl dabei, in die Wohnung von Fremden einzudringen, ohne dass diese davon wussten oder ihre Erlaubnis erteilt hatten.

Sofort als sich die Aufzugstüren öffneten, verließ Wesley den Aufzug und marschierte auf eine Wohnungstür zu.

Logan folgte ihm, während er ihre Frage

beantwortete. „Ich habe schon mal mit Amaury zusammengearbeitet. Er ist ein guter Mann. Er ist einer der Direktoren von Scanguards."

Wesley öffnete die Tür zur Wohnung und ging hinein.

„Was ist Scanguards?", fragte Winter und folgte Wesley.

Hinter ihr schloss Logan die Tür. „Eine Sicherheitsfirma."

Sie bemerkte, wie Wesley einen Blick mit Logan wechselte und fragte nach: „Das ist nicht alles. Was verschweigst du mir?"

Wes deutete mit dem Daumen zu ihr. „Sie ist eine Seherin, weißt du. Du sagst es ihr lieber. Sie wird's schließlich und endlich sowieso herausfinden. Sie braucht ja nur den Kühlschrank aufmachen und das Blut sehen. Außerdem ist sie Dämonen begegnet, und ich glaube, Vampire sind viel weniger angsterregend als Dämonen."

„Vampire?" Das Wort verließ ihre Kehle in einem atemlosen Flüstern.

Logan funkelte Wesley an. „Danke, Kumpel. Du hast echt Talent, Nachrichten gut zu verpacken."

„Du bist einfach zu langsam, mein Freund, und schleichst immer um den heißen Brei rum." Er zeigte auf Winter. „Sie hat eine Dämonenattacke überlebt. Sie schafft das schon."

Wesleys Ermutigung fühlte sich gut an. Winter lächelte ihn an, dann schüttelte sie ihren Kopf in Richtung Logan. „Ich bin nicht so zerbrechlich, Logan. Du musst mir nichts vorenthalten, weil du glaubst, dass du mich vor allem beschützen musst. Ich kann damit schon umgehen." Obwohl es ein Schock war, herauszufinden, dass Vampire existierten. Sie setzte ein tapferes Gesicht auf. „So, Vampire, wie? Amaury und Nina? Freundliche Vampire? Vertraust du ihnen?"

Logan näherte sich ihr und umfasste ihre Hände. „Mit meinem Leben und du kannst das ebenso. Und nur Amaury ist ein Vampir. Nina, seine Gefährtin, ist eine Sterbliche. Sie sind gute Leute."

„Aber sie sollen nicht wissen, dass wir hier sind", meinte sie.

„Je weniger Leute mitbekommen, dass wir hier sind, desto besser."

„Das verstehe ich." Sie sah sich in der Wohnung um. „In dieser Gegend hätte ich nicht so eine schöne Wohnung erwartet."

Wes lachte leise. „Amaury scheut keinen Aufwand, wenn es um seine kostbaren Söhne geht."

„Vampire können sich fortpflanzen?", fragte Winter überrascht. Der Sage nach konnten sie das nicht – nicht dass sie diesen Sagen je Glauben geschenkt hatte. Sie hatte nie an das Übernatürliche geglaubt. Bis gestern.

„Können sie, unter den richtigen Umständen", sagte Wesley, „aber ich will dich nicht mit den Details langweilen. Ich bin sicher, ihr wollt euch erst mal ausruhen. Im Gefrierschrank dürfte etwas zu essen sein.

„Essen?" Verwirrt starrte Winter Wesley mit offenem Munde an. „Aber hast du nicht gerade gesagt, sie sind Vampire?"

„Amaury ist einer, aber seine Söhne sind Hybriden", erklärte Wesley. „Sie sind halb Vampir, halb Mensch. Sie essen normale Lebensmittel, aber sie trinken auch Blut. Damit sie stark bleiben."

„Oh." In ihrem Kopf drehte sich alles. So viel zu verarbeiten. Aber vielleicht war es am besten, alle Informationen auf einmal zu bekommen. Dann wäre sie wenigstens auf alles vorbereitet.

„Keine Angst, du bekommst das schon alles hin", versicherte Wesley ihr.

Sie mochte ihn. Er war gelassen und charmant. Und auf jeden Fall praktisch veranlagt. „Danke, dass du uns hilfst, Wesley. Ich hoffe, ich kann dir deine Güte eines Tages vergelten."

„Nicht nötig. Wir sind alle eine große Familie, und in einer Familie hilft man sich."

Logan ließ ihre Hand los und streckte sie Wesley entgegen. Sie schüttelten sich die Hände. „Ich weiß das zu schätzen."

Wesley gab Logan den Wohnungsschlüssel. „Oh, und bevor ich es vergesse, du solltest Gabriel aufsuchen."

„Gabriel, warum?"

„Wegen seiner Gabe. Vielleicht ist er in der Lage, Erinnerungen an Winters Visionen zu entsperren. Ich meine, das ist nur eine Idee. Keine Ahnung, ob es funktioniert. Aber es wäre einen Versuch wert. Ich bin sicher, dass er gerne hilft.“

Logans Gesicht erhellte sich. „Das ist eine ausgezeichnete Idee. Ich werde es mit Winter besprechen.“

„Tu das. Und bevor ich es vergesse …“ Er griff in die Innentasche seiner Jacke und zog ein Handy heraus. „Das ist ein Prepaidhandy. Nur ich habe die Nummer, damit ich mich mit dir in Verbindung setzen kann. Meine Nummer ist einprogrammiert.“

„Danke, Wes.“

Dann lächelte Wesley Winter an. „Schön, dich kennenzulernen, Winter. Ich melde mich bald und lasse dich wissen, was ich über Seher gefunden habe.“

Sie hob ihre Hand, um ihm zu winken und beobachtete, wie er die Wohnung verließ. Stille senkte sich über das Appartement, als sich die Tür hinter Wesley schloss.

„Bist du in Ordnung? Ich weiß, das alles ist ganz schön viel für dich.“

Sie begegnete Logans Blick. „Bitte hör auf, mich zu fragen, ob ich in Ordnung bin. Du musst in meiner Gegenwart nicht wie auf

Eierschalen gehen. Ich schaffe das schon." Sie zog eine Schulter hoch. „Ich meine, im Vergleich zu Dämonen klingen Vampire wie süße, kleine Kätzchen. Und Hexen sind praktisch nur Menschen, die Zaubersprüche kennen, oder?"

„Du hast recht. Du schaffst das schon. Aber wenn es dir zu viel wird, wenn du das Gefühl hast, dass dich alles erdrückt, dann musst du es mir sagen. Versprochen?"

„Und was wirst du dann machen?"

„Alles in meiner Macht Stehende, um die Dinge wieder ins Lot zu bringen."

Sie warf ihm ein zögerliches Lächeln zu. Als könnte irgendjemand die Dinge wieder ins Lot bringen. Dies war eine Welt mit Dämonen, Vampiren und Hexen. Eine Welt, über die sie nichts wusste. Eine furchterregende Welt, eine Welt, wo das Böse herrschte. Und ein einziger Hüter der Nacht konnte das nicht ändern. Vielleicht eine ganze Armee von Hütern. Eine Armee, die wusste, wo die Dämonen verwundbar waren. Sie wusste jetzt, wo sie gebraucht wurde.

„Dafür brauchst du meine Hilfe. Du brauchst meine Visionen, um sie zu bekämpfen." Sie sah ihm in die Augen. „Lass uns tun, was Wesley vorgeschlagen hat. Lass uns zu diesem Gabriel gehen und sehen, ob er mir helfen kann, tiefer in meine Visionen einzudringen."

„Selbst wenn das heißt, dass du den Horror deiner Visionen nochmal durchleben musst?"

Sie schluckte ihre Angst hinunter. „Was ich sehe, kann mir nicht wehtun. Nicht mehr. Es kann uns nur helfen." Es war an der Zeit, sich ihren Ängsten zu stellen. Und mit Logan an ihrer Seite war sie stark genug dafür.

Es war nicht weit zu Gabriels Haus in Nob Hill, einer schicken Nachbarschaft in der Innenstadt, mit steil ansteigenden Straßen. Logan bemerkte, dass Winter aus der Puste kam, also verlangsamte er seinen Gang, obwohl er damit keine Schwierigkeiten hatte. Er würde sie jedoch nicht fragen, ob sie okay wäre, da sie es nicht mochte, wenn er so viel Rummel um ihr Wohlergehen machte. Auch das gefiel ihm an ihr. Sie war nicht zimperlich. Sie nahm einfach ihr Schicksal an und machte das Beste daraus.

„Wir biegen hier ab", sagte er und deutete auf die Kreuzung vor ihnen. Er war in den letzten zwei Jahren ein paarmal in Gabriels Haus gewesen, und obwohl er die genaue Adresse nicht mehr wusste, erkannte er die Straße und das Haus.

Wie so viele Häuser in San Francisco war Gabriels Haus ein altes edwardianisches, prächtiges Heim, das er mit seiner Vampirgefährtin und ihren drei Kindern teilte. Es war früher Nachmittag und obwohl Logan nicht angerufen hatte, erwartete er, dass Gabriel zu dieser Zeit zuhause war.

„Ist das sein Haus?", fragte Winter mit Ehrfurcht in der Stimme. „Es sieht fantastisch aus."

„Warte, bis du es von innen siehst."

Nebeneinander gingen sie die Stufen hinauf, die zu der dunklen Haustür führten. Dort stoppten sie und Logan legte seine Hand auf Winters Arm, sodass sie ihn ansah.

„Es gibt etwas, das du über Gabriel wissen solltest."

„Ja?"

„Er hat eine Entstellung, eine lange Narbe, die

von seinem Ohr bis zu seinem Kinn reicht. Es sieht nicht schön aus und es vermittelt den Eindruck, dass er ein brutaler Mann ist. Das Gegenteil ist der Fall. Ich will nicht, dass du vor ihm Angst hast.“

„Danke, dass du mich gewarnt hast. Ich werde versuchen, das zu ignorieren.“

„Gut.“ Logan klingelte und hörte das Läuten im Inneren des Hauses.

Augenblicke später knisterte es in der Gegensprechanlage und ein Licht schien ihm ins Gesicht.

„Bist du das, Logan?“, erklang eine männliche Stimme aus dem Lautsprecher.

„Ja. Wer ist da? Ryder?“

„Nein, ich bin's, Ethan.“

Der Summer ertönte, Logan drückte gegen die Tür und öffnete sie. Er hielt sie für Winter auf und ließ sie vor ihm eintreten, dann folgte er ihr.

Innerhalb weniger Sekunden erschienen Ryder und Ethan sowie deren Schwester Vanessa, alle aus verschiedenen Richtungen kommend, im Foyer. Sie waren mittlerweile junge Erwachsene. Vanessa war die Jüngste und zwanzig Jahre alt und Ryder der Älteste im Alter von dreiundzwanzig.

„Oh mein Gott, ist irgendetwas passiert?", fragte Vanessa. „Weiß Dad, dass du kommst?"

Vanessa, die ihn zuerst erreichte, umarmte ihn und trat dann schnell wieder zurück.

„Nein, er hat keine Ahnung, aber ich muss ihn dringend sehen." Logan streckte Ethan die Hand entgegen und schüttelte sie. „Hi, Ethan. Schön, dich zu sehen."

Dann reichte ihm Ryder die Hand zum Gruß. „Hast du uns ein paar D–" Er unterbrach sich, als sein Blick auf Winter fiel. „Oh, hi. Ich bin Ryder."

„Hallo, ich bin Winter."

„Ihr könnt offen vor ihr reden. Sie weiß über uns Bescheid." Dann deutete er mit dem Kopf zu Ryder. „Und, nein, ich habe dir keine Dämonen zum Hochjagen mitgebracht."

„Hochjagen?", fragte Winter und ließ ihren Blick zwischen Logan und Ryder hin und her huschen.

Ryder grinste. „Ich mache gerade eine Sprengstoffausbildung. Mit Quinn. Und ein paar

Dämonen in die Luft zu jagen, würde echt Spaß machen."

„Wie krass!", sagte Vanessa. „Und überall spritzt grünes Blut herum. Ekelig!" Sie schüttelte den Kopf und sah dann Winter an. „Ich bin Vanessa. Und hör nicht auf diese zwei riesigen Angeber. Bisher hat noch keiner der beiden einen Dämon in die Luft gesprengt."

Logan bemerkte Winters Lächeln und war froh, dass das Gezanke der Hybridengeschwister sie zu beruhigen schien. Die drei waren genau wie andere junge Erwachsene, die versuchten, sich einen Platz im Leben zu erkämpfen und ihre Grenzen testeten.

„Es würde mir nichts ausmachen, mitanzusehen, wie sie in die Luft gejagt werden", meinte Winter.

Ryder und Ethan tauschten einen verschwörerischen Blick miteinander aus und johlten.

„Jemand sollte Dad aufwecken", sagte Vanessa und drehte sich zur Treppe um.

„Nicht notwendig", ertönte eine tiefe, männliche Stimme vom oberen Treppenabsatz.

„Mit dem Radau da unten könntet ihr Tote wecken.“

Gabriel kam einen Moment später in Sicht, als er die Treppe herunterkam. Er trug tief sitzende Jeans und ein weißes, offenstehendes Hemd. Sein langes, braunes Haar, das normalerweise zu einem Pferdeschwanz gebunden war, hing offen über seine Schultern. Er sah aus, als wäre er Mitte Dreißig, doch natürlich war er viel älter.

„Logan, sag nicht, du bringst uns noch mehr Arbeit, als wir sowieso schon haben.“ Gabriel begrüßte ihn mit einem Schlag auf die Schulter und einem kräftigen Händedruck.

„Nichts, was du nicht schaffen könntest“, antwortete Logan. „Darf ich dir Winter Collins vorstellen? Winter, das ist Gabriel Giles, der stellvertretende Geschäftsführer bei Scanguards.“

Gabriel streckte die Hand aus und Winter schüttelte sie, hob jedoch kaum ihre Augen.

„Schön, Sie kennenzulernen“, sagte sie und senkte ihre Lider.

Es entstand eine peinliche Pause, bevor Gabriel sagte: „Freut mich. Und übrigens ist es okay, wenn Sie mich ansehen. Mir ist es lieber, wenn Leute meine Narbe anstarren, als wenn sie mich gar nicht ansehen."

Winter schnappte nach Luft und hob den Kopf, um Gabriel zu mustern. „Es tut mir leid. Ich wollte Sie nicht beleidigen." Ihr Blick blieb auf seinem Gesicht hängen. Gabriel bewegte sich nicht und gab ihr die Zeit, die sie brauchte, um sich an sein Aussehen zu gewöhnen. „Es ist nicht so entstellend wie Logan mir weismachen wollte. Sie sind sogar ein sehr attraktiver Mann, selbst mit der Narbe."

„Das denke ich auch", verkündete eine weibliche Stimme oben von der Treppe.

Winters Augen erfassten die Frau, die nun barfuß und in einen Bademantel gekleidet die Treppe herunterkam. Logan folgte ihrem Blick. Maya war eine Schönheit mit langem dunklen Haar und einer sinnlichen Figur. Und obwohl sie drei erwachsene Kinder hatte, sah sie immer noch wie Anfang Dreißig aus. Ein Vampir zu sein, hatte seine Vorteile.

„Ich bin Maya, Gabriels Gefährtin", sagte Maya mit einem charmanten Lächeln und nahm Winters Hand. „Sie sind eine Sterbliche." Sie wandte sich an Logan. „Schön, dich zu sehen, Logan. Obwohl ich das Gefühl habe, dass dies kein Privatbesuch ist."

„Ist es nicht."

Gabriel deutete zum Ende des Ganges. „In mein Büro?"

Logan nickte. „Geh voraus."

18

Eine halbe Stunde später saß Gabriel in einem bequemen Ledersessel seines Büros und atmete schwer aus.

„Sie sind also eine Seherin. Ich hätte nie gedacht, je einer zu begegnen", gab er zu.

Logan beobachtete, wie Winter dem Blick des Vampirs begegnete, dieses Mal, ohne zu vermeiden, die schreckliche Narbe ihres Gastgebers anzusehen. „Ich glaube, wir machen heute alle viele neue Erfahrungen. Ich hätte nie gedacht, jemals einem Hexer oder einem Vampir zu begegnen, oder irgendeinem anderen unsterblichen Wesen."

„Hmm." Gabriel blickte zu Logan, der neben Winter auf der Couch saß. „Du glaubst also, ich kann Winter mit meiner Gabe helfen?"

„Ich hoffe es. Es könnte dabei helfen, einige ihrer Erinnerungen wiederherzustellen, die sie unterdrückt hat. Sie wollte sie vergessen, weil sie dachte es wären Alpträume. Wenn du sie entsperren kannst, finden wir darin vielleicht nützliche Informationen über die Dämonen." Logan nahm Winters Hand und drückte sie. Das hatte er in den letzten vierundzwanzig Stunden oft getan und die Verbindung, die er bei jeder Berührung spürte, gefiel ihm. „Und vielleicht hilft es auch bei zukünftigen Visionen."

„Ich kann es auf jeden Fall versuchen", bot Gabriel an und wandte sich dann direkt Winter zu. „Mit Ihrer Zustimmung, selbstverständlich. Sie müssen wissen, dass ich beim Eintauchen in Ihre Erinnerungen Dinge sehen könnte, von denen sie das nicht möchten. Ich werde tief in Ihre Privatsphäre eindringen. Also, wenn Sie Geheimnisse haben, von denen Sie nicht wollen, dass ich sie erfahre, müssen Sie mir das jetzt sagen."

Winter zögerte.

Hatte sie Geheimnisse, die sie weder Logan noch Gabriel preisgeben wollte? Schließlich hatte jeder Geheimnisse. Und manchmal konnten diese Geheimnisse Löcher in das Gewissen brennen, so wie das Geheimnis, das Logan vor Winter hatte, ein Loch in sein Gewissen brannte.

„Es ist deine Wahl", versicherte Logan ihr.

Winter atmete tief ein und wieder aus. „Ich habe nichts zu verheimlichen."

„Dann habe ich Ihre Erlaubnis?", fragte Gabriel.

Sie nickte. „Wie funktioniert es?"

„Sie werden nichts spüren. Ich werde meine Hände auf Ihren Kopf legen – es funktioniert besser mit einer körperlichen Verbindung – und mich auf Ihre Gedanken konzentrieren und versuchen, eine Verbindung herzustellen. Ich werde nur die Dinge sehen, die auch Sie gesehen haben. Und wenn ich irgendwelche Blockaden erkenne, müsste ich in der Lage sein, sie zu lösen, sodass unterdrückte Erinnerungen wieder ins Bewusstsein kommen. Ich muss Sie jedoch warnen." Er machte eine kurze Pause. „Wenn es schmerzhafte

Erinnerungen in den Visionen gibt, die ich entfessele, dann werden Sie diesen Schmerz wieder spüren. Bereiten Sie sich darauf vor.“

„Ich bin soweit. Tun Sie, was Sie tun müssen.“

„Gut“, sagte Gabriel und deutete auf Logan. „Kann ich den Platz mit dir tauschen?“

Logan erhob sich und wechselte den Platz mit Gabriel, sodass Gabriel nun auf der Couch saß und sich Winter zugewandt hatte. Logan wusste von anderen, die diesen Prozess mitgemacht hatten, dass es tatsächlich dabei nichts zu sehen gab. Alles was er sehen würde, war, wie Gabriel seine Hände auf Winters Kopf legte, seine Augen schloss und dann Minuten später verkünden würde, was er in ihren Erinnerungen gesehen hatte. Logan lehnte sich in seinem Sessel zurück und wartete.

Gabriel legte seine Hände auf Winters Kopf und schloss die Augen. Seine Atmung schien sich zu verlangsamen und seine Brust hob und senkte sich gleichmäßig. Kein Laut war im Büro zu hören. Logan sah aus dem einzigen Fenster im Zimmer und konnte einen Teil des Gartens erkennen. Jeder andere wäre über die bei Tag geöffneten Vorhänge überrascht gewesen, doch Logan wusste, dass alle Vampire, die mit Scanguards zu tun hatten, ihre Häuser vampirsicher gemacht hatten. Die Fenster waren mit einem speziellen, undurchlässigen UV-Filter beschichtet, der die Bewohner vor Tageslicht schützte.

Logan bewunderte diese Erfindung gerade, als er plötzlich hörte, wie Winter laut nach Luft schnappte. Er riss den Kopf herum und sah, was bei ihr und Gabriel passierte.

Logan schoss von seinem Sessel hoch, doch was auch immer geschah, war bereits im Gange und konnte nicht mehr aufgehalten werden. Mit seinen Händen immer noch auf Winters Kopf schrie Gabriel auf, als wäre er ein verwundetes Tier mit qualvollen Schmerzen. Winters Haare standen in alle Richtungen, als wäre sie elektrisch geladen und die Spitzen schimmerten in einem blauen Licht, das Funken sprühte, die direkt in Gabriels Gesicht schossen.

„Nein! Stopp!", schrie Logan. In der Hoffnung die beiden trennen zu können, stürmte er auf sie zu, doch ein Stromschlag schleuderte ihn zurück, sodass er gegen den Sessel prallte.

Hilflos musste er mitansehen, wie Gabriels Hände und Gesicht verbrannten und der Vampir vor Schmerzen schrie.

„Winter! Stopp! Lass ihn los!", schrie Logan und rappelte sich wieder auf, um sich nochmals auf die zwei zu stürzen.

Er hätte sich zwischen die beiden geworfen, wenn ihn nicht jemand anderer im selben Moment aus dem Weg katapultiert hätte. Bis er seinen Kopf wieder in Richtung des Geschehens drehen konnte, hatte diese Person bereits Winter und Gabriel auseinandergerissen und Winter gegen die Wand neben dem Fenster geschleudert. Dort drückte Maya ihr die Kehle mit einer Hand zu und fletschte ihre Fangzähne.

„Nein! Maya! Stopp!", schrie Logan und rannte zu ihr, wobei er den Sessel umrempelte. „Sie hat es nicht böse gemeint! Stopp, Maya! Tu ihr nicht weh!"

Aber Maya hörte nicht zu. Sie knurrte Winter an. Winters Augen waren jetzt offen und starrten die Vampirin mit nackter Angst an – als wäre sie gerade erst aufgewacht und wusste nicht, was geschehen war.

Logan erreichte Maya und packte ihren Arm. Sie drehte den Kopf und knurrte ihn an. Ihre Reißzähne waren voll ausgefahren, ihre Augen glühten rot und sie sah ihn an, ohne ihn zu erkennen. Sie wurde von blanker Wut gesteuert. Wut und der Notwendigkeit, ihren Gefährten zu beschützen.

Logan hatte schon immer gewusst, dass ein Vampir seinen Gefährten mit dem eigenen Leben beschützen würde. Jetzt sah er mit eigenen Augen, dass eine Vampirin nicht anders war.

„Maya! Baby, nein!" Es war Gabriels Stimme, die nun rau aber bestimmt hinter ihnen erklang.

Logans Kopf wirbelte herum. Gabriel war auf dem Boden neben der Couch gelandet und hatte Verbrennungen auf Gesicht und Händen, doch ansonsten schien er unversehrt zu sein.

„Gabriel, bitte stoppe sie. Bitte! Lass es nicht zu, dass sie Winter wehtut."

Gabriel schaffte es, aufzuspringen und zu ihnen zu eilen. „Maya, Baby, sieh mich an. Es geht mir gut. Ich bin unversehrt." Er legte seine

Hand auf den Arm seiner Frau. Sie drehte ihren Kopf und sah ihn an. „Siehst du, ich bin in Ordnung, Baby. Nichts ist passiert." Langsam löste er Mayas Hand von Winters Hals und nahm seine Frau in die Arme.

***

Winter konnte endlich wieder atmen und hustete. Sie wusste, sie hatte Glück gehabt, dass sie noch am Leben war. Maya war bereit gewesen, sie zu töten. Sie hatte es in ihren Augen gesehen.

Logan griff nach Winter und zog sie an seine Brust. Sie war dankbar für den Trost, denn sie zitterte.

„Es ist alles in Ordnung, meine Liebste, alles in Ordnung", murmelte er und streichelte ihr über den Kopf.

Ein Schluchzer drang aus ihrer Kehle. Was hatte sie getan?

„Schon gut", murmelte Logan und drückte Küsse auf ihre Stirn. „Ich hab dich. Ich lasse nicht zu, dass dir irgendetwas zustößt."

Winters Atmung beruhigte sich und sie

wagte es, einen Blick auf Gabriel zu werfen. Seine Arme waren um Maya geschlungen und diese hielt sich an ihm genauso fest, wie Winter sich an Logan festhielt.

„Was ist passiert?", fragte Logan. Die Frage war nicht an Winter gerichtet, sondern an Gabriel.

Maya warf ihren Kopf herum. „Was passiert ist? Sie hat meinen Mann angegriffen! Was zum Teufel ist sie?"

Winter erschauderte in Logans Armen und er drückte sie noch fester, um sie zu beruhigen.

„Sie ist eine Seherin", sagte Gabriel und zog den Kopf seiner Frau zu sich zurück, damit sie ihn ansehen musste. „Und es war nicht ihre Schuld. Sie fühlte sich angegriffen, als ich in ihre Erinnerungen eintauchte."

Sowohl Logan als auch Maya schüttelten den Kopf.

„Aber –"

Gabriel hob seine Hand. „Ich weiß, dass sie mir ihre Erlaubnis gegeben hatte, doch das Gehirn einer Seherin funktioniert scheinbar anders als das eines Menschen. Und die

Seherin wusste dieses Eindringen nicht zu schätzen und hat sich gewehrt."

Winter starrte sie alle an. Sie sprachen über sie, als wäre sie gar nicht hier. Doch das war sie. Und sie musste etwas sagen. „Es tut mir so leid." Sie würgte die Worte unter Tränen heraus. „Aber ich wusste nicht, wie ich es stoppen konnte."

Gabriel sah sie direkt an und sein verletztes Gesicht trug einen freundlichen Ausdruck. „Ich mache Ihnen keine Vorwürfe. Ich hätte merken sollen, dass das nicht so einfach sein würde. Dass eine Seherin nicht ohne Grund eine Seherin ist. Niemand kann in Ihren Kopf hinein. Er ist wie eine Festung." Er drückte einen Kuss auf die Lippen seiner Frau. „Würdest du mir bitte eine Flasche Blut holen? Ich muss mich heilen."

Maya warf Winter einen Blick zu, als wollte sie sichergehen, dass sie ihren Mann im selben Raum mit ihr lassen konnte.

„Ich lasse sie nicht in seine Nähe, das verspreche ich", versicherte Logan ihr.

Winter wollte ihr dasselbe versichern, doch sie wagte nicht, Maya direkt anzusprechen.

„Das Versprechen hältst du lieber, oder ich reiße dir den Kopf ab." Maya marschierte aus dem Zimmer.

Gabriel folgte ihr mit seinen Augen. „Sie ist eine starke Frau." Er lächelte und sah dann wieder zu Winter. „Nehmen Sie ihren Angriff nicht persönlich. Sie würde für mich töten. Und ich für sie."

„Es tut mir leid, Gabriel, ich wollte Sie nicht …"

Gabriel hob seine Hand, um sie zu unterbrechen. „Wie ich schon sagte, es war nicht Ihre Schuld." Dann seufzte er. „Aber das bedeutet auch, dass ich nicht entschlüsseln kann, was auch immer Sie in Ihrem Gedächtnis weggeschlossen haben. Ich kann Ihnen nicht helfen."

„Danke für den Versuch, Gabriel", sagte Logan. „Es tut mir leid, dass wir dir solchen Ärger beschert haben."

„Bitte, entschuldige dich nicht. Wozu hat man Freunde? Ich wünschte, ich könnte helfen. Aber vielleicht ist das ein Job für Dr. Drake."

„Dr. Drake?", fragte Winter.

„Ein Vampirpsychiater hier in San Francisco.

Seine Methoden sind unorthodox, aber er hatte schon einige Erfolge. Und im Gegensatz zu einem menschlichen Psychiater kennt er sich mit übernatürlichen Wesen aus. Er weiß vielleicht, wie er Ihnen helfen kann."

„Aber ich bin kein übernatürliches Wesen", protestierte Winter.

„Sie sind kein Mensch, Winter", sagte Gabriel. „Eine Seherin ist ein übernatürliches Geschöpf. Ihre nächsten Verwandten in unserer Welt sind die Hexen."

Winters Mund klappte auf. „Ich bin ein übernatürliches Geschöpf?" Das konnte nicht wahr sein. Sie war ein Mensch. Sie fühlte sich wie ein Mensch. Wie konnte sie also plötzlich ein übernatürliches Geschöpf sein?

Logan strich ihr mit seinen Fingerknöcheln über die Wange. „Ich dachte, das war dir klar, als ich dir gesagt hatte, dass du eine Seherin bist."

Sie schüttelte den Kopf.

„Das ist nicht schlimm." Dann seufzte er. „Aber für heute hattest du vielleicht genug Aufregung. Wir sollten uns ein bisschen ausruhen." Logan schaute Gabriel an. „Könntest du mir die Adresse von Dr. Drake geben, damit wir ihn später aufsuchen können?"

„Ich rufe ihn an und mache einen Termin. Ihr müsst sowieso bis nach Sonnenuntergang warten. Er trifft nur nachts Patienten."

19

Logan legte den Riegel um. Sie waren wieder alleine in der Wohnung der Zwillinge. Nach dem Vorfall in Gabriels Haus hatte Winter kaum gesprochen und war sichtlich aufgewühlt. Er hatte auf dem Rückweg auch geschwiegen und darüber nachgedacht, was Gabriel gesagt hatte: dass Winters Verstand wie eine Festung war, die jeglicher Invasion widerstehen konnte. Das fand er gut, obwohl diese Tatsache bei Gabriel zu Verletzungen geführt und Maya veranlasst hatte, Winter anzugreifen. Winter war stark. Vielleicht sogar stärker, als er zuerst gedacht hatte. Stark genug für die Wahrheit, die Wahrheit, warum er in ihrem Laden gewesen war.

Es war an der Zeit. Das Schuldgefühl, ein Geheimnis vor ihr zu haben, lastete schwer auf ihm, vor allem seit er in der Nacht zuvor mit ihr geschlafen hatte. Er hatte seitdem auf eine Gelegenheit gewartet, ihr die Wahrheit zu gestehen, ohne sich Sorgen machen zu müssen, dass das Gewicht sie erdrücken und zur Flucht verleiten würde. Doch jetzt, wo er Winters Kraft mit eigenen Augen gesehen hatte, wusste er, dass sie die Wahrheit vertragen konnte. Ob sie ihm vergeben würde, wusste er nicht, doch solange sie nicht vor ihm davonlief, konnte er die Konsequenzen seiner Täuschung akzeptieren. Selbst wenn das bedeutete, dass er sie nie wieder berühren durfte.

„Winter", sagte Logan sanft. Er stand in dem offenen Wohnzimmer, das mit der Küche verbunden war und sah zu ihr hinüber. „Es gibt da etwas, das ich dir sagen muss."

Sie begegnete seinem Blick, ihr Körper so steif, als wüsste sie bereits, was kommen würde. „Was gibt es?"

Er näherte sich ihr und nahm ihre Hände in seine.

„Geht es darum, was ich Gabriel angetan habe?" Sie schüttelte den Kopf und erneut schimmerten Tränen in ihren Augen. „Ich konnte es nicht kontrollieren, Logan, es fühlte sich an, als wäre ich im Körper einer anderen Person. Es ist einfach passiert. Ich wollte deinem Freund nicht wehtun."

Logan legte einen Finger über ihre Lippen. „Schhhh. Mach dir keine Sorgen um Gabriel. Er ist ein großer Junge und Vampire heilen viel schneller als alle Geschöpfe, denen ich je begegnet bin. Glaub mir, für ihn war das nur ein Kratzer."

Sie stieß ein freudloses Lachen aus. „Das sagst du so einfach. Aber ich fühle mich schrecklich. Ich habe noch nie jemandem wehgetan."

„Ich glaube dir." Er strich ihr eine Strähne ihres seidenen Haares aus dem Gesicht. „Du hast dich nur verteidigt. Das ist ein Selbsterhaltungstrieb." Er seufzte. „Aber das war nicht das, worüber ich mit dir reden wollte.

Es geht darum, was ich getan habe. Oder besser gesagt, was ich hätte tun sollen."

Sie sah ihn verwirrt an. „Was meinst du damit?"

„Ich muss dir sagen, warum ich wirklich in deinem Laden war. Warum –"

„Aber das hast du mir doch schon gesagt. Um mich vor den Dämonen zu retten."

Sein Herz verkrampfte sich. Das würde wehtun, ihm vielleicht mehr als ihr, denn sie würde den Glauben an ihn verlieren und ihn so sehen, wie er wirklich war.

„Ich war da, um …"

Winter riss die Augen auf und ihre Lippen teilten sich. „Der Dämon!" Sie deutete auf eine Stelle hinter ihm und schrie: „Der Dämon! Oh nein!"

Logan wirbelte herum und zog auch schon seinen Dolch aus der Jackentasche, bereit den Dämon zu töten. Als seine Augen jedoch auf den Eindringling fielen, erstarrte er mitten in der Bewegung und ein abgehaktes Keuchen kam aus seiner Brust.

„Scheiße!"

„Ja, absolute Scheiße, Logan!" Manus

funkelte ihn an. „Hast du wirklich geglaubt, ich finde dich nicht?"

„Bring ihn um, Logan, bring ihn um, bevor er uns tötet", rief Winter hinter ihm.

Manus neigte seinen Kopf ein bisschen zu einer Seite und sah an Logan vorbei. „Ein bisschen blutrünstig, deine Freundin. Und wo sind deine Manieren, Kumpel? Willst du uns nicht formell vorstellen?"

„Halt die Klappe, Manus!" Logan spürte plötzlich Winters Hand auf seinem Arm.

„Du weißt, wie er heißt?"

Logan steckte den Dolch zurück in seine Jacke.

„Was machst du denn?", fragte Winter mit Panik in der Stimme.

Logan drehte sich zu ihr um. „Er ist kein Dämon. Er ist wie ich. Er ist ein Hüter der Nacht."

Winter starrte ihn ungläubig an, dann schaute sie an ihm vorbei zu Manus und schüttelte den Kopf. „Das ist unmöglich." Sie deutete zu Manus. „Ich erkenne ihn. Er hat versucht, mich in meiner Wohnung umzubringen. Er gehört zu denen. Zu den

Dämonen.“

„Das ist die Wahrheit“, sagte Logan seufzend.

„Du hast sie glauben lassen, dass ich ein Dämon bin?“, warf Manus ein. „Nicht cool, Kumpel, gar nicht cool.“

Logan funkelte ihn über seine Schulter an. „Kannst du mal eine Sekunde die Klappe halten?“

Manus zuckte mit den Schultern.

„Was geht hier vor sich?“, fragte Winter und ihre Stimme war nun noch angespannter, während ihre Augen Logan und den anderen Hüter der Nacht misstrauisch musterten. „Ich bin nicht verrückt. Ich weiß, dass er versucht hat, mich umzubringen.“

Logan seufzte. „Das hat er.“

Winter schüttelte verwirrt den Kopf. „Aber warum, wenn es stimmt, was du sagst? Wenn er ein Hüter der Nacht ist.“

„Weil ich es nicht tun konnte.“

Winter wich mit aufgerissenen Augen vor ihm zurück. Logan sah, wie sich Schock und Angst in ihrem Gesicht verbanden. Sie atmete erschreckt aus. „Was?“

Logan senkte seine Lider, unfähig ihr länger in die Augen zu sehen. „Das war, was ich dir gerade gestehen wollte, bevor Manus hier hereingestürmt ist. Ich hatte den Auftrag, dich zu töten. Darum war ich in deinem Laden. Darum kam ich. Aber –"

„Aber was?", fuhr sie ihn an. „Du hast entschieden, dass du mich erst mal vögelst? War es so? Und jetzt, wo du bekommen hast, was du wolltest, wirst du mich töten? Oder darf sich dein Freund hier auch erst mal bedienen?"

„Nein!", protestierte Logan. „So war das nicht –"

„Na ausgezeichnet, Logan", unterbrach Manus. „Du hast sie gefickt? Bist du verdammt nochmal verrückt?"

„Ich sagte, halt die Klappe!", schrie Logan seinen Freund an. „Du machst die Sache hier nicht einfacher."

Manus fluchte. „Scheiß drauf! Du weißt, warum ich hier bin. Wenn du deinen Auftrag nicht erledigst, wird der Rat das erfahren. Und du weißt, was dann geschieht. Und ich werde, verdammt nochmal, nicht zulassen, dass mein Freund des Hochverrats angeklagt wird, weil er einen Befehl nicht ausführen konnte. Also sei schlau, Mann. Erledige den Job und niemand muss herausfinden, was passiert ist."

„Nein! Ich werde sie nicht töten. Und wenn du ihr ein Haar krümmst, dann werde ich –"

„Was? Mich umbringen?"

„Wenn es dazu kommt, ja. Winter steht unter meinem Schutz. Wenn du sie töten willst, musst du zuerst mich töten.

Wie betäubt lauschte Winter dem Gespräch der beiden Männer. Logan war bereit, gegen seinen Freund zu kämpfen, um *sie* zu beschützen? Das konnte doch nicht stimmen. Sie musste etwas falsch verstanden haben, denn nur Augenblicke zuvor hatte er gestanden, dass er in ihren Laden gekommen war, um sie zu töten.

„Ist sie so gut im Bett?", spottete Manus.

„Das hat nichts damit zu tun. Winter ist lebend wertvoller als tot. Sie ist der Schlüssel in unserem Kampf gegen die Dämonen. Sobald der Rat das realisiert, werden sie ihren Exekutionsbefehl widerrufen."

Exekutionsbefehl. Dieses Wort schickte einen eiskalten Schauder ihre Wirbelsäule hinab und verwandelte ihr Blut zu Eis. Ein Volk, dessen Existenz ihr bis vor zwei Tagen nicht einmal bekannt war, hatte entschieden, sie zu töten. Und sie wusste nicht einmal, warum.

„Warum? Warum wollt ihr mich töten?", murmelte sie. Sie begegnete Manus' Blick. „Was habe ich denn gemacht, dass ich den Tod verdiene?"

„Es geht nicht darum, was du gemacht hast, sondern was du machen wirst", sagte Manus und deutete auf Logan. „Erklär es ihr. Das ist deine Mission. Das Chaos musst du jetzt selber bereinigen."

Logan warf ihr einen langen Blick zu. „Unsere Regierung, der Rat der Neun, glaubt, dass du zu schwach bist, den Dämonen standzuhalten und früher oder später ihren Forderungen nachgeben wirst."

„Ihren Forderungen?"

„Ihnen alles zu verraten, was du in deinen Visionen siehst. Dass du ihre Seherin wirst, damit sie uns zerstören können. Und sobald wir vernichtet sind, haben sie freie Bahn bei der

Menschheit. Aber ich weiß, dass du das nicht tun wirst. Denn ich habe gesehen, wie stark du bist. Wie gut du bist."

„Schwachsinn!", zischte Manus. „Hast du ihre Akte nicht gelesen? Sie ist nicht stark genug. Wenn sie das wäre, dann hätte der Rat uns aufgetragen, sie zu beschützen."

Langsam versuchte sie, den Sinn in diesem Puzzle zu erkennen. „Aber ich wusste doch nicht einmal, dass ich eine Seherin bin. Sie haben mir nicht einmal eine Chance gegeben, meinen Fall vorzutragen."

Ihre Worte waren an Manus gerichtet, doch Logan antwortete statt seiner: „Deshalb werde ich das für dich tun."

„Wirst du nicht!", fauchte Manus. „So weit wirst du nicht einmal kommen. In dem Augenblick, in dem sie herausfinden, dass sie noch lebt, werden sie dich in eine Bleizelle werfen, wo du auf deine Hinrichtung warten kannst."

Winter schluckte schwer. Manus hatte zuvor etwas über Hochverrat gesagt. „Hinrichtung? Sie werden ihn töten, wenn er mir hilft?"

Logan sah Manus wütend an. „Kein weiteres Wort."

„Und warum nicht?", antwortete Manus. „Willst du nicht, dass sie herausfindet, was du für sie riskierst?" Manus richtete nun seinen Blick auf sie. „Die Strafe für Hochverrat ist der Tod. Schon dass du noch lebst, ist Hochverrat. Ich gebe ihm die Chance, das zu berichtigen, ohne dass der Rat davon erfahren muss. Also sag mir, Winter, willst du für Logans Tod verantwortlich sein?"

Ein Schluchzer arbeitete sich ihre Kehle hoch und sie schlug sich die Hand vor den Mund, um ihn zu ersticken. Jemand müsste sterben, entweder sie oder Logan. Beide Optionen waren nicht akzeptabel. Wie konnten sie nur so grausam sein?

„Du machst ihr Angst", sagte Logan.

„Nichts davon hätte passieren müssen, wenn du ihr einfach das Gift ohne ihr Wissen gegeben hättest. Es wäre so einfach gewesen." Manus bohrte seinen Finger in Logans Brust. „Du hast es schwierig und schmerzhaft gemacht. Für uns alle." Dann wanderten Manus' Augen wieder zu ihr und sein Ausdruck wurde etwas weicher. „Es tut mir leid, Lady, ich wünschte, ich müsste das nicht tun, aber wir haben unsere Befehle und jemand muss sie ausführen."

Angst schnürte ihr den Atem ab, obwohl Manus sich ihr nicht näherte. Logan hatte seine Hand um den Arm des Kollegen gekrallt. Die zwei starrten einander an, als wollten sie erstreiten, wer über mehr Willenskraft verfügte.

„Es gibt noch eine andere Möglichkeit', sagte Logan.

„Es gibt keine", widersprach Manus. „Du hättest nie nach San Francisco kommen dürfen. Jeder, der dich kennt, weiß, dass du Scanguards um Hilfe bitten würdest."

„Ich hatte keine andere Wahl. Winter braucht Hilfe, um ihre Visionen zu steuern und zu kanalisieren. Wesley hilft uns dabei, herauszufinden, wie sie das hinbekommen kann."

„Wesley? Bist du verdammt nochmal verrückt? Wenn er weiß, dass du und Winter hier seid, dann wird Virginia es auch bald wissen."

„Du glaubst, sie würde uns verraten, weil sie

eine Beziehung mit Logan hatte?", fragte Winter, weil sie sich erinnerte, dass Logan von einer *alten Geschichte* mit Virginia gesprochen hatte.

„Beziehung?", sagte Manus und wechselte einen Blick mit Logan. „Was zum Teufel?"

„Ich musste mir was einfallen lassen", sagte Logan schnell.

„Das war auch eine Lüge?", fragte Winter. „Warum?" War irgendetwas, das er ihr je gesagt hatte, die Wahrheit? Konnte sie überhaupt ein einziges Wort glauben?

„Weil Virginia im Rat der Neun sitzt, dem Rat, der dein Schicksal bestimmt. Wenn sie herausfindet, dass du hier bist, dann fliegt alles auf", sagte Logan.

Dieses Mal konnte sie den Schluchzer nicht mehr zurückhalten. Er entkam ihr mit dem Aufschrei: „Oh nein."

„Wesley wird Virginia nichts verraten. Er weiß, was auf dem Spiel steht", beruhigte Logan sie und sah dann wieder Manus an. „Wesley wird uns unterstützen. Er wird etwas finden, das uns dabei helfen kann, den Rat umzustimmen."

„Du bist wahnsinnig", sagte Manus.

„Außerdem ist dein unmittelbar drohendes Problem nicht, den Rat zu überzeugen, sondern mich."

„Das kommt jetzt", sagte Logan schnell. „Erinnerst du dich an Gabriel?"

Manus nickte. „Pferdeschwanz, große Narbe, Reißzähne? Na klar."

„Du hast vielleicht auch von seiner Gabe gehört. Er kann in die Erinnerungen einer anderen Person eintauchen."

Manus zuckte mit den Schultern. „Kann schon sein. Und? In der Akte stand nichts darüber, dass sie Erinnerungslücken hätte." Er zeigte mit dem Daumen auf Winter, als wäre sie nicht da. Und vielleicht existierte sie in Manus' Welt auch nicht wirklich, denn sie war bereits zum Tode verurteilt.

„Wesley schlug vor, dass Gabriel seine Gabe verwenden sollte, um die Visionen wieder hervorzuholen, die Winter unterdrückt hat, weil diese zu schrecklich waren. Damit wir vielleicht Informationen sammeln und die Dämonen effektiver bekämpfen können."

Manus hob eine Augenbraue und zeigte zum ersten Mal Interesse. Doch Winter wusste, dass dies sehr schnell wieder umschlagen würde. Schließlich hatte Gabriel nicht einmal in ihren Kopf eindringen können. Sie wusste nicht, warum sich Logan überhaupt die Mühe machte, Manus davon zu erzählen, wo es doch zu nichts führte.

„Also, was hat er gesehen? Irgendetwas Nützliches?"

„Er hat gar nichts gesehen", antwortete Logan und wartete.

„Na super." Manus' Stimme triefte voller Sarkasmus. „Wenn du dir damit Zeit erkaufen willst, dann verärgerst du mich nur."

„Dann lass es mich mal so sagen: Gabriel sah nichts, denn Gabriel konnte nicht in Winters Geist eindringen. Sie hatte ihn ausgesperrt. Sie hat ihn mit so viel Kraft bekämpft, dass seine Haut verbrannt ist. Verstehst du mich jetzt, Manus?"

Manus sah sie überrascht an. Seine Augen bohrten sich in sie, als suchte er nach etwas.

„Ich wollte ihm nicht wehtun", sagte Winter schnell.

Langsam richtete Manus seinen Blick wieder auf Logan. „Du glaubst also, dass sie stark genug ist, einer mentalen Attacke der Dämonen zu widerstehen?"

„Eine mentale Attacke? Was soll das heißen?", fragte Winter, als eine ganz neue Furcht plötzlich in ihr aufwallte.

„Die Dämonen versuchen zuerst, einen Menschen auf ihre Seite zu bringen, indem sie ihn in Versuchung führen, ihm etwas anbieten, das er sich wünscht: jemanden zu heilen, eine erfolgreichere Karriere, Geld, was auch immer. Sie benutzen ihre Suggestionskraft und dazu müssen sie in den Geist der Person eindringen. Wenn das nicht geht, können sie niemanden in Versuchung führen."

Sie verdaute diese Worte schnell. „Sie werden nicht in meinen Geist eindringen können. Wenn sie es versuchen, wird ihnen dasselbe widerfahren wie Gabriel."

Logan nickte. „Genau."

Erwartungsvoll sah sie Manus an. Würde er ihren Schlussfolgerungen zustimmen?

„Ich muss zugeben", sagte Manus langsam, als wägte er jedes Wort einzeln ab, „dass dies eine Methode der Dämonen eliminiert, Einfluss auf dich zu gewinnen. Doch das bedeutet nicht, dass du in Sicherheit bist. Es bedeutet nicht, dass sie dich nicht anders dazu bringen können, für sie zu arbeiten."

„Aber ich würde nie –"

„Wirst du stark bleiben können, wenn sie dich in ihren Bau in die Unterwelt zerren und dich foltern, bis du alles tun wirst, nur damit die Qualen aufhören? Kannst du das?"

Winters Atem stockte. Ihre Brust hob sich und ihr Herz galoppierte. Sie hatte eine niedrige Schmerzgrenze. Sie würde schnell aufgeben.

„Hab ich auch nicht angenommen." Manus wandte seinen Kopf zu Logan. „Also, wenn du den Rat nicht davon überzeugen kannst, dass Winter uns mit gegen die Dämonen verwendbaren Informationen versorgen kann, dann hast du gar nichts."

„Wesley arbeitet noch an der Methode, wie wir Winters Visionen steuern können", sagte Logan hastig.

„Dann soll er lieber schneller arbeiten."

Logan begegnete Manus' Augen. „Willst du damit sagen, dass du mir Zeit gibst, es zu versuchen?"

Manus grummelte mit sich selbst. „Ich sollte für das, was ich jetzt sage, erstochen werden, aber ich gebe dir vierundzwanzig Stunden, um dieses Chaos zu korrigieren. Entweder tötest du sie in der Zeit und kommst zum Komplex zurück, oder du gehst vor den Rat und legst deinen Fall vor. Denk nicht einmal daran, wieder zu fliehen. Wir haben miteinander trainiert. Ich werde dich immer finden, egal wo du dich versteckst."

Logan streckte ihm die Hand hin. „Danke, Bruder. Ich weiß zu schätzen, was du für mich tust."

„Ich hoffe, es ist das Risiko wert." Er warf Winter einen Blick zu, dann drehte er sich um, marschierte zur Tür und verschwand.

20

Winter spürte, wie ihre Knie plötzlich weich wurden und stützte sich auf die Rückenlehne des Sessels, hinter dem sie sich verschanzt hatte, als Manus in der Wohnung aufgetaucht war.

„Bist du in Ordnung?", fragte Logan und eilte auf sie zu, doch sie hob ihre Hand, um ihn zu stoppen.

„Nicht."

Sie wollte seine Arme jetzt nicht um sich spüren, nicht einmal als Stütze. Er hatte sie von Anfang an belogen. Er war gekommen, um sie umzubringen. Das war nichts, was eine Frau so schnell vergessen und vergeben konnte.

„Warum hast du es mir nicht gesagt?"

Bedauern leuchtete in seinen Augen auf. „Ich hatte Angst, dass du davonlaufen würdest. Und das konnte ich nicht riskieren. Es hätte dich in Gefahr gebracht. Aber nach dem, was heute mit Gabriel geschehen war, hatte ich das Gefühl, dass du für die Wahrheit bereit warst." Er zuckte mit den Schultern. „Aber dann ist mir Manus zuvorgekommen ..."

Sie schüttelte den Kopf. „Ich bin keine hirnlose Jungfer aus einem 50er-Jahre-Film, die nicht merkt, bei wem sie wirklich sicher ist. Ich wäre nicht weggelaufen. Du hättest es mir früher sagen sollen."

Diese Antwort schien ihn zu überraschen. „Das hätte ich wissen müssen."

„Hättest du", murmelte sie leise.

„Es tut mir leid."

Nun, zumindest sagte er jetzt das Richtige. Das war ein Anfang. Doch es änderte nichts an den Fakten: Logan war gekommen, um sie zu töten.

„Du hattest vor, mich zu vergiften. Warum Gift?"

Er hob seine Augen nicht, als er ihr antwortete: „Weil es schmerzlos ist. Wir lassen Unschuldige nicht unnötig leiden."

Sie war sich nicht sicher, ob das wirklich eine Gnade gewesen wäre. War es gnädig, nicht einmal zu wissen, dass der Tod kam?

„Warum hast du es nicht getan?"

Dieses Mal stellte Logan sich ihrem Blick. „Ich wurde Zeuge einer deiner Visionen und verstand, was du durchmachst. Du schienst so verletzlich zu sein. Zuerst dachte ich, dass es vielleicht eine Erleichterung sein könnte, es für dich zu beenden, zu beenden, wie du leidest." Sie bemerkte, wie sein Adamsapfel hüpfte. „Also reichte ich dir das Glas Wasser."

„Das Wasser", murmelte Winter und erinnerte sich, wie nahe sie daran gewesen war, es zu trinken. „Aber du hast es verschüttet. Das war kein Zufall, oder?"

Er schüttelte den Kopf. „Als wir über deine Zeichnungen sprachen, als ich sah, was du in deinen Visionen siehst, konnte ich es nicht zu Ende bringen. Ich wusste, dass dein Tod ein

Verlust für uns alle wäre, für die Menschheit und für die Hüter der Nacht. Ich wusste, dass ich dir helfen könnte." Er schloss einen Moment lang seine Augen. „Aber es gab auch einen selbstsüchtigen Grund, warum ich dich das Gift nicht trinken ließ."

Winter sagte nichts, stellte keine Frage, sondern gab ihm einfach die Zeit, die er brauchte.

„Als ich dich das erste Mal sah, stellte ich mir vor, wie es gewesen wäre, wenn wir uns in einer Bar oder einem Supermarkt getroffen hätten. Ich fragte mich ..." Er schüttelte den Kopf. „Das ist jetzt egal. Wir sind uns auf diese Weise begegnet. Und ich bin froh, dass ich dem Befehl des Rats nicht gefolgt bin. Du verdienst es, zu leben."

„Du hast Hochverrat begangen."

Er zuckte mit den Schultern. „Manus kann sehr dramatisch sein."

„Dramatisch, sicher, aber ich glaube nicht, dass er gelogen hat. Indem du mich nicht getötet hast, setzt du dein eigenes Leben aufs Spiel."

„Vielleicht werden sie nachsichtig sein."

„Das glaubst du selbst nicht."

Sein Gesichtsausdruck bestätigte ihre Annahme.

„Tja, dann glaube ich, haben wir also keine Wahl, oder?", fragte sie. „Entweder wir beweisen deinem Rat, dass meine Visionen deinem Volk im Kampf gegen die Dämonen helfen können, oder wir sterben beide."

Es half keinem, darüber zu jammern, dass Logan sie angelogen und seine wahre Absicht verborgen hatte. Damit würde sie sich später auseinandersetzen. Es zählte jetzt nur, dass Logan seinen Befehl nicht ausgeführt hatte. Er hatte sie nicht getötet. Sie war immer noch am Leben und sie wollte am Leben bleiben.

„Gabriel hat einen Psychiater erwähnt", sagte Winter. „Ich glaube, wir sollten ihn so bald wie möglich aufsuchen."

Ein Anruf bei Gabriel und eine Stunde später war bereits ein Termin bei Dr. Drake vereinbart. Seine Praxis befand sich im Untergeschoss einer riesigen Villa aus der Zeit Edwards VII., nicht weit von Gabriels Haus entfernt, sodass sie auch gut zu Fuß von der Wohnung der Zwillinge zu erreichen war.

Während sie dorthin gingen, sprachen Logan und Winter nicht miteinander. Logan machte keinen Versuch, ein Gespräch anzufangen, denn er spürte, dass Winter alles gesagt hatte, was sie im Moment sagen wollte. Er nahm ihr das Schweigen nicht übel. Tatsächlich war er überrascht, dass sie ihm keine schweren Gegenstände an den Kopf geworfen hatte. Vielleicht vergrub sie die Wut in ihrem Inneren, wie Frauen es oft taten.

Nach ihrem anfänglichen Wutausbruch, während Manus noch in der Wohnung gewesen war, hatte sie ihr gemeinsames sexuelles Intermezzo nicht mehr erwähnt. Er ahnte, was das bedeutete: Sie wollte so schnell wie möglich vergessen, was sie in dem Hotelzimmer in Trenton getan hatten. So sehr es ihn schmerzte, zu wissen, dass sie ihr Liebesspiel bereut hatte, wusste er auch, dass sie jede weitere Intimität ablehnen würde, nachdem er ihr gestanden hatte, dass er gekommen war, um sie zu töten. Nun, damit musste er jetzt leben.

Zumindest hatte Winter nichts Unüberlegtes getan, das sie den Dämonen gegenüber entblößt hätte. Dafür war er dankbar.

Sie war eine kluge Frau. Und das hätte er schon früher realisieren sollen. Vielleicht hätte er dann ihre Beziehung retten können. Beziehung? Er musste den Kopf schütteln. Sie hatten keine Beziehung, keine, die über das Verhältnis zwischen Beschützer und Schützling hinausging. Und sogar dieses war schwach.

Falls – nein, sobald – er den Rat davon überzeugt hatte, Winter am Leben zu lassen, würde sie darauf bestehen, einen anderen Hüter als Beschützer zugewiesen zu bekommen. Doch er wollte nicht so weit in die Zukunft sehen. Er musste sich auf das konzentrieren, was direkt vor ihm lag.

Logan las die Nummer auf dem Tor. „Das ist es."

Winter blieb neben ihm stehen. Er drückte das Eisentor auf und ließ sie zuerst hineingehen. Er machte keinerlei Anstalten, ihre Hand zu nehmen, denn er brauchte keine Bestätigung, dass seine Berührung nicht willkommen war. „Die Eingangstür ist am Ende des Lieferanteneingangs. Gabriel sagte, dass sie unverschlossen wäre."

Er zog das Tor hinter sich zu und folgte Winter auf dem engen Weg, der neben dem imposanten Gebäude entlang führte. Die Tür am Ende war unscheinbar. Es gab kein Schild, das auf die Praxis eines Psychiaters hinwies. Scheinbar mussten oder wollten Vampire nicht für ihr Geschäft werben. Es sprach sich vermutlich herum.

Drinnen wurde Logan von einer Rezeptionistin begrüßt, die wie eine Barbiepuppe aussah und ein viel zu enges Top trug. Ihre Aura, die auf eine Vampirin hindeutete, war keine Überraschung.

„Wie darf ich Ihnen helfen?", schnurrte sie auf eine Art und Weise, die nichts mit einem Kätzchen zu tun hatte. Ihr Blick driftete kurz zu Winter, als wäre sie nicht wichtig, und klebte dann wieder an Logan wie statisch aufgeladenes Styropor.

„Miss Collins und ich haben einen Termin mit Dr. Drake. Gabriel Giles hat ihn für uns arrangiert", antwortete Logan.

„Oh ja, die kurzfristige Änderung in unserem

Kalender." Sie klimperte mit ihren Wimpern. „Der Doktor erwartet Sie." Sie deutete zu einer Tür. „Gehen Sie gleich rein."

Logan nickte und ging auf die Tür zu. Nach einem kurzen Klopfen öffnete er die Tür und ließ Winter vorangehen, dann folgte er ihr in den Raum und schloss die Tür.

Er wusste nicht wirklich, was er in der Praxis eines Vampirpsychiaters erwartet hatte. Doch ganz sicher nicht das hier. Er warf Winter einen Blick zu, um ihre Reaktion mitzubekommen und sah, dass auch sie von der etwas unorthodoxen Deko abgestoßen war.

Eine schwarze Sarg-Couch mit verblichenen roten Samtkissen war der Mittelpunkt des Raumes. Zwei einfache Sessel und ein Couchtisch, der verdächtig nach einem Grabstein aussah, komplettierten die Sitzecke. Gotische Wandmalereien verzierten die Wände und ließen den Raum wie eine Gruft aussehen. An der Wand standen Aktenschränke mit Griffen, die wie Mini-Pflöcke geformt waren.

„Willkommen", sagte Dr. Drake.

Logan war dankbar, dass der große, dünne

Mann kein schwarzes Cape, sondern einen weißen Doktorkittel über seinem Anzug trug.

„Danke, dass sie uns so kurzfristig einen Termin gegeben haben", sagte Logan und schüttelte Drakes Hand, bevor er zur Seite trat und seine Begleiterin vorstellte: „Das ist Winter Collins."

„Die Seherin", sagte Drake voller Anerkennung und bot Winter seine Hand an. „Es ist mir ein Vergnügen, Miss Collins."

Zögernd schüttelte sie seine Hand und zog sich dann wieder zurück.

„Bitte, setzen Sie sich."

Drake deutete zu der Sarg-Couch, doch Logan ging stattdessen zu den normal aussehenden Sesseln, rückte einen zurecht und sah Winter auffordernd an. Sie setzte sich und Logan ließ sich in dem anderen Sessel nieder. Drake zog seine Augenbrauen ein wenig hoch und hatte dann keine andere Wahl, als sich auf die schreckliche Couch zu setzen.

Er räusperte sich. „Mr. Giles hat mich schon über alles informiert, um Zeit zu sparen. Ich nahm mir die Freiheit, bereits einige Überlieferungen über Seher durchzusehen, um zu wissen, wie ich Ihnen am besten helfen kann."

„Das weiß ich zu schätzen, Dr. Drake", sagte Winter.

„Natürlich. Darf ich sagen, dass ich mich geehrt fühle, endlich persönlich einer Seherin zu begegnen. Von Anfang an hat es nicht sehr viele von ihnen gegeben und dann war da ja auch noch vor ein paar Jahrhunderten die Säuberung, die ihre Anzahl noch mehr verringert hatte …"

„Eine Säuberung? Soll das heißen, dass Seher getötet worden sind?" Winters Blick flog zu Logan. Er wusste, was sie denken musste. Dass sein Volk dafür verantwortlich war.

„Es gab einen Krieg zwischen den Hexen und den Sehern", erklärte Logan schnell. „Die Hexen fühlten sich von der Macht der Seher bedroht."

Winter starrte ihn an. „Warum hilft Wesley uns dann?"

„Die verbliebenen Seher handelten einen Friedensvertrag mit den Hexen aus. Außerdem gehört Wesley einer anderen Generation an. Die alten Kriege, die alten Streitigkeiten bedeuten ihm nichts", versicherte Logan ihr. Dann sah er Drake an. „Deshalb gibt es wirklich keinen Grund, darüber zu sprechen."

„Nun", sagte Drake mit einem knappen Lächeln, „es ist immer gut, wenn man seine Geschichte kennt." Er wandte sich wieder an Winter. „Jedenfalls sieht es so aus, als bräuchten Sie Hilfe, Ihre Visionen zu steuern. Sie zu kontrollieren."

„Ja. Sie treffen mich wie aus dem Nichts. Und ich fühle mich hilflos, wenn sie auf mich niederstürzen."

„Hilflos? Das muss nicht sein." Er nickte gedankenverloren, dann fuhr er fort: „Ihre Visionen sind sehr mächtig. Vergleichen Sie sie mit Gefühlen. Entweder beherrschen Sie Ihre Gefühle, oder Ihre Gefühle beherrschen Sie. Es geht immer darum, was Sie ihnen erlauben. Nehmen Sie zum Beispiel Liebe und Hass. Zwei sehr starke Emotionen. Welche, glauben Sie, ist stärker?"

Der Doktor sah Winter erwartungsvoll an. Als sie nichts sagte, forderte er sie auf: „Miss Collins?"

„Oh, das war eine Frage."

Er nickte. „Ja. Welche Emotion ist stärker, Liebe oder Hass?"

Sie zögerte. „Hass?"

Lächelnd schüttelte Drake den Kopf. „Liebe. Wissen Sie warum?"

Sie verneinte, während Logan sich wunderte, wohin die Fragen des Psychiaters führen sollten.

„Sie ist die stärkste Emotion, denn sie kommt direkt aus dem Herzen, aus der Seele eines Geschöpfes. Mit Liebe kann man Berge versetzen. In ihr steckt unendliche Energie. Und es liegt an Ihnen, diese Energie zu nutzen." Er räusperte sich. „Was ich versuche, Ihnen zu erklären, ist, dass Sie lernen müssen, Ihre Visionen zu lieben, wenn Sie irgendeine Macht über sie haben wollen. Wenn Sie Kontrolle über sie ausüben wollen."

Winter seufzte. „Es ist schwer, etwas zu lieben, was mir solchen Schmerz bereitet."

„Nun, das kommt mit der Zeit. In der Zwischenzeit gibt es mehrere Dinge, die wir tun können: geleitete Meditation, Tiefenpsychologie und Entspannungsübungen." Er zog ein Notizbüchlein aus seinem Kittel. „Die geleitete

Meditation können wir sofort beginnen, danach muss sie täglich wiederholt werden. Ich könnte Sie für Ihren ersten Psychoanalysetermin morgen Abend einschieben. Und für die Entspannungsübungen habe ich am Dienstagabend eine Gruppe."

Logan hatte genug gehört. „Dr. Drake, ich glaube nicht, dass Sie verstehen, unter welchem Zeitdruck wir stehen. Wir haben vierundzwanzig Stunden, um Winters Visionen in den Griff zu bekommen."

Drake warf ihm einen missbilligenden Blick zu. „Und *Sie* scheinen nicht zu verstehen, dass der Geist eines Sehers zerbrechlich ist."

„Da bin ich anderer Meinung." Was er von Winters Geist gesehen hatte, war nicht zerbrechlich.

„Sie kann auf keinen Fall in vierundzwanzig Stunden ihre Visionen in den Griff bekommen, wenn andere Seher Jahre dazu gebraucht haben. Sie braucht Übung und Unterstützung."

Winter schoss von ihrem Sessel hoch. „Was machen wir dann noch hier?"

Logan hörte die Verzweiflung in Winters Stimme und erhob sich ebenfalls. „Wir gehen."

Er nickte dem Psychiater zu. „Tut mir leid, dass wir Ihre und unsere Zeit verschwendet haben."

Er ignorierte Drakes Protest und nahm Winters Arm, um sie nach draußen zu führen.

In der Dunkelheit der Gasse blieb er stehen. „Es tut mir leid. Wenn wir mehr Zeit hätten, würden vielleicht einige der Dinge, die er erwähnt hat, helfen …"

„Was machen wir jetzt?" Sie schaute ihn an und in ihren schönen Augen prallten Angst und Verzweiflung aufeinander.

Er hasste es, sie so zu sehen, ohne Hoffnung auf die Zukunft. Doch er wollte nicht, dass sie weinte, nicht, während er für sie verantwortlich war.

„Ich rufe Wesley an, um zu sehen, ob er schon was hat. So schnell gebe ich nicht auf."

Er zog das Prepaidhandy, das Wesley ihm gegeben hatte, aus seiner Jackentasche und wählte die einzige programmierte Nummer. Es klingelte einmal, zweimal, dreimal.

Plötzlich hörte er ein Klicken.

„Logan?"

„Ja."

„Ich wollte dich gerade anrufen. Ich bin hier

bei einem anderen Hexer. Ich glaube, du und Winter, ihr solltet herkommen."

Sein Herz begann aufgeregt zu schlagen. „Sag mir wohin."

Logan prägte sich die Adresse ein, die Wesley ihm nannte, und antwortete dann: „Wir sind so schnell es geht da."

21

Sie fuhren mit dem Taxi durch die Stadt und bogen so oft ab, dass Winter komplett die Orientierung verlor. Während der Fahrt blickte sie aus dem Seitenfenster, ohne wirklich etwas wahrzunehmen. Enttäuschung wuchs in ihr. Eine Niederlage nach der anderen: zuerst Gabriel, nun Dr. Drake. Nicht, dass sie einem der beiden die Schuld gab. Sie hatten es versucht. Aber was, wenn niemand ihr helfen konnte? Was, wenn sie ein hoffnungsloser Fall war?

Als das Taxi plötzlich anhielt, schaute Winter sich um. Das Taxi stand vor einem unscheinbaren Haus neben einer großen

Grünanlage mit hohen Bäumen und dichtem Gebüsch.

Logan bezahlte den Fahrer und half ihr aus dem Wagen.

„Wo sind wir?", fragte sie.

„An der Grenze zum Presidio. Das war einmal ein Militärstützpunkt." Er deutete mit dem Kinn zum Wald, dann zeigte er auf das Haus. „Komm, lass uns sehen, was Wesley für uns hat."

Als sie die Haustür erreichten, wurde diese bereits geöffnet.

Eine kurvenreiche Frau mit flammenrotem Haar stand da, um sie zu begrüßen. Winter starrte sie an. Sie sah genauso aus, wie sie sich immer eine Hexe vorgestellt hatte.

„Ich heiße Roxanne", sagte die Frau und trat zur Seite. „Kommt herein."

Winter folgte der Einladung und ging in das gemütliche Foyer, von wo aus eine Treppe nach oben und mehrere Türen zu anderen Teilen des Hauses führten.

„Danke, Roxanne", sagte Logan hinter ihr.

Als Winter hörte, wie die Tür ins Schloss fiel, drehte sie sich zu Roxanne um. „Vielen Dank, dass Sie mir helfen wollen. Sie sind unsere letzte Hoffnung."

Die Rothaarige lachte unerwartet. „Oh, du glaubst, ich bin eine Hexe?" Ihre Augen funkelten. „Hast du das gehört, Babe?", rief sie in Richtung einer offenstehenden Tür. „Unser Gast glaubt, ich sehe wie eine Hexe aus."

„Ich wollte dich nicht –"

Doch Winter bekam keine Gelegenheit, sich zu entschuldigen, denn die Tür öffnete sich ganz und ein großer, breitschultriger Mann erschien. Er war die Stufen vom Keller heraufgekommen.

„Tja, du könntest schon eine sein. Mich hast du ja verhext", sagte er mit einem Lächeln. Dann bot er Winter die Hand an. „Ich hoffe, du bist nicht enttäuscht, aber ich bin der Hexer in der Familie. Ich heiße Charles. Meine Frau ist eine Vampirin."

Winter schüttelte seine Hand, während Hitze in ihre Wangen schoss. „Freut mich, dich kennenzulernen. Äh, euch beide." Würde sie je erkennen können, mit welcher übernatürlichen Kreatur sie es zu tun hatte?

„Logan", sagte Charles jetzt und schüttelte

Logan die Hand. „Schön, dich endlich kennenzulernen. Ich habe schon eine Menge von dir und deinen Freunden gehört. Ihr werdet von Scanguards sehr geschätzt. John spricht in den höchsten Tönen von dir."

„Danke. Er ist ein guter Mann."

„Arbeitest du auch bei Scanguards?", fragte Winter.

Charles schüttelte den Kopf. „Roxanne arbeitet dort."

„Ich bin ein Bodyguard", bestätigte Roxanne.

Sprachlos starrte Winter sie an. Glücklicherweise wurde sie vor der Suche nach einer passenden Antwort gerettet, als Roxanne sagte: „Ich muss euch leider verlassen. Meine Schicht geht in Kürze los." Sie küsste ihren Mann auf die Lippen. „Spreng das Haus nicht in die Luft, während ich weg bin."

Charles gluckste und gab ihr einen liebevollen Klaps auf den Hintern. „Was bekomme ich als Gegenleistung?"

Sie verdrehte die Augen, schüttelte den Kopf und ging an Logan vorbei aus dem Haus.

Charles lachte und winkte sie zu den Stufen,

die hinunter in den Keller führten. „Wesley hilft mir, alles vorzubereiten.“

Winter lief hinter Charles die alte Treppe hinab, während sich ihre Augen dem schlecht beleuchteten Treppenhaus anpassten. Logan kam ihr nach. „*Was* vorzubereiten?“

„Na, den Zauberspruch“, sagte Charles, als wäre das die natürlichste Sache der Welt.

Sie erstarrte eine Sekunde und spürte, wie Logan hinter ihr stoppte.

„Einen Zauberspruch?“

Charles sah über seine Schulter. „Komm, ich erkläre alles. Ich werde nichts tun, dem du nicht zustimmst. Abgemacht?“

Langsam nickte sie, dann folgte sie ihm die Stufen hinunter. Unten roch es muffig, doch der Geruch verflog schnell, als sie sich der Tür zu einem anderen Raum näherte. Von hier strömten andere Gerüche auf sie ein: Gewürze, Kräuter, Parfüme.

Als sie die offene Tür erreichte, blieb sie dort einen Moment stehen und sah in den großen Raum hinein. Das war eine Hexenhöhle – wenn *Höhle* überhaupt das richtige Wort war. Vielleicht nannte man es ja besser Brauhaus.

Schließlich stand dort ein ausladender Kessel in einer Ecke und viele große Mörser bevölkerten die Holzregale. Glasgefäße mit verschiedenen Kräutern und Gewürzen und Flaschen mit verschiedenfarbigen Flüssigkeiten stapelten sich in zahlreichen Regalen. Ein niedriges Feuer brannte in einem Kamin. In einer anderen Ecke stand ein Schreibtisch, auf dem mehrere alte Bücher aufgeschlagen lagen. In einem Glasschrank an der Wand gab es weitere Bücher, viele davon mit Titeln auf ihren Buchrücken, deren Sprache sie nicht entziffern konnte.

Wesley stand über eine Schüssel gebeugt und mixte verschiedene Kräuter. Er hob seinen Kopf. „Hey, da seid ihr ja."

Winter marschierte in den Raum. „Hi, Wesley."

„Hey, Wes", sagte Logan. „Tolle Bude hast du hier, Charles."

„Danke", antwortete ihr Gastgeber. „So habe ich was zu tun und gerate nicht in Schwierigkeiten, während Roxanne die Welt rettet."

Wesley schüttelte den Kopf. „Charles gibt

gerne vor, dass er der zahme Hausmann ist. Lasst euch nicht von ihm täuschen. Ich habe sehr viel von ihm gelernt. Er ist ein sehr mächtiger Hexer." Wes sah Winter an. „Und er hat etwas gefunden, von dem wir glauben, dass es dir mit deinen Visionen helfen wird."

„Charles sagte, dass ihr einen Zauberspruch machen werdet", sagte sie. „Was für eine Art von Zauberspruch?"

Wesley sah Charles an, der nickte und dann sagte: "Also, hier ist die Zusammenfassung. Normalerweise würdest du von der Person in der Gabe unterwiesen, von der du sie geerbt hast. Zum Beispiel von deiner Mutter oder deinem Vater, oder von den Großeltern. Oder einem Onkel oder einer Tante."

„Ich habe keine Verwandten mehr. Meine Eltern starben bei einem Autounfall, als ich noch jung war. Meine Großmutter hat mich aufgezogen, aber sie ist auch schon tot. Es gab sonst niemanden."

„Tja", sagte Charles, „in Fällen, wo Seher nicht von einem Verwandten in ihre Gabe eingewiesen werden, kann diese oft missverstanden werden – wie in deinem Fall.

Wes hat es mir erzählt. Es ist nicht ungewöhnlich, die Visionen für Alpträume zu halten. Wie lange ist es her, dass du deine erste Vision hattest?"

„Vielleicht achtzehn Monate."

„Hmm. Lange genug, dass Verstand und Körper eine automatische Reaktion entwickelt haben. Du hast dich darauf konditioniert, deine Visionen abzulehnen, weil sie dir Angst machen. Doch weil du jetzt weißt, dass du es nicht mit einem Alptraum, sondern einer Vision zu tun hast, hast du bereits einen Schritt in die entgegengesetzte Richtung gemacht. Über kurz oder lang würdest du dich selbst trainieren, deine Visionen als normal zu akzeptieren. Aber dieses Umtrainieren dauert Zeit und mir ist klar, dass du die nicht hast."

„Jetzt haben wir sogar noch weniger", unterbrach Logan. „Weniger als vierundzwanzig Stunden."

„Was?", fragte Wes. „Was ist verdammt nochmal passiert?"

„Manus hat uns gefunden. Er hat uns vierundzwanzig Stunden gegeben, bevor er uns dem Rat übergibt. Ich habe weniger als einen

Tag, um den Rat davon zu überzeugen, dass Winter ein großer Vorteil für uns sein wird und um das zu bewerkstelligen, muss sie lernen, ihre Visionen zu steuern. Ich muss ihnen etwas geben."

Charles atmete tief aus. „Nun, dann also weiter im Programm." Er machte eine kurze Pause. „Winter, der Zauberspruch funktioniert wie folgt: Stell dir einen Zeitraffer vor. Der Zauber gaukelt deinem Gehirn vor, dass eine Menge Zeit vergangen ist, seit du herausgefunden hast, dass deine Alpträume in Wirklichkeit Visionen sind. Dein Verstand wird sich dieser neuen Realität anpassen und neue Nervenbahnen in deinem Gehirn bilden, damit du die Visionen erleben kannst, ohne dass deine konditionierte Reaktion sie blockieren kann. Nächstes Mal, wenn du eine Vision hast, dürftest du sie in die Richtung lenken können, die du erforschen willst."

„Wie lenken?"

„Stell dir vor, du hast eine Vision über, ich weiß nicht ... was hast du schon gesehen?"

„Eine Höhle mit Dämonen."

Charles nickte. „Okay, lass uns annehmen,

du siehst die Höhle wieder. Mit der neu erlangten Kontrolle kannst du dich frei in der Vision bewegen, so etwa wie ein Avatar. Weißt du, was das ist?"

Sie nickte.

„Du kannst dann in die Richtung gehen, wo du mehr sehen willst. Zum Beispiel, wenn du etwas hinter einem Dämon sehen willst, oder hinter einer Tür, gehst du einfach darauf zu und machst sie auf. Aber sei vorsichtig. Geh nicht zu tief in die Vision hinein oder du könntest Schaden nehmen. Je länger du in der Vision bleibst, desto mehr von dir selbst geht an diesen Ort und es wird schwieriger, wieder zurückzukommen. Verstehst du das?"

Sie war sich nicht sicher, ob sie nicken sollte oder nicht. Sie verstand seine Worte nur zu gut, doch verstand sie auch die Konsequenzen? War sie darauf vorbereitet? Es gab noch so viele Dinge, die sie wissen musste.

„Werde ich eine Vision herbeiführen können?"

„Willentlich? Nein. Die Vision kommt, wenn sie kommt. Aber wenn sie erst einmal da ist, dann wirst du sie steuern können.

Winter sah Logan an. „Was, wenn ich bis morgen keine Vision habe, die uns helfen kann, den Rat zu überzeugen?"

„Wir machen das schon irgendwie", beruhigte Logan sie.

„Ich habe gehört, dass es manchmal helfen kann, ein Objekt oder eine Person zu berühren und so eine damit zusammenhängende Vision, hervorzurufen. Das ist nicht hundertprozentig, doch ab und zu kann es helfen", meinte Charles.

Winter schluckte hart. Sie hatte keine andere Wahl. Entweder das, oder Logan und sie würden sterben.

„Mach den Zauber fertig."

Sie beobachtete, wie Charles und Wesley sich an die Arbeit machten. Wesley kehrte zum Mörser zurück und mixte die Kräuter. Währenddessen ging Charles zum Schreibtisch, nahm eins der Bücher und legte es neben den verzierten Dolch auf den großen Tisch in der Mitte.

„Wes?" Charles sah über seine Schulter. „Fertig?"

Wes trug die Steinschüssel mit den Kräutern zum Tisch. „Ich habe alles. Jetzt brauchen wir nur noch die letzte Zutat." Er schaute Winter direkt ins Gesicht. „Dein Blut."

Ihr Herz setzte einen Schlag aus und sie hielt die Luft an.

„Keine Angst", fügte Charles hinzu, „wir brauchen nur ein paar Tropfen. Komm näher."

Sie ging zu ihm, während er den Dolch hochhob.

„Gib mir deine linke Hand", verlangte Charles.

Sie streckte ihm ihre Hand entgegen. Er nahm sie und drehte sie so, dass ihre Handfläche nach oben zeigte.

„Das könnte ein bisschen wehtun."

Noch bevor er den Satz beendet hatte, schnitt er in ihre Daumenkuppe und hielt sie über den Mörser, um das Blut über die Kräuter tropfen zu lassen.

„Jetzt, Wes", sagte Charles, während er immer noch Winters Hand festhielt.

Wesley goss eine klare Flüssigkeit über ihre Hand in die Schüssel und ließ sie sich mit den Kräutern vermischen, während er und Charles gleichzeitig begannen, eine Zauberformel aus dem geöffneten Buch auf dem Tisch zu sprechen.

Die Worte klangen wie eine Mischung aus Latein und Griechisch oder irgendeiner anderen, lange toten Sprache, die Winter nicht erkannte. Sie erhoben sich zu einem Crescendo und plötzlich spürte sie einen Druck in ihrem Kopf, als bekäme sie Migräne. Roter Rauch stieg von der Schüssel auf und kroch erst ihre Hand hoch, dann entlang ihres Armes und begann, sie zu umhüllen. Panik stieg in ihr auf und sie wollte ihre Hand wegziehen, aus Angst, dass der rote Rauch sie ersticken würde. Doch Charles hielt ihre Hand mit eisernem Griff fest.

Der rote Rauch drang in ihre Nasenlöcher und sie war gezwungen, den Nebel einzuatmen. Damit lockerte sich der Druck in ihrem Kopf ebenso plötzlich, wie er gekommen war und sie fühlte sich so leicht, als schwebte sie in der Luft.

Charles ließ ihre Hand los und beide Hexer hörten auf zu sprechen. Das schwebende Gefühl verschwand wieder.

„Wie fühlst du dich?", fragte Charles.

Sie zögerte und horchte in ihren Körper hinein. Nichts tat weh. „Ich fühle mich gut."

Charles und Wesley wechselten einen Blick.

„Hervorragend", sagte Wesley.

„Was jetzt?", fragte sie.

„Ruh dich aus. Dein Gehirn muss sich jetzt anpassen", erklärte Charles.

„Woher weißt du, dass es funktioniert hat?" Sie sah flüchtig zu Logan, der nur ein paar Meter von ihr entfernt stand und sie besorgt ansah. „Ich meine, ich fühle mich nicht anders als zuvor."

„Es hat funktioniert", sagte Charles. „Um dich herum ist nun eine Ruhe, die vorher nicht da gewesen war. Dein Körper weiß es schon. Nun muss nur noch dein Geist aufholen."

Langsam nickte sie. Sie hatte keine andere Wahl, als seinen Worten zu vertrauen. Sie hatte das in den letzten Tagen oft getan: Fremden vertraut.

22

Aus der Wohnung der Zwillinge starrte Logan in die Nacht hinaus und ließ seine Augen über die gegenüberliegenden Gebäude schweifen. Trotz der späten Stunde sah er immer noch Licht in den Hotelzimmern gegenüber. Ein paar Nachteulen kamen aus Kneipen, die gerade zumachten, und Taxifahrer sahen sich nach spätnächtlichen Fahrgästen um. Junkies und Penner suchten sich eine bequeme Ecke und Vampire jagten nach einem schnellen Mahl.

Hinter Logan ging Winter auf und ab. Nachdem sie zur Wohnung zurückgekehrt waren, hatten sie eine Tiefkühlpizza in den Ofen gesteckt, sie gegessen und dann gewartet und gewartet. Doch bis jetzt hatte Winter keine Vision bekommen. Es war unmöglich zu testen, ob Charles' und Wesleys Zauberspruch funktioniert hatte. Logan hatte sein Bestes getan, Winter seine Bedenken nicht spüren zu lassen. Sie machte sich genug Sorgen. Er musste jetzt der Fels in der Brandung sein, obwohl er sich im Inneren alles andere als ruhig fühlte. Wenn er dem Rat nicht beweisen konnte, dass Winters Visionen kontrollierbar waren und deshalb im Kampf gegen die Dämonen von Nutzen sein könnten, dann würden sie sie töten.

„Es hat keinen Zweck, noch länger zu warten", sagte Winter plötzlich voller Frustration in der Stimme.

Er drehte sich herum, um sie anzusehen. „Es gibt nichts, was wir tun können. Wir müssen geduldig sein."

„Geduld ist nicht meine Stärke." Sie schüttelte den Kopf. „Wer weiß schon, ob ich morgen um diese Zeit nicht schon tot bin und du wegen Hochverrats vor Gericht stehst."

„Winter, bitte –"

„Ich kann meine letzten paar Stunden auf

dieser Welt nicht damit vergeuden, nur zu … warten. Ich muss etwas tun."

„Es gibt nichts, was du tun kannst. Charles hat gesagt, dass es etwas dauern kann, bis es funktioniert."

Sie machte ein paar Schritte auf ihn zu. „Warum bist du so ruhig? Ich meine, dein Leben steht doch auch auf dem Spiel."

Er seufzte. „Mein Leben steht immer auf dem Spiel. Es stand schon auf dem Spiel, als ich geboren wurde. Für mich ist das nichts neues." Obwohl es dieses Mal anders war, weil er sich Sorgen um jemand anderen machte, um Winter. „Aber ich wünschte mir, ich könnte etwas für dich tun. Um dir die Angst zu nehmen. Du bist in diese Sache ohne Vorbereitung hineingeschlittert. Für dich ist das neu und angsterregend."

Ihre Blicke trafen sich und sie sahen einander lange an.

„Aber es ist mein Schicksal, nicht wahr? Als Seherin. Als übernatürliches Wesen." Ihre Stimme zitterte ein wenig, obwohl er sehen konnte, dass sie stark sein wollte.

„Du bist jetzt ein Teil dieser Welt." Er

machte ein paar Schritte auf sie zu, bis er nahe genug war, um sie anzufassen, wenn er das wollte. Doch er widerstand dem Drang, sie zu berühren, obwohl er sie nur trösten und stärken wollte. „Eines Tages wirst du dich an das hier erinnern und merken, wie stark du bist und dass du fast alles überleben kannst." Er lächelte sie an. „Ich habe noch nie eine Frau getroffen, die so stark ist wie du."

Sie schüttelte den Kopf. „Gibt es denn keine weiblichen Hüter der Nacht? Ich wette, die sind viel stärker, als ich je sein könnte."

„Das habe ich nicht gemeint. Sicher, weibliche Hüter sind körperlich so stark wie die männlichen, aber du, Winter, du bist auf ganz andere Weise stark. Du bist unverwüstlich. Du kannst jedem Sturm standhalten. Du bist eine Überlebende. Und das ist wichtiger als körperliche Stärke." Er hob seine Hand, um durch ihr Haar zu streichen, doch dann hielt er inne.

Winter erstarrte und sah seine Hand an, dann wieder ihn. Sie schluckte sichtlich und er senkte seine Hand schnell wieder.

„Es tut mir leid", sagte er hastig und riss

seinen Blick von ihrem Gesicht los. „Ich wollte mir nichts herausnehmen. Ich weiß, dass du das nicht willst. Nicht, nach allem, was ich getan habe."

„Was du getan hast?" Sie schüttelte den Kopf. „Oh, Logan, ich bin mir wegen all dem nicht mehr sicher."

„Was meinst du damit?"

„Was hast du wirklich getan? Du hattest Befehle. Wie ein guter Krieger hast du versucht, sie auszuführen." Sie legte ihre Hand auf seinen Oberarm und überraschte ihn mit dieser Berührung. „Aber du hast es nicht getan. Du hast mich nicht getötet, obwohl es dir befohlen wurde. Du hast dich deinem Rat widersetzt, wegen mir. Für mich bist du ein großes Risiko eingegangen." Sie seufzte. „Ja, ich bin dir böse, dass du mir nichts gesagt hast. Dass du mich hast glauben lassen, du wärst gekommen, um mich vor den Dämonen zu retten. Aber obwohl das anfangs nicht deine Absicht gewesen war, hast du es am Ende doch getan. Das ist alles, was zählt."

Hoffnung machte sich in seiner Brust breit. „Willst du damit sagen, dass du mir verzeihst?"

Sie schüttelte den Kopf. „Es gibt nichts zu verzeihen." Sie strich mit ihrer Hand den Arm bis zu seiner Schulter hinauf. „Es tut mir leid, wie ich reagiert habe, als Manus hier aufgetaucht ist. Wie ich dir vorgeworfen habe, dass du mich benutzt hast." Sie atmete tief aus. „Was in Trenton geschehen ist, in dem Motel, das hast nicht du angefangen. Das war ich."

„Ich habe dich nicht aufgehalten."

Sie sah ihm jetzt direkt in die Augen. Unwillkürlich bewegte er sich näher zu ihr, unfähig der Verlockung zu widerstehen. Alles, was er wollte, spiegelte sich in seinen Augen.

„Nein, du hast mich nicht aufgehalten ..."

„Winter ..."

Ihre Lippen kamen näher. „Zeig mir, dass du mich jetzt auch nicht aufhalten wirst."

Logans Herz schlug vor Aufregung wie wild und er hob seine Hand zu ihrer Wange und streichelte sie. „Oh, Winter, ich verdiene dich nicht. Du bist zu gut für diese Welt."

Sie drehte ihr Gesicht, um einen Kuss in seine Handfläche zu pressen. „Geh mit mir ins Bett, Logan."

Wenn es den Gesang von Sirenen gab, dann

musste er wie Winters Stimme klingen, als sie diese sechs Worte flüsterte. Er hätte diesen Worten nicht widerstehen können, selbst wenn er gewollt hätte. Aber das wollte er nicht. Denn alles, was er wollte, alles, was er jetzt brauchte, war Winter in seinen Armen.

Er kam ihr mit seinem Mund so nahe, dass er nur noch ein paar Zentimeter über ihren Lippen schwebte. „Morgen, ob du eine Vision hast oder nicht, werde ich vor dem Rat für dich kämpfen." Doch heute Nacht würde er sie lieben.

Logan senkte seine Lippen auf ihre und nahm sie in einem zärtlichen Kuss gefangen. Wie sehr er sie vermisst hatte. Jetzt, endlich, konnte er ohne Schuldgefühle, ohne Geheimnisse zwischen ihnen, mit ihr zusammen sein.

„Komm", murmelte er und nahm ihre Hand. Er führte sie zu einem der zwei Schlafzimmer und schloss die Tür hinter ihnen.

Als er sie wieder in seine Arme zog, hielt sie inne. „Ich möchte heute Nacht die Führung übernehmen."

Sein Herzschlag beschleunigte sich vor

Überraschung. Langsam ließ er sie los. „Was stellst du dir vor?"

Winter legte ihre Hände auf seine Brust und begann, sein Hemd aufzuknöpfen. „Ich habe mir gedacht, dass ich dich erst mal ausziehe und dann jeden Zentimeter deiner Haut küsse ..." Sie ließ ihre Hand hinunter zu seinen Lenden gleiten, wo sein Schwanz sich bereits mit Blut vollpumpte. „Und dann dachte ich ..." Sie presste seine wachsende Erektion und leckte sich die Lippen. „Ich glaube, du verstehst schon."

Er stieß ein Stöhnen aus und wusste ganz genau, was sie vorhatte. Nachdem er seine Hand auf ihre gelegt hatte, drückte er seinen Schwanz fester gegen ihre Handfläche. „Ja, ich glaube schon." Die andere Hand ließ er in ihren Nacken gleiten und zog ihr Gesicht zu sich. „Und ich selbstsüchtiger Bastard kann's kaum erwarten, bis du mir einen bläst."

„Dann sollte ich vielleicht keine Zeit mit dem Ausziehen verschwenden, wo wir doch genau wissen, was du wirklich willst." Sie fasste mit beiden Händen an die Vorderseite seiner Hose und öffnete den Knopf, dann zog sie den

Reißverschluss hinab. Sie schob die Hose über seine Hüften, bis sie auf der Mitte seiner Oberschenkel zum Halten kam. Wieder legte sie ihre Hand auf seinen Schwanz, doch dieses Mal war der Kontakt noch intensiver, denn nur der dünne Stoff seiner Boxershorts trennte sie nun. „Vor allem, wo du schon für mich bereit bist."

Sie hakte ihre Daumen in den Bund und zog das Kleidungsstück hinab, während sie gleichzeitig in die Knie ging.

„Fuck!" Er hatte nicht erwartet, dass sie so schnell zur Sache kommen würde. Das war nicht die von ihm vorgesehene, langsame Verführung, als er sie in das Schlafzimmer gelotst hatte. Er riss die Knöpfe auf und entledigte sich seines Hemdes, sodass es seine Sicht auf das, was Winter gleich mit ihm anstellen würde, nicht beeinträchtigte.

Vor ihm kniend schaute sie zu ihm hoch. Ihr Gesicht war auf gleicher Höhe wie seine schwere Erektion. Wenn er ein paar Zentimeter nach vorne rückte, würde sein Schwanz ihre Lippen berühren.

„Ich liebe Männer mit einem schönen Schwanz." Sie strich ihren Finger entlang der

Unterseite seiner Erektion. „So dick und lang." Sie schlang ihre Hand um seine Wurzel und brachte ihn damit zum Keuchen. „So köstlich."

Sie rutschte ein bisschen näher, berührte mit ihrem Mund den geschwollenen Kopf seiner Erektion und leckte darüber wie über eine Eistüte.

„Fuck!", wiederholte er, denn jeglicher rationale Gedanke oder die Fähigkeit, vollständige Sätze zu bilden, hatten ihn verlassen.

„Hmm. Ja, genau wie ich es mir vorgestellt habe." Ihr Atem liebkoste seine empfindliche Haut und ganz plötzlich umhüllte ihn Wärme und er sank tief in Winters Mund. Ihre Lippen glitten an ihm hinab und befeuchteten ihn, als sie ihn in sich aufnahm.

Ein Schauder rann seine Wirbelsäule hinab und ließ seine Knie weich werden. Deshalb griff er hinter sich und stützte sich an der Tür ab. Er atmete so abgehakt, als liefe er einen Marathon, während er auf Winter hinabsah und feststellte, dass sie zu ihm aufblickte. Verdammt, er hatte noch nie so einen unschuldigen und gleichzeitig sexy Blick gesehen. Er stöhnte, dann spürte er ihre Hände an seinen Hüften, bevor sie ihren Kopf zurückzog und ihn bis auf die Spitze aus ihrem Mund rutschen ließ. Dort verharrte sie einen Moment lang und sah zu ihm auf, bevor sie wieder an ihm hinunterglitt und ihn so tief sie konnte in ihren köstlichen Mund aufnahm.

„Fuck, Baby!" Sein Herz donnerte. Er wollte dies, wollte sie so besitzen.

Winter verwöhnte ihn perfekt, nahm ihn tief, ließ ihn dann wieder Zentimeter für Zentimeter herausgleiten und brachte ihn so vor Vergnügen zum Zittern. Mit jedem Stoß in ihren himmlischen Mund erhöhte sie das Tempo, während sie ihre Hände zu Hilfe nahm und sie um die Wurzel seines Schwanzes legte. Zusammen mit ihren Saugbewegungen drückte sie ihn mit ihren Händen. Er konnte nicht aufhören, zuzusehen, wie sein Schwanz in ihrem Mund verschwand und sie immer wieder zu ihm aufsah. Solche Leidenschaft, solches Vergnügen, solche Unschuld.

Winters Stöhnen vibrierte gegen sein hartes Fleisch und sandte noch mehr Schauder durch seinen Körper. Wenn sie so weitermachte, würde er es nicht länger aushalten. Trotzdem konnte er sie nicht stoppen. Sein Verlangen nach ihr wuchs mit jeder Sekunde und der Drang, sie zu besitzen, wurde immer stärker.

Immer schneller werdend, stieß Logan seinen Schwanz in Winters Mund und reagierte auf ihre Bewegungen. Er liebte es, wie sie ihn willkommen hieß, wie ihre Zunge an der Unterseite seiner Erektion entlang glitt und ihre Lippen sich bei jedem Rückzug fest an ihn klammerten.

Als sie plötzlich seine Eier anfasste und sanft knetete, drückte er sich mit einem Stöhnen von ihr weg und ließ seinen Schwanz aus ihrem Mund gleiten. „Genug!"

Er zog sie hoch zu sich. Ihre Lippen waren rot und geschwollen und zu verlockend, ihnen zu widerstehen. Er presste seine Lippen auf ihre und küsste sie hart und tief, während er sich rasch an ihrer Hose zu schaffen machte. Er zog sie ihr aus, und als er spürte, wie sie stolperte, fing er sie, damit sie nicht umfiel. Dann riss er ihr das Höschen herunter und befreite sie auch davon. Das war alles, wozu er Zeit hatte.

Logan riss seine Lippen von ihr los und

schaute in ihre lusterfüllten Augen. „Weiß Gott, du verdienst was viel besseres, aber ich muss dich jetzt nehmen."

Er drehte sie rasch herum, sodass sie der Tür zugewandt war, positionierte sich hinter ihr und spreizte ihre Beine. Dann rammte er seinen Schwanz mit einer einzigen kraftvollen Bewegung in sie und ließ Winter tief aufstöhnen. Ihre Scheide war warm und feucht und ihre Muskeln krampften sich um ihn wie ein Schraubstock, dem er nicht entkommen wollte.

„Logan", rief sie mit einem Stöhnen aus. „Ja!"

Sie stemmte sich gegen die Tür, indem sie beide Hände flach dagegen drückte, und empfing seinen nächsten Stoß mit einem Gegenstoß, womit sie ihn noch tiefer und härter in sie trieb. Doch er brauchte mehr. Er musste sie spüren.

Sie trug immer noch ihr T-Shirt. Er zerrte daran und zog es ihr über den Kopf. Dann öffnete er den Verschluss ihres BHs und entledigte sie dieses lästigen Kleidungsstückes. Endlich konnte er sie berühren. Seine Hände glitten über ihre Brüste und er freute sich, dass ihre harten Nippel gegen seine Handflächen rieben, als er erneut zustieß.

Er beugte seinen Kopf zu ihrem Hals, küsste sie dort und spürte sie erschaudern. „Ich kann nicht genug von dir bekommen. Du bist so wunderschön, so heiß. Und wie mich deine Muschi umklammert …" Dabei stöhnte er und drückte ihre Brüste in seinen Händen, während er weiter in sie stieß und sich wieder herauszog. Er konnte sich nicht erinnern, je für eine andere Frau solche Leidenschaft empfunden zu haben. War dies echt, oder machte die Situation, dass dies ihre letzte Nacht zusammen sein könnte, alles so intensiv?

Er schüttelte den Gedanken ab. Er wollte nicht daran denken, was die Zukunft für sie bringen würde. Nicht jetzt. Im Moment war nur die Frau in seinen Armen wichtig, die ihm erlaubte, sie wie ein Biest zu ficken, wo sie doch so viel mehr verdiente.

Verdammt ja, was machte er hier? Was für ein Bastard er doch war! Egoistisch und ohne Feingefühl.

Schwer atmend zog er sich aus ihrer Scheide und ließ von ihr ab.

„Irgendwas nicht in Ordnung?", fragte sie ihren Kopf drehend.

„Ja, alles." Er zog seine Hose ganz herunter und befreite sich von ihr, dann hob er Winter in seine Arme und trug sie zum Bett.

Sie starrte ihn mit aufgerissenen Augen an.

„Schau nicht so überrascht", murmelte er und legte sie auf die Laken. Zum Glück waren diese frisch. Es sah so aus, als hätten die Zwillinge eine Haushälterin.

„Es hat mir gefallen, wie du mich genommen hast", sagte sie mit einem sündigen Blick. „Warum hast du aufgehört?"

„Weil ich nicht der Typ Mann bin, der nur nimmt. Egal wie sehr ich etwas will. Und dich, Winter, dich will ich." Er küsste sie zärtlich, bevor er an ihrem Körper hinabglitt. „Ganz."

Er drückte ihre Schenkel auseinander und machte sich in dem Platz breit, den er sich geschaffen hatte. „Also entspanne dich, damit ich mich um dich kümmern kann."

„Logan", murmelte Winter und seufzte. „Aber darum habe ich dich doch gar nicht gebeten."

„Wenn du darum bitten musst, dann bist du nicht mit dem richtigen Mann zusammen."

Denn der richtige Mann wusste, was seine Frau brauchte.

Logan senkte seinen Kopf zu ihrem Geschlecht und drückte einen Kuss in das feuchte Haar, dann glitt er tiefer und leckte mit der Zunge über ihre rosa Falten. Er war grob mit ihr umgegangen, doch das würde er jetzt wieder gutmachen. Mit zärtlichem Streicheln und liebevollen Küssen.

Sie schmeckte wie eine Bergquelle, ihr Tau wie ein magisches Elixier. Eine Symphonie aus Stöhnen und Seufzern begleitete die Schauer, die durch ihren Körper wanderten, je länger er sie leckte. Zu spüren, wie sie sich in seinen Armen, unter seiner Zunge, seinen Lippen und seinem Mund gehen ließ, war die Bestätigung, dass er immer noch ihr Vertrauen besaß, dass sie ihm trotz allem, was er falsch gemacht hatte, vergeben hatte. Er dankte ihr dafür, indem er sie mit Leidenschaft und Zärtlichkeit überschüttete. Eine Art von Zärtlichkeit, die er sonst nicht zeigte, die direkt von Herzen kam. Eine Zärtlichkeit, die aus tiefer Zuneigung geboren wurde. Zuneigung, die sein Herz anschwellen ließ.

Er streichelte sie mit steigender Inbrunst und spürte, wie sich ihr Puls beschleunigte und ihre Atemzüge abgehakter wurden, während ihr Körper auf einen Höhepunkt zuraste.

„Logan, bitte, ich bin so nahe dran."

„Ich weiß, Baby." Er verdoppelte seine Anstrengungen und streichelte Winters Lustzentrum mit seinem Daumen. Das kleine Organ war angeschwollen. Er leckte darüber und spürte Winter erbeben. Er wiederholte es und glitt gleichzeitig mit einem Finger in ihre heiße Scham.

Ein Stöhnen entfuhr Winters Lippen und sie bäumte sich auf, sodass ihr Rücken sich von der Mattratze löste. Er hielt in seinen Bewegungen inne und spürte, wie ihre inneren Muskeln sich um ihn verkrampften. Zu spüren, wie sie zum Orgasmus kam, brachte ihn beinahe auch zum Höhepunkt. Schnell zog er seinen Finger aus ihrer Scheide und legte sich auf sie. Er spürte, wie ihre Beine ihn umklammerten und ihn in ihre Mitte zogen, während sie ihn ansah.

Winter war ein Bild der Lust und Leidenschaft. Er hatte noch nie etwas Schöneres gesehen. Mit ineinander verschlungenen Blicken drang er in sie ein, versenkte sich bis zum Anschlag in ihr. Ihre Muschi zuckte immer noch und klammerte sich um ihn. Das war alles, was er brauchte. Noch ein Stoß und er kam und sein Orgasmus trug ihn an einen Ort, wo nichts zählte, nichts außer ihnen beiden.

„Winter …", murmelte er.

Doch sie versteifte sich plötzlich. Ihre Augen starrten ihn leer an und wurden glasig.

„Winter? Was stimmt nicht? Hab ich dir wehgetan?"

In Panik versuchte er zurückzuweichen, um sich aus ihr zu ziehen, doch sie packte seinen Oberarm und hielt ihn fest.

„Nein!"

Ihre Stimme war anders. Als wäre sie nicht sie selbst. Nackte Angst ergriff ihn. Etwas stimmte nicht.

„Ich sehe es jetzt. Ich bin dort, Logan, ich bin drinnen."

Ihre Augen sahen immer noch durch ihn hindurch und jetzt verstand er, warum. Sie sah etwas, das nicht hier war. Sie sah etwas, das nur sie sehen konnte.

„Beschreibe es mir, Winter, sag mir, was du siehst", forderte er sie sanft auf, darauf bedacht, ihre Konzentration nicht zu stören.

„Es ist dunkel. Flammen ... Dämonen überall." Sie murmelte etwas Unverständliches, dann wurde ihre Stimme wieder normal. Sie rieb sich die Augen. „Ich wusste, dass du es warst. Ich wusste es die ganze Zeit. Du bist gekommen." Ihre Augen waren plötzlich wieder klar und sie sah ihn direkt an. „Logan, du warst derjenige, der mich vor den Dämonen gerettet hat."

Er strich eine Haarsträhne aus ihrer Stirn und lächelte. „Natürlich. Ich habe die Dämonen in deiner Wohnung getötet."

„Nein." Sie schüttelte den Kopf. „In meiner Vision waren wir nicht in meiner Wohnung. Es war eine Höhle. Es roch nach Schwefel. Ein Dämon hat versucht, mich zu töten. Sein Dolch kam schon auf mich zu. Ich hatte diese Vision schon zuvor. Sogar schon oft. Die ersten paar Male hat mich der Dämon getötet. Aber als ich dieselbe Vision ein paar Tage, bevor du in meinem Geschäft aufgetaucht bist, wieder hatte, war sie anders. Jemand hat den Dämon geköpft, bevor er mich töten konnte. Aber das Dämonenblut ist in meine Augen gespritzt und ich konnte dadurch das Gesicht meines Retters nicht sehen. Aber jetzt, wo ich die Vision wieder hatte, tat ich, was Charles vorgeschlagen hatte, ich ging tiefer. Und ich habe dein Gesicht gesehen, Logan, du warst der Mann, der mich gerettet hat. Du warst gekommen, um mich zu retten.“

Er ergriff ihre Schultern. „Wo, Winter, wo war das?“

„In der Unterwelt.“

Logan stieß einen zittrigen Atemzug aus.

„Charles hatte recht. Ich kann meine Visionen steuern. Der Zauberspruch hat funktioniert. Logan, es hat funktioniert!“ Sie küsste ihn überschwänglich und er ließ es geschehen.

Er konnte ihre Freude nicht zerstören. Nicht, wo sie jetzt zum ersten Mal Hoffnung hatte. Ja, sie konnte jetzt ihre Visionen kontrollieren. Aber vielleicht würde sie noch ein paar Versuche brauchen, um sie wirklich zu steuern. Denn die Vision, die sie gehabt hatte, die Vision, wo sie sich in der Unterwelt wiederfand, konnte nur teilweise wahr sein. Denn, wenn die Dämonen sie schnappten, würde er ihr nicht zur Hilfe kommen können. Nicht in der Unterwelt.

Denn niemand konnte die Unterwelt betreten. Niemand, außer einem Dämon.

23

Logan hatte sich verabschiedet und Winter unter Gabriels Schutz zurückgelassen. Als er das Portal betrat, das in einem Tunnel in der 16th Street BART Station in San Francisco versteckt lag, tat er dies mit Unbehagen. Seine Beweisführung war nicht so stark, wie er sich erhofft hatte. Mit etwas mehr Zeit hätte er sich besser vorbereiten können, doch er musste mit den Karten spielen, die ihm ausgeteilt worden waren. Zum ersten Mal wünschte er sich, dass die Reise zum Ratskomplex länger dauern würde, doch er kam binnen weniger Sekunden an.

Er atmete tief ein und befahl dem Portal, sich zu öffnen. Dann trat er hinaus und sah sich um. Alles sah so aus wie immer. Runen waren in die massiven Steinwände eingekerbt, um das Gebäude vor Magie und der Entdeckung durch Dämonen zu schützen. An diversen Stellen waren Kameras angebracht, um unterschiedliche Einstellungen aufzunehmen, damit die Wachen im Kontrollraum das Kommen und Gehen überwachen konnten. Mehrere Korridore führten in verschiedene Richtungen und Treppen brachten einen zu den anderen Etagen im Gebäude.

Logan ahnte, dass die Wachen ihn erkennen würden, doch sie wussten nicht, warum er hier war. Am besten machte er sich so schnell wie möglich zur Ratskammer auf, bevor ein übereifriger Hüter ihn stoppen und nach seinem Anliegen fragen konnte.

Schnell und ohne Zeit zu verschwenden, hastete er durch das Gebäude. Als er die Ratskammer erreichte, näherte er sich dem Hüter, der dort Wache stand.

„Guten Abend. Logan Frazer. Der Rat erwartet mich", log er.

Während der Wächter auf ein Blatt Papier schaute, vermutlich die heutige Tagesordnung, wappnete Logan sich für eine weitere Lüge.

„Sorry, Logan, aber du stehst nicht auf der Liste."

Logan beugte sich über das Blatt Papier und schüttelte den Kopf. „Ja, weil das die alte Tagesordnung ist. Kommt vor. Mach dir keine Sorgen. Ich werde ihnen nicht sagen, dass du Mist gebaut hast." Er klopfte ihm auf die Schulter. „Aber nächstes Mal frage zuerst nach, ob es Änderungen der Tagesordnung gab, bevor du sie ausdruckst." Er deutete mit dem Daumen in Richtung Ratskammer. „Oder Barclay wird sauer." Indem er den Primus beim Vornamen nannte, erweckte Logan bei der Wache den Eindruck, dass er mit ihrem Führer befreundet war.

Logan ließ den verdutzten Wächter, der ein paar unverständliche Worte murmelte, zurück und wandte sich der Tür zu. Er öffnete sie schnell, schlüpfte hinein und schloss sie dann leise hinter sich.

Zuerst bemerkten ihn die Ratsmitglieder nicht. Alle neun waren in intensive Diskussionen vertieft, aber sie saßen nicht an dem halbmondförmigen Regierungstisch, sondern standen in kleineren Grüppchen dahinter.

„Ratsmitglieder", grüßte Logan die Versammelten, um ihre Aufmerksamkeit auf sich zu ziehen.

Mehrere Köpfe drehten sich in seine Richtung und gleichzeitig brachen die ersten Gespräche ab. Es wurde ruhiger im Raum und noch mehr Leute wandten sich zu ihm um, bis schließlich Barclays Blick auf Logan fiel.

„Logan? Was machst du hier?" Barclay machte ein paar Schritte nach vorne, dann hielt er inne. „Wir sind mitten in einer vertraulichen Besprechung. Wo ist die Wache?"

„Ich fürchte, ich habe der Wache gesagt, dass ihr mich erwartet. Eine Änderung der Tagesordnung in letzter Minute."

„Das ist höchst ungebührlich", wand Cinead ein und trat neben Barclay.

„In der Tat", brummte Barclay genauso verärgert über die Störung, während andere Ratsmitglieder ihren Unmut durch saure Mienen und hochgezogene Augenbrauen äußerten.

Logan hob seine Hand beschwichtigend.

„Das verstehe ich. Aber hier geht es um Leben und Tod. Und das kann nicht warten.“

„Dann beeile dich“, befahl Barclay.

„Es geht um die Seherin, Winter Collins.“

„Der Fall ist wohl kaum dringend. Du hast sie hingerichtet, also kann alles, was damit zu tun hat, warten,“ sagte Barclay und machte eine abweisende Geste in Richtung Tür, während er sich bereits abwandte.

„Sie ist nicht tot.“

Barclay wirbelte erneut zu ihm herum. „Nicht tot? Du hattest einen Befehl!“

„Und ich kann ihn nicht ausführen. Diese Seherin ist lebend wertvoller als tot. Sie kann uns helfen.“

„Helfen?“, spottete Cinead. „Sie stellt eine Gefahr dar. Sie ist unberechenbar. Wenn sie in die Hände der Dämonen fällt, wird sie ihnen helfen, uns zu zerstören.“

„Das wird sie nicht“, protestierte Logan. „Sie ist stärker, als ihr glaubt. Ihr Verstand ist wie eine Festung. Niemand kann in ihn eindringen. Die Dämonen werden sie nicht manipulieren können, selbst wenn sie sie finden. Und das werden sie nicht.“

Barclay machte einen Schritt auf ihn zu und kniff die Augen zusammen. „Und warum nicht, Logan?"

Logan stellte sich breitbeinig hin. „Weil sie unter meinem Schutz steht."

Lautes Raunen erfüllte die Kammer.

„Ich habe Beweise, dass sie Visionen über die Dämonen hat und Dinge sieht, die uns einen Vorteil verschaffen werden. Und sie wird jede Minute besser. Sie lernt gerade, wie sie ihre Visionen kontrollieren kann, um sie in die Richtung zu lenken, die sie sehen will." Das war nicht unbedingt eine Lüge, aber er musste ihnen etwas geben. Er musste sich etwas Zeit erkaufen, bis Winter ihre Visionen wirklich im Griff hatte.

„Kein weiteres Wort!", donnerte Barclay. „Wie kannst du es wagen, dich gegen den Willen des Rates zu stellen? Ist dir bewusst, was es bedeutet, einen Befehl zu verweigern? Und nicht nur zu verweigern, sondern sogar umzudrehen?"

Barclay musste Logan nicht erklären, welches Verbrechen er begangen hatte. Jeder im Raum wusste das.

„Sie verdient es zu leben! Sie kann uns helfen. Sie hat eine Karte der Unterwelt gezeichnet. Pläne eines Labyrinths."

Barclay stieß höhnisch die Luft aus. „Und was soll uns das nutzen? Wir können nicht in die Unterwelt eindringen, also hilft uns eine Karte auch nicht weiter." Er seufzte. „Wir haben dich ausgewählt, Logan, weil wir dachten, dass diese Sache bei dir in guten Händen ist. Uns ist bewusst, dass es nicht einfach ist, jemanden zu eliminieren. Aber du hast es schon einmal getan. Das ist nicht dein erster Exekutionsbefehl. Vor nur zwanzig Jahren hast du eine Seherin in Detroit getötet, ohne mit der Wimper zu zucken. Warum kannst du jetzt nicht dasselbe tun? Nichts ist anders. Diese ist genauso eine Gefahr für uns, wie die damals in Detroit."

Logan schüttelte den Kopf, während er sich an die ältere Frau erinnerte, die er damals getötet hatte. „Der Fall war anders. Die Seherin damals hatte sich den Dämonen schon ergeben. Es war nur noch eine Frage von ein paar Tagen, bis sie ihnen etwas zu unserer Vernichtung in die Hand gegeben hätte." Er hatte zur Rettung der Menschheit keine andere Wahl gehabt, als sie zu töten. Aber jetzt hatte er eine Wahl. Die Wahl, Winter zu retten und ihr zu helfen, auf dem richtigen Pfad zu bleiben, während er sie außer Reichweite der Dämonen hielt.

„Du, Logan?" Cinead schüttelte den Kopf. „Ich hätte nicht gedacht, dass dich ein hübsches Gesicht verführen könnte. Nicht dich. Was ist nur mit dir geschehen? Du hast nie zuvor einen Befehl in Frage gestellt."

„Vielleicht ist es dann an der Zeit, dass ich damit anfange." Logan hob sein Kinn an. „Gebt der Frau eine Chance. Sie verdient sie."

Mehrere Ratsmitglieder schüttelten die Köpfe. Gemurmel ging durch ihre Reihen.

Barclay hob seine Hand und gebot Schweigen. „Der Rat hat abgestimmt. Die Wachen werden dich in eine Bleizelle bringen, wo du auf deine Verhandlung wegen Hochverrats warten wirst. Wir werden herausfinden, wo du Winter Collins versteckst."

„Das könnt ihr nicht machen!", schrie Logan. Er sah die Ratsmitglieder an. „Werdet ihr alle nur dastehen und zusehen, wie eine Unschuldige getötet wird?"

Er erhaschte Virginias Blick. Ein Ausdruck des Bedauerns lag in ihren Augen. Und Schmerz. Er wusste in diesem Moment, wie sie sich entschieden hatte. Genau wie Logan wollte sie, dass Winter am Leben blieb. Sie war auf seiner Seite, doch fünf andere Ratsmitglieder waren es nicht. Sie waren diejenigen, die er umstimmen musste, und er war sich sicher, dass Barclay und Cinead zwei dieser fünf waren.

„Cinead, bitte! Hab Erbarmen mit ihr", bat Logan.

Doch in dem Augenblick öffneten sich die Türen und mehrere Wachen stürmten herein.

„Führt ihn in die Bleizelle!", befahl Barclay.

Zwei Hüter ergriffen Logan bei den Armen, einer an jeder Seite. Logan versuchte, sie abzuschütteln, doch es hatte keinen Zweck. Diese Runde hatte er verloren. Er musste einen anderen Weg finden.

24

Winter warf das unberührte Essen in den Abfalleimer in der Küche der Zwillinge und seufzte. Sie konnte nichts essen. Sie war zu nervös. Ihr und Logans Schicksal hing in der Schwebe und sie hatte keine Ahnung, wie die Sache ausgehen würde. Nur einer Sache war sie sich sicher: Die Vision, die sie vorhin gehabt hatte, war dieselbe gewesen wie schon früher. Irgendwie war sie in der Unterwelt gelandet und Logan war gekommen, um sie vor den Dämonen zu retten. Sie hoffte, dass, wenn Logan dem Rat davon erzählte, dieser davon überzeugt werden könnte, wie wertvoll Winter war. Doch gleichzeitig beunruhigte sie die Vision auch, denn wenn sie in der Unterwelt landete, bedeutete das, dass etwas schiefgegangen war.

„Mach dir keine Sorgen", sagte Gabriel von der anderen Seite der Theke, die die Küche vom Wohnzimmer trennte. Sie hatten sich mittlerweile auf das Du geeinigt. „Logan ist ein kluger Mann. Er weiß, was er tut."

Sie zwang sich zu einem Lächeln. „Es ist nichts."

„Es scheint aber doch etwas zu sein."

Sie seufzte. „Die Vision, die ich hatte, als wir hierher zurückkamen, nachdem Charles und Wesley den Zauber gesprochen hatten …"

„Was ist damit?"

„Wenn sie wahr ist, dann werden mich die Dämonen schnappen. Ich weiß nicht, wie und wann, aber ich habe Angst. Nicht nur meinetwegen, sondern auch um jeden, der mich beschützt."

Gabriels Stirn zog sich in Falten. „Warum denn?"

„Wenn die Dämonen mich schnappen und in die Unterwelt verschleppen, würde das nicht bedeuten, dass sie die Person, die mich beschützt hatte, getötet haben?" Sie wusste, dass diese Person nicht Logan war, denn er würde kommen, um sie zu retten. Aber was, wenn das bedeutete, dass die Dämonen es schaffen würden, Gabriel zu töten?

„Du machst dir zu viele Sorgen." Er deutete auf einen der Barhocker.

Sie umrundete die Bar und setzte sich auf den Hocker.

„Lass mich dich über Vampire und Dämonen aufklären. Mit ihren grünen Augen sehen Dämonen vielleicht furchterregend aus, aber auch Vampire sind keine zahmen Kätzchen. Tatsächlich fürchten sich die Dämonen vor uns. Weißt du warum?"

Sie schüttelte den Kopf.

„Ich weiß nicht, ob Logan dir erzählt hat, dass Dämonen im Gegensatz zu anderen übernatürlichen Geschöpfen keine Aura haben, an der man sie erkennen kann. Für das bloße Auge sehen sie wie Menschen aus. Wenn sie also ihre Augen hinter Kontaktlinsen oder Sonnenbrillen verstecken, dann können die Hüter der Nacht sie nicht erkennen. Aber die Dämonen können ihren Geruch nicht verbergen.

Und Vampire haben einen sehr ausgeprägten Geruchssinn. Und wenn wir erst einmal eine Spur von ihnen haben, dann sind wir wie Bluthunde. Wir sind körperlich stärker als die Dämonen. Darum haben sie Angst vor uns. Obwohl ich zugeben muss, dass die Hüter der Nacht auch ein paar Fähigkeiten haben, die nicht zu unterschätzen sind."

Sie musste unwillkürlich lächeln. „Es ist schon ziemlich verrückt, wenn sie durch Wände gehen, oder?"

Gabriel lachte leise. „Ja, und ich schäme mich nicht, zuzugeben, dass ich etwas ausgerastet bin, als ich das zum ersten Mal gesehen habe. Aber sie brauchen diese Fähigkeiten, denn in puncto Kraft sind sie den Dämonen gleichgestellt. Sich unsichtbar machen und durch Wände gehen, gibt ihnen einen Vorteil. Sie haben allerdings auch einen Nachteil: Ihre Aura verrät sie den Dämonen, also laufen sie immer Gefahr, entdeckt zu werden, wenn sie nicht unsichtbar sind."

„Kennst du sie schon lange, die Hüter der Nacht?"

„Erst seit ein paar Jahren. Im Leben eines

Unsterblichen ist das nicht lange, aber es ist lange genug, um zu wissen, dass ich ihnen vertrauen kann. Sie sind ehrenhafte Leute und sie wollen das Gleiche wie wir. Frieden."

„Frieden", murmelte sie zu sich selbst. „Ich hätte nie gedacht, das aus dem Mund eines Vampirs zu hören. Nichts für ungut."

Gabriel zuckte mit den Schultern. „Genau wie Menschen haben wir Familien. Wir wollen, dass diese sicher sind. Du hast meine Kinder kennengelernt. Sie sind in keiner Hinsicht perfekt. Glaub mir, sie bereiten mir genug Probleme, aber ich liebe sie. Und ich habe sie erzogen, gut zu sein, die Unschuldigen zu beschützen und das Böse zu zerstören. Ja, sie haben ihre Triebe und manchmal müssen sie denen nachgehen."

„Meinst du den Blutrausch?"

„Das ist ein starkes Wort. Doch ja, wenn sie den Drang verspüren, Blut direkt aus einer menschlichen Vene zu trinken, dann hindere ich sie nicht daran. Aber sie kennen die Regeln. Kein Mensch darf dabei zu Schaden kommen."

„Aber schadet der Biss denn nicht? Ich meine, das muss doch wehtun."

Ein Schmunzeln machte Gabriels Gesichtsausdruck weich. „Der Biss eines Vampirs ist eine sehr sinnliche Sache. Sicher, es tut anfangs etwas weh, doch der Schmerz verfliegt sofort und das Vergnügen, das ihm folgt, lässt den Menschen sofort vergessen, dass es je wehgetan hat."

„Oh!" Das hatte sie nicht erwartet. „Aber in den Filmen wird der Biss immer als etwas Brutales und Blutiges dargestellt. Kehlen werden herausgerissen."

„Propaganda." Er schüttelte den Kopf. „Es ist ein außerordentliches Vergnügen. Und wenn der Vampir die Wunde hinterher leckt, dann wird dort nicht einmal eine Narbe oder irgendein Zeichen zurückbleiben, dass es überhaupt geschehen ist."

„Deine Rasse ist faszinierend."

„Alles Neue wirkt am Anfang faszinierend. Das wird sich alles schnell einspielen, du wirst schon sehen. Jetzt, wo du Teil dieser Welt bist."

Sie seufzte. „Ich bin mir nicht sicher, dass ich mich je daran gewöhnen werde."

Gabriel sprang plötzlich von seinem Barhocker und wirbelte herum.

Winters Herz schlug bis in ihre Kehle, als auch sie sich rasch umdrehte. Sie hatte nichts gehört, was die Reaktion des Vampirs hätte hervorrufen können, doch nun sah sie, was ihn alarmiert hatte.

Zwei Leute, ein Mann und eine Frau, standen im Wohnzimmer, beide mit Dolchen bewaffnet und gefährlich aussehend. Winters Blick schoss zur Tür. Sie war geschlossen. Sofort erinnerte sich Winter daran, dass die beiden Eindringlinge keine Dämonen sein konnten, denn die konnten nicht durch Wände gehen und auch keinen Vortex im 3. Stock eines Gebäudes heraufbeschwören. Was bedeutete, dass diese Zwei Hüter der Nacht sein mussten.

„Hamish? Enya? Was zum Teufel?", knurrte Gabriel und stellte sich wie ein Schutzschild vor Winter.

Scheiße! Etwas war beim Rat schiefgegangen und jetzt wollten sie sie holen!

„Hey, Gabriel", sagte die Frau. Sie war klein und hatte lange, blonde Zöpfe, die um ihren Hinterkopf gelegt waren. „Schön dich zu sehen."

„Tja, dessen bin ich mir noch nicht sicher", sagte Gabriel zögernd. „Was wollt ihr?"

Der breitschultrige Mann mit dem dunklen Haar und dem Stoppelbart räusperte sich. „Wir sind wegen der Seherin hier. Lass uns das einfach machen, ja?"

„Einfach? Einfach für wen? Ihr wisst doch, dass ich gegen euch beide kämpfen und gewinnen werde, oder habt ihr das schon vergessen?"

„Haben wir nicht", sagte Enya mit einem gelassenen Lächeln. „Darum fragen wir auch ganz nett."

Gabriel stieß einen höhnischen Atemzug aus. „Ihr wisst doch, dass ich sie euch nicht aushändigen kann. Ich habe geschworen, sie zu beschützen."

„Das wissen wir", sagte Hamish. „Und jetzt übernehmen wir das für dich."

„Auf wessen Anordnung?", fragte Gabriel.

„Auf ein Wort, Gabriel", sagte Hamish.

Gabriel warf Winter einen Seitenblick zu. „Bleib, wo du bist."

„Gabriel, bitte nicht", warnte Winter ihn.

„Tu, was ich dir sage." Er senkte seine Stimme. „Keine Angst, sie können mich nicht austricksen. Ich bin schneller und stärker."

Dann ging er auf die zwei Eindringlinge zu, die immer noch gelassen bei der Eingangstür standen.

Winter verkrampfte sich, denn sie erwartete, dass die zwei Hüter versuchen würden, Gabriel zu überwältigen, doch nichts geschah. Hamish und Gabriel redeten mit gesenkten Stimmen, doch Winter konnte nur ein paar Bruchstücke wie *Seherin, Rat* und *Logan* verstehen.

Ihr Herz schlug wie wild und die Sekunden verrannen wie in Zeitlupe. Etwas stimmte nicht, stimmte ganz und gar nicht, denn plötzlich sah Gabriel über seine Schulter und wandte sich an sie.

„Hamish und Enya werden dich jetzt mitnehmen. Sie werden dir nicht wehtun. Du kannst ihnen vertrauen."

Ihnen vertrauen?

Den Hütern der Nacht vertrauen, die sie tot sehen und Logan wegen Hochverrats anklagen wollten?

„Nein!", schrie sie. „Nein!"

25

Flankiert von zwei Wachen ging Logan den langen Korridor entlang, der zu den Bleizellen führte. In weniger als dreißig Sekunden würde er dort eingesperrt sein und das Spiel wäre vorbei. Er musste sich etwas einfallen lassen und zwar schnell.

Er wog seine Optionen ab. Option eins war, sich einsperren zu lassen und hoffen, dass er den Rat bei seiner Verhandlung umstimmen könnte. Doch dann wäre Winter schutzlos, und da Manus wusste, wo sie versteckt war, würde der Rat sie schnell finden.

Streiche Option eins.

Option zwei war, sich einsperren zu lassen und auf einen Gefängnisausbruch zu hoffen. Doch wer würde ihn aus seinem Gefängnis befreien? Durch die Befehlsverweigerung hatte er vermutlich auch Manus in Schwierigkeiten gebracht, da sein Freund verschwiegen hatte, dass Winter nicht tot war. Dafür würde auch er bestraft werden. Nicht so schwer wie Logan, doch bestraft würde er trotzdem. Deshalb konnte er nicht auf Hilfe von Manus und den Kollegen aus seinem Komplex hoffen.

Streiche Option zwei.

Also blieb ihm nur Option drei. Logan kalkulierte seine Chancen: etwas besser als 50/50. Auch wenn es zwei gegen einen stand, die Wachen kämpften nicht jeden Tag draußen auf dem Schlachtfeld mit Dämonen. Sie waren vermutlich etwas eingerostet, da sie im Ratskomplex dienten, wo nie irgendetwas geschah. Sie würden es nicht einmal kommen sehen.

Als sie an der Zelle ankamen, stoppten beide Wachen.

„Das ist das Ende deiner Reise", sagte einer

der Hüter und griff nach dem Schlüssel in seiner Tasche.

Logan wartete geduldig, bis einer der Wächter den Schlüssel herausgeholt und die Zelle aufgesperrt hatte. Als dieser die Tür aufzog und dabei zur Seite trat, packte Logan die Kante der Tür und riss sie ganz auf, traf damit den Wächter und schleuderte ihn gegen die Wand. Während dieser zu Boden taumelte, wirbelte Logan herum und schlug seine Faust in das Gesicht des zweiten Wächters. Der Typ hatte schon nach seinem Dolch gegriffen, doch Logan schaffte es, ihm die Waffe aus der Hand zu treten. Verdutzt zögerte der Wächter eine Sekunde zu lange, bevor er Logan einen Schlag versetzte. Bis dieser Logans Gesicht treffen sollte, war Logan schon seitlich ausgewichen und hinter ihn gesprungen. Aus dieser überlegenen Position kickte Logan ihn in die Kniekehlen und schickte ihn zu Boden.

Im Augenwinkel sah Logan eine Bewegung. Der Wächter, den er mit der Tür erwischt hatte, schaffte es, auf die Füße zu kommen und stürzte sich mit einem Dolch in der Hand auf Logan. Doch Logan tauchte zur Seite weg, griff nochmals nach der Tür und knallte sie gegen den Wächter, dieses Mal von hinten.

Ein Schmerzensschrei hallte durch den Gang. Bald würden andere angerannt kommen und dann war das Spiel aus. Er musste die Wache zum Schweigen bringen. Logan sprang ihn von hinten an und zerrte ihn zu Boden. Der Typ war stark, aber nicht schnell, sodass Logan ein paar Schläge landen konnte. Glücklicherweise gelang es ihm, dem Dolch seines Gegners auszuweichen und rechtzeitig zur Seite zu rollen, um wieder aufspringen zu können.

Genau jetzt rappelte sich auch die andere Wache auf. Logan erkannte seine Chance. Er griff nach der Zellentür, zog sich an ihr hoch, rammte beide Beine in den Bauch des Kerls und katapultierte in so tief in die Zelle. Einer war erledigt, jetzt der zweite.

Der zweite Hüter war ein härterer Fall. Mehrere Stöße und Schläge und jede Menge Fußtritte waren notwendig, um den Wächter zur offenen Zellentür zu treiben. Logan spürte, wie seine Kraft nachließ, doch er konnte nicht aufgeben. Winters Leben hing von ihm ab.

Dieser Gedanke erfüllte ihn mit neuer Energie und er trat die Wache so hart er konnte, bis der Mann rückwärts taumelte. Noch ein Tritt und er war in der Zelle, wo er gegen den anderen Wächter stieß, der es gerade geschafft hatte, aufzustehen. Perfektes Timing.

Logan knallte die Tür der Zelle zu und drehte den Schlüssel um. Von drinnen hörte er die Schreie der zwei Hüter. Letztendlich würde jemand kommen, um sie zu befreien, doch wenn er Glück hatte, würden ihm ein paar Minuten zum Verlassen des Ratskomplexes bleiben.

Logan gönnte sich nicht mal eine Sekunde zum Luftholen, sondern raste den Gang hinunter, zurück zur Treppe, die zu der Ebene führte, auf der sich das Portal befand. Er stürmte um die Ecke, wo er schlagartig ausgebremst wurde.

„Scheiße!"

Manus lehnte gelassen an der Wand. Seinem Gesichtsausdruck nach zu urteilen war Manus keineswegs überrascht, ihn zu sehen.

„So ungeduldig", sagte Manus ruhig. „Du konntest also nicht darauf warten, bis ich dich aus der Zelle raushole, wie? Du musstest die Wachen verprügeln."

„Was zum –"

„Wann wirst du je lernen, mir zu vertrauen?" Manus verdrehte die Augen. „Hast du wirklich geglaubt, wir würden dich hier verrotten lassen?"

Verblüfft über Manus' Worte, fragte Logan: „Woher wusstest du, dass sie mich einsperren würden, sobald ich hier auftauche?"

„Wusste ich nicht. Aber ich dachte, ich sollte auf alles vorbereitet sein."

„Sie werden wissen, dass du es warst, der mir zur Flucht verholfen hat. Du verschwindest lieber, bevor uns jemand zusammen sieht."

Manus lächelte. „Sie wissen nicht einmal, dass ich hier bin. Pearce hat die Kameras auf der Portalebene ausgeschaltet. Und er hat sich in das Überwachungssystem gehackt, damit wir mitbekommen, ob sie dich einsperren." Er deutete zur Treppe. „Lass uns gehen. Wir haben nicht viel Zeit. Pearce muss die Kameras wieder einschalten, bevor die Wachen im Kommandozentrum herausfinden, dass die

Kameras keine Live-Bilder zeigen und sie nachsehen kommen, was los ist."

Zusammen eilten sie die Stufen hinunter, doch Manus griff nach Logans Unterarm, als sie das Untergeschoss erreichten. „Langsam. Nicht laufen, für den Fall, dass wir jemandem begegnen. Wir wollen keinen Verdacht erregen."

„Alles klar."

Der Weg zum Portal war lang und es fühlte sich an, als wären sie auf dem Weg zu ihrer eigenen Hinrichtung, doch sie begegneten niemandem.

Logan atmete tief aus, als Manus seine Hand auf den eingravierten Dolch legte, der das Portal anzeigte. Es öffnete sich innerhalb einer Sekunde. Sie traten beide ein und Manus ergriff Logans Arm.

„Halte dich fest", sagte Manus und alles um sie herum wurde dunkel.

„Wir müssen nach San Francisco zurück", sagte Logan.

„Nein", erwiderte Manus.

Sie waren schon in Bewegung, bevor Logan seinen Freund fragen konnte, wohin er sie transportierte. Zum ersten Mal protestierte er nicht. Manus würde sich nicht die Mühe machen, ihn zu befreien, nur um ihn in die Höhle des Löwen zu führen.

Nach ein paar Sekunden spürte Logan, wie es ruhig wurde und wusste, dass sie angekommen waren. Die Tür des Portals öffnete sich und Manus ging voraus. Logan folgte ihm. Er sah sich um.

„Du hast mich nach Baltimore gebracht?"

„Im Moment der sicherste Ort. Niemand wird annehmen, dass du dich in deinem eigenen Komplex versteckst."

„Und die anderen?"

„Wir sind alle der selben Meinung. Wir sind ein Team. Wir lassen niemanden hängen. Nicht einmal jemanden, der unvernünftig ist."

Er ignorierte den Seitenhieb. „Aber Winter. Sie ist immer noch in San Francisco. Der Rat wird sie finden." Und er wäre nicht da, um sie zu beschützen.

Manus verdrehte nochmals die Augen. „Ich bin kein Amateur. Komm schon."

Winter ging in dem großen Wohnraum, der mit der Küche verbunden war, auf und ab. Sie war nicht alleine. Enya, die Hüterin der Nacht, die sie aus San Francisco geholt hatte, war bei ihr – ob als ihre Beschützerin oder ihre Wächterin, das wusste Winter nicht. Niemand hatte viel gesagt, doch sie hatten sie gut behandelt und auf dem Weg zum Komplex, wie sie ihn nannten, keinerlei Gewalt angewendet. Trotzdem fühlte sie sich wie eine Gefangene.

Frustriert wandte sie sich an Enya. „Ich muss wissen, was vor sich geht. Wo ist Logan?"

Enya warf ihr die Art von Blick zu, die man einem Kind schenkte, das zum hundertsten Male *Sind wir schon da?* fragte. „Wir arbeiten daran."

„Was soll das heißen?"

Enyas Kiefer verkrampfte sich sichtbar. „Es bedeutet, dass wir dran arbeiten, okay? Warum isst du nicht was oder schaust fern und hörst auf, mich mit Fragen zu nerven, auf die ich keine Antworten habe?"

Bevor Enya wegsehen konnte, erkannte Winter etwas in ihren Augen, das ihre abweisenden Worte Lügen schimpfte.

„Du machst dir auch Sorgen um ihn, oder?"

Enya wirbelte herum und kniff ihre Augen zusammen. „Na, du bist ja wirklich eine Hellseherin!" Ihre Worte trieften geradezu vor Sarkasmus.

„Enya, warum bist du mir gegenüber so feindlich eingestellt? Ich habe nichts getan."

„Hast du das nicht?" Sie stemmte die Hände in die Hüften. „Nein, das kleine Fräulein Unschuldig hat nichts getan, außer Logan zum Verräter an seiner Rasse zu machen! Und ich war auch noch auf deiner Seite, als ich hörte, dass der Rat dich töten will!" Enya stieß einen verärgerten Atemzug aus. „Hast du eine Ahnung, was du getan hast? Hast du nicht? Logan könnte dafür hingerichtet werden. Und das wird alles deine Schuld sein."

„Dafür müssten sie mich erst finden."

Winters Blick erfasste die Person, die gesprochen hatte. „Logan!" Er betrat gerade mit Manus auf den Fersen die Küche.

Logan sah ihr in die Augen und Winters Herz begann wie wild zu schlagen. Er marschierte direkt auf sie zu und zog sie in eine enge Umarmung. „Du bist in Sicherheit."

„Gern   geschehen", murmelte Enya hinter ihm.

Logan lockerte seine Umarmung, doch er ließ seine Hand auf ihrem Rücken ruhen, als er seine Kollegin ansah. „Ich schulde dir was Enya. Ich schulde euch allen was."

Seine Worte schienen sie etwas zu beschwichtigen, denn sie sagte: „Tja, wir konnten ihnen doch nicht erlauben, dich uns wegzunehmen. Stell dir vor, wie viel extra Arbeit wir dann hätten."

„Stimmt", fügte Manus hinzu und schlug Enya auf die Schulter. „Und du weißt ja, wie faul wir sind."

Die Tür öffnete sich plötzlich und weitere Personen strömten in den Raum. Winter hatte eine davon schon kennengelernt: Hamish. Doch die anderen, zwei Männer und zwei Frauen, waren Fremde. Genauso wie die zwei kleinen Kinder, die an den Erwachsenen vorbeirannten und in den Raum stürmten, während sie lachten und einander jagten. Kinder waren das letzte, was sie in dem Komplex erwartet hätte.

Logan sah Winter an und sagte: „Ich glaube, es ist Zeit, dir alle vorzustellen. Die wichtigsten beiden zuerst." Er schnappte sich die Kleinkinder, eins mit jedem Arm, und hob sie hoch. „Was macht ihr zwei denn noch auf? Es ist mitten in der Nacht. Solltet ihr nicht schlafen?"

Die Kinder lachten nur.

„Das sind Julia und Xander. Sie sind die Bosse hier", sagte Logan.

Eine der Frauen kam auf sie zu und nahm das Mädchen aus Logans Arm. „Hör nicht auf ihn. So schlimm sind sie nicht." Sie lächelte. „Ich bin Leila. Und die zwei hier gehören mir." Sie blickte über ihre Schulter und deutete auf einen der Männer. „Mir und Aiden. Und sie gehen ungern ins Bett. Sie scheinen immer zu wissen, wenn irgendetwas Aufregendes im Komplex abgeht."

Aiden hob seine Hand zum Gruß. „Hi."

Logan stellte den Jungen wieder auf die Füße. „Hamish hast du schon kennengelernt. Neben ihm, das ist Tessa, seine Frau. Und der Typ ist Pearce. Unser Computergenie."

Mehrere Grüße hallten durch den Raum.

„Also, was ist im Rat passiert?", fragte Aiden.

Logan zuckte mit den Schultern. „Sie haben mir keine Gelegenheit gegeben, die Situation zu erklären oder meinen Fall vorzutragen. Ich fürchte, dein Vater ist ziemlich stur."

„Aidens Vater?", fragte Winter.

Logan nickte. „Er ist der Vorsitzende des Rats und –"

„Aber dann wird er uns finden." Sie warf Aiden einen Blick zu. Wenn er wusste, wo sie waren, würde sein Vater es dann nicht auch herausfinden?

„Aiden wird seinem Vater nicht verraten, wo wir sind. Stimmt's, Aiden?", fragte Logan.

„Wenn ich gewollt hätte, dass du in der Zelle verrottest, dann hätte ich dir nicht geholfen, auszubrechen", sagte Aiden.

„Sie haben dich eingesperrt?", fragte Winter, frustriert, weil sie nur stückchenweise herausfand, was vorgefallen war. „Und du bist entkommen?"

Pearce räusperte sich plötzlich. „Darf ich?"

Logan nickte. „Ja, ich bin nämlich auch neugierig, wie ihr die Sache abgezogen habt."

Pearce grinste. „Tja, wir haben dich von dem Moment an beobachtet, als Manus dich in San

Francisco gefunden hatte. Als du zum Rat bist, um deinen Fall vorzulegen, hatte ich schon alles vorbereitet, um dich auch dort zu überwachen. Und als die Kamera zeigte, wie sie dich zum Zellblock führten, deaktivierte ich die Überwachungsanlage im Ratskomplex und alarmierte Manus."

„Toller Hack", kommentierte Logan. „Können sie das nachverfolgen?"

„Absolut nicht. Die Kameras waren nur etwa drei Minuten abgeschaltet. Den Jungs im Kommandozentrum ist vermutlich nicht mal aufgefallen, dass ich ihnen nur ein Standbild eingespielt habe statt der Liveaufnahme." Er zuckte mit den Schultern. „Alles, was Manus tun musste, war, dich zu befreien, nachdem dich die Wachen in die Zelle gesperrt hatten –"

„Nur dass mir Logan dazu keine Gelegenheit gegeben hat", unterbrach Manus. „Bis ich im Zellblock ankam, hatte er die zwei Wachen schon überwältigt und sie in die Zelle gesperrt."

„Ich wusste ja nicht, dass du kommen würdest, um mich zu befreien", sagte Logan. „Wenn ich mich recht erinnere, hast du mir das letzte Mal, als wir uns sahen, ein Ultimatum gesetzt und gedroht, dass du selbst mich dem Rat ausliefern wirst, wenn ich mich nicht daran halte."

„Na ja, ich musste dich ja irgendwie zu Verstand bringen." Manus sah Winter von oben bis unten abschätzend an. „Aber scheinbar hast du deine Wahl getroffen."

Winter spürte, wie Logan ihre Hand nahm und sie drückte. „Ja. Ich habe meine Wahl getroffen. Es tut mir leid, dass ihr euch mit dem Fallout meiner Entscheidung auseinandersetzen musstet. Ihr wisst, dass ihr das nicht tun müsst. Indem ihr mich und Winter hier versteckt, werdet ihr Mittäter. Wir sollten verschwinden."

„Und wohin denn?", forderte Manus ihn heraus und machte eine wegwerfende Geste. „Du bist hier am sichersten. Niemand wird vermuten, dass du dich in deinem eigenen Komplex versteckst. Niemand wird glauben, dass du so dumm bist. Also, jetzt lasst uns die nächsten Schritte besprechen."

„Nächsten Schritte?", hörte Winter sich fragen. „Aber wenn Logan nicht in der Lage war, den Rat zu überzeugen, dann gibt es nichts mehr, was wir tun können."

Manus lachte und einige der anderen taten das Gleiche. „Du solltest etwas über uns wissen. Wir geben nach dem ersten Versuch nicht einfach auf. Wir mussten schon höhere Hürden überspringen. Wir schaffen das schon."

Als sie Logans Blick begegnete, zwinkerte er zustimmend.

„Manus hat recht. Wir werden nicht aufgeben. Zu viel steht auf dem Spiel." Logan zog sie näher heran und senkte seine Stimme. „Ich werde nicht aufgeben, solange du am Leben bist."

Tränen schossen ihr in die Augen und sie musste den Atem anhalten und blinzeln, damit sie nicht vor allen zu weinen anfing. Sie konnte vor diesen Fremden, die alles für sie riskiert hatten, keine Schwäche zeigen. Sie musste ihnen beweisen, dass sie ihre Mühen wert war.

26

„Also sind wir uns alle einig?", fragte Logan.

Die Hüter der Nacht und Winter waren im Kommandozentrum versammelt, damit Pearce die Kommunikationssysteme im Auge behalten konnte, falls der Rat sich entschied, jemanden zum Baltimore Komplex zu schicken, um nach Logan zu suchen. Sie hatten seine Flucht nur zwanzig Minuten nachdem er die Wachen in die Zelle eingesperrt hatte, entdeckt. Scheinbar hatte Pearce seine elektronischen Fingerabdrücke gut verborgen, denn bis jetzt hatte niemand im Ratskomplex Schritte eingeleitet, die Logan glauben ließen, dass der

Rat Hinweise auf Unterstützung bei seinem Ausbruch gefunden hatte.

„Wenn du glaubst, dass es funktioniert", meinte Manus zögernd.

Zwei Stunden lang hatten sie diskutiert, was sie tun sollten, um dem Rat Beweise vorzulegen, die dieser nicht ignorieren konnte. Beweise, die so überzeugend waren, dass der Rat über Logans Hochverrat und die Mithilfe seiner Kollegen hinwegsehen würde.

Hamish wechselte einen Blick mit Aiden. „Wenn das bei Winter eine Vision auslösen kann, die wir gegen die Dämonen benutzen können, dann bin ich dafür."

„Ich stimme Hamish zu", sagte Aiden. „Natürlich ist es gegen all unsere Regeln, aber wir können uns den Luxus nicht leisten, darauf zu warten, bis Winter aus heiterem Himmel eine Vision bekommt."

Bei diesen Worten schaute er Winter an, die entschuldigend mit den Schultern zuckte.

Logan lächelte sie beruhigend an. „Nein, den Luxus haben wir nicht. Ich kann nicht zulassen, dass ihr ewig das Risiko auf euch nehmt, uns zu verstecken. Je länger wir hier sind, desto riskanter ist es für euch alle. Ich glaube, wir haben drei oder vier Tage, bevor der Rat alle anderen Möglichkeiten ausgeschlossen hat und von selbst darauf kommt, dass ich einfach nur zuhause bin."

„Du weißt doch, dass wir dich nicht rausschmeißen würden", sagte Pearce. „Aber wir könnten dich schnell in die Bleizelle werfen, sobald hier jemand auftaucht, um nach dir zu suchen. Nur um unsere eigene Haut zu retten."

„Ich hoffe, dazu kommt es nicht", sagte Hamish. Dann deutete er auf Winter. „Bist du dazu bereit?"

Sie nickte.

Logan überquerte die Entfernung zwischen ihm und Winter mit drei Schritten und stellte sich vor sie hin. „Ich bringe dich zuerst ins Archiv, dann in den Waffenraum."

„Okay", sagte Winter.

„Brauchst du jemanden von uns?", fragte Aiden.

Logan schaute über seine Schulter. „Ich glaube, ihr solltet euch alle ausruhen und bereit sein, falls Winter etwas sieht. Wir haben keine

Ahnung, wie schnell wir etwas haben, das uns nützt. Ich fürchte, wir müssen warten."

Er nahm Winters Hand. „Komm, ich zeige dir mein Zuhause." Und nicht nur das. Er würde ihr erlauben, Waffen und Artefakte zu berühren, ihr Bücher und Bilder zeigen, alles, was eine Vision über sein Volk oder die Dämonen auslösen könnte.

Als sie die Kommandozentrale verließen und in den stillen Korridor traten, drehte sich Logan zu Winter um. „Es tut mir leid, dass wir noch keine einzige Minute für uns hatten. Ich verspreche dir, das wird nicht immer so sein. Es ist nur –"

Sie legte einen Finger auf seine Lippen. „Ich verstehe. Das hier ist jetzt wichtiger. Ich weiß, was von mir erwartet wird."

Er nickte und sie gingen weiter.

„Deine Freunde sind gute Leute." Sie zögerte. „Sogar Manus. Sie alle lieben dich. Und sie vertrauen dir. Ich sorge dafür, dass alles, was sie für uns tun, nicht umsonst sein wird."

Logan seufzte. „Ich möchte nicht, dass du dich unter Druck gesetzt fühlst. Ich weiß, dass du keine Vision erzwingen kannst und ich will nicht, dass du dich deshalb gestresst fühlst. Charles hat gesagt, dass du deinem Gehirn Ruhe gönnen musst."

Sie warf ihm ein gezwungenes Lächeln zu. „Ich versuche es."

„Ich weiß."

Sie ließ ihren Blick umherschweifen. Dann deutete sie auf die Runen, die Wände, Decke und Fußboden zierten. „Was bedeuten die? Das sind Runen, nicht wahr?"

„Ja. Sie sind eine Art Zauber." Er erinnerte sich an etwas. „Über die Tür in deinem Laden hast du Runen gekritzelt. Du musst sie in deinen Visionen gesehen haben."

„Habe ich. Aber ich wusste nicht, was sie bedeuten. Nur, dass ich sie zeichnen musste." Sie zuckte mit den Schultern. „Aber ich nehme an, sie haben nicht funktioniert. Die Dämonen kamen trotzdem."

„Es gibt zwei Dinge, die du über Runen wissen musst. Sie schützen nicht wirklich vor Dämonen, wenigstens nicht direkt. Die Runen, zusammen mit unserem *Virta*, unserer Lebenskraft, machen dieses Gebäude unsichtbar. In den Runen liegt eine mächtige

Zauberkraft. Sie beschützt uns vor jeder fremden Magie. Hexer wie Charles oder Wesley verlieren innerhalb dieser Wände ihre Macht."

Hatte sie richtig gehört? „Dieses Gebäude ist unsichtbar?"

Logan nickte.

„Aber bedeutet das denn nicht, dass Leute ständig gegen die Außenwände laufen, so wie sie uns auf dem Bahnsteig angerempelt haben?"

Er lachte leise. „Könnte man denken, oder? Aber die Magie in den Runen sorgt dafür, dass die Leute automatisch in die andere Richtung gehen, wenn sie zu nahe kommen. Das Gebäude stößt sie ab. Und sie wissen nicht mal, warum."

Sie erreichten die Treppe. „Hier entlang."

Winter ging neben Logan die Stufen hinunter. Jede Menge Fragen tauchten in ihrem Kopf auf. „Deine Freunde schienen ein wenig besorgt zu sein, weil du mir das Archiv und den Waffenraum zeigst."

„Das ist nichts persönliches, Winter. Einem Fremden Zugang zu diesen Dingen zu gewähren, bedeutet, dass wir unsere Geheimnisse preisgeben. Je mehr du über uns weißt, desto mehr könntest du verraten."

„Das würde ich nie tun", protestierte sie und blieb stehen.

Logan drehte sich zu ihr um und legte ihr seine Hand unters Kinn. „Das weiß ich. Ich weiß, dass ich dir vertrauen kann." Er drückte einen Kuss auf ihre Lippen und sie drängte sich zur Erwiderung an ihn. Es war schon so lange her.

„Mmm", summte Logan, atmete ein und unterbrach den Kuss. „Das habe ich vermisst. Ich habe dich vermisst. Als sie mich zu der Bleizelle führten, konnte ich an nichts anderes denken, als an dich und wie ich fliehen könnte, um zu dir zurückzukommen."

„Ich hatte solche Angst, dass du nicht wiederkommst. Als Hamish und Enya auftauchten, um mich abzuholen, dachte ich … Ich dachte, alles wäre vorbei."

Logan küsste sie wieder, dieses Mal inniger und mit mehr Inbrunst. Sie spürte, wie ihr

Rücken an die kühle Steinwand gepresst wurde und Logans Oberkörper ihre Brüste zusammendrückte. Ihr Atem stockte. Ja, sie hatte ihn vermisst, das hier vermisst. Seinen Mund vermisst, wie er sie verschlang, wie seine Zunge sie erforschte, seine Hände sie liebkosten.

Ihn umarmend, ließ sie ihre Hand in seinen Nacken gleiten, um die nackte Haut dort zu streicheln und spürte, wie er erschauderte. Ermutigt durch seine leidenschaftliche Reaktion ließ sie die andere Hand auf seinen Po rutschen. Sie drückte ihn dort und spürte, wie seine Muskeln unter ihrer Berührung zuckten. Er drängte sein Becken an sie und rieb die harte Ausbuchtung seiner Erektion an ihr. Sie stieß ein Stöhnen aus und spürte plötzlich einen kühlen Luftzug auf ihren brennenden Lippen.

Logan flüsterte in ihr Ohr. „Hast du eine Ahnung, was du mit mir anstellst?“ Seine Stimme klang heiser und sandte einen Schauder über ihre Haut.

„Langsam bekomme ich eine.“ Und ihr gefiel die Wirkung, die sie auf ihn hatte. Es gab ihr ein sonderbares Gefühl der Macht, obwohl Logan so viel stärker war als sie, so viel mächtiger als sie. Aber wenn sie in seinen Armen lag, schien er diese Macht auf sie zu übertragen.

Logan zog seinen Kopf zurück und lächelte sie an. „Wir gehen lieber und erledigen, wozu wir hergekommen sind, bevor ich meine guten Manieren vergesse und dich gegen diese Wand gedrückt nehme."

Als ihr ein Keuchen entwich, grinste er. „Als ob es dir nicht gefallen würde, wenn ich so die Beherrschung verliere."

Er hatte recht. Das würde es.

„Vielleicht später?", murmelte sie.

„Das Fragezeichen kannst du gleich wieder vergessen. Denn sobald wir ein paar Minuten für uns haben, werde ich dich in mein Bett zerren."

Die Vorfreude, die durch ihre Adern schoss, ermunterte sie. „Ich kann's nicht erwarten, dein Zimmer zu sehen."

„Hmm-hmm", brummte Logan und nahm ihre Hand, um sie den Korridor entlang zu führen.

Vor einer Tür stoppte er und tippte einen Code in eine Tastatur daneben. Als ein Piepton erklang, öffnete Logan die Tür nach innen und machte Platz, damit sie vor ihm eintreten konnte. Die Deckenbeleuchtung ging automatisch an, vermutlich durch einen Bewegungsmelder aktiviert.

Winter hatte noch nie so einen Raum gesehen. Das hier war nicht wirklich ein Raum. Hier sah es eher wie in Katakomben aus, wie in einem Bau aus verbundenen Höhlen, in denen sich Schachteln, Kisten und Regale stapelten. Und es war staubig. In den Regalen befanden sich vor allem Bücher. Die Kisten waren mit Inhaltsangaben, Orten und Daten beschriftet.

„Das ist unser Archiv", sagte Logan hinter ihr. „Jeder Komplex der Welt hat sein eigenes. Uns gibt es schon seit Jahrhunderten und mit der Zeit sammelt sich einiges an Kram an."

„Was für Kram?", fragte Winter, während sie tiefer in den Raum hineinging und ihre Augen schweifen ließ.

„Alles, von dem wir glauben, dass es uns vielleicht eines Tages im Kampf gegen die Dämonen helfen kann." Er deutete auf eine Reihe Schachteln. „Und Akten, die Schlachten und andere Begegnungen mit unseren Feinden aufzeichnen. Bevor wir anfingen, Computer zu benutzen. Heutzutage wird alles auf unseren Servern gespeichert. Und wir versuchen, die alten Akten zu digitalisieren."

„Es ist riesig. Ich weiß gar nicht, wo ich anfangen soll."

Logan legte seine Hand auf ihre Schulter und zwang sie, ihn anzusehen. „Ich zeige dir, wo wir die Bilder und Gemälde aufbewahren. Vielleicht erkennst du irgendetwas darauf. Vielleicht etwas, das du in einer deiner Visionen gesehen hast."

Das hoffte sie, denn sie wollte von Nutzen sein, nicht nur, weil sie ihr und Logans Leben retten wollte, sondern auch, weil sie helfen wollte, die Dämonen zu vernichten. Ein einziges Zusammentreffen mit diesen schrecklichen Kreaturen hatte sie davon überzeugt, dass sie lieber sterben wollte, als für sie zu arbeiten.

Logan führte sie zu einem Teil des Raumes, wo alte Fotos in Glasvitrinen aufbewahrt wurden. Sie zeigten verschiedene Wahrzeichen, Leute und Objekte. Sie sah sich alle, eins nach dem anderen, an.

„Irgendetwas?", fragte Logan.

Mit einem bedauernden Ausdruck sah sie ihn an. „Tut mir leid."

„Muss es nicht. Das ist ja nur der Anfang. Es gibt so viel mehr zu sehen und zu berühren. Im Waffenraum haben wir Hunderte von Waffen. Einige gehörten den Dämonen."

Sie nickte. „Vielleicht sollte ich die anfassen."

„Das wirst du. Aber lass uns erst hier weitermachen." Er legte seine Hand auf ihren Rücken. „Und ich will nicht, dass du dir Sorgen machst. Es funktioniert vielleicht nicht beim ersten Mal, okay? Hab Geduld."

Sie drehte sich ihm zu. „Ich wünschte, ich hätte mehr Geduld. Aber so viel steht auf dem Spiel. Dein Leben, das Leben deiner Freunde."

„Darüber solltest du dir keine Gedanken machen. Wir haben uns für das entschieden, meine Freunde und ich. Wir haben für das unser ganzes Leben lang trainiert. Du hast das nicht gewählt. Für dich ist diese Welt neu. Niemand erwartet von dir, das zu tun, was wir tun. Du bist eine Zivilistin."

Sie schüttelte den Kopf. „Nicht mehr, Logan.

Ich bin jetzt Teil von dieser Welt. Also muss auch ich meinen Beitrag leisten."

Er streichelte ihr mit seinen Fingern über die Wange. „So tapfer."

Doch sie war nicht tapfer. Tief drinnen hatte sie Angst, Angst, dass die Dämonen sie schnappten, wie sie es in ihrer Vision gesehen hatte. Und dass Logan nochmal sein Leben riskieren musste, um sie zu retten. Doch sie wollte ihm nichts von ihrer Angst gestehen. Er hatte genug Sorgen. Sie wollte nicht, dass er sie für ein ängstliches kleines Mädchen hielt, dem er ständig Mut machen musste. Auch wenn sie seine Stärke brauchte.

27

Winter hatte die vielen Bilder, die im Archiv aufbewahrt wurden, angesehen und eine große Menge Artefakte angefasst, die die Hüter über die Jahre hinweg angesammelt hatten, bevor sie in den Waffenraum gegangen waren, einen großen Raum, in dem sich Waffen jeglicher Art befanden. Diese hatte sie auch berührt. Trotzdem hatten ihre Bemühungen, selbst nach mehreren Stunden, nicht zu einer Vision geführt.

„Im Moment können wir nicht viel mehr tun", sagte Logan. „Zeit, dich auszuruhen."

Sie sah ihn an und Enttäuschung und

Bedauern lagen in ihren Augen. Als hätte sie versagt. Er wollte nicht, dass sie sich so fühlte. Sie hatte alles getan, was er und seine Kollegen von ihr verlangt hatten.

„Es funktioniert nicht", murmelte sie.

„Weil du erschöpft bist. Wir können nichts erzwingen. Das hat Charles doch gesagt. Vielleicht morgen. Wenn nichts passiert, dann rufe ich Charles an und frage, ob er irgendwelche anderen Vorschläge hat, okay?"

Sie nickte, doch sie sah nicht sehr überzeugt aus.

„Komm. Ich bringe dich zu meinem Quartier."

Winter protestierte nicht, als er sie durch das Gewirr aus Korridoren und Treppenhäusern hinauf führte, wo sich die Privatquartiere befanden. Jeder Hüter hatte sein eigenes Apartment, das er so einrichten und dekorieren durfte, wie er wollte. Dies war sein Zuhause und das würde es so lange bleiben, wie er die Pflichten eines Kriegers erfüllte.

Logan öffnete die Tür zu seinem Privatquartier und ließ Winter zuerst eintreten, dann schloss er die Tür hinter sich.

„Fühl dich wie zuhause.“

Er beobachtete, wie sie sich mit ihrer Umgebung vertraut machte. Sie standen im Wohnzimmer mit einer bequemen Sitzgelegenheit vor dem Gaskamin, einem kleinen Schreibtisch in einer Ecke und Bücherregalen entlang der Wand. Zwei Schiebetüren im Jugendstil führten in das angrenzende Schlafzimmer, wo ein riesiges Bett den Raum dominierte. Indirektes Licht beleuchtete die Suite und verschleierte die Tatsache, dass es keine Fenster gab. Frische Luft wurde durch eine umfangreiche Klimaanlage hineingepumpt und die Temperatur war angenehm. Ein angrenzendes Bad mit einer großen Badewanne und einer übergroßen Dusche komplettierten sein Quartier. Dies war sein Zuhause.

„Es ist wunderschön“, sagte Winter und lächelte ihn an. „Ich hätte nie so etwas Elegantes erwartet.“

„Von einem Krieger wie mir?“ Er schmunzelte. „Meine Freunde und ich verbringen unser ganzes Leben im Komplex. Wir haben alle verschiedene Geschmäcker, aber unsere Privatquartiere dürfen wir so dekorieren, wie wir wollen. Ich liebe Art Deco, also habe ich mir Dinge ausgesucht, in denen sich diese Ära widerspiegelt."

„Ich liebe es."

Logan griff nach ihr und legte seinen Arm um ihre Taille. „Wie wär's wenn ich dir ein Bad einlasse, damit du dich etwas entspannen kannst?"

Sie schaute unter ihren dunklen Wimpern zu ihm hoch. „Woher weißt du immer, was ich brauche?"

„Ich weiß es einfach."

Sie seufzte. „Du bist ein erstaunlicher Mann. Wie werde ich dir je für das danken können, was du für mich tust?"

Seine Augen schweiften zum Bett und er bemerkte, wie sie seinem Blick folgte. „Ich bin mir sicher, es fällt dir etwas ein."

„Hmm." Sie stellte sich auf die Zehenspitzen und küsste ihn. „Ganz sicher."

„Ich lasse dir das Bad ein", sagte er und ließ sie los, denn er wusste, wenn er sie noch länger so in den Armen hielt, würde sie keine Entspannung bekommen. Sie würde sich gegen die nächste flache Oberfläche gedrückt, mit seinem Schwanz tief in ihr, wiederfinden.

Logan ging ins Bad, machte die Lichter an, die einen weichen Schein über die Wanne warfen, und drehte den Wasserhahn auf. Als er Schritte hinter sich hörte, wandte er sich um und sah, wie Winter ins Bad kam.

Sie war barfuß und zog gerade ihr T-Shirt über den Kopf.

„Lass mich dir helfen", bot er an und ging auf sie zu. „Ich möchte dich ausziehen. Sieh es als Teil deines Danks für mich."

Sie senkte ihre Arme, um ihn gewähren zu lassen. „Dich kann man aber einfach zufriedenstellen."

„Manchmal sind die einfachsten Sachen die besten." Er öffnete den Knopf ihrer Jeans, dann zog er den Reißverschluss hinab. Langsam half er ihr, sich aus ihrer Hose zu winden, dann warf er diese auf den Wäschekorb.

Winter sah in dem weißen Höschen und ihrem BH unschuldig aus. Wie die verbotene Frucht und genauso verlockend. Das lange Haar fiel ihr über die Schultern und ein paar Strähnen verhedderten sich in den Trägern ihres BHs. Er befreite sie und strich seine Finger über ihre Haut.

Winter seufzte und der weiche Klang hallte von den Wänden wider.

„Du bist ein Anblick, dessen ich nie müde werde."

Er streichelte sanft über ihre Brüste, die immer noch im BH steckten und ließ seine Hände über ihren Oberkörper gleiten. Ohne dort lange zu verweilen, kehrte er wieder zu ihren Brüsten zurück und rieb über ihre Nippel. Durch den dünnen Stoff spürte er, wie sie sich verhärteten. Er zwickte sie sanft und entlockte ihrer Eigentümerin ein Stöhnen. Dann schob er beide Daumen unter den Stoff und rieb über die steifen Nippel. Winters Brust hob sich und er nahm ihre Reaktion als Einladung, denn er schob die Körbchen beiseite, um ihre Brüste aus deren Käfig zu befreien. Ein Träger glitt von ihrer Schulter, dann der andere, und schenkte ihren Brüsten noch mehr Freiheit.

Er legte seine Handflächen auf die schweren Kugeln und drückte sie. Er hatte Brüste schon immer geliebt, doch Winters waren besonders schön, perfekt rund, perfekt fest und perfekt köstlich.

Logan senkte seinen Kopf und saugte einen Nippel in seinen Mund. Er leckte mit seiner Zunge darüber, bevor er der anderen Brust die selbe Aufmerksamkeit zukommen ließ.

„Ich dachte, du wolltest mich ausziehen", murmelte Winter atemlos.

„Das mache ich doch, meine Liebste. Ich lasse mir nur Zeit."

Er griff um sie herum, fand den Verschluss ihres BHs und öffnete ihn. Er warf ihn auf den Wäschekorb und umfasste ihre Brüste wieder, massierte sie mit seinen Händen, knetete sie und erforschte sie, während Winter sanft seufzte.

„Siehst du? Du brauchst das."

„Ja."

Dann griff er nach ihrem Höschen und befreite sie davon. Auch das landete auf dem Wäschekorb. Der Klang des laufenden Wassers drang in seine Ohren und er wusste, dass es an der Zeit war, es abzustellen.

„Geh nicht weg", sagte er und ging zur Wanne.

Er drehte den Hahn zu, testete das Wasser und fand, dass es ein wenig zu heiß war. Auch gut. Er war mit Winter sowieso noch nicht fertig. Er ging zurück zu ihr, zog sein Hemd über den Kopf und warf es zu ihren Klamotten.

„Kommst du mit in die Wanne?", fragte Winter und beobachtete ihn.

„Nein. Dafür ist die Wanne zu klein. Und das Wasser ist noch zu heiß." Er war schon dabei, sich seiner Schuhe und Socken zu entledigen. Seine Hose folgte.

Er bemerkte ihren Blick auf ihm, als er seine Daumen in seine Boxer hakte. „Ich dachte mir, wir könnten ein bisschen Zeit totschlagen, bis das Wasser etwas kühler ist."

Sie grinste. „Du meinst, anstatt kaltes Wasser hinzuzufügen?"

Er zog seine Unterwäsche aus und sagte: „Das würde doch keinen Spaß machen." Jetzt nackt, marschierte er auf sie zu. „Außer du willst das hier auslassen und gleich in die Wanne gehen?"

Winter ließ eine Hand auf seinen Po gleiten und zog ihn zu sich, sodass sein Becken ihren Bauch berührte.

„Ja, hatte ich auch nicht vermutet", murmelte er und hob sie in seine Arme.

Er trug sie zu der gepolsterten Chaiselongue, die an der Wand stand und setzte sich darauf. Er hob Winter auf seinen Schoß, damit sie rittlings auf ihm saß. Sein Schwanz war schon hart. Es hatte nicht mehr als dreißig Sekunden gedauert, für sie bereit zu sein. Ihren schönen Körper anzusehen, ihre geschmeidige Haut zu berühren und ihre süßen Brüste zu lecken, hatten das bewirkt.

„Ich muss in dir sein", sagte er. „Ich muss in dir kommen. Um zu spüren, dass alles in Ordnung ist."

Er hob ihre Hüften hoch, um mit seinem Schwanz in ihre Mitte vorzustoßen, als sie sich plötzlich versteifte. Sein Blick hob sich zu ihrem Gesicht. „Stimmt was nicht?"

Sie zögerte. „Ich weiß, wir haben schon mal darüber gesprochen, weißt du, da du ja unsterblich bist."

Er wusste nicht, worauf sie hinaus wollte.

„Aber, als ich heute die Zwillinge sah, dämmerte es mir: Deine Rasse pflanzt sich fort. Ich meine, du kannst eine Frau schwängern. In dem Hotelzimmer hast du mir gesagt, dass du das nicht kannst."

Logan atmete erleichtert aus. „Ich hätte das besser erklären sollen. Tut mir leid. Das konntest du nicht wissen. Ja, wir pflanzen uns wie Menschen fort, aber es gibt da einen kleinen Unterschied. Männliche Hüter der Nacht werden steril geboren. Nur wenn wir ein Bindungsritual mit einer Frau vollziehen, werden wir fruchtbar." Er streifte seine Fingerknöchel über ihre Wange. „Ich kann dich nicht schwängern, Winter." Zumindest noch nicht.

„Oh." Sie sah ihn überrascht an. Dann fing sie sich wieder. „Ich meine, nichts für ungut. Ich sage ja nicht, dass es eine Katastrophe wäre, von dir schwanger zu werden. Ich meine ... aber ich bin doch Single und ... es hat nichts mit Religion zu tun, aber ich glaube nicht, dass ich die Energie hätte, ein Kind alleine aufzuziehen und ... jedenfalls ist es nicht so, dass ich Kinder nicht mag ... ich mag sie, aber –"

„Winter?", unterbrach er.

„Hmm?"

„Warum plapperst du so nervös?"

„Ich plappere nicht."

Er lachte leise. Sie war reizend, wenn sie so aufgelöst war. Und er konnte sich auch vorstellen, wie reizend sie wäre, wenn sein Kind in ihrem Bauch heranwuchs. Wie sexy sie dann wäre. Und er konnte sich auch beinahe vorstellen, wie es sich anfühlen würde, mit ihr Liebe zu machen, wenn sie ein Kind trug. Sein Kind.

Verdammt!

Wurde er wahnsinnig? Er hatte noch nie solche Gedanken bei einer Frau gehabt. Niemals auch nur einen einzigen Gedanken daran verschwendet, sich mit einer Frau zu vereinigen, geschweige denn, ein Kind zu zeugen. Aber jetzt, mit seinem harten Schwanz, begierig ihn in Winter zu stoßen, konnte er sich nicht vorstellen, was er mehr wollte.

Er zog ihren Kopf zu sich. Wenn er jetzt fruchtbar wäre, würde Winter dann darauf bestehen, dass er ein Kondom benutzte? Würde sie ihm erlauben, in sie einzudringen, wo sie wusste, was passieren konnte? Würde sie ihn stoppen?

Aber er stellte diese Fragen nicht. Stattdessen nahm Logan ihr Gesicht und küsste sie. Er griff nach ihren Hüften, hob sie sachte hoch und passte seinen Winkel an, dann zog er sie zurück auf seinen Schoß und pfählte sie auf seinem Schwanz. Winter keuchte in seinen Mund. Sein eigener Atem stockte. Dies war noch besser als die Male zuvor. Besser, denn etwas hatte sich zwischen ihnen geändert. Sie waren sich nähergekommen. Die Intimität, die sich zwischen ihnen entwickelte, war jetzt greifbar. Er konnte es mit jeder Berührung, jedem Atemzug spüren.

Als Winter anfing, sich auf und ab zu bewegen wie eine professionelle Reiterin, gab er seinem Verlangen nach und kam ihr immer wieder entgegen. Während er ihre Hüften festhielt, stieß er tief und hart in sie, um seinen Anspruch auf sie anzumelden. Mit jeder Bewegung wippten ihre Brüste gegen ihn, sodass er die Gelegenheit ergriff und seinen Kopf zu ihnen hinabsenkte, um sein Gesicht in dem üppigen Fleisch zu baden. Er küsste den Pfad zwischen ihren Brüsten hinauf, bis er die kleine Einbuchtung am Ansatz ihrer Kehle erreichte.

Winter ließ ihren Kopf nach hinten fallen,

während ihre Hüften sich nun viel drängender bewegten. Er konnte ihren Herzschlag gegen seine Lippen pulsieren spüren, als er sie küsste, mit jedem schweren Atemzug die Luft durch ihre Lunge pumpen spüren, während sie gemeinsam auf den Höhepunkt zurasten.

In ihr war es wie in einem Inferno. Flammen hüllten ihn ein, verschlangen ihn ganz, verbrannten ihn mit Vergnügen, mit unsagbarer Glückseligkeit, von der er geglaubt hatte, dass diese für das Bindungsritual reserviert war. Doch Winter so zu lieben, sich ihr ohne Vorbehalte darzubieten, ohne Geheimnisse zwischen ihnen, trieb ihn zu Höhen, die er bisher nicht gekannt hatte. Er wusste es jetzt, wusste, dass jetzt, wo er Glück gekostet hatte, er es nie wieder aufgeben konnte. Was auch immer geschah, er würde nie wieder ohne Winter leben können. Sie war alles, was er sich je gewünscht hatte. Die Verletzlichkeit zu seiner Härte, die Güte zu seiner Schroffheit, das Licht zu seiner Dunkelheit. das Yin zu seinem Yang.

Er verstand seine Kameraden Hamish und Aiden jetzt. Er wusste, warum sie die Regeln gebrochen hatten, als sie die Frauen getroffen hatten, die ihnen bestimmt waren: weil es keine Regeln gab, wenn es um die Liebe ging. Es würde nie Regeln geben. Liebe übertraf alles.

Er wollte Winter sagen, was er empfand, doch er wusste, es war noch zu früh. Obwohl sie übernatürlich war, fühlte sie sich tief drinnen immer noch menschlich und sie handelte immer noch wie ein Mensch. Und Menschen brauchten Zeit, bevor sie jemandem ihre Liebe gestehen konnten. Ein übernatürliches Wesen wie er brauchte diese Zeit nicht. Sobald er es wusste, wusste er es und alle Zweifel waren ausgelöscht. Einem übernatürlichen Geschöpf konnte die Liebe wie ein Blitzschlag widerfahren, ohne Warnung. In seinem Falle hatte er die Vorzeichen gesehen, doch geglaubt, dass die Umstände nicht die richtigen waren. Doch die Liebe interessierte sich nicht für die Umstände, interessierte sich nicht dafür, ob die Zeit passte oder nicht. Solange die Person die richtige war. Und Winter war die Richtige für ihn.

Er konnte nur hoffen, dass er der Richtige für sie war.

Winter atmete unregelmäßig. Ihr Tempo

beschleunigte sich, ihre Scheide drückte ihn fest. Er konnte spüren, wie nahe sie ihm war und wusste, was sie brauchte. Er schob seine Hand zwischen ihre Körper und fand ihre Klitoris. Als er sie berührte, stöhnte Winter laut auf und er rieb über das empfindliche Organ, während er weiterhin seine Hüften als Reaktion auf Winters Bewegungen vor und zurück stieß. Er war auch kurz vor dem Orgasmus, doch er beherrschte sich mit eiserner Kontrolle, um sie zuerst zum Höhepunkt zu bringen.

„Entspann dich, meine Liebste, ich kümmere mich um dich", murmelte er an ihren Lippen, dann nahm er ihren Mund und küsste sie. Er legte jedes Quäntchen an Zuneigung, die er für sie empfand, in den Kuss.

Er spürte, wie sie sich schneller an seinem Finger rieb, auf und ab, bis sie plötzlich aufschrie. Ihre Scheide hielt seinen Schwanz fest, zuckte in schneller Folge mehrere Male, während ihr Orgasmus über sie hereinbrach. Es war die Belohnung, auf die er gewartet hatte: Ihr Vergnügen entzündete seinen Orgasmus. Er gab sich hin, lieferte sich dem Vergnügen aus, mit Winter Liebe zu machen, und schoss seinen

Samen tief in ihren engen Kanal. Er hüllte sie in seine Arme, drückte sie an seine wogende Brust und hielt sie so, bis sie beide von ihrem Hoch herunterkamen.

Schwer atmend ruhte Winter ihren Kopf an seiner Schulter aus und Logan erhob sich langsam mit ihr in seinen Armen und trug sie zur Wanne. Sanft ließ er sie in das warme Wasser sinken.

Sie summte zufrieden und lächelte zu ihm auf. „Das ist perfekt.“

Logan ließ seine Hände über ihren Körper gleiten, streichelte ihre Brüste, berührte ihren Bauch und liebkoste ihre Beine. „Ja, perfekt.“

„Ich wünschte, du könntest die Wanne mit mir teilen.“

Er lächelte und küsste sie auf die Lippen. „Dann würde ich nur versuchen, wieder in dich einzudringen. Glaub mir, du wirst das Bad ohne mich viel mehr genießen.“

Sie schloss ihre Augen. „Hmm. Gut aussehend, gut im Bett und selbstlos. Was habe ich nur getan, um dich zu verdienen?“

„Jede Menge.“ Er erhob sich und ging zur Dusche. Nachdem er frische Handtücher aus einem Schrank genommen, eines neben die Wanne gelegt und das zweite außerhalb der Dusche hingehängt hatte, ging er unter die Dusche. Während er sich wusch, beobachtete er, wie Winter in der Wanne lag, ihr Körper bis zu den Schultern ins Wasser getaucht. Ab und zu lugten die Spitzen ihrer Brüste aus dem Wasser, um ihn zu necken.

Er war sich nicht sicher, ob sein Dauerständer je wieder abklingen würde. Er bezweifelte es. In Winters Gegenwart schien er sich ständig in Erregung zu befinden. Wie ein Hengst in der Nähe einer läufigen Stute.

Logan beendete seine Dusche schnell und trocknete sich ab. Er fand eine Jogginghose und zog sie über. Dann nahm er seinen Bademantel aus dem Schrank und hängte ihn in die Nähe der Badewanne.

Er beugte sich über die Wanne, in der Winter döste.

„Ich hole uns was zu essen. Hast du Hunger?"

Sie hob ihre Augenlider ein bisschen. „Hmm, ja, ich glaube, ich könnte was essen. Wie spät ist es?"

Er schaute zu der Digitaluhr auf dem Marmortresen. „Es ist schon Vormittag."

Ihre Augen weiteten sich. „Im Ernst? Ich dachte, es wäre noch Nacht."

Er lachte leise. „Das ist, weil du nicht geschlafen hast, seit wir San Francisco verlassen haben. Und ohne Fenster im Komplex ist es einfach, die Zeit zu vergessen."

„Es ist sonderbar, dass es keine Fenster gibt."

„So ist es sicherer." Er richtete sich auf. „Ich hole uns was zu essen. Aber hetze dich nicht. Genieß dein Bad. Dort ist ein frisches Handtuch für dich. Und du kannst meinen Bademantel anziehen."

Er wandte sich um und verließ sein Quartier.

28

Nur Aiden, Leila und die Zwillinge hielten sich in der Küche auf, als Logan eintrat. Die Kinder trugen Jacken und Stiefel und Leila eine blonde Perücke, ein Zeichen, dass sie den Komplex verlassen wollten. Die Dämonen waren wegen des von ihr kreierten Impfstoffs, der ihnen für ihre Agenda nützlich sein würde, immer noch hinter ihr her und deshalb verließ sie den Komplex nur stark verkleidet. Zusätzlich zu der blonden Perücke trug sie eine breite, dunkle Sonnenbrille. Sie sah wie ein Filmstar aus.

„Wohin wollt ihr?", fragte Logan.

Aiden deutete zu den Zwillingen, die

einander um die Kücheninsel jagten. „Die zwei brauchen heute etwas Auslauf, oder man wird sie noch erdrosseln."

„Hey, Mann, das hast du gesagt, nicht ich."

„Ja, aber du hast es dir auch gedacht, genauso wie alle anderen hier. Ihr Jungs seid schon nachsichtig", sagte Aiden, „aber lass uns mal ehrlich sein: Kinder müssen ab und zu draußen herumtoben."

„Genauso wie ich", fügte Leila hinzu. „So schön unser großes Quartier auch ist, bekomme ich manchmal den Lagerkoller."

Logan grinste. Er konnte es ihr nicht verübeln. Obwohl Aiden und Leila fast den ganzen obersten Stock des Gebäudes mit ihrer Brut belagerten, gab es keinen Garten, keine Terrasse, keinen Bereich, wo die Kinder sich ausleben konnten.

Logan sah Aiden an. „Ich nehme an, du triffst alle notwendigen Vorsichtsmaßnahmen?"

„Keine Sorge. Ich gehe als der Unsichtbare Mann, damit uns kein Dämon bemerken kann. Sie werden Blondie hier genauso wenig erkennen wie die Kinder. Alles klar", sagte Aiden.

„Blondie?" Leila lachte. „Also gefällt dir mein blondes Haar?"

Aiden legte einen Arm um seine Frau. „Mir gefällt alles an dir. Ich beweise es dir später."

„Leute!", tadelte Logan sie. „Nicht vor den Kindern. Sie werden einen Schaden fürs Leben davontragen!"

Aiden und Leila lachten.

„Komm, Xander, komm, Julia", rief Leila ihnen zu. „Wir gehen raus."

Die Kinder stürmten auf sie zu und mähten Logan auf dem Weg fast um.

Zehn Sekunden später kehrten Ruhe und Frieden in der Küche ein. Logan machte sich daran, ein kleines Mahl zusammenzustellen. Dank Leila gab es immer Köstlichkeiten im Kühlschrank. Obwohl sie selten selbst zum Supermarkt ging, schrieb sie detaillierte Einkaufslisten und einer der Hüter ging dann für sie einkaufen. Die Qualität der Mahlzeiten hatte sich seit Leilas Einzug definitiv verbessert. Er konnte gar nicht glauben, dass das schon fast vier Jahre her war.

Als Logan mit dem Essenstablett in den Händen sein Quartier wieder betrat, sah er, dass Winter es sich auf dem Sofa bequem gemacht hatte und seinen Bademantel trug. Sie hatte ihr Haar getrocknet und ihre Haut sah rosig aus, ihr Gesicht erfrischt.

„Du hättest dich mit dem Bad nicht beeilen müssen", sagte er und stellte das Tablett auf den Couchtisch.

„Habe ich auch nicht." Sie beugte sich nach vorne und begutachtete das Tablett. „Hmm. Das sieht lecker aus. Wer kocht denn hier?"

„Hauptsächlich Leila."

„Erinnere mich daran, ihr zu danken. Ich bin keine gute Köchin, weißt du." Sie zuckte mit den Schultern. „Aber ich esse gerne."

„Bediene dich. Ich habe ein bisschen von allem gebracht, aber wenn du etwas anderes willst, bin ich sicher, dass ich es im Kühlschrank finde. Du musst es nur sagen."

„Oh, nein. Das hier ist perfekt."

Logan setzte sich neben Winter und sie füllten ihre Teller und begannen zu essen. Er hatte gar nicht bemerkt, wie hungrig er war.

„Warum kochst du eigentlich nicht?", fragte er. „Ich meine, nicht dass ich erwarte, dass jede Frau kochen kann, nur weil sie eine Frau ist. Aber Leute, die gerne gut essen, lernen normalerweise auch das Kochen."

Winter lächelte traurig. „Meine Mutter war diejenige, die immer für Dad und mich gekocht hat. Sie hat niemanden in die Küche gelassen. Das war ihr Reich."

„Wollte sie dir das Kochen nicht beibringen?"

„Sie bekam keine Gelegenheit mehr. Ich war erst neun, als sie und mein Dad starben."

„Das tut mir leid. Das hätte ich wissen sollen, weil du das früher erwähnt hast. Ich hätte nicht fragen sollen."

„Das ist schon in Ordnung."

„Was ist nach dem Tod deiner Eltern geschehen?"

„Meine Großmutter zog mich auf."

„Ich bin froh, dass du eine Familie hattest, die sich um dich gekümmert hat." Er konnte sich nicht vorstellen, wie sich eine Neunjährige im staatlichen Pflegesystem zurechtgefunden hätte.

„Ja, ich hatte Grandma." Trotz der positiven Worte lag etwas Trauriges in ihrer Stimme, das

Logan dazu brachte, sie direkt anzusehen. „Aber dann starb auch sie. Ich war vierzehn."

„Erst vierzehn?" Logan legte seine Hand auf ihren Arm und drückte ihn. „Tut mir leid."

„Sie war gar nicht so alt, ich meine, für eine Großmutter."

„Krebs?", vermutete er.

Zu seiner Überraschung schüttelte Winter den Kopf. „Irgendwas mit dem Herzen haben sie gemeint. Nach ihrem Tod wohnte ich bei einer Pflegefamilie. Als mein Pflegevater nach Wilmington versetzt wurde, hat er das Gericht gebeten, mich mit in den anderen Bundesstaat ziehen zu lassen. Also zogen wir aus Detroit weg. Ich bin nie wieder zurück."

„Also bist du aus Detroit? War es nicht schwierig, alles zurückzulassen, deine Freunde, die Erinnerungen an deine Familie?"

Das Lächeln, das sie ihm schenkte, war bittersüß. „Nicht wirklich. Die frühen Erinnerungen, die waren gut. Aber die Zeit mit meiner Großmutter ..."

„Mochtest du sie nicht?"

„Ich habe sie geliebt. Aber es war schwierig mit ihr. Sie war krank. Zumindest dachten die

Ärzte, dass sie krank war. Sie hatten bei ihr eine Geisteskrankheit diagnostiziert, deren lateinischen Namen ich nicht aussprechen kann. Aber nach allem, was mir in den letzten paar Tagen passiert ist, glaube ich nicht mehr, dass sie geisteskrank war. Ich glaube, sie war auch eine Seherin. Ich glaube, ich habe meine Gabe von ihr geerbt."

Logans Herzschlag beschleunigte sich. „Warum glaubst du, dass sie eine Seherin war?"

„Sie behauptete immer, dass sie Dinge sah, die gar nicht da waren. Die Ärzte meinten, dass sie halluzinierte. Nach allem, was Wesley und Charles gesagt haben, glaube ich, dass *Seherin* da passt, oder?"

Er nickte langsam. Leider passte die Beschreibung von Winters Großmutter auch auf jemanden, den Logan kannte. „Wie lange ist es schon her, dass deine Großmutter starb?"

„Im Dezember werden es zwanzig Jahre."

Logan schluckte den Kloß hinunter, der in seiner Kehle aufstieg. Zwanzig Jahre. „Und sie wohnte damals in ihrem Haus in Detroit?"

Winter schüttelte den Kopf. „Sie war nicht mehr zuhause. Sie hatten sie in eine

Nervenheilanstalt eingeliefert. Sie dachten, dass sie dort gesund würde …"

Logan hörte den Rest des Satzes nicht mehr, denn sein Herzschlag dröhnte jetzt laut in seinen Ohren. Die Seherin, die er damals getötet hatte, war Winters Großmutter. Wegen ihm, wegen etwas, das er getan hatte, musste Winter mit einer Pflegefamilie leben. Ohne ihre eigene Familie.

Schuldgefühle überfielen ihn. Der Schmerz drohte ihn zu erdrücken.

Was hatte er nur getan?

Er hatte die Großmutter der Frau, die er liebte, getötet. Winter würde ihm das nie verzeihen. Trotzdem musste er es ihr sagen. Gestehen, was er getan hatte. Er konnte sie nicht einfach hier unwissend neben dem Mörder ihrer Großmutter sitzen lassen.

„Winter …" Seine Stimme versagte.

„Oh, was ist denn das?" Sie beugte sich plötzlich hinab, um etwas unter dem Couchtisch aufzuheben.

Logan erkannte das Plüschtier in ihrer Hand. „Eins von Julias Spielsachen", sagte er automatisch.

„Oh Gott, nein!" Winter klammerte sich an das Spielzeug und schoss hoch.

Alarmiert sprang Logan auf und ergriff ihre Schultern. „Was stimmt nicht?"

Doch Winter sah ihn nicht an. Sie sah durch ihn hindurch. Er wusste sofort, was das bedeutete. Sie hatte eine Vision.

Ihr Gesicht verzerrte sich vor Schrecken, ihre Augen weiteten sich, erfüllt von Tränen, während ihre Lippen bebten. „Nein", murmelte sie. „Nein, bitte, nein!"

Was immer sie auch sah, es musste schrecklich sein, doch Logan wagte nicht, sie zu unterbrechen. Sie musste da durch, musste all das sehen, was die Vision ihr zeigen wollte. Alles, was er tun konnte, war sie zu halten, sie wissen zu lassen, dass er für sie da war, auch wenn er nicht wagte, etwas zu sagen, um ihre Konzentration nicht zu stören.

Winters Kopf bewegte sich von Seite zu Seite, als suchte sie nach etwas, während ihre Arme zuckten. Jetzt streckte sie eine Hand aus, versuchte etwas zu greifen, doch sie griff nur in die Luft, während sie in der anderen Hand immer noch das Stofftier umklammerte.

Ganz plötzlich ließ Winter das Spielzeug fallen und heulte auf. Tränen rannen ihre Wangen hinab.

Sein Herz brach vor Mitgefühl. Er hasste es, sie so schmerzerfüllt zu sehen und wünschte sich, er könnte ihr den Schmerz abnehmen. Er spürte ihre Hände auf seiner nackten Brust und bemerkte, dass ihre Augen wieder auf ihn gerichtet waren.

„Du musst sie retten, Logan", flehte sie ihn an, die Worte unter Tränen herauswürgend. „Die Zwillinge, du musst sie retten."

Logans Herz hörte auf zu schlagen. „Aidens und Leilas Zwillinge?" Unwillkürlich hielt er ihre Schultern noch fester, während Panik durch seinen Körper raste. „Was hast du gesehen?"

„Die Dämonen, sie greifen sie an. Aiden und eine blonde Frau. Sie kommt mir bekannt vor. Und die Kinder sind dabei, sie weinen und schreien. Sie haben Angst."

„Eine blonde Frau? Mit einer dunklen Sonnenbrille?"

Sie nickte. „Woher weißt du das?"

„Das ist Leila. Sie verkleidet sich, wenn sie den Komplex verlässt. Ich sah sie vorhin, als ich in der Küche war. Sie haben sich fertig gemacht, den Komplex mit den Zwillingen zu verlassen."

„Du musst sie zurückrufen, sofort! Oder die Dämonen erwischen sie."

Logan eilte zum Nachttisch und hob den Telefonhörer hoch, drückte auf die vorprogrammierte Nummer für Aidens Handy und ließ es klingeln. Einmal, zweimal, dreimal.

„Verdammt, heb ab!"

„Hier ist Aiden. Bitte hinterlassen Sie mir eine Nachricht", sagte die Mailbox.

„Fuck!", fluchte Logan. „Aiden, du musst sofort mit Leila und den Kindern in den Komplex zurückkommen. Die Dämonen werden euch angreifen. Winter hatte eine Vision. Hörst du mich? Kommt sofort zurück!"

Er legte auf und drückte den Knopf der Gegensprechanlage neben dem Bett, die ihn mit der Kommandozentrale verband. „Pearce, bist du da?"

„Klar, was gibt's?", erwiderte Pearce durch die knarzende Leitung.

„Orte Aidens Handy. Ich muss wissen, wo er ist."

„Stimmt was nicht?"

„Winter hatte eine Vision, in der er, Leila und die Kinder angegriffen wurden. Ich habe gesehen, wie sie vor weniger als einer Stunde den Komplex verließen."

„Scheiße! Ich bin dran." Das Knarzen der Leitung verstummte.

In der Zwischenzeit rannte Logan zu seinem Schrank, zog eine Hose und ein frisches Hemd heraus und begann, sich anzuziehen. „Winter, zieh dich an."

Das hätte er nicht sagen müssen, denn sie eilte bereits ins Bad, um sich ihre Kleidung zu schnappen.

„Scheiße!", kam Pearces Stimme wieder durch die Gegensprechanlage.

Logan drückte den Knopf. „Wo ist er?"

„Weiß ich nicht. Aber sein Handy ist im Komplex."

„Fuck!" Logan schnappte sich ein Paar Socken, zog sie an und griff dann nach seinen Schuhen. „Alarmiere alle. Sie sollen sich fertig machen. Wir müssen sie finden. Ich bin in einer Minute in der Kommandozentrale."

„Alles klar."

Als er seine Stiefel zuschnürte, blickte er zu Winter, die auch schon fast fertig angezogen war.

„In deiner Vision, hast du da gesehen, wo sie waren?", fragte er.

„Es sah wie ein Geschäft aus, vielleicht in einem Einkaufszentrum. Ich konnte den Namen am Laden nicht lesen." Sie zog ihre Schuhe an. „Aber ich werde ihn erkennen, wenn ich ihn sehe. Wir müssen nur in die richtige Gegend kommen."

„Wir?" Er schüttelte den Kopf. „Du kommst nicht mit uns mit. Auf keinen Fall werde ich dich in Reichweite der Dämonen bringen."

„Du hast keine andere Wahl, Logan! Ich habe gesehen, wo sie sind. Du brauchst mich."

„Dann beschreib mir den Ort. Du musst nicht mitkommen."

„Ich kann dir nicht alles, was ich gesehen habe, beschreiben. Willst du wirklich das Leben der Zwillinge aufs Spiel setzen? Verdammt nochmal, Logan. Ich komme mit. Ich kann sie finden."

Er murmelte etwas zu sich selbst, doch er wusste, dass sie recht hatte. Ohne den Namen des Ladens, zu dem Aiden und seine Familie unterwegs waren, hatten sie keinen Anhaltspunkt. Sie mussten sich auf die Fragmente verlassen, die Winter in ihrer Vision gesehen hatte, und hoffen, dass sie den Ort wiedererkennen würde, wenn sie wieder mit denselben Bildern konfrontiert würde. Ob er es wollte oder nicht, sie musste mitkommen.

„Du wirst mir nicht von der Seite weichen. Ist das klar?"

„Kristallklar", sagte sie.

Er gab ihr eine Jacke. „Zieh das an und lass uns gehen."

29

Bis Logan und Winter die Kommandozentrale erreichten, waren Hamish und Manus bereits zu Pearce gestoßen.

„Wo ist Enya?", fragte Logan.

„Sie muss heute für einen verletzten Krieger in Seattle einspringen", informierte Pearce ihn.

„Verdammt! Was hast du über Aidens Aufenthaltsort herausgefunden?"

„Aidens Handy liegt in der Küche. Er muss es vergessen haben", sagte Hamish.

„Ich hab's auf Leilas Handy versucht", sagte Pearce, „aber es ist nicht eingeschaltet. Sie hat es vermutlich oben in ihrem Quartier gelassen."

„Fuck", fluchte Logan nochmals. Dann deutete er auf den Computerbildschirm. „Kannst du alle Einkaufszentren, die innerhalb von fünfundvierzig Minuten mit dem Auto zu erreichen sind, anzeigen?"

Pearce sah ihn an. „Kannst du die Suche etwas eingrenzen? Es müssen Hunderte von Geschäften sein, die auf diesen Parameter passen."

Winter näherte sich der Konsole. „Ich sah Kleidung. Für Kinder."

Pearce nickte und begann, etwas auf seiner Tastatur zu tippen. „Okay, Kinderbekleidungsgeschäfte. Das hilft ein bisschen." Er deutete auf den Monitor, wo eine Landkarte erschien. Ein Schwarm von roten Punkten war wahllos auf der Karte verstreut, als hätte jemand einen Beutel Murmeln ausgeleert.

„Zu viele", murmelte Winter.

Pearce hämmerte einen weiteren Befehl mit der Tastatur ein und mehrere blaue Linien erschienen, die vom Punkt, der den Komplex markierte, wegführten. Die Linien stoppten in unterschiedlichen Abständen. „Wenn ich die aktuelle Verkehrslage berücksichtige, zeigen diese Linien die maximale Distanz, die jemand mit dem Auto in den letzten fünfundvierzig Minuten hätte fahren können."

„Okay, das ist besser", sagte Logan. „Kannst du die Läden ausblenden, die er nicht hätte erreichen können?"

Pearce tippte auf der Tastatur und eine große Menge der Punkte verschwand. Gleichzeitig zoomte er die Karte größer, damit sie die verschiedenen Standorte besser sehen konnten.

„Kannst du mir eine Satellitenansicht davon geben?", fragte Winter.

„Sicher." Pearce klickte mit der Maus und die Straßen verschwanden. Die roten Punkte und blauen Linien lagen nun auf einer Satellitenansicht von Gebäuden, Grünflächen und anderem Gelände.

„Es war keine Einkaufsstraße", sagte Winter. „Vor dem Fenster des Ladens waren keine Autos."

„Okay, also nur überdachte Einkaufszentren," schlug Logan vor und deutete auf zwei Punkte auf der Karte. „Pearce, sind das die einzigen zwei Einkaufszentren innerhalb der Reichweite?"

„Ja, da bin ich mir ziemlich sicher."

„Geh näher an dieses ran", befahl Logan und wandte sich an Winter. „Kommt dir bei diesem Gebäude irgendetwas bekannt vor?"

Sie schüttelte den Kopf. „Tut mir leid. Von oben sehen sie alle gleich aus."

„Moment mal", sagte Pearce und wechselte zu einem anderen Fenster. „Ich kann die Webseite für das Einkaufszentrum laden und sehen, ob da irgendwelche Fotos sind."

Innerhalb weniger Sekunden hatte Pearce die Webseite geöffnet und deren Fotogalerie gefunden. Er scrollte langsam durch die Fotos, während Winter sie genau ansah. Sie schüttelte immer wieder den Kopf.

„Keins davon kommt mir bekannt vor." Sie sah hoch. „Wie wär's mit dem anderen Einkaufszentrum?"

Pearce suchte nach der Webadresse des zweiten Einkaufszentrums, doch als er sie eintippte, zeigte diese einen 404-Fehler an. „Irgendwas stimmt mit deren Webseite nicht."

„Scheiße!", fluchte Logan. Er sah Winter in

die Augen. „Bist du dir sicher, dass du nichts bei dem ersten Einkaufszentrum erkennst?"

Sie nickte. „Absolut sicher. Es muss das andere sein."

Logan wechselte einen Blick mit seinen Freunden. Hamish nickte, ebenso Manus.

„Okay dann", sagte Logan. Er wandte sich an Pearce. „Du bleibst hier. Versuch's weiter auf Leilas Handy für den Fall, dass sie es dabei hat und einschaltet. Alle anderen, lasst uns gehen." Er öffnete einen Wandschrank, wo mehrere Dolche aufbewahrt wurden. Er nahm zwei für sich selbst und gab Winter einen. „Nur zur Selbstverteidigung. Greif die Dämonen nicht an. Bleib zurück. Verwende ihn nur, wenn sie dich angreifen."

Sie nahm den Dolch entgegen und steckte ihn in ihre Jackentasche.

Die Fahrt zum Einkaufszentrum dauerte viel zu lange, obwohl Hamish alle Verkehrsregeln brach. Leider gab es kein verlorenes Portal in der Nähe des Einkaufszentrums, das sie hätten benutzen können. Und Winter hatte in ihrer Vision nichts gesehen, das die Zeit des Angriffs erahnen ließ. Er konnte sogar schon passiert sein. Logans Herz verkrampfte sich. Er betete, dass sie Aiden und seine Familie rechtzeitig erreichen würden.

Als Hamish auf den großen Parkplatz fuhr und an einem Seiteneingang anhielt, sagte Logan: „Wir gehen unsichtbar hinein. Wir wollen nicht, dass uns die Dämonen sehen oder wir Zuschauern Angst machen. Sorgt dafür, dass Winter euch sehen kann."

Hamish und Manus nickten.

„Jetzt ist es an Winter, den Laden so schnell wie möglich zu finden."

Hamish schaltete den Motor ab und alle sprangen aus dem Wagen.

An der Tür machten sich seine Freunde unsichtbar, während Logan sich selbst und Winter verhüllte. Dann marschierten sie ins Innere des Einkaufszentrums. Wie Logan schon auf der Karte gesehen hatte, war das Einkaufszentrum vier Blocks lang und einen Block breit, mit zusätzlichen Seitenflügeln in der Gebäudemitte. Popmusik dröhnte aus den Lautsprechern an den Wänden und der Decke.

Winter eilte sofort zu der Informationstafel und überflog sie schnell. Sie ging mit dem

Finger durch die Liste der Geschäfte unter der Überschrift Kleidung.

„Zu viele", murmelte sie. „Und die Kinderbekleidungsgeschäfte sind im ganzen Zentrum verstreut. Scheiße!" Sie sah über ihre Schulter und wirkte angespannt.

„Atme, Winter. Konzentriere dich und denk nochmal an die Vision. Hast du irgendwelche Farben gesehen? Irgendwelche Säulen, vielleicht eine Rolltreppe? Oder irgendeinen Stand in der Mitte des Ganges?"

Er beobachtete, wie sie die Augen schloss. Ihre Brust hob und senkte sich. „Etwas Gelbes, direkt vor dem Fenster des Ladens. Es bewegt sich. Ein Elefant." Sie öffnete die Augen. „Das macht keinen Sinn."

Doch Logan wandte sich schon an Hamish und Manus. „Haltet eure Augen offen nach irgendetwas Gelbem. Vielleicht ein Kinderspielzeug, ein Elefant, auf dem man reiten kann." Dann nahm er Winters Hand und zusammen eilten sie eine Seite des Gangs entlang, während Manus und Hamish parallel zu ihnen an der anderen Seite entlang rannten.

Bei jedem Kinderbekleidungsgeschäft

hielten sie kurz an und sahen hinein, bevor sie weiterliefen. Mit jedem Meter, den sie schafften, klopfte Logans Herz wilder.

Sie erreichten einen der Seitenflügel und Logan blickte dessen Gang hinunter zum Ende. Es gab nur einen Stand in der Mitte des breiten Gangs, sowie eine Werbetafel mit rotierenden elektronischen Anzeigen, doch kein Kinderspielzeug, das wie ein Elefant aussah.

„Dort hinten ist nichts", sagte Logan zu Winter und bedeutete ihr, dass sie weitergehen sollte.

„Warte!"

Winters Stimme schreckte ihn auf und ließ ihn über seine Schulter schauen.

Winter hatte Logan schon folgen wollen, als ihr etwas Gelbes ins Auge stach. Sie wirbelte in diese Richtung herum: die Werbetafel. Sie hatte gerade zu einem Bild mit gelbem Hintergrund gewechselt, um für ein Reisebüro zu werben. Sie hielt inne und deutete darauf. „Gelb!"

„Aber da ist kein Kinderspielzeug dort hinten."

Er hatte recht, doch irgendetwas brachte sie dazu, abzuwarten und weiter auf die Werbetafel zu starren. Endlich wechselte das Bild und da war es: eine Anzeige, die einen Elefanten zeigte, der über die afrikanische Steppe marschierte.

„Das ist der Elefant. Es ist dort. Dort hinten", rief sie aufgeregt. Ihr Puls raste.

In ein paar Augenblicken würde sie wieder auf die Dämonen treffen und das machte ihr Angst. Doch das Leben zweier Kinder stand auf dem Spiel und sie konnte nicht einfach untätig zusehen. Sie eilte den Gang des Seitenflügels hinab in Richtung Werbetafel.

„Winter! Verdammt!" Logan rannte ihr nach und holte sie ein. Er schnappte sie am Arm, dann legte er einen Finger auf das Kommunikationsgerät in seinem Ohr. „Hamish, Manus, den östlichen Seitenflügel hinab, am Ende. Gegenüber der Werbetafel."

Sie konnte ihre Antwort nicht hören, doch sie nahm an, dass sie herkommen würden, und ging weiter. Noch ein paar Schritte und sie und Logan konnten den Laden gegenüber der

Werbetafel sehen. Es war in der Tat ein Kinderbekleidungsgeschäft. Bunte Dekoration schmückte das große Schaufenster und blockierte die Sicht in den Laden, sodass sie sich der Tür nähern mussten, um hineinsehen zu können.

Winter presste sich ihre Hand auf den Mund, um einen Aufschrei zu ersticken. Dort, in der Nähe der Kasse lag eine blonde Frau in einer Blutlache. Sie lag auf dem Bauch und so konnte Winter ihr Gesicht nicht erkennen.

Bitte lass es nicht Leila sein!

Winters Blick wanderte an der toten Frau vorbei zum hinteren Teil des Ladens und dort sah sie sie: die Dämonen. Soweit sie sehen konnte, waren es drei. Aiden hielt sie sich so gut er konnte vom Halse, doch er war verletzt. Die Kinder waren nirgends zu sehen.

Logan stürmte an Winter vorbei in den Laden, sprang zu einem der Dämonen und riss ihn von Aiden herunter. Er schlitzte ihm die Kehle auf. Ein zweiter Dämon wirbelte herum und zielte mit dem Dolch auf Logan.

Winter rannte in den Laden und suchte verzweifelt nach den Zwillingen, damit sie sie aus der Schusslinie bringen konnte. Sie beugte sich über den Kassentresen, um zu sehen, ob die beiden sich dahinter versteckten, doch dort war niemand. Dann bemerkte sie aus dem Augenwinkel eine Bewegung und drehte hastig den Kopf in Richtung Tür. Hamish und Manus stürmten herein.

Winter schaute zurück zu Logan und den Dämonen. Logan kämpfte mit einem Dämon, während Aiden Schwierigkeiten hatte, sich gegen den anderen zur Wehr zu setzen, denn einer seiner Arme hing schlaff an seiner Seite. Entsetzt bemerkte sie, dass der Dämon mit seinem Dolch auf den verletzten Hüter zielte, dann jedoch mitten in der Bewegung stoppte. Hamish hatte ihn von hinten geschnappt, zurückgerissen und schlitzte ihm jetzt von Ohr zu Ohr die Kehle auf.

Ihr Magen drehte sich um, als sie sah, wie das grüne Blut aus der toten Kreatur spritzte. Sie sah weg und ihr Blick landete bei Logan, der den dritten Dämon erledigt hatte.

„Ihr habt mir keinen übrig gelassen", beschwerte sich Manus und wedelte seinen unbenutzten Dolch in der Luft herum.

Hamish eilte zu Aiden und legte einen Arm um dessen Taille, damit er nicht zusammenbrach. „Leila, die Kinder?"

Aiden deutete zum hinteren Teil des Ladens, wo Winter erst jetzt eine Tür bemerkte. „Lagerraum", presste Aiden heraus. Dann schaute er zu der Stelle, wo die blonde Frau lag. „Ich konnte die Ladenbesitzerin nicht retten."

Manus öffnete die Tür zum Lagerraum. „Leila, Xander, Julia, die Luft ist rein."

Leila streckte ihren Kopf heraus, während die Kinder sich an ihre Beine klammerten. Als ihr Blick auf ihren Mann fiel, atmete sie erleichtert auf. „Oh, Gott."

Manus hob Julia in seine Arme und Xander rannte zu seinem Vater. Mit Tränen in den Augen legte Leila die Arme um ihren Mann.

Aiden sah seine Kameraden an. „Woher wusstet ihr, dass wir in Schwierigkeiten waren?"

Drei Augenpaare – Hamishs, Manus' und Logans – blickten zu Winter.

„Winter hatte eine Vision", sagte Logan.

Aiden sah sie direkt an. „Ich verdanke dir das Leben meiner Familie."

Winter seufzte, während Tränen in ihren

Augen brannten. „Jetzt ist alles gut. Es ist vorbei." Doch ihr Herz donnerte immer noch wie wild. Sie hatte den Tod der Ladenbesitzerin nicht verhindern können. Sie schaute nochmal zu der toten Frau und erschauerte, als sie Logans Hand auf ihrem Arm spürte.

„Wir müssen hier aufräumen, aber wir machen so schnell wir können", sagte er. Dann beugte er sich näher zu ihr. „Das hast du gut gemacht, sehr gut. Du hast das Leben von Barclays Familie gerettet. Er wird seine Entscheidung ändern."

„Seine Entscheidung?", fragte Aiden hinter ihnen.

Winter sah ihn an und Logan tat das selbe.

„Mein Vater hat dafür gestimmt, Winter am Leben zu lassen."

„Du hast mit ihm über Winter gesprochen?"

Aiden schüttelte den Kopf und zuckte vor Schmerz zusammen. „Es ist nicht, was du denkst. Er ruft mich manchmal an und spricht mit mir über schwierige Entscheidungen, die er treffen muss. Nachdem sie über Winters Schicksal abgestimmt hatten, rief er mich an, ohne mir Namen zu nennen oder zu erwähnen, um was es genau ging. Die Wahl hatte ihn aufgewühlt. Er sagte, dass er mit der Minderheit abgestimmt hätte, doch dass er als Ratsvorsitzender sicherstellen müsse, dass Ratsbefehle ausgeführt würden. Es tut mir leid. Aber er ist nicht derjenige, den du umstimmen musst." Er lächelte Winter zu. „Er weiß bereits, wie wertvoll du bist. Aber verzweifle nicht. Dieser Vorfall heute könnte trotzdem ein anderes Ratsmitglied davon überzeugen, seine oder ihre Stimme zu ändern. Ich werde dein Kronzeuge sein."

„Danke, Aiden", sagte Winter und erzwang ein Lächeln.

„Nein, danke dir."

Während Hamish und Manus sich daran machten, die toten Dämonen in große, schwarze Mülltüten einzuwickeln, die sie im Lagerraum gefunden hatten, kümmerte Leila sich um Aidens Verletzungen. Die Kinder saßen auf dem Boden und spielten mit Spielzeug aus dem Laden.

„Es gibt eine Überwachungskamera", sagte Logan. „Wir müssen die Aufzeichnung finden."

„Ich sah elektronische Geräte im Lagerraum", sagte Leila.

„Danke." Logan verschwand im Lagerraum.

Winter ging zur Ladentür und drehte das Schild um, damit es *Wir haben leider geschlossen* anzeigte, dann schloss sie die Tür. Sie wollte sich gerade wegdrehen, um sich um die Kinder zu kümmern, als ein Rollstuhl in ihrem Blickwinkel erschien. Sie schaute den breiten Gang hinunter. Eine ältere Frau fuhr langsam in einem elektrischen Rollstuhl am Laden vorbei. Ihr Blick war nach vorne gerichtet und auf ihrem Schoß lag eine Stricktasche. Winter starrte die Tasche an. Ihre Großmutter hatte dieselbe gehabt: blau und orange mit grünen und braunen Streifen. In den Siebzigern war das der letzte Schrei gewesen, doch heutzutage fiel so etwas auf wie ein bunter Hund.

Sie zuckte mit den Schultern und wollte sich gerade abwenden, als etwas sie innehalten ließ. Sie schaute wieder zu der Tasche, doch jetzt lag diese Tasche nicht mehr auf dem Schoß der Frau im Rollstuhl. Sie lag auf einem Stuhl neben einem Krankenbett. Dem Krankenbett ihrer

Großmutter. Und dort im Bett lag ihre Großmutter. Die Krankenhausangestellten hatten ihre Arme ans Bett gefesselt, damit sie weder sich, noch jemand anderem wehtun konnte.

Winters Kehle schnürte sich zu. Grandma sah so verwundbar aus.

Ein Herzmonitor piepte regelmäßig.

Ein Geräusch an der Tür ließ Winter ihren Kopf wenden. Die Tür ging auf und unwillkürlich wich sie zurück in den Schatten des Raumes. Ein Mann trat ein. Er war groß und athletisch und trug Straßenkleidung. Er war weder ein Arzt noch einer der Pfleger, die sich um Winters Großmutter kümmerten. Er trat näher ans Bett und zog etwas aus seiner Tasche.

Winter starrte darauf. Es war eine Spritze. Schwer atmend ging sie zur anderen Seite des Bettes, bis sie dem Mann fast unmittelbar gegenüber stand und sein Gesicht sehen konnte. Sie erstarrte und jeder Tropfen Blut gefror in ihren Adern. Der Mann im Zimmer ihrer Großmutter, der Mann, der eine Spritze in der Hand hielt, war Logan.

Sie versuchte zu schreien, doch kein Laut

kam über ihre Lippen. Sie konnte nur hilflos mitansehen, wie Logan die Nadel in den Arm ihrer Großmutter stach und ihr die Spritze verabreichte.

Ihre Großmutter bäumte sich auf und ein würgendes Geräusch kam aus ihrer Kehle. Eine Sekunde später sank sie schlaff ins Bett zurück. Der Herzmonitor schlug mit einem hohen Dauerton Alarm. Nulllinie. Logan hatte ihre Großmutter getötet. Eine hilflose Frau im Schlaf getötet.

Plötzlich war der Raum verschwunden. Winter wirbelte herum. Sie war wieder im Laden.

Logan kam aus dem Lagerraum. „Ich habe die Aufzeichnung gelöscht.“

„Wir sind hier auch fast fertig“, sagte Manus.

Winter starrte immer noch Logan an, der sie nun endlich ansah. Mit einem fragenden Blick kam er auf sie zu. „Alles in Ordnung, Liebste?“

Wie konnte er es wagen, sie Liebste zu nennen? Oh Gott, sie hatte mit dem Mörder ihrer Großmutter geschlafen. Mit dem Mann, der ihr das letzte Familienmitglied geraubt hatte.

„Du hast sie getötet.“

„Was?" Er sah verdutzt aus.

„Ich habe dich gesehen. Ich habe dich in ihrem Zimmer gesehen. Du hast ihr Gift gespritzt. Du hast sie umgebracht."

Ein Ausdruck des Grauens überzog Logans Gesicht. Da wusste sie es. Er wusste es auch. Es war wahr.

„Du hast meine Großmutter umgebracht."

Tränen verschleierten ihren Blick.

„Winter, das kann ich erklären."

„Erklären? Du hast sie getötet! Du hast eine unschuldige Frau getötet! Ich hasse dich!", schrie sie und wirbelte herum.

Sie riss die Tür auf. Sie musste von hier weg. Sie konnte nicht mit Logan im selben Raum sein. Sie drohte zu ersticken.

„Winter, bitte!"

Sie rannte aus dem Laden und wandte sich dem Ausgang des Einkaufszentrums zu. Sie kam nicht weit. Sie spürte eine Hand ihren Arm umklammern.

„Lass mich los, Logan!", schrie sie und drehte ihren Kopf wütend zu ihm.

Doch das war nicht Logan. Grüne Dämonenaugen starrten sie an. „Erwischt!"

Der Dämon machte eine Bewegung mit der Hand und plötzlich erschien ein Wirbel aus Nebel und Wind wie aus dem Nichts. Ein Vortex.

„Neiiiiiiiin!"

Es war nicht Winter, die schrie, sondern jemand anderer. Es war Logans Stimme.

Doch der Dämon zerrte sie bereits in den Vortex und sie verlor jegliche Orientierung. Panik übernahm ihren Körper. Eine weitere Vision wurde nun Realität: Der Dämon entführte sie in die Unterwelt.

30

Logan rannte zum Vortex, bereit hineinzuspringen. Er stürzte darauf zu, spürte den kalten Nebel an seinen Fingerspitzen, katapultierte sich vorwärts – und landete auf dem Steinboden. Der Vortex hatte sich geschlossen und war verschwunden. Und mit ihm Winter. Von den Dämonen verschleppt. Weg.

„Fuck!"

„Scheiße!", echote Manus hinter ihm. „Sie müssen einen Späher gehabt haben."

Logan wandte sich um. „Wir müssen sie zurückbekommen. Ich muss sie zurückholen."

„Unmöglich", sagte Manus mit Bedauern in der Stimme. „Wir sitzen in der Scheiße."

„Ich gebe nicht auf. Ich hole sie zurück."

„Aus der Unterwelt?" Manus schüttelte den Kopf. „Es ist aus, Logan. Wir haben Scheiße gebaut."

„*Wir*?" Logan schüttelte den Kopf. „Du hast nichts falsch gemacht. *Ich* hab Scheiße gebaut. Ich habe alles verbockt. Wenn ich es ihr sofort gesagt hätte, dann wäre sie nie hier draußen gewesen."

„Also ist es wahr, was sie gesagt hat, dass du ihre Großmutter getötet hast?"

Logan ließ den Kopf hängen. „Sie war auch eine Seherin. Die Dämonen hatten sie schon am Haken. Ich tat, was mir befohlen wurde. Sie war nicht mehr zu retten. Doch ich wusste nicht, dass sie Winters Großmutter war. Das fand ich erst vor ein paar Stunden heraus."

„Oh, verdammt!"

„Ja, verdammt!" Und jetzt musste er alles wieder geradebiegen. Er konnte nicht zulassen, dass Winter in der Unterwelt litt. Er musste sie retten. „Ich muss einen Weg in die Unterwelt finden."

„Es gibt keinen Weg."

„Es muss einen geben. Winter hatte eine Vision. Sie sah mich, wie ich ihr in der Unterwelt zu Hilfe kam. Es muss einen Weg hinein geben."

Vehement schüttelte Manus den Kopf. „Das ist Selbstmord. Selbst wenn du einen Weg hinein findest – und den gibt es nicht – kein Hüter der Nacht war je in der Unterwelt."

Logan erstarrte. „Da liegst du falsch. Virginia. Sie und Wesley. Sie waren dort unten. Und sie kamen wieder zurück."

Manus' Augen weiteten sich. „Das war ein Unfall. Und niemand hat seitdem versucht, es zu wiederholen."

„Dann muss jemand das jetzt tun."

„Du bist wahnsinnig."

Nein, er war nicht wahnsinnig. Er hatte Angst um Winter, Angst davor, was die Dämonen ihr antun könnten. Sie musste so schnell wie möglich von dort weg. „Ich gehe nach San Francisco."

Er wartete nicht auf eine Antwort, sondern eilte bereits zum Seitenausgang, wo das Auto geparkt war.

Obwohl er das Portal im Komplex benutzte, um nach San Francisco zu reisen, brauchte Logan fast zwei Stunden, bis er Wesleys Haus erreichte. Er hatte zuvor angerufen und Wesley mitgeteilt, dass er auf dem Weg zu ihm wäre und ihn um die Anwesenheit von Virginia gebeten, die aber nicht wissen sollte, dass er unterwegs sei. Er wollte nicht, dass sie den Rat alarmierte. Nachdem er Wesley gesagt hatte, dass es um Leben und Tod ginge, hatte der Hexer nicht weiter nachgefragt.

Als Logan das Haus betrat und in Wesleys Wohnzimmer hereinmarschierte, ohne die Tür oder die Klingel zu benutzen, starrte Virginia ihn ungläubig an.

„Was zum Teufel, Logan?" Ihre Hand bewegte sich bereits zum Dolch an ihrer Hüfte. Wie so oft trug sie die schwarze Uniform der Vollstrecker, der Elite-Polizei der Hüter, der sie einmal angehört hatte.

„Langsam, Baby", sagte Wes und legte seine Hand auf ihren Arm. „Ich habe das Gefühl, dass Logan unsere Hilfe braucht."

Sie warf ihm einen misstrauischen Blick zu. „Du wusstest, dass er kommt? Deshalb wolltest du also, dass ich hier bin.“

Wes zuckte mit den Schultern. „Hör ihn zuerst einmal an, bevor du mich oder ihn erdrosselst.“

Logan konnte sehen, dass Virginia vor Wut kochte, doch sie schien sich unter Kontrolle zu bekommen und sagte knapp: „Na gut.“ Sie hob ihr Kinn in Logans Richtung. „Sprich und mach's schnell. Du bist immer noch ein Flüchtling, und ich habe vor dich auszuliefern.“

„Das ist mir schon klar. Aber ich hoffe, deine Meinung zu ändern.“

Virginia setzte sich auf die Couch und deutete zum Sessel. Logan hockte sich ihr gegenüber, während Wesley sich auf der Armlehne des Sofas niederließ und seinen Arm lässig auf die Rückenlehne hinter Virginia legte.

Logan holte tief Luft. „Die Seherin, die ich töten sollte, wurde vor etwa zwei Stunden von den Dämonen gekidnappt.“

Virginia beugte sich vor. „Verdammt nochmal! Das ist genau der Grund, warum der Rat entschieden hat, sie zu töten. Fuck!“

„Aber *du* hast nicht so abgestimmt. Du hast abgestimmt, sie leben zu lassen.“

Sie verengte ihre Augen. „Woher weißt du das? Die Abstimmungen des Rats sind geheim."

„Ich konnte es spüren, als ich dem Rat meinen Fall vortrug. Deshalb komme ich zu dir. Weil ich weiß, dass du mir eine Chance geben wirst."

„Eine Chance? Logan, die Dämonen haben sie! Weißt du, was das bedeutet?"

Dessen war er sich sehr bewusst. Doch er konnte es sich nicht erlauben, jetzt mit ihr zu diskutieren. Er musste einen klaren Kopf behalten, wenn er Winter retten wollte. „Ich habe vor, sie zurückzuholen."

„Aus der Unterwelt?" Virginia starrte ihn an, als wären ihm Hörner und ein Schwanz gewachsen.

„Und du und Wesley, ihr werdet mir dabei helfen. Ihr Zwei seid die einzigen von uns, die je in der Unterwelt waren. Mit eurer Hilfe werde ich dort hinunter kommen und sie herausholen."

Virginia japste nach Luft.

„Du bist absolut verrückt!", rief Wesley aus.

„Wir haben es kaum lebendig wieder raus geschafft. Und du willst freiwillig da runter? Hast du deinen verdammten Verstand verloren?"

„Nein, habe ich nicht. Aber ich weiß, dass es mir bestimmt ist, Winter zu retten. Sie hat es gesehen."

„In ihren Visionen? Also hat der Zauberspruch funktioniert?", fragte Wesley aufgeregt.

Virginia wirbelte ihren Kopf herum zu ihrem Mann. „Zauberspruch? Du hast einen Zauberspruch für sie gemacht? Hinter meinem Rücken?"

„Oops."

„Verdammt nochmal, Wes! Das hättest du mir sagen sollen!"

„Wenn ich dir davon erzählt hätte, dann hättest du es dem Rat berichten müssen. Denk doch darüber nach, Babe, ich wollte dich nur da heraushalten."

„Darüber sprechen wir später."

Sie richtete ihren Blick wieder auf Logan und Wesley nutzte die Gelegenheit, um ihm zuzuzwinkern. Er schien nicht allzu besorgt zu sein, dass es ihm nicht gelingen würde, sich bei Virginia herauszureden, damit sie ihn nicht zu hart strafen würde.

„Es tut mir leid", sagte Logan schnell. „Ich hatte nicht vor, zwischen euch Zwietracht zu säen. Aber ich wusste nicht, wo ich sonst hin sollte."

„Hmm", grummelte Virginia. „Also, was willst du?"

„Ich muss wissen, wie ihr Zwei es in die Unterwelt geschafft habt."

„Aber das weißt du doch schon. Es war ein Unfall", sagte Virginia.

„Das glaubst du. Aber du musst irgendetwas getan haben, das euch in die Unterwelt versetzt hat. Selbst wenn du es unbewusst getan hast. Etwas hat euch in Zoltans Höhle katapultiert. Und ich muss herausfinden, was das war. Ich muss zu Winter. Ich muss sie dort rausholen."

Virginia warf ihm einen sonderbaren Blick zu. „Hier geht's nicht nur darum, dass sie eine Seherin ist und du deinen Fehler wiedergutmachen willst, oder?"

Er schüttelte den Kopf.

„Du liebst sie", sagte Wes.

Logan sah seine Gastgeber an. Er musste nicht einmal nicken oder etwas sagen, denn er wusste, dass sie es in seinen Augen sehen konnten. „Helft ihr mir?"

„Okay." Virginia wechselte einen Blick mit Wesley. „Als der Ratskomplex von den Dämonen angegriffen wurde, war ich wütend. Ich verdächtigte Wes, dass er den Dämonen irgendwie unseren Standort preisgegeben hatte –"

„– was später als falsch bewiesen wurde", unterbrach Wes schnell.

„Ja", gab Virginia zu. „Doch zum Zeitpunkt des Angriffs war ich außer mir vor Wut. Wut auf ihn und auf die Dämonen. Ich wollte Wes umbringen, deshalb rannte ich zu seiner Zelle und öffnete sie. Ich machte den Fehler, in die Bleizelle hineinzugehen …"

Logan nickte. „Das Blei hat deine Kräfte ausgelaugt, dich geschwächt."

„Das war mein Glück", sagte Wes, „sonst wäre ich jetzt tot."

„Jedenfalls", fuhr Virginia fort, „hat uns ein Dämon angegriffen, während wir in der Zelle waren. Ich war nicht stark genug, doch Wes hat mich letztendlich vor ihm gerettet. Er bewies mir, dass er nicht mit den Dämonen zusammen gearbeitet hat." Sie wechselte einen zärtlichen Blick mit Wesley. „Als der Selbstzerstörungsalarm erklang, rannten wir zum Portal. Wir waren die letzten zwei im Ratskomplex. Wir schafften es ins Portal hinein, doch es dauerte eine Ewigkeit, bis das Portal sich schloss. Der Countdown hatte schon begonnen."

„Worauf hast du dich konzentriert, als du im Portal warst? Auf welchen Zielort?", fragte Logan gespannt.

Virginia zuckte mit den Schultern. „Ich weiß es nicht. Ich wollte nur dort raus, bevor alles in die Luft flog. Ich war auf die Dämonen wütend. Ich wollte ihnen richtig in den Arsch treten."

„Ja, das wollten wir alle, als wir davon hörten."

„Das war alles, woran ich denken konnte, und dann erbebte das Portal und wir wurden umhergeschleudert. Zuerst dachte ich, dass wir mit dem Portal in die Luft geflogen sind und in den Trümmern begraben waren, doch es wurde ziemlich schnell klar, dass das Portal uns in die Unterwelt transportiert hatte."

„Die Explosion war riesig", fügte Wes hinzu.

„Sag mir nochmal genau, woran du gedacht hast, als das Portal in die Luft flog", verlangte Logan.

Virginia seufzte. „Das habe ich dir doch schon gesagt. Ich wollte den Dämonen den Arsch versohlen. Ich wollte dort runter und sie zu Brei schlagen."

Logan sprang auf. „Das ist es!"

Virginia starrte ihn an, sagte jedoch nichts.

Wesley fragte: „Was?"

„Virginia hat gerade gesagt, dass sie daran dachte, in die Unterwelt zu gehen, um den Dämonen den Arsch zu versohlen. Sie war wütend, voller Zorn und Hass, und dann flog das Portal in die Luft."

Wes erhob sich. „Ich glaube, ich weiß, worauf du hinaus willst." Aufgeregt fuhr er fort: „Der Grund, warum wir in der Unterwelt landeten, waren drei Dinge: die Explosion, Virginias Wut zusammen mit dem Gedanken, in die Unterwelt zu gehen, um die Dämonen zu verprügeln und voilà: Wir landeten in der Unterwelt."

Logan nickte. „Eine starke Emotion, die Freisetzung von massiver Energie und im Portal die Konzentration auf den Zielort. Bring diese drei Dinge zusammen und du kannst die Unterwelt betreten." Er sah Virginia an, die kein Wort gesagt hatte, seit Wesley und er ihre Spekulationen angestellt hatten. „Glaubst du nicht auch, dass das funktioniert, Virginia?"

„Du meinst, dich in ein Portal stecken und es in die Luft jagen?", fragte sie mit gehobenen Augenbrauen.

„Genau."

„Es wird nicht funktionieren", behauptete sie.

„Aber es hat für dich und Wes funktioniert", protestierte Logan. „Wir müssen es nur versuchen. So muss es sein. Es muss funktionieren."

„Du wirst dabei sterben", sagte sie.

„Das kannst du nicht wissen."

Virginia schoss von der Couch hoch. „Aber ich weiß es."

Ihre Worte ließen ihn stutzen. „Was willst du damit sagen?"

Virginia schien verärgert.

„Was verschweigst du uns, Babe?", fragte Wesley und ging auf seine Frau zu.

Virginia sah zuerst Wes an, dann Logan. „Verdammt nochmal! Wir haben's versucht, okay? Der Rat hat es herausgefunden, nachdem wir aus der Unterwelt zurück waren. Ich traf mich mit den intelligentesten Denkern unseres Volkes zu einer Nachbesprechung und wir zerlegten den gesamten Ablauf. Und wir haben es herausbekommen. Aber es hat nicht funktioniert."

„Wie konntet ihr das wissen?", fragte Logan.

Ein trauriger Ausdruck huschte über Virginias Gesicht. „Wir hatten einen Freiwilligen, einen Krieger, der bereit war, unser Versuchskaninchen zu spielen. Er hat genau das getan, was du jetzt auch vorschlägst. Er ging in das Portal, konzentrierte sich auf seinen Hass für die Dämonen und wir jagten ihn in die Luft." Sie blinzelte, als wäre die Erinnerung daran zu schwer zu ertragen. „Wir fanden seine in

Stücke gerissene Leiche in den Trümmern des Portals. Er hat's nicht geschafft, Logan, es hat nicht funktioniert."

Logan seufzte und ließ den Kopf hängen. „Und er tat alles, was ihr damals getan hattet?" Er hob seinen Kopf und sah, dass Virginia nickte.

„Es tut mir leid, Logan. Aber ich kann nicht zulassen, dass du dein Leben so leichtsinnig aufs Spiel setzt."

„Warum hast du mir das nie erzählt, Babe?", fragte Wes.

Virginia sah ihren Mann an. „Der Rat wollte die Sache geheim halten. So ein Misserfolg hätte eine demoralisierende Wirkung auf das Volk gehabt."

Logan kniff die Augen zusammen. „Aber Winter, sie sah, dass ich kommen würde. Sie sah, dass ich sie gerettet habe."

„Ihre Vision muss falsch sein", sagte Virginia.

Logan wandte sich ab, denn er fürchtete, dass seine Emotionen ihn überwältigen könnten. Wie konnte er jetzt aufgeben, wo Winter ihm doch alles bedeutete? Sie besaß sein Herz. Sie *war* sein Herz. Die Liebe, die er für sie empfand ...

Er wirbelte herum. „Liebe", murmelte er, dann starrte er Virginia und Wesley an, denn er erinnerte sich plötzlich an etwas. „Drake sagte, dass die Liebe die stärkste Emotion sei, dass sie Berge bewegen könne, weil sie unendliche Energie liefere. Euer Freiwilliger ... er hatte nur Hass und er befand sich nicht in einer Situation, in der es um Leben oder Tod ging. Glaubst du wirklich, er hat sich in einen Zustand versetzen können, der ihm genug Hass lieferte, um das Portal reagieren zu lassen? Ich wette, das war euer Problem. Denn als du und Wes aus dem Ratskomplex fliehen musstet, ging es um Leben und Tod. Deine Emotionen waren auf dem Gipfel. Dein Hass war an seinem höchsten Punkt."

„Das ist verrückt", sagte Virginia.

Logan schüttelte den Kopf. „Vielleicht, aber es wird funktionieren. Ich liebe Winter. Und Liebe ist stärker als Hass. Liebe ist mächtiger. Sie wird mich in die Unterwelt katapultieren. Denn das muss sie. Winter braucht mich. Sie wartet auf mich."

„Du bist absolut verrückt", sagte Virginia. „Verdammt, selbst wenn es funktioniert, hast du keinerlei Garantie, wieder lebend aus der Unterwelt zurückzukommen."

„Ihr habt es heraus geschafft. Winter und ich werden es auch schaffen."

Oder sie würden zusammen sterben.

31

Die kleine, höhlenartige Zelle war schlecht beleuchtet. Es war nicht kalt, doch Winter fröstelte trotzdem. Ihre Jacke war weg und damit auch der Dolch in der Jackentasche. Der Boden unter ihren Füßen war uneben, die Decke zerklüftet. Der Grundriss der Zelle war nicht symmetrisch, sondern von der Natur geformt, von sich verschiebenden, tektonischen Platten. Es gab Sauerstoff hier unten, doch mit dem intensiven Gestank von Schwefel und anderen Gasen vermischt, die von der Erdaktivität durch Risse im Gestein freigesetzt wurden. Erdwärme heizte diesen Ort und lieferte vermutlich auch

Energie, die die Bewohner dieses Untergrundlabyrinths für alle möglichen anderen Zwecke benötigten. Sie wusste, wo sie sich befand. Sie hatte es viele Male in ihren Visionen gesehen. Es gefürchtet. Dies war die Unterwelt, der Ort, den die grünäugigen Dämonen ihr Zuhause nannten.

Alles, was sie in ihren Visionen gesehen hatte, wurde wahr. Nur, dass die Realität noch schlimmer war. In ihren Visionen hatte sie gesehen, wie Logan die Dämonen getötet hatte. Doch sie wusste jetzt, er würde nicht mehr kommen. Nicht jetzt, wo sie wusste, dass er ihre Großmutter umgebracht hatte. Er hatte nun keinen Grund mehr, zu kommen, um sie zu retten. Er würde sein Leben nicht für eine Frau riskieren, die ihn hasste. Sein Verrat hatte ihr mehr als alles andere in ihrem Leben weh getan. Er hatte sie angelogen, sie die ganze Zeit belogen, um seine grausame Tat zu verheimlichen.

Das Geräusch von schweren Stiefeln auf Steinboden, ließ sie ihren Kopf zu der dicken Holztür wenden, die aussah, als gehörte sie in eine mittelalterliche Burg. Ein Schlüssel wurde im Schloss umgedreht und einen Augenblick später ging die Tür nach außen auf und ein Dämon erschien, der fast den ganzen Türrahmen ausfüllte. Das war nicht derselbe Dämon, der sie in den Vortex geschleppt hatte.

„Du! Komm!"

Die Worte waren keine Einladung. Sie hatte keine Wahl. Sie musste tun, was er sagte. Er ließ sie vor ihm die Zelle verlassen und forderte sie auf, den Gang hinunterzugehen, während er ihr folgte wie lästiges Klopapier, das an einem nassen Schuh klebte. Ab und zu schoss seine Hand vor und dirigierte sie in Richtung eines anderen Korridors. Er grunzte missbilligend, wann immer sie nicht schnell genug reagierte. Sie hatte die Tunnel schon vorher gesehen. In ihren Visionen. Dies war das weitläufige Tunnelsystem der Unterwelt. Sie hatte es gezeichnet.

„Stopp!" Der Befehl kam wie ein Schlag ins Gesicht.

Ihr Herz begann wie wild zu schlagen.

Der Dämon drückte sich an ihr vorbei und sein abscheulicher Körper rieb sich an ihr, sodass ihr die Galle hochkam. Er klopfte an eine

Tür, die sie nicht einmal gesehen hatte. Eine Stimme von drinnen lud sie ein und der Dämon öffnete die Tür weit, doch Winter konnte nicht an ihm vorbei ins Innere sehen.

„Die Seherin, oh Großmächtiger."

„Schick sie herein."

Der brutale Dämon wich zur Seite und zerrte sie am Oberarm. Er schubste sie nicht besonders sanft in den Raum, fast als würde er seinem Vorgesetzten beweisen wollen, dass er sie ohne jegliche Freundlichkeit oder Rücksicht behandelte. Nicht, dass er dies getan hätte. Und jetzt wollte er diese Tatsache nochmal ausdrücklich unterstreichen.

„Entlassen", sagte der Dämon, der hinter einem riesigen Schreibtisch saß.

Winter hörte kaum, wie die Tür hinter ihr geschlossen wurde, denn ihr Fokus lag nun auf dem Dämon, den der andere *Großmächtiger* genannt hatte. Dies musste ihr Anführer sein. Sie musterte ihn sorgfältig. Genau wie die anderen Dämonen, denen sie begegnet war, hatte er giftgrüne Augen. Er war ein großer Mann, breitschultrig, muskulös, stark. Sein dunkles Haar war kurz, das Gesicht glatt rasiert, obwohl ein dunkler Schatten um Kinn und Mund darauf hinwies, dass, wenn er sich einen Bart wachsen lassen wollte, dieser genauso dunkel und dick wie sein Kopfhaar sein würde.

Er war wie ein Guerillakrieger angezogen und erinnerte sie an einen jungen Fidel Castro. Er strahlte Selbstvertrauen und Stärke aus. Doch etwas anderes, das sie von einem Dämon nicht erwartet hätte, fiel ihr auf. Er war gut aussehend. Wie ein Filmstar.

Sie versuchte, den Gedanken abzuschütteln. Sie durfte doch so eine abscheuliche Kreatur nicht attraktiv finden. Hatte sie Halluzinationen?

Er erhob sich jetzt und ging auf sie zu, während sich ein lässiges Lächeln auf seinen Lippen formte. „Miss Collins, ich entschuldige mich für die grobe Behandlung durch meine Untertanen", sagte er mit einer tiefen, beruhigenden Stimme, die jeden Radiosprecher eifersüchtig machen könnte. „Ich habe versucht, ihnen Manieren beizubringen, aber leider ist das zwecklos. Ich lasse gerade ein luxuriöseres Quartier für Sie herrichten."

Als er nach ihrer Hand griff, war sie zu gelähmt, um sie ihm zu verweigern. Seine

Berührung war warm und sanft. Sie verstand nun, dass dieser Dämon viel gefährlicher war als seine Untertanen. Dieser Dämon hatte Charisma und wusste es zu benutzen. Genau wie so viele Serienmörder, die so ihre arglosen Opfer in die Falle gelockt hatten. Doch sie würde nicht darauf hereinfallen. Sie wusste es besser. Sie wusste, zu was die Dämonen fähig waren.

„Es ist mir ein Vergnügen, Sie endlich kennenzulernen", sagte er und schüttelte ihr die Hand, bevor er sie wieder freigab. „Nennen Sie mich Zoltan. Darf ich Sie Winter nennen? So ein hübscher Name. So ungewöhnlich und doch so passend für eine Frau wie Sie."

Oh Gott! Flirtete er mit ihr? Dachte er, dass dies ein Date und keine Entführung wäre? Wie krank! Absolut krank!

„Sie haben mich entführt!", knurrte sie mit verkrampftem Kiefer.

Noch ein charmantes Lächeln, doch dahinter sah sie seine kaum gezügelte Wut. „Nun, nun, Winter, lassen Sie uns doch unsere Freundschaft nicht mit Anschuldigungen beginnen."

„Ich bin nicht Ihre Freundin! Ich bin Ihre Gefangene!"

Er verengte seine Augen etwas, doch dann schien er sich wieder zu entspannen. Sie war noch nie einem Mann begegnet, der über so eine eiserne Selbstkontrolle verfügte, wo sie doch wusste, dass er ihren Widerstand mit roher Gewalt zermalmen konnte. Aber dieser Dämon, dieser Zoltan, wie er sich nannte, war schlau. Er hatte einen Plan.

„Ich werde das wieder gut machen. Wie ich schon sagte, sind meine Untergebenen etwas ungehobelt und wissen nicht, wie man mit Ehrengästen umgeht." Er deutete zur Tür. „Doch jetzt ist es Zeit für das Abendessen. Ich bin sicher, Sie haben Hunger. Ich habe extra einen Spitzenkoch für Sie kommen lassen."

„Die Mühe hätten Sie sich sparen können", sagte sie knapp. „Ich habe nicht vor, lange zu bleiben."

Plötzlich erfüllte ein dröhnendes Lachen den Raum und hallte von den unebenen Felswänden wider.

Ein Funken Humor glitzerte in Zoltans Augen. „Und ich, meine liebe Winter, habe vor,

Ihre Meinung zu ändern." Er trat näher, sein Gesicht jetzt ernst, seine Augen kalt und hart. „Und ich bekomme immer, was ich will."

In seiner Stimme lag eine unterschwellige Drohung, die ihr bis ins Mark drang. Ja, Zoltan war gefährlich, denn er wusste, wie man andere manipulierte. Doch darauf war sie vorbereitet. Sie war nicht dumm und würde auf seine Tricks nicht hereinfallen. Stattdessen würde sie so viel wie möglich über ihn herausfinden. Und irgendwie würde sie es schaffen, von hier zu fliehen. Oder sie würde bei dem Versuch sterben.

„Ich glaube, das Abendessen ist fertig. Wollen wir?"

Sie schluckte ihre Abscheu hinunter und nickte knapp. Sie hatte keine andere Wahl, als zu gehorchen.

Es dauerte mehrere Minuten, bis sie durch ein Labyrinth von miteinander verbundenen Tunneln eine andere Höhle erreichten. Diese hatte mehrere Eingänge, doch es gab keine Türen. Ein Kronleuchter mit mindestens zwei Dutzend Kerzen hing von der Decke, wo eine lange Tafel im Zentrum des Raumes stand.

Mindestens zehn Stühle waren um den Tisch gestellt, doch nur zwei Plätze waren an einem Ende gedeckt. Wie ein Gentleman zog Zoltan einen Stuhl zurück und bot ihr den Platz an. Doch sie ließ sich von seinen Manieren nicht täuschen. Den zivilisierten Mann zu spielen, war nur Teil seines Plans, sie für sich zu gewinnen.

Winter setzte sich auf den angebotenen Stuhl und beobachtete, wie Zoltan am Kopf des Tisches Platz nahm.

„Also, all das hier gehört Ihnen", sagte sie. „Ihr Königreich. Wie nennt man Sie? Teufel? Lord der Unterwelt?"

Er schenkte ihr ein halbherziges Lächeln und entfaltete die Serviette, bevor er sie auf seinen Schoß legte. „Ich werde Großmächtiger genannt. Und nein, ich bin nicht der Teufel. Aber ich bin der Lord der Unterwelt." Er machte eine ausschweifende Handbewegung. „Es sieht vielleicht nicht nach viel aus, doch dies ist ein riesiges Reich und ich erweitere es ständig."

Es war klar, dass Zoltan mit seinen Leistungen prahlte, genau wie jeder andere Despot. Na gut. Sie würde ihn reden lassen. „Wie riesig? Sprechen wir von mehr als zehn

Hektar? Einem kleinen europäischen Fürstentum?"

Er sah sie abwägend an. „An mir und meinem Reich ist nichts klein. Das sollten Sie sich lieber merken."

Die sexuelle Anspielung in seinen Worten entging ihr nicht. Sie hob ihr Kinn mit Verachtung, bereit für eine Retoure, doch Schritte von einem der Eingänge lenkten sie ab und ließen sie ihren Kopf wenden.

„Ah, das Essen", sagte Zoltan.

Zwei Dämonen trugen Speisetabletts und schienen sich dabei außerordentlich unbehaglich zu fühlen, als hätten sie dies noch nie zuvor getan. Sie stellten die Tabletts ungeschickt auf den Tisch und hoben die Deckel von den verschiedenen Speisen. Köstliche Düfte wehten zu ihr. Und nicht nur das. Die Präsentation der Gerichte war etwas, das sie nur in einem schicken Restaurant erwartet hätte.

„Der Koch hat einen Michelin-Stern", erklärte Zoltan.

Sie riss ihren Kopf zu ihm rum und ärgerte sich, dass er ihre Bewunderung bemerkt hatte.

Es war ein Reflex gewesen und es würde keine Auswirkung auf ihre Meinung über die Unterwelt oder die Dämonen haben.

„Ich wusste nicht, dass die Unterwelt Michelin-Sterne verteilt."

„Tun wir nicht", sagte Zoltan. „Aber ich wollte nur das Beste für Sie. Also habe ich diesen Sternekoch davon überzeugt, für mich zu arbeiten."

„Überzeugt?" Sie konnte sich schon vorstellen, wie das ausgesehen hatte.

Zoltan gluckste. „Keine Sorge, ich habe ihm ein Angebot gemacht, das er nicht ausschlagen konnte."

„Wie originell. *Der Pate* ist also Ihr Lieblingsfilm?"

„Sie sind sehr witzig. Das freut mich. Das wird für viele anregende Gespräche beim Abendessen sorgen. Gute Gesellschaft hat mir sehr gefehlt." Er wies zu den zwei Dämonen, die immer noch wartend in der Nähe des Tisches standen. „Was macht ihr immer noch hier?", brummte er und seine Stimme klang wie die eines verärgerten Diktators. „Verschwindet!"

Die zwei Dämonen antworteten: „Ja, oh

Großmächtiger!" Dann eilten sie aus dem Speisesaal.

„Entschuldigung", sagte Zoltan. „Es ist schwer, sie zu trainieren." Als sie nicht antwortete, deutete er auf die Speisen. „Bitte, bedienen Sie sich."

Sie begannen zu essen. Winter war nicht sonderlich hungrig, doch sie zwang sich, von jeder Platte ein wenig zu essen, um ihren Gastgeber nicht zu verärgern. Zoltan hingegen hatte einen gesunden Appetit und verschlang riesige Portionen.

„Meine Untertanen berichten mir, dass die Hüter der Nacht versucht haben, Sie mit Fake News gegen uns aufzubringen."

„Fake News?" Hatte sie richtig gehört?

„Es ist nicht alles schwarz oder weiß, so wie die Hüter Sie vielleicht glauben lassen wollen. Nicht alle Dämonen sind schlecht, genauso wenig, wie alle Hüter gut sind. Selbst sie töten, wenn es in ihrem Interesse ist."

„Sie meinen, sie töten Leute wie Sie. Dämonen. Monster."

„Oh, ja, das tun sie. Aber sie töten auch andere. Unschuldige. Leute, die sie enttarnen könnten. Leute, die sie für gefährlich halten. Sie behaupten, sie tun es für die Allgemeinheit. Doch wer entscheidet, was gut für die Allgemeinheit ist?"

Er sah sie an, als erwartete er wirklich eine Antwort von ihr, als wäre das keine rhetorische Frage gewesen. Sie schluckte den Köder. „Der Sieger schreibt die Geschichtsbücher."

„Genau. Der Krieg ist noch nicht vorbei, wer weiß also, was gut für die Allgemeinheit ist? Wer kann schon sagen, ob die Lebensweise, die die Hüter beschützen wollen, die richtige ist? Die Freiheitskämpfer der einen Seite sind Terroristen für die andere Seite. Wir sind Freiheitskämpfer. Wir kämpfen für das Recht jedes Menschen, sein Schicksal selbst zu bestimmen und es nicht von Moral, Konventionen oder jemandem, der einem sagt, was richtig und was falsch ist, diktiert zu bekommen."

„Das ist Ihre Meinung. Sie unterstützen Tod und Zerstörung. Sie ernähren sich von Angst und dem Bösen. Und Sie wollen mir einreden, dass Ihre Lebensweise den Menschen eine echte Wahl gibt? Ich muss keine Seherin sein, um zu sehen, dass Sie unrecht haben. Sie schüren das Böse in der Welt."

„Und die Hüter sind Chorknaben?", schoss er zurück.

Winter zögerte. Sie wusste, dass sie das nicht waren. Logan hatte eine Gräueltat begangen. Eine Unschuldige getötet, ihre Großmutter. Und er hatte gelogen. Ihr die Wahrheit vorenthalten.

„Sehen Sie", sagte Zoltan und beugte sich näher, seine Stimme war wieder besänftigend, „sie sind auch nicht alle gut. Sie handeln auch aus Selbstinteresse. Und sie tun Leuten weh. Jeder tut das. Es gibt niemanden in dieser Welt, der durch und durch gut ist. Jeder hat eine dunkle Seite. Und jeder versucht, sie zu verbergen. Meine Untertanen und ich sind anders. Wir haben uns weiterentwickelt. Wir sind frei, weil wir unsere dunkle Seite nicht unterdrücken. Wir lügen nicht über das, was wir sind. Wir sind einfach wie wir sind. Alle anderen belügen nur sich selbst."

Sie schüttelte den Kopf. Das konnte sie nicht akzeptieren. Er versuchte, sie zu manipulieren. Das durfte sie nicht erlauben. Sie musste gegen ihn ankämpfen. „Sie haben eine sehr verzerrte Sicht auf die Welt und die Menschen, die sie bewohnen. Es gibt Gutes in dieser Welt. Ich habe Gutes gesehen. Und ich habe Böses gesehen. Und ich kenne den Unterschied."

„Wirklich? Sie sind nicht die Einzige, die das am Anfang gedacht hat. Aber jeder ändert am Ende seine Meinung. Selbst die Leute, von denen Sie glauben, dass sie durch und durch gut sind. Sie müssen ihnen nur einen guten Grund geben, ihre Meinung zu ändern." Er legte seine Serviette auf den Tisch. „Soll ich Ihnen eine Geschichte erzählen?"

Winter sah ihn an und wusste, dass ihr nicht gefallen würde, was sie gleich zu hören bekäme.

32

Virginia fand ein verlorenes Portal etwa eine Stunde nördlich von San Francisco, das abgelegen genug lag, damit eine Explosion kein Aufsehen erregen würde. Das Portal in der BART Station mitten im Mission District in die Luft zu jagen, kam nicht in Frage. Es würde die U-Bahn-Station zerstören und Unschuldige töten. Logan verstand und akzeptierte das. Die Fahrt nach Norden und seine Ungeduld wurden dadurch jedoch nicht erträglicher.

Er saß im Auto mit Wesley, der fuhr. Virginia saß auf dem Beifahrersitz. Ein zweites Auto folgte ihnen: Quinn und Ryder, beide erfahren im Umgang mit Sprengstoff, hatten den Kofferraum ihres Autos mit allem vollgepackt, was nötig sein würde, um Logan buchstäblich in die Hölle zu schicken.

Logan wusste, dass sein Vorhaben verrückt war, doch er konnte nicht aufgeben. Er musste zu Winter. Ob das seinen sicheren Tod bedeutete, das wusste er nicht und es war ihm auch egal. Er musste Winter sehen. Er konnte sie keine Stunde länger in dem Glauben lassen, dass er sie hintergangen hatte. Ihre Worte hallten immer noch in seinem Gedächtnis nach.

Ich hasse dich.

Die Worte hatten ihm sein Herz aufgeschlitzt und zerfetzt. Er konnte Winter nicht glauben lassen, dass er ihre Großmutter kaltblütig getötet hatte. Er musste ihr erklären, dass er keine andere Wahl gehabt hatte. Doch zuerst musste er Winter Zoltans Klauen entreißen, koste es, was es wolle.

Das Portal befand sich in den Wäldern von Sonoma. Wesley hatte es einmal benutzt und es war zu weit weg von irgendwelchen Gebäuden, dass man die Explosion sehen würde, aber der Explosionslärm hatte eine größere Reichweite. Doch mit etwas Glück würde jeder, der den Knall hörte, glauben, dass er von einem vorbeifliegenden Überschallflugzeug oder der Fehlzündung eines Autos kam.

Die Hütte mitten im Wald war wirklich nur ein Wetterschutz. Sie hatte drei Holzwände und ein Dach; die vierte Wand war ein riesiger Felsen, in den der Dolch der Hüter der Nacht eingraviert war. Das war das Portal.

Quinn und Ryder packten ihre schweren Taschen aus, die sie die zwei Meilen vom Parkplatz ihrer Autos bis hierher getragen hatten, und begannen, ihre Ausrüstung aufzubauen.

„Kann ich irgendwie helfen?", fragte Logan in der Hoffnung, die Sache zu beschleunigen.

Quinn sah hoch. „Ich weiß, dass du ungeduldig bist. Das verstehe ich schon. Aber mit Sprengstoff zu arbeiten, ist eine Kunst. Es dauert einfach so lange, wie es dauert."

„Keine Angst, wir sind gut", versicherte Ryder ihm. „Wir sorgen dafür, dass die

Explosion so viel Energie liefert, wie du brauchst. Der Rest liegt an dir."

Logan seufzte und fuhr sich mit der Hand durchs Haar. „Danke, Jungs. Ich weiß zu schätzen, was ihr tut."

„Hey, Logan", rief Wesley ihm zu.

Logan wandte sich um und ging zu der Stelle, wo Wesley und Virginia in sicherer Entfernung standen.

„Jetzt ist es also soweit", sagte Wes.

„Bist du dir sicher?", fragte Virginia. „Du kannst deine Meinung immer noch ändern."

Er sah sie mit Bedauern an. „Ich kann nicht mehr zurück. Ich muss zu ihr. Das ist mein Schlamassel. Jetzt muss ich das aufräumen." Doch das war nicht alles. Er liebte Winter und er würde lieber bei dem Rettungsversuch sterben, als es überhaupt nicht zu versuchen.

„Also gut." Wes wühlte in seinem Rucksack und zog ein rechteckiges Gerät hervor, das nicht größer als seine Handfläche war. „Thomas hat mir das aus unserem Tresor bei Scanguards geholt. Es ist der stärkste GPS-Sender auf dem Markt. Wir dachten uns, wenn du es wirklich in die Unterwelt schaffst, könnten wir ausprobieren, ob wir dich irgendwie orten können. Vielleicht gibt uns das einen Anhaltspunkt, wo sich Zoltans Schlupfloch befindet."

Logan griff nach dem Sender. „Okay. Obwohl ich daran zweifle, dass der da unten funktionieren wird."

„Ich auch", gab Virginia zu, „aber es schadet nicht, ihn auszuprobieren. Wir haben nichts zu verlieren, oder?"

„Genau."

„Jedenfalls", fügte Wes hinzu, „falls und wenn du es zurück schaffst, wird uns der Sender helfen, dich schnell zu finden und abzuholen, wo auch immer du landest."

„Klingt gut."

„Am besten steckst du den in deinen Stiefel, falls du geschnappt und durchsucht wirst", schlug Wesley vor.

Logan ging in die Hocke und steckte den flachen Sender in einen seiner Stiefel, dann erhob er sich wieder.

„Wie viele Waffen hast du dabei?", fragte Virginia mit besorgtem Gesichtsausdruck.

Logan öffnete seine Jacke. Seine

Innentaschen waren mit Dolchen vollgestopft, zwei auf jeder Seite. „Einen habe ich an meinen Knöchel geschnallt, einen an meine Hüfte. Ich glaube, das reicht."

Virginia nickte zufrieden. „Und die Karte?"

Er klopfte auf seine Jackentasche. „Hier." Er hatte in weiser Vorausschau die Tunnelkarte, die Winter gezeichnet hatte, aus dem Komplex mitgebracht. Er wusste nicht, wie präzise oder wie brauchbar sie war, doch vielleicht könnte sie helfen.

Wes und Virginia wechselten einen Blick. Dann zuckte Wes mit den Schultern. „Es ist mehr als du und ich hatten, als wir dort unten waren. Und wir haben's raus geschafft."

„Reines Glück", behauptete Virginia.

„Vielleicht habe ich ja auch Glück", meinte Logan.

Wes griff in seine Jackentasche und zog eine Phiole heraus. „Hier ist etwas Glück in der Flasche. Du weißt, wie du damit umgehen musst, oder?"

Logan nahm die Phiole entgegen und stopfte sie in eine kleine, gepolsterte

Innentasche seiner Jacke. „Wenn es die Reise überlebt. Bist du dir sicher, dass es funktioniert?"

Wes zuckte mit den Schultern. „Ich hatte leider keine Zeit, es zu testen."

„Ich hoffe, der Trank bringt mich nicht um", sagte Logan.

Wes zog eine Grimasse. „Das bezweifle ich."

Logan schaute über seine Schulter, wo Quinn und Ryder immer noch damit beschäftigt waren, die Sprengladung anzubringen. Ein paar Minuten lang sagte niemand etwas. Dies war entweder die hervorragendste Idee, die er je gehabt hatte, oder die dümmste. Er hoffte, dass ersteres der Fall war.

„Fast fertig", rief Quinn ihm zu. „Wir bringen gerade den Zünder an."

Ein paar Minuten später waren sie so weit.

„Was soll ich deinen Eltern sagen?", fragte Virginia.

Logan atmete tief durch. „Meine Eltern wissen, dass das Leben eines Kriegers seine Risiken hat. Sie werden es verstehen."

„Ich wünsche dir Glück", sagte Virginia.

Wes schlug ihm auf die Schulter. „Tritt ihnen von mir in den Arsch, machst du das?"

Wenn Winters Vision stimmte, dann würde er viel mehr als nur das machen. Er würde die Scheißkerle köpfen.

Ohne ein weiteres Wort marschierte er auf die Hütte zu, wo Quinn und Ryder auf ihn warteten.

Quinn nickte ihm zu. „Ich habe alles so eingestellt, dass du den Countdown im Portal hören kannst. Ich gebe dir zehn Sekunden. Genug Zeit für uns, die Gefahrenzone zu verlassen, und für dich, zu tun, was immer du tun musst."

„Ich verstehe."

„Und noch was: Sobald der Countdown beginnt, kann ich ihn nicht mehr stoppen. Es ist ein ganz einfaches Setup. Wir hatten keine Zeit –"

Logan hob seine Hand, um ihn zu unterbrechen. „Schon gut. Lasst uns anfangen." Er sah Ryder an, dann wieder Quinn. „Danke euch beiden."

Er marschierte in die Hütte hinein und legte seine Hand auf den Dolch, der in den Felsen graviert war. Unter seiner Hand wurde es warm und innerhalb einer Sekunde öffnete sich das Portal. Er trat ein und drehte sich zu seinen Freunden um. Mit einem letzten Nicken befahl er dem Portal, sich zu schließen.

Es dauerte ein paar Sekunden, bis der Countdown begann. Er konzentrierte sich auf seine Mission, auf seinen Hass für die Dämonen und seinen Wunsch, Winter zu retten.

Drei.

Auf seine Liebe zu ihr und das Wissen, dass er nicht ohne sie leben konnte.

Zwei.

Auf das Versprechen, das er ihr gegeben hatte. *Du bist bei mir sicher. Ich werde dich beschützen. Immer.*

Eins.

Und auf seinen Zorn über sich selbst, weil er sie im Stich gelassen hatte. *Ich werde alles wieder ins Lot bringen. Ich komme, Winter. Ich komme, um dich zu retten. Und ich werde die Dämonen für dich vernichten.*

Die Explosion erschütterte das Portal, schleuderte ihn in die Luft und schlug ihn gegen den Felsen. Er taumelte in der Schwerelosigkeit und verlor die Orientierung.

Verdammte Dämonen!

Er wurde nochmals gegen den Felsen geschmettert. Dieses Mal mit dem Kopf.

Dann nichts. Nur Dunkelheit, als sein Körper schlaff zusammensackte.

33

Zoltan setzte das Glas an seine Lippen und trank vom Wein. Winter ignorierte den Wein. Sie wollte nicht trinken, denn sie wollte klar im Kopf bleiben und konnte es sich nicht leisten, angeheitert zu sein, geschweige denn betrunken. Sie wusste, dass Zoltan ihre Abstinenz bemerkte, doch er gab diesbezüglich keinen Kommentar von sich. Stattdessen warf er ihr einen dieser überlegenen Blicke zu, die er so gut drauf hatte. Als wüsste er etwas, das sie nicht wusste. Oder einfach nur, weil er wusste, dass er stärker als sie war und dass sie letztendlich jeden Kampf verlieren würde, den sie miteinander führten.

„Jeder hat seine Belastungsgrenze", behauptete Zoltan. „Am Ende gibt jeder auf."

„Ja, das sagten Sie schon. Kommen Sie zum Punkt", provozierte sie ihn. Woher sie den Mut nahm, so mit ihm zu sprechen, wusste sie nicht. Vielleicht, weil sie nichts zu verlieren hatte, nichts außer ihrer Würde. Ihr Leben war schon verwirkt. Sie lebte jetzt mit geborgter Zeit. Das wussten sie beide. Vielleicht war das der Grund, warum er sie trotz ihres respektlosen Tons gewähren ließ.

„Tja, dann lassen Sie mich zu meiner Geschichte kommen." Er stellte sein Glas auf den Tisch und lehnte sich in seinem Stuhl zurück. „Ich war damals nicht der Großmächtige. Ich war nur ein Fußsoldat, nur ein Dämon, der darauf aus war, seinen Meister zufriedenzustellen. Sie müssen wissen, ich war ehrgeiziger als meine Brüder, mehr darauf bedacht, mich hochzuarbeiten. Ich ging größere Risiken ein und erntete größere Belohnungen."

„Haben Sie mich deshalb entführt? Damit Sie mit Ihren Erfolgen prahlen können?"

„Tsss. So ungeduldig. So war ich auch einmal. Aber ich habe Geduld gelernt, genauso wie Sie sie lernen werden. Ich habe gelernt, auf die richtige Zeit, die richtige Gelegenheit zu warten. Es hat sich bezahlt gemacht. Ich erfuhr von der Existenz einer Seherin. Ich beobachtete sie. Ich fand alles über sie heraus, was es herauszufinden gab. Sehen Sie, wenn man jemanden wirklich für sich gewinnen will, dann muss man dessen Schwachstellen kennen." Er tippte mit dem Finger an seine Schläfe. „Man muss herausfinden, was jemanden antreibt." Er lachte leise. „Bei den meisten Leuten ist das Geld, Macht oder Sex. Doch diese Frau war anders. Sie interessierte sich nicht für Geld und Macht. Und ganz ehrlich gesagt, war sie etwas zu alt, um Sex noch wichtig zu finden." Er zuckte mit den Schultern. „Aber wissen Sie, was ihr wichtig war?"

Er beugte sich nach vorne und starrte sie an.

Winter hielt den Atem an. Sie vermutete bereits, von wem er sprach. Doch sie würde das nicht zugeben, nur für den Fall, dass sie unrecht hatte.

„Sie. Sie waren ihr wichtig."

Ihre Großmutter. Er sprach von ihrer Großmutter.

Zoltan setzte ein selbstgefälliges Lächeln auf. „Ja, sie war eine interessante Frau, Ihre Großmutter. Doch sie hatte eine Schwäche. Sie liebte Sie und wollte Sie um jeden Preis beschützen. Sie kämpfte lange gegen mich an. Doch am Ende entschied sie, dass Sie das Opfer wert waren. Wir hatten eine Abmachung. Ich würde Sie Ihr Leben in Ruhe leben lassen und Ihre Großmutter würde mit mir kommen und mir und meinem Meister dienen."

Winter schüttelte den Kopf. „Nein, niemals! Meine Großmutter war gut. Sie hätte nie für Sie gearbeitet. Nie!"

Zoltan legte seinen Kopf schief und musterte sie. „Sie sind genau wie sie. Wir wussten damals noch nicht, dass Sie ihre Gabe geerbt hatten. Doch das ist nicht der Punkt. Der Punkt ist, dass sie einwilligte, weil sie wusste, dass es für alle am besten sein würde." Plötzlich verfinsterte sich sein Gesichtsausdruck und er schlug mit der Faust auf den Tisch.

Winter erschrak über den plötzlichen Wutausbruch.

„Aber diese verdammten Hüter der Nacht! Sie mussten sich einmischen, nicht wahr?"

Sie wagte es nicht zu antworten, nicht wenn Zoltan aussah, als wollte er jemanden umbringen.

„Entschuldigung", presste er zwischen zusammengepressten Zähnen hervor. „Aber was sie taten war unzumutbar. Sie haben Ihre Großmutter getötet. Sie umgebracht, bevor ich sie in Sicherheit bringen konnte. Sie sind kaltblütige Mörder. Ein Leben bedeutet ihnen nichts. Ihre Großmutter hätte hier mit uns gelebt, doch die Hüter der Nacht ermordeten sie. Sie nahmen sie Ihnen weg. Sie scherten sich nicht um Sie, ihre Enkelin. Das taten sie doch nie. Sobald Sie eine Bürde für sie werden, werden sie Sie umbringen. Mit den Hütern werden Sie nie in Sicherheit sein."

Winter sprang auf und stieß ihren Stuhl zurück. „Und mit Ihnen bin ich sicher? Für wie leichtgläubig halten Sie mich? Sie haben es geschafft, meine Großmutter zu manipulieren, weil sie mich beschützen wollte. Aber dieses Druckmittel haben Sie bei mir nicht. Ich werde nie zustimmen, für Sie zu arbeiten! Ich sterbe lieber!"

„Wie dramatisch. Ich liebe leidenschaftliche Frauen. Wissen Sie, warum Sie all die Jahre nach dem Tod Ihrer Großmutter sicher waren? Das war leider nicht mein Verdienst. Der Großmächtige bestrafte mich für mein Versagen, die Seherin verloren zu haben. Fast zehn Jahre lang ließ er mich in einer Zelle hier unten verrotten. In der Zwischenzeit kümmerte sich keiner seiner idiotischen Untertanen darum, Sie im Auge zu behalten. Sie hatten Sie verloren! Als ich wieder befreit wurde, konnte niemand Sie finden. Bis letzte Woche." Er lachte triumphierend und erhob sich. „Stellen Sie sich vor, wie erfreut ich war, als ich erkannte, dass Sie die Gabe Ihrer Großmutter geerbt hatten. Trotz allem, was ich Ihretwegen ertragen musste, war ich bereit, Sie gütig zu behandeln. Ich wollte, dass Sie eine Wahl haben und Sie zu meiner Partnerin machen."

„Partnerin? Die Partnerin eines Dämons? Nie!" Sie funkelte ihn trotzig an.

Er verengte die Augen. „Nun gut. Es gibt andere Wege, Sie fügsam zu machen."

Innerlich erschauderte sie bei dem Gedanken an Folter, doch sie reckte ihr Kinn trotzdem in die Höhe. „Machen Sie schon, tun Sie mir weh. Doch das wird nichts ändern. Ich werde nie zustimmen. Sie haben kein Druckmittel wie bei meiner Großmutter." Und sie gab ihrer Großmutter keine Schuld dafür, nachgegeben zu haben. Sie verstand es jetzt. Genauso wie sie verstand, warum Logan Grandma hatte töten müssen. Doch das war jetzt egal, denn sie würde nie mehr die Gelegenheit bekommen, ihm zu sagen, dass sie im Unrecht gewesen war.

Zoltan hob seine Hand und sie zuckte zusammen, denn sie erwartete einen Hieb. Stattdessen strich er mit seiner Hand über ihre Wange. Winter schreckte vor der Berührung zurück.

„Ich würde ein hübsches Gesicht wie Ihres nie verletzen." Er zeigte mit seinem Finger auf ihre Schläfe. „Doch ich werde dort hineinkommen. Und Sie werden aufgeben."

„Nein!"

„Ist das Ihre endgültige Antwort?"

Sie spuckte ihm ins Gesicht.

Er machte sich nicht die Mühe, den Speichel von seiner Wange zu wischen. Seine grünen Dämonenaugen funkelten, dann fixierte er ihren Blick und sie konnte nicht wegsehen. Gleichzeitig spürte sie eine Enge in ihrer Brust und ihr Herz begann wie wild zu schlagen.

Du gehörst jetzt mir. Ich bin dein Gebieter.

Sie hörte seine Worte, doch seine Lippen bewegten sich nicht.

Ergib dich!

Die Forderung wurde von einer Schmerzwelle begleitet, die über ihren Kopf rann und in ihren Schädel eindrang.

„Neiiiiiin!", schrie sie.

Sie durfte ihn nicht hineinlassen, durfte nicht aufgeben. Diese Invasion war anders als die, die ihr mit Gabriel widerfahren war, doch die Reaktion ihres Geistes war dieselbe. Sie hielt dagegen und kämpfte mit jeder Zelle ihres Körpers gegen die fremde Macht, die in ihren Geist eindringen wollte und konzentrierte sich nur auf eines: das Überleben. Sie spürte, wie Elektrizität um sie herum sprühte, sah aus den Augenwinkeln blaues Licht aufleuchten, spürte, wie ihr Haar in alle Richtungen abstand.

Gleichzeitig fühlte sie eine übernatürliche Macht in sich, fühlte, wie ihre psychische Kraft sich verteidigte.

Sie hielt sich daran fest, bekämpfte Zoltans eindringende Gedanken, mit denen er sie zur Kapitulation zu drängen wollte. Doch mit jeder Forderung, die er in ihren Geist sandte, schien ihre psychische Kraft stärker zu werden.

Zoltan schrie auf, schützte seine Schläfen mit den Händen und taumelte nach hinten. Trotzdem kämpfte Winter weiter und bombardierte ihn immer wieder mit ihrer Macht.

Plötzlich rissen starke Arme sie zurück und zerrten sie zu Boden. Sie verlor ihre Konzentration. Gleichzeitig endete Zoltans Invasion. Sie wehrte sich gegen die zwei Dämonen, die ihrem Gebieter zu Hilfe gekommen waren, doch sie waren zu stark. Ihre eigene Kraft war am Ende, es war nichts mehr übrig.

Sie hörte Zoltans wütendes Knurren, bevor er in ihr Sichtfeld trat. Er funkelte zornig auf sie hinab.

„Stellt sie auf", befahl er seinen Untertanen.

Sie kamen seinem Befehl nach und rissen sie hoch.

„Ich werde dich lehren, mir zu trotzen, du Miststück!", schrie Zoltan.

Sie sah seine Faust erst, als es schon zu spät war. Aber sie hätte sich auch nicht dagegen wehren können, selbst wenn sie sie früher gesehen hätte. Der Faustschlag traf sie an der Schläfe und schmetterte ihren Kopf in die entgegengesetzte Richtung. Die Wucht des Schlages war so mächtig, dass sie gegen die nächste Wand geschleudert wurde. Schmerz durchfuhr ihren ganzen Körper. Sie versuchte, bei Bewusstsein zu bleiben, sich an etwas festzuhalten, sich an die Wand hinter ihr zu lehnen, doch es hatte keinen Zweck.

Sie öffnete ihre Augen, versuchte sie zu fokussieren, doch alles um sie herum war verschwunden. Die Dämonen, Zoltan, der Speisesaal. Stattdessen befand sie sich nun in einem Zimmer mit einem großen Fenster und einem weichen Teppich unter ihren Füßen. Die Möbel waren altmodisch, sogar antik. Draußen war es dunkel.

Das Weinen eines Babys ließ sie

herumwirbeln. Es kam aus einer hölzernen Krippe, die genauso alt war wie die anderen Möbel im Zimmer. Sie erinnerten sie an Möbel, die in einen Palast aus dem 19. Jahrhundert gehörten. Neben der Wiege stand eine einzige brennende Kerze.

Das Baby weinte immer noch. Sie näherte sich der Krippe und sah hinein. Das Kind, ein Junge, war nackt und hatte seine Decke abgeworfen. Sie griff in das Bett, doch bemerkte, dass sie den Jungen nicht zudecken konnte, weil sie ja nicht wirklich dort war.

Ein Geräusch aus dem anderen Ende des Zimmers ließ sie ihren Blick von dem Kind nehmen. Ihr Herz setzte aus. Giftgrüne Augen funkelten bei der Tür. Der Dämon trug einen langen Umhang mit Kapuze. Die Dunkelheit im Zimmer sorgte dafür, dass sein Gesicht nicht zu sehen war. Winter hatte Angst um das Kind und schrie, doch kein Laut verließ ihre Kehle. Ungehindert näherte sich der Dämon. Er erreichte das Bettchen. Oh Gott, er würde das Baby töten! Doch der Dämon hob den Jungen in seine Arme und drückte ihn sanft an seine Brust, als wäre er eine Kostbarkeit. Winter starrte den Dämon an, dann das nackte Baby. Das Kerzenlicht beleuchtete plötzlich ein sonderbar aussehendes Muttermal auf dem Po des Babys.

Dann machte der Dämon eine andere Bewegung. Er griff in seine Tasche und zog ein kleines Metallfläschchen heraus, öffnete es und tropfte die Flüssigkeit in die Krippe. Rotes Blut befleckte nun die Laken. Die leere Flasche steckte der Dämon wieder in seine Tasche, wandte sich um und verließ mit dem Baby im Arm den Raum.

Winter rannte ihm hinterher, folgte ihm die Stufen der riesigen Villa hinab. Doch sie konnte ihn nicht aufhalten. In dem Moment, als er das Erdgeschoss erreichte, beschwor er mit seiner freien Hand einen Vortex herauf. Einen Moment später sprang er hinein und verschwand.

Oh Gott, nein!

Tränen strömten über ihr Gesicht. Der Vortex verschwand und plötzlich erblickte sie das Gemälde eines Mannes und einer Frau, die ein Baby in den Armen hielt. Beide trugen Kleidung, die in der Regency Ära modern gewesen wäre, doch etwas anderes zog ihre Aufmerksamkeit auf sich. Der Mann trug einen Dolch an der Hüfte. Dieselbe Art Dolch, die sie bei Logan und seinen Freunden gesehen hatte. Der Mann war ein Hüter der Nacht, dessen war sie sich sicher. Und ein Dämon hatte seinen Sohn entführt.

34

Winter hörte in der Ferne etwas klappern, dann das Echo von Schritten in einem höhlenartigen Raum. In ihrem Kopf drehte sich alles und sie atmete ein. Ihre Lunge füllte sich mit einem widerlichen Gestank und katapultierte sie zurück ins Bewusstsein. Sie öffnete die Augen.

Verdammt! Das sah nicht gut aus.

Der Geruch kam aus einer Grube mit heißer, brodelnder Lava. Sie war nur etwa so groß wie ein Whirlpool. Aber dort einzutauchen wäre tödlich. Ihr schauderte bei dem Gedanken, dass jemand ausrutschen und aus Versehen dort hineinfallen könnte und fragte sich, warum niemand sie abgedeckt hatte. Einen Moment später verstand sie, warum. Ihr Blick fiel auf ein paar Metallwerkzeuge, die auf einem Tisch in der Nähe lagen, Werkzeuge, die Schmerzen verursachen konnten. Sie befand sich in einer Folterkammer und die Lavagrube war die finale Drohung.

Scheiße! Sie musste von hier weg, bevor jemand kam und diese Werkzeuge an ihr ausprobierte. Sie schaffte zwei Schritte, bevor sie zur Wand hinter ihr zurückgerissen wurde und ein kurzer, scharfer Schmerz ihren Knöchel durchfuhr.

„Was zum –"

Ketten fesselten beide Füße. So konnte sie sich nicht weiter als einen Meter von der Wand entfernen. Scheinbar waren die Dämonen nicht dumm genug, sie in dieser Höhle alleine zu lassen, ohne ihre Bewegungsfreiheit einzuschränken. Sie versuchte, ihre Füße zu erreichen, um zu testen, ob sie aus den Fesseln schlüpfen konnte, doch sie musste feststellen, dass ihre Handgelenke ebenfalls angekettet waren.

Die zuvor gehörten Schritte wurden nun

lauter und ein paar Augenblicke später sah sie einen Dämon durch den Eingang zu ihrer Rechten in die Höhle kommen. Es gab noch zwei weitere Eingänge, einen geradeaus vor ihr und einen zu ihrer Linken, doch dieser war schlecht zu erreichen, denn die Lavagrube lag direkt davor und es gab nur eine schmale Kante, auf der man vorbeibalancieren konnte. Dies würde nicht ihre erste Wahl für einen Fluchtweg sein. Nicht, dass es so aussah, als ob ihr das in baldiger Zukunft gelingen könnte.

Der Dämon blieb vor ihr stehen. Allein seine Größe war einschüchternd, ebenso wie seine glühend-grünen Augen und sein grimmiger Blick. Doch noch schlimmer war, dass sie wusste, warum er hier war: um sie zu foltern, bis sie auf Zoltans Forderungen einging.

Manus hatte sie gewarnt und er hatte recht gehabt. Obwohl sie sich erfolgreich gegen Zoltans mentale Invasion verteidigt hatte, wusste sie keinerlei Verteidigung gegen körperliche Folter. Und da sie Zoltan verletzt hatte, würde dieser keinerlei Gnade zeigen, bis sie aufgab. Es überraschte sie jedoch, dass er nicht selbst gekommen war und stattdessen einen seiner Dämonen geschickt hatte, um sie zu peinigen. Sie hätte wetten können, dass er Zeuge ihres Schmerzes werden wollte. Hatte sie ihn vielleicht so stark verletzt, dass er sich dieser Aufgabe im Moment nicht gewachsen fühlte?

Nicht, dass das etwas ausmachte. Sie war sich sicher, dass der Dämon, der sie böse anfunkelte, genauso brutal wie Zoltan sein könnte.

Er hob jetzt seine Hand und sie sah, dass er einen Dolch hielt. Unwillkürlich hob sie ihre Arme, um ihr Gesicht zu schützen, und die Ketten rasselten wieder.

Nun erkannte sie das Monster. Er war der Dämon, der sie in einer früheren Vision getötet, in einer späteren jedoch seinen Kopf durch Logans Dolch verloren hatte. Doch seitdem hatte sich alles geändert.

„Mach schon", fauchte sie mit einer Tapferkeit, die sie nicht besaß. „Du kannst dir Zeit und Mühe sparen und mich gleich umbringen, denn ich werde mich Zoltan nie ergeben. Das kannst du ihm sagen."

Er schlug ihr mit dem Handrücken ins

Gesicht, sodass ihr Kopf zur Seite schnellte. Schmerz durchzuckte sie wie Feuer und strahlte ihren Hals und ihr Rückgrat hinab. Sie spürte etwas Feuchtes aus ihrer Nase laufen und wusste, dass es Blut war.

„Bastard!", knurrte sie und weigerte sich, dem Drang zu weinen, nachzugeben. Sie würde diesem Monster nicht diese Genugtuung geben.

Der Dämon hob seine Klinge und beugte sich über sie. Er öffnete seinen Mund, doch nichts kam heraus, kein Wort, keine Beleidigung. Stattdessen verzerrte sich sein Gesicht plötzlich. Dann rollte ein Knurren über seine Lippen, doch bevor es sich in einen Schrei verwandeln konnte, legte sich eine Hand von hinten über seinen Mund und zerrte ihn zurück.

Der Dämon wehrte sich, doch der Angreifer hinter ihm hatte die Oberhand und drückte ihn zu Boden, Gesicht nach unten. Jetzt konnte Winter sehen, warum der Dämon so leicht zu Boden gegangen war. Ein Dolch steckte in seinem Rücken und grünes Blut floss aus der tödlichen Wunde. Die Person, die den Dämon getötet hatte, drehte nun den Dolch noch mehr, um sicherzustellen, dass der Dämon auch wirklich tot war, dann zog er ihn aus der Wunde und benutzte die Kleidung seines Opfers, um das Blut sorgfältig vom Dolch zu wischen. Erst dann sah er zu ihr hoch, doch sie hatte ihn schon in dem Moment erkannt, als er den Dämon zu Boden gerissen hatte.

„Logan …"

Ihre Blicke trafen sich. Er war gekommen. Trotz allem war er gekommen, um sie zu retten.

„Ich hatte Angst, dass ich zu spät komme", sagte Logan.

Sie sah wieder auf den Dämon hinab. „In meiner Vision war es anders ausgegangen. Du hattest ihn geköpft."

Er nickte. „Ich weiß. Und du hast mir gesagt, dass du deshalb mit seinem Blut bespritzt wurdest. Und das durfte nicht passieren, weil ich dich sonst nicht unsichtbar machen kann."

Sie verstand sofort. Indem sie ihm von ihrer Vision erzählt hatte, hatte sie ihm die Möglichkeit gegeben, das Resultat und somit die Zukunft zu ändern.

„Wir müssen hier raus", sagte er.

Sie hob ihre Hände und zeigte ihm die

Ketten an den Handgelenken. „An meinen Füßen auch."

Er zog etwas aus seiner Innentasche und machte sich an den Fußfesseln zu schaffen. Sie klickten viel schneller auf, als sie erwartet hatte. Ihre Füße waren frei, doch plötzlich wirbelte Logans Kopf zu einem der Eingänge.

„Wa-"

Er presste seine Hand auf ihre Lippen und hinderte sie am Sprechen. Er beugte sich zu ihr. „Dämonen. Lass deine Arme fallen, damit die Ketten so aussehen, als ob sie dort hängen."

Panisch starrte sie ihn an. Ihr Gehirn brauchte eine oder zwei Sekunden, um zu verstehen, was Logan plante. Mit etwas Glück würden die sich nähernden Dämonen nur ihren toten Kameraden am Boden liegen sehen und annehmen, dass sie entflohen war. Sie ließ ihre Arme fallen und ging etwas in die Hocke, sodass die Fesseln nun lose von der Wand hingen, damit die Dämonen nicht bemerken würden, dass ihre Gefangene immer noch angekettet war. Denn ihre Gefangene und ihr Retter waren jetzt unsichtbar.

Zwei Dämonen betraten die Höhle. Sie

erkannte einen sofort: Zoltan. Er war gekommen, um bei ihrer Folter zuzusehen.

Sein Blick fiel sofort auf die Stelle, wo Winter stand. Ihr Herz klopfte so laut, dass sie das Gefühl hatte, der Klang müsste in der Höhle widerhallen.

„Wo zum Teufel ist sie?", schrie Zoltan. Er ließ den Blick durch die Höhle wandern und sah den toten Dämon, der nicht einmal einen Meter von Logan entfernt lag.

Mit seinem Kumpan an den Fersen, stürmte er auf seinen toten Untertan zu, und trat ihn mit dem Fuß. Doch der Dämon bewegte sich nicht. Zoltan fluchte und blickte zur Decke. „Dieser verdammte Idiot! Lässt sich von einer Frau umbringen!"

Er wirbelte herum, schaute nochmals zu den Fesseln und für einen Augenblick stoppte ihr Herz und Winter fragte sich, ob er näher kommen würde. Er war schon dicht genug, um Logan zu berühren, sollte er seine Hand ausstrecken. Würde Logan schnell genug herumwirbeln und seinen Dolch in den Anführer der Unterwelt rammen können, oder würde Zoltan sich als stärker erweisen? Und der zweite Dämon, würde er Winter töten, während Logan und Zoltan kämpften?

Ihre Lunge fühlte sich an, als würde sie explodieren und sie wollte nach Luft schnappen, doch sie wagte es nicht, denn der geringste Laut, die kleinste Bewegung könnte Zoltan ihre Anwesenheit verraten. Sie spürte, wie Schweiß von ihrer Stirn die Nase hinab lief. Oh Gott, nein, das kitzelte. Noch ein paar Sekunden und sie würde niesen müssen.

Plötzlich wandte sich Zoltan an seinen Untertan. „Finde dieses Miststück! Wenn sie glaubt, sie kann ihre kleinen Spielchen mit mir spielen, dann spiele ich mit, aber nach meinen Regeln."

Der Dämon nickte. „Darf ich etwas vorschlagen, oh Großmächtiger?"

„Was, Vintoq?"

„Verdreifachen Sie die Wachen an den Vortexkreisen, für den Fall, dass sie zu fliehen versucht, indem sie einen von uns zwingt, ihr zu helfen."

Zoltan lachte laut auf. „Zwingt? Mit was denn? Sie ist nicht bewaffnet und sie ist ein zierliches Ding."

„Aber ihre Geisteskräfte, oh Großmächtiger. Sie hat Sie verletzt. Und ich vermute, dass wenn sie sich wirklich anstrengt und ihre Kräfte sammelt, sie damit vielleicht einen Dämon zwingen könnte, sie hier heraus zu transportieren."

Winter wechselte einen Blick mit Logan. War sie dazu fähig? Oder war das nur eine unbegründete Angst des Untergebenen?

Zoltan schien die Sache abzuwägen. „Tu es. Beeil dich!"

Vintoq eilte aus der Höhle, während Zoltan auf den anderen Ausgang zumarschierte. Gerade als er ihn erreichte, stützte er sich dort am Felsen ab und stöhnte vor Schmerzen auf.

„Fuck!"

Dann stolperte er den Gang entlang und verschwand aus Winters Blickfeld.

Logan nahm endlich seine Hand von ihrem Mund. „Wir müssen uns beeilen oder wir kommen hier nicht lebend raus."

35

Logan löste endlich die Fesseln von Winters Handgelenken und erhob sich. So sehr er sie auch in seine Arme nehmen und ihr erklären wollte, warum er ihre Großmutter hatte töten müssen, war dafür jetzt nicht die Zeit. Sie mussten es zu einem der Vortexkreise schaffen, bevor es dort vor Dämonen nur so wimmelte. Wenn das geschah, wäre sein Fluchtplan nutzlos.

„Hier entlang", sagte er und wies zu dem Ausgang, den Zoltans Untertan benutzt hatte.

Winter schüttelte den Kopf. „Von dort

werden bald neue Dämonen kommen. Ich weiß es."

Er starrte sie einen Moment lang an, dann nickte er. „Deine Vision." Er zeigte zu dem Tunnel, den Zoltan genommen hatte. „Wie steht's mit dem?"

„Genauso schlecht." Sie deutete zu einer Öffnung an der anderen Seite der Höhle. „Von dort kam niemand."

Logan begriff sofort, warum. „Die Lavagrube." Er wechselte einen Blick mit Winter, dann nahm er ihre Hand. „Wir müssen vorsichtig sein." Doch sie hatten keine andere Wahl. Entweder sie zwängten sich an der Lavagrube vorbei, oder sie würden direkt in die Arme der Dämonen laufen.

Sie gingen auf die Grube zu und Logan konnte bereits Geräusche aus einem der anderen Tunnel hören. Er musterte schnell die Kante an der Grube und testete sie mit einem Fuß. Ein Teil des Gesteins brach ab und fiel in die brodelnde Lava, wo der Stein schmolz.

Winter stöhnte auf.

„Wir schaffen das", versicherte er ihr. „Ich

gehe voraus. Wir bleiben so nah wie möglich an der Felswand. Geh hinter mir."

Sie nickte, doch er konnte die Angst in ihren Augen sehen.

Logan atmete tief ein und ging voran. Mit einer Hand griff er in die Vertiefungen entlang der Felswand, mit der anderen hielt er Winters Hand fest. Unter sich konnte er spüren, wie der Fels nachgab. Letztendlich würde die heiße Lava darunter das Gestein zerfressen, es verflüssigen und so den Fluchttunnel unerreichbar machen. Doch er hoffte, dass dies nicht heute geschah.

Langsam arbeitete er sich in Richtung Tunneleingang vor. Noch vier Meter, dann noch drei. Die Kante wurde immer schmaler und Logan begriff, dass er sein Vorgehen ändern musste. Er stoppte, kalkulierte das Risiko und traf eine Entscheidung. Er drehte seinen Kopf zu Winter.

„Vertraust du mir?"

„Ja."

„Ich weiß, wie wir es schaffen." Logan zeigte auf die Kante vor ihm. „Die wird uns nicht beide gleichzeitig tragen können. Ich gehe voraus. Du musst hier warten und dich an der Steinwand festhalten, um die Balance nicht zu verlieren. Sobald ich auf der anderen Seite bin, helfe ich dir hinüber."

Er bemerkte, wie sie schluckte. „Oh Gott."

„Ich werde dich nicht sterben lassen."

Winter nickte, während sie am ganzen Körper zitterte.

Er ließ ihre Hand los und bewegte sich vorwärts, setzte ganz sachte einen Fuß vor den anderen, wobei er etwas Gewicht von der Kante nahm, indem er sich an dem zerklüfteten Gestein zu seiner Linken festhielt. Noch zwei Meter. Noch drei Schritte. Er setzte seinen rechten Fuß auf den festen Boden am Eingang des Tunnels und drückte sich von der Kante ab. Sein linkes Bein rutschte ab und er stürzte nach vorne und fiel in den Tunnel. Er rollte sich herum und schaute zurück. Ein Teil des Vorsprungs, auf den er getreten war, war in die Grube gefallen.

Sein Blick schoss zu Winter, die sich immer noch an die Felswand klammerte, ihre Füße immer noch auf der Kante, doch zwischen ihnen befand sich nun eine Lücke von etwa zwei

Metern, eine Lücke, die zum Überspringen zu gefährlich war. Winter sah ihn mit Entsetzen an.

„Ich hole dich. Warte." Er legte seinen Rucksack ab und nahm ein Seil heraus, an dessen Ende sich ein Haken befand. Hastig suchte er nach einer Stelle, wo er den Haken verankern konnte und fand ein paar Meter entfernt im Tunnel einen großen Felsen. Dort befestigte er den Haken, stellte sicher, dass er nicht verrutschen konnte und kehrte zur Tunnelöffnung zurück. Er versuchte, die Entfernung zwischen ihm und Winter mit den Augen abzuschätzen und band das Seil um seine Taille. Dabei bemaß er die Länge gerade so, dass es die benötigte Reichweite hatte.

Er ging ganz an den Rand der Grube und spürte, wie sich das Seil hinter ihm straffte, während er sich vorlehnte. Sein Körper wurde von dem Seil gehalten, während er seine Füße gegen die Kante stemmte.

Sein Blick suchte Winters Augen. „Ich bin auf halbem Weg. Jetzt ist es nur noch ein Meter, Winter. Strecke deine Arme nach mir aus. Ich werde dich greifen. Und dann ziehe ich uns rein."

Kalte Angst schaute aus ihren Augen. Tränen schimmerten in ihnen. „Logan, das Seil wird uns nicht beide halten."

„Das wird es." Das musste es. „Vertrau mir, Winter. Ich werde dich nicht hier zurücklassen. Wir schaffen es hier raus." Er streckte seine Arme nach ihr aus. „Tu es."

Er beobachtete, wie sie zögernd die Felswand losließ und einen Schritt auf ihn zumachte. Nun stand sie ganz am Rand der Grube.

„Streck deine Arme aus."

Er sah, wie sie zitterte, doch endlich streckte Winter ihre Arme nach ihm aus und überbrückte so die Entfernung zwischen ihnen. Er griff nach ihr und zog sie zu sich, gerade als das Gestein unter Winters Füßen zerbröckelte.

Er drehte seinen Oberkörper ruckartig zur Seite und schwang seine kostbare Fracht in Richtung Tunnel, wo er sie losließ. Winter rollte auf den Boden. Mit einem Seufzer der Erleichterung zog Logan sich am Seil zurück, bis er sein Gleichgewicht wiedergefunden hatte. Er schaute zur Grube zurück und darüber weg in die Höhle, in der Winter angekettet gewesen war, und sah mehrere Dämonen.

Er befreite sich schnell von dem Seil und half Winter auf. „Bist du verletzt?", flüsterte er.

Sie schüttelte den Kopf.

Er schnappte sich seinen Rucksack, nahm Winters Hand und begann mit ihr den Tunnel hinabzulaufen. Nach etwa einhundert Metern kamen sie zu einer Kreuzung. Logan zog die Karte heraus, die Winter gezeichnet hatte und studierte sie. Er hielt sie etwas näher an eine der Flammen, die aus den Rissen im Fels schossen.

„Diese Richtung", sagte er.

Winter legte eine Hand auf seinen Arm und zeigte auf die Karte. „Nein. Diese Vortexkreise sind zu nah an den Tunneln, die Zoltan und die anderen Dämonen benutzt haben. Dort werden schon zu viele Wächter sein." Sie deutete auf einen anderen Kreis, wo mehrere Gänge aufeinandertrafen. „Dieser ist weiter weg. Wenn wir Glück haben, haben sie den noch nicht erreicht, um mehr Wachen aufzustellen."

„Du hast recht. Dann gehen wir dorthin."

Sie rannten fast den ganzen Weg und

beeilten sich so sehr sie konnten, ohne viel Lärm zu machen. Gelegentlich mussten sie die Karte konsultieren. Logan war überrascht und erfreut, wie genau sie war. Er schätzte, dass sie etwa zehn Minuten gebraucht hatten, um den Vortexkreis zu erreichen. Logan konnte ihn am Ende des Tunnels bereits sehen.

Er stoppte und zog Winter zu sich, damit er seine nächsten Schritte erklären konnte.

„Wir müssen dorthin und einen Dämon dazu bringen, einen Vortex für uns zu öffnen, damit wir in die Menschenwelt reisen können."

„Willst du damit sagen, ich soll versuchen, einen Dämon mental zu beherrschen? Ich weiß nicht, wie das geht. Das habe ich noch nie versucht. Was, wenn es nicht funktioniert?"

Logan schüttelte den Kopf. „Ich habe einen besseren Plan." Er griff in seine Innentasche und zog eine Phiole heraus. „Wesley hat mir das gegeben. Es wird meine Augen zeitweilig dämonen-grün machen und meine Aura auslöschen, damit die Dämonen nicht erkennen können, dass ich ein Hüter der Nacht bin."

„Du meinst, dann kannst du einen Vortex

heraufbeschwören und uns hier raus transportieren?"

Er schüttelte den Kopf. „Leider nicht. Aber keine Angst. Ich habe einen Plan. Vertraust du mir?"

Sie nickte.

„Dann mach genau, was ich dir sage, sobald wir an dem Vortexkreis ankommen." Er öffnete die Phiole und schluckte die Flüssigkeit. „Hoffentlich funktioniert das." Der Zaubertrank schmeckte schrecklich. Er kam ihm beinahe wieder hoch.

„Oh mein Gott!", flüsterte Winter.

„Was?"

Sie zeigte auf seine Augen. „Dämonenaugen."

„Gut, lass uns gehen. Wir sind jetzt sichtbar." Er pausierte einen Moment. „Und entschuldige das hier, bitte …"

Bevor sie protestieren konnte, schnappte er ihren Oberarm und führte sie in Richtung Kreis. In der Ferne konnte er Schreie und Schritte hören, die sich näherten. Verstärkung. Er musste schnell handeln.

„Hey, du!", sprach Logan die Wache an, die

mit einem Clipboard in der Hand am Rande des Kreises stand.

Fast gelangweilt sagte der Dämon: „Was ist dein Anliegen?"

„Befehl vom Großmächtigen", sagte Logan und zerrte Winter näher. „Er will, dass du die hier nach oben bringst. Es ist eine Meuterei im Gange." Er deutete zu dem Tunnel, aus dem die Geräusche kamen. „Sie wollen sie umbringen. Für den Großmächtigen hat es oberste Priorität, diese Frau zu verstecken. Also geh! Bring sie nach oben!"

„Warum machst du das nicht? Ich habe Wachdienst."

Logan baute sich vor der Wache auf und knurrte ihn an. „Weil der Großmächtige mir eindeutige Befehle gegeben hat! Darum! Oder willst du seinen Zorn spüren? Soll ich ihm sagen, dass du seinen Befehl in Frage gestellt hast?"

Der Dämon wich plötzlich zurück. „Nein, nein. Ich mach's. Natürlich. Wohin will er, dass ich sie bringe?"

„Nach San Francisco. Wenn du dort ankommst, verstecke sie und bleib bei ihr. Der

Großmächtige wird dich finden, sobald die Luft rein ist."

Der Dämon nickte pflichtbewusst und Logan ließ Winters Arm los. Sie starrte ihn angsterfüllt und schockiert an. Doch das war gut so. Sie sah echt verängstigt aus. Der Dämon würde keinen Verdacht schöpfen.

„Verschwinde!"

Der Dämon nahm Winter am Arm und beschwor in der Mitte des Kreises einen Vortex herauf, dann sprang er mit ihr hinein.

Logan verlor keine Zeit, machte sich unsichtbar und folgte ihnen. In dem Vortex aus Nebel und Dunst war es dunkel, doch seine Augen konnten Winter ausmachen und er griff nach ihrem Arm und hielt sich an ihr fest.

In einem Dämonenvortex zu reisen, war genauso wie in einem Portal der Hüter der Nacht, jedoch mit einem Unterschied. Logan konnte die Gedanken des Dämons hören.

Verdammt nochmal. Warum bin ich immer derjenige, der Befehle befolgen muss?

Nicht mehr lange, dachte sich Logan.

Plötzlich spürte er, wie Winter und der Dämon sich bewegten und wusste, dass sie angekommen waren und aus dem Vortex traten. Immer noch unsichtbar und sich immer noch an Winters Arm festhaltend, folgte Logan ihnen. Der Vortex schloss sich hinter ihnen und Logan sah, wo sie waren: in einem Industriegebiet am Wasser.

Da er kein Risiko eingehen wollte, ließ Logan Winters Arm los und zog seinen Dolch heraus. Geräuschlos näherte er sich dem Dämon und stach ihm den Dolch ins Herz. Ein gurgelndes Geräusch erklang, dann fiel die Leiche des Dämons auf den Boden, wo sie mit einem befriedigenden dumpfen Schlag aufkam.

Endlich konnte er wieder atmen, drehte sich zu Winter um und machte sich sichtbar. Sie warf sich ohne Zögern in seine Arme.

„Oh Gott", schluchzte sie unter Tränen. „Ich hatte solche Angst. Ich dachte, dass du dort unten bleiben würdest. Ich dachte, du würdest es nicht schaffen."

Er rieb ihren Rücken. „Und dich in den Händen eines Dämons lassen? Keine Chance."

„Du bist gekommen. Nach allem, was geschehen ist, bist du gekommen, um mich zu retten." Sie schniefte.

Er wich etwas zurück. Dies war der Moment, den er am meisten gefürchtet hatte. Denn obwohl er Winter vor den Dämonen gerettet hatte, war da etwas, das sie ihm vielleicht nie verzeihen konnte.

Logan wischte eine Träne von ihrer Wange. „Winter, ich muss dir etwas sagen. So wie es zwischen uns steht …" Er ließ seine Arme fallen. „Deine Großmutter. Ich habe sie tatsächlich getötet. Es tut mir leid. Ich wünschte, ich könnte sagen, dass ich es nicht war. Aber ich war es. Ich musste es tun. Nicht, weil es mir befohlen wurde, sondern weil sie nicht mehr zu retten war. Sie hatten sie schon. Sie hatte sich ihnen schon unterworfen."

Er ließ den Kopf hängen, damit er sie nicht mehr ansehen musste. Damit er den Hass in ihren Augen nicht sehen musste.

Eine sanfte Hand streichelte plötzlich seine Wange und er hob den Kopf, um Winter anzustarren.

„Das weiß ich bereits. Zoltan erzählte es mir. Ich glaube, er wollte mir beweisen, dass letztendlich jeder einwilligt, sogar eine Frau, die so gütig wie meine Großmutter war." Sie hielt inne. „Er sagte mir auch, dass er mich als Druckmittel verwendet hatte. Es war meine Schuld, Logan, meine Schuld, dass meine Großmutter nachgab. Zoltan drohte ihr, dass er mir wehtun würde, wenn sie nicht einwilligte. Sie tat es für mich, weißt du." Sie schüttelte den Kopf. „Es war nicht deine Schuld. Du hast getan, was du tun musstest. Und jetzt, wo ich alles weiß, hätte ich es auch selbst gemacht, egal wie sehr es mir auch weh getan hätte." Tränen liefen ihr Gesicht hinab.

Logan zog sie in seine Arme. „Es tut mir leid, Winter, so leid, dass du das erfahren und durchmachen musstest. Ich wünschte, ich hätte dir diesen Schmerz ersparen können."

Sie weinte an seiner Brust. „Es tut mir leid, dass ich dir nicht genug vertraute."

„Es ist jetzt alles in Ordnung, meine Liebste, alles in Ordnung. Du bist jetzt in Sicherheit und ich sorge dafür, dass das so bleibt."

Sie hob ihren Kopf und lächelte ihn durch ihre Tränen an. „Du hast immer noch grüne Augen."

„Tut mir leid. Wes sagte mir nicht, wie lange der Zaubertrank halten würde." Er berührte ihr

Gesicht. „Macht es dir was aus, wenn ich dich küsse, obwohl ich wie ein Dämon aussehe?"

Er hatte kaum den Satz beendet, als Winters Lippen auch schon auf seinen lagen und sie ihn küsste. Er erwiderte den Kuss sofort und zog sie enger in seine Umarmung. Er wollte sie nie wieder loslassen.

„Tja, sieht so aus, als wäre alles gut gegangen", ertönte eine vertraute, männliche Stimme aus ein paar Metern Entfernung.

Widerwillig beendete Logan den Kuss und drehte seinen Kopf, um Wesley und Virginia näherkommen zu sehen.

„Dein Timing ist ungeschickt, Wes", sagte Logan mit einem Grinsen.

„Das kann ich sehen", erwiderte Wesley und wechselte einen Blick mit seiner Frau.

Virginia starrte direkt in Logans Augen. „Immer noch so grün wie die eines Dämons. Wenn ich nicht wüsste, dass du einer von uns bist, dann würde ich dich jetzt mit meinem Dolch erstechen."

Logan lächelte sie an. „Du hast einen sehr talentierten Mann."

Virginia warf Wes einen Seitenblick zu. „Ich weiß."

Wes grinste. „Bin ich auch. Doch der GPS-Sender hat nicht funktioniert. Er hörte auf zu senden, als das Portal explodierte. Wir hatten keine Ahnung, ob du es geschafft hattest oder nicht. Bis vor ein paar Minuten, als der Sender plötzlich hier in San Francisco aktiv wurde."

„Ich nehme an, er funktioniert in der Unterwelt nicht", sagte Logan.

„Wäre auch zu gut, um wahr zu sein", ergänzte Virginia und nickte Winter zu. „Ich bin froh, dass du es geschafft hast. Aber du weißt, dass die Sache noch nicht zu Ende ist."

Winter holte tief Luft. „Werden sie mich am Leben lassen?"

Virginia schenkte ihr ein beruhigendes Lächeln. „Es liegt an dir, jetzt die Ratsmitglieder zu überzeugen. Meine Stimme hast du schon."

Logan suchte Winters Blick. „Wir schaffen das." Denn Versagen war keine Option.

36

Als Winter an Logans Seite die Kammer betrat, waren alle Mitglieder des Rats der Neun versammelt, sieben Männer und zwei Frauen, einschließlich Virginia. Virginia war vorausgegangen und hatte den Rat im Groben über alle Geschehnisse informiert, die sich nach Logans Flucht aus der Bleizelle zugetragen hatten. Aiden hatte sie begleitet, um direkt an seinen Vater zu appellieren, Gnade walten zu lassen. Winters und Logans Taten hatten Barclays Familie vor dem sicheren Tod bewahrt.

Jetzt war der Rat endlich bereit, Winter und Logan zu ihrer eigenen Verteidigung sprechen zu hören, und sein Urteil zu fällen.

Winter ließ ihren Blick nicht zu lange auf einem einzelnen Ratsmitglied liegen, denn deren Gegenwart schüchterte sie ein. Stattdessen sah sie geradeaus und fixierte ihren Blick auf den Hammer in Barclays Hand. Logan hatte sie zuvor noch instruiert, nur zum Rat zu sprechen, wenn sie dazu aufgefordert würde, und Respekt zu zeigen.

„Nun, Logan", begann Barclay, „es scheint, als hätten wir dich unterschätzt."

Winter atmete erleichtert aus. Das fing gut an.

„Du hast nicht nur gegen die Befehle des Rats gehandelt und anschließend deinen Schützling von den Dämonen schnappen lassen, nein, du warst auch leichtsinnig genug, dich von deinen Scanguards-Freunden in einem Portal in die Luft jagen zu lassen. Hast du völlig den Verstand verloren? Was, wenn du dabei umgekommen wärst, statt in Zoltans Unterwelt zu landen?"

„Wie du weißt, hat es funktioniert", sagte Logan.

Barclay knurrte. „Ja, es hat funktioniert. Das bedeutet jedoch nicht, dass der Rat dein Handeln gutheißt. Was, wenn du es nicht zurück geschafft hättest? Dann hätten die Dämonen nicht nur eine Seherin, sondern auch einen Hüter der Nacht, den sie für ihre Zwecke benutzen könnten. Oder hast du diese Möglichkeit nicht einmal in Betracht gezogen, als du deine tollkühne Entscheidung getroffen hast?"

Mehrere Ratsmitglieder murrten zustimmend.

„Ich übernehme die volle Verantwortung für meine Taten", sagte Logan. „Allerdings handelte ich nicht ohne Plan. Ich wusste, dass es funktionieren würde und ich wusste, wie ich aus der Unterwelt wieder fliehen konnte. Mit Winter. Ich hatte jede Eventualität einkalkuliert."

Winter senkte ihren Blick, denn sie wollte niemandem den Zweifel in ihren Augen zeigen, denn auch sie hatte sich gefragt, ob sie es aus der Unterwelt heraus schaffen würden. Sie bezweifelte, dass die Flucht aus einer Folterkammer durch Überbrückung einer brodelnden Lavagrube Teil von Logans Plan war. Eine Menge Improvisation war für ihre Flucht notwendig gewesen.

„Dann gehörte es bestimmt auch zu deinem Plan, dass die Seherin von den Dämonen gefangen genommen wurde, nachdem du Aiden und seine Familie gerettet hattest?", warf ein anderes Ratsmitglied mit vor Sarkasmus triefender Stimme ein.

„Da du die erfolgreiche Rettung von Aiden und seiner Familie erwähnst, Ratsmitglied Ian," griff Logan das Thema wie ein geschickter Politiker auf, „wäre diese Rettung ohne die Hilfe besagter Seherin nicht möglich gewesen." Er deutete auf Winter. „Winter sah den Angriff in einer Vision und –"

„Ja, ja, das wissen wir bereits", sagte Ian ungeduldig, „doch worauf ich hinaus will, ist die Tatsache, dass die Seherin unter deinem Schutz von den Dämonen geschnappt wurde. Das ist der Grund, warum die Mehrheit des Rats dafür gestimmt hatte, sie zu eliminieren."

Bei diesen Worten erschauderte Winter. Sie hasste das Wort. Es klang so klinisch, doch gleichzeitig war es grausam.

„Mit allem gebührenden Respekt, Ratsmitglied", sagte Logan und seine Stimme klang nun noch angespannter, „Winter hat euch allen bewiesen, dass sie uns von Nutzen sein kann. Dass ihre Visionen Leben retten können."

„Daran zweifelt niemand", warf Barclay ruhig ein.

Winter hob ihren Blick und sah Barclay an, der in der Mitte des halbmondförmigen Tisches saß. Er tat sein Bestes, unparteiisch zu wirken, doch sie wusste von Aiden, dass er auf ihrer Seite war. Er wollte sie leben lassen. Doch fünf andere im Rat wollten das nicht.

„Vielleicht ist es an der Zeit, Winter für sich selbst sprechen zu lassen", meinte Barclay freundlich.

Ein paar Ratsmitglieder äußerten ihren Unmut, doch Barclay unterstrich seinen Antrag mit einer einladenden Handbewegung. „Irgendwelche Fragen an die Seherin?"

Eine Frau hob ihre Hand.

„Riona, bitte."

Die Frau sah sie direkt an und Winter musste sich ihrem Blick stellen, wenn sie nicht unhöflich sein wollte. „Als Sie gefangen waren, welche Geheimnisse haben Sie den Dämonen ausgeplaudert?"

„Keine!", sagte Winter sofort.

Riona hob ihre Augenbrauen. „Na, na, Miss Collins, gemäß unseren Berichten, waren Sie sechs Stunden lang eine Gefangene der Dämonen. Und Sie erwarten von uns, zu glauben, dass die Dämonen in der Zeit nicht in der Lage waren, Sie in irgendeiner Weise zu beeinflussen, sei es durch ihre mentalen Kräfte oder durch physische Folter?" Sie stieß ein Lachen aus. „Ich bin nicht von gestern, genauso wenig wie meine Kollegen."

Winter spürte, wie sich ihre Schultern versteiften. Diese Frau ließ sich nicht so einfach überzeugen. „Zoltan versuchte es zuerst mit Charme. Er sagte mir, dass Ihre Rasse nicht besser sei als seine. Dass Sie genauso wahllos töten wie er."

Ein Keuchen ging durch die Versammlung.

„Seine Worte, nicht meine", sagte sie schnell. „Doch sein Charme hatte bei mir keine Wirkung. Ich habe mich von seiner Propaganda nicht täuschen lassen. Also versuchte er, in meinen Geist einzudringen."

„Also haben Sie ihm doch Informationen gegeben", unterbrach Riona sie und tauschte vielsagende Blicke mit ihren Kollegen.

Winter schüttelte den Kopf. „Ich habe ihn verletzt."

Riona starrte Winter an. „Sie haben was getan?"

„Ich habe Zoltan, ihren Anführer, verletzt. Als er versuchte, in meinen Geist einzudringen, habe ich mich gewehrt. Meine psychische Kraft hat ihn rausgeschmissen. Mein Geist ist nicht wie der eines Menschen. Ich wusste das nicht, bis ich Gabriel begegnete, einem Vampir, der für Scanguards arbeitet ..."

„Wir kennen ihn", warf Barclay ein. „Fahren Sie fort."

„Gabriel hat versucht, mir mit meinen Visionen zu helfen, damit ich sie zu steuern lerne, doch der Versuch scheiterte. Während des Versuchs habe ich jedoch herausgefunden, dass mein Geist wie eine Festung ist. Er lässt kein Eindringen zu. Mein Geist bekämpft und verletzt jeden, der es versucht." Sie sah Logan an.

Er nickte. Sie hatten zuvor besprochen, was sie dem Rat erzählen würde, um die Ratsmitglieder zu überzeugen. Er schien zufrieden zu sein.

„Ich habe Gabriel an Gesicht und Händen verbrannt. Ich habe einen mächtigen Vampir verletzt und ich habe Zoltan, den Anführer der Dämonen, verletzt. Ich sehe vielleicht nicht so aus, doch ich bin stärker als Zoltan, auch wenn ich ihm vielleicht körperlich nicht gewachsen bin. Ich werde mich ihm und seinen Dämonen niemals unterwerfen."

Gemurmel raunte durch die Kammer.

„Barclay?", fragte ein anderes Ratsmitglied.

„Bitte, Cinead."

„Miss Collins, das mag schon der Fall sein. Doch wie würden Sie eine körperliche Folter durchstehen?", fragte Cinead.

„Dazu kam es nie", sagte Winter.

Sie streckte ihr Kinn vor und sah den Mann an, der gesprochen hatte, in der Hoffnung, seine Zweifel zu vertreiben. Er war etwa in Barclays Alter, ein Mann, der in menschlichen Jahren aussah, als wäre er Ende vierzig, Anfang fünfzig. Doch wenn sie bedachte, dass Logan schon zweihundert Jahre alt war, musste dieses Ratsmitglied bestimmt doppelt so alt sein. Sein Alter war jedoch nicht der Grund, warum sie ihn genauer ansah. Sein Gesicht kam ihr bekannt vor. Als wäre sie ihm schon einmal begegnet.

Doch bevor sie sich erinnern konnte, fuhr Cinead fort: „Doch es wird dazu kommen, wenn Sie wieder in ihre Hände fallen. Was dann?"

„Das ist eine unfaire Frage", unterbrach Logan.

Cinead warf Logan einen verärgerten Blick zu. „Das ist eine berechtigte Frage. Ich möchte, dass sie antwortet."

Cinead starrte sie direkt an, dominant und erhaben. Sie hatte diesen Blick schon einmal gesehen. Sie wusste wo. Dessen war sie sich jetzt sicher. Der Mann auf dem Gemälde. Der Mann mit seiner Frau und dem Baby.

„Das Kind", murmelte Winter, als sie sich an ihre Vision erinnerte. „Das war Ihr Sohn."

„Antworten Sie auf Cineads Frage!", unterbrach Riona.

Cinead legte seine Hand auf Rionas Arm und stoppte sie, seinen Blick immer noch auf Winter gerichtet. „Welches Kind?" Seine Stimme klang jetzt anders, voller Emotionen, die zuvor nicht da gewesen waren.

„Das Baby in der Krippe. Das Baby, das der Dämon gestohlen hat."

Cinead schüttelte den Kopf. „Gestohlen? Nein. Mein Sohn ... Das erfinden Sie doch nur. Sie haben etwas gehört. Jemand hat Ihnen von meinem Sohn erzählt ... Von seinem Tod ..." Seine Stimme brach ab.

„Er hatte ein Muttermal auf seiner Pobacke."

Cinead funkelte Logan wütend an. „Hast du sie darauf angesetzt? Ich schwöre, ich werde dich zu einem Duell herausfordern, wenn du dahintersteckst."

„Ich habe deinen Sohn bei Winter nie erwähnt. Das schwöre ich. Ich habe nicht einmal dich erwähnt", sagte Logan.

Cineads Blick fiel wieder auf Winter. „Dann lassen Sie uns diesem Tarot-Hokuspokus auf den Grund gehen. Wie sah das Muttermal aus?"

„Es war sonderbar, schwer zu beschreiben."

„Genau wie ich dachte. Sie lügen. Sie hatten keine Vision von meinem Sohn. Sie –"

„Eine Axt. Es sah wie eine Axt aus."

Cinead schnappte nach Luft. Sein Gesichtsausdruck veränderte sich. Schmerz verdunkelte sein Gesicht. „Sie sahen, wie die Dämonen meinen Sohn töteten?"

„Nein. Nicht töteten. Ein Dämon kam und nahm ihn aus seiner Krippe. Vorsichtig, so, als wollte er ihm nicht wehtun."

„Das ist eine Lüge! Die Krippe war voller Blut. Sie haben mir nicht mal seine Leiche gelassen, damit ich ihn begraben konnte", rief Cinead aus. „Verdammt! Bringt sie weg, aus meinen Augen! Meine Entscheidung steht! Eliminiert sie!"

„Das war nicht das Blut Ihres Sohnes. Der Dämon hatte eine Flasche mit Blut dabei. Rot. Wie das eines Menschen oder eines Tieres, aber es war Blut. Und er hat es über die Matratze und das Laken geschüttet. Er hat dem Baby nicht wehgetan. Er hat Ihren Sohn an seine Brust gedrückt, als wäre er etwas kostbares. Ich bin ihm gefolgt."

„Gefolgt?", echote Cinead.

„In meiner Vision. Ich folgte ihm die Treppe hinunter. In der Eingangshalle der Villa, Ihrem Zuhause, hat er einen Vortex heraufbeschworen und ist mit dem Kind verschwunden. Und dort sah ich dann ein Gemälde mit Ihnen und Ihrer Frau, die ein Baby in den Armen hielt. Ich schwöre, das habe ich gesehen. Das Baby war am Leben, als der Dämon damit im Vortex verschwand."

„Aber ..." Cinead wechselte Blicke mit seinen Kollegen. Verwirrung und noch etwas anderes breitete sich auf seinem Gesicht aus: Hoffnung. Hoffnung, dass sein Sohn noch am Leben war. „Wissen Sie, wie lange das schon her ist?"

Sie schüttelte den Kopf. „Ich kann es nur anhand der Möbel und der Kleidung vermuten, die Sie und Ihre Frau auf dem Gemälde trugen. Irgendwann in der Regency Epoche."

Cinead nickte. „Mein Sohn wurde mir vor über zweihundert Jahren genommen. Ich beerdigte einen leeren Sarg. Ich habe um ihn getrauert." Tränen schossen in seine Augen. „Kann ich wirklich glauben, dass es Hoffnung gibt? Dass mein Sohn noch lebt?"

Winter ging näher an den Tisch heran und niemand hielt sie auf. Direkt vor Cinead blieb sie stehen. „Er war am Leben, als der Dämon ihn mitnahm. Wenn er Ihren Sohn hätte töten wollen, warum dann nicht gleich dort? Wäre es nicht schlimmer gewesen, die verstümmelte Leiche Ihres Sohnes zu finden und zu wissen, wie sehr er gelitten hatte?" Winter schüttelte den Kopf und griff über den Tisch, um Cineads Hand zu berühren. „Ich glaube nicht, dass sie ihn getötet haben. Sie wollten nur, dass Sie glaubten, er sei tot, damit Sie nicht nach ihm suchen."

Cinead sah ihr in die Augen. „Angus. Er heißt Angus." Dann blickte er zur Mitte des Tisches, wo Barclay saß. „Ich möchte meine Entscheidung ändern. Ich will, dass Winter rund um die Uhr beschützt wird."

Winter drückte Cineads Hand.

„Werden Sie mir helfen, Angus zu finden?", fragte er.

Sie nickte und Tränen strömten nun ihr Gesicht hinab. Augenblicke später spürte sie Logans Arme, mit denen er sie in eine Umarmung zog.

Plötzlich sprachen alle durcheinander, bis Barclays Hammer Ruhe in der Ratskammer gebot.

„Die Entscheidung wurde geändert. Winter Collins, wir werden Ihnen zu Ihrem Schutz permanent einen Hüter zuteilen. Die Details werden wir in einer anderen Sitzung besprechen. Jetzt zu Logans Strafe. Logan, in Anbetracht der ungewöhnlichen Geschehnisse wird der Rat in einer separaten Sitzung eine angemessene Strafe diskutieren. Jedoch wird der Rat den Vorwurf des Hochverrats auf eine Anklage wegen Befehlsverweigerung reduzieren. Die Sitzung ist beendet.“ Barclay schlug mit dem Hammer auf den Tisch.

„Danke, Primus“, sagte Logan und verbeugte sich.

Sofort eskalierte der Geräuschpegel, während sich die Ratsmitglieder von ihren Stühlen erhoben, die Türen sich öffneten und Logans Freunde, die draußen gewartet hatten, hereinstürmten.

„Du hast es geschafft“, sagte Logan zu Winter. „Du hast sie umgestimmt.“

„Mit deiner Hilfe.“

Er schüttelte den Kopf. „Du hast meine Hilfe nicht gebraucht." Er lächelte. „Warum hast du mir nicht von deiner Vision erzählt?"

„Es gab keine Gelegenheit." Sie sah Cinead an, der den Tisch umrundet hatte und nun auf sie zukam. „Ich hatte die Vision, nachdem Zoltan versucht hatte, in meinen Geist einzudringen und bevor er mich ohnmächtig schlug. Ich habe es vergessen, da so viel anderes in den letzten vierundzwanzig Stunden passiert ist." Sie lächelte Cinead an. „Aber als ich erkannte, dass Sie der Mann auf dem Gemälde waren, kam alles wieder zurück."

„War Zoltan der Dämon, der meinen Sohn entführt und seinen Tod inszeniert hat?"

Winter schüttelte den Kopf. „Ich weiß es nicht. Es war zu dunkel im Raum. Und er trug einen Umhang mit Kapuze. Ich sah nur seine grünen Augen für einen Augenblick, aber ich konnte sein Gesicht nicht erkennen." Sie seufzte. „Es tut mir leid. Aber ich werde alles tun, um Ihnen zu helfen, Angus zu finden."

„Wenn er noch am Leben ist", sagte Cinead, doch er lächelte mit Hoffnung in den Augen.

„Wenn er es nicht ist, dann werde ich

herausfinden, was mit ihm geschehen ist. Damit Sie endlich diese Sache abschließen können."

Cinead nickte und nahm ihre Hände. „Ich habe Sie falsch eingeschätzt. Viele von uns taten das. Es tut mir leid, was wir Ihrer Großmutter antun mussten. Als wir über Sie entschieden, wussten wir nicht, dass Sie ihre Enkelin sind. Ein anderer Familienname, eine andere Stadt, wissen Sie, wir hatten nicht genug Zeit, einen detaillierten Hintergrundcheck durchzuführen. Wir hatten Angst, dass die Dämonen Sie erwischen."

„So wie sie meine Großmutter erwischt haben", sagte Winter. „Ich gebe Ihrem Rat keine Schuld. Jetzt, wo ich Zoltan begegnet bin und weiß, wozu er und seine Dämonen fähig sind, verstehe ich, dass Sie tun mussten, was Sie getan haben. Meine Großmutter hatte eine Schwachstelle, mich." Sie sah Logan an. „Ich werde mich Zoltan nie unterwerfen. Denn alles, was ich um mich herum verspüre, ist Stärke. Ich kann für euch stark sein, für euch alle. Ich werde eure Augen und Ohren sein."

Cinead drückte ihre Hände, dann ließ er sie los. „Kümmere dich um sie, Logan. Winter ist jetzt ein Teil unserer Familie. Und wir beschützen unsere Familie."

Ein Teil unserer Familie. Die Worte hallten in Winters Kopf wider und ließen ihr Herz vor Freude höher schlagen.

Sie war jetzt ein Teil von etwas.

Sie war nicht mehr alleine.

37

Logan schloss die Tür zu seinem Privatquartier hinter sich. Eine Woche war vergangen, seit der Rat Winters Exekutionsbefehl aufgehoben hatte. Der Rat war auch mit ihm nachsichtig gewesen und hatte nur eine Verwarnung bezüglich der Befehlsverweigerung erteilt.

„Winter?", rief er.

Er hörte Geräusche aus dem angrenzenden Badezimmer und ging auf die Tür zu, gerade als Winter in einen kurzen Bademantel gekleidet, ihr Haar noch feucht und ihre Wangen rosig, herauskam.

Oh Gott, wie er diese Frau liebte. Er hatte es ihr noch nicht gestanden, jedenfalls nicht mit diesen Worten. Er wollte sie nicht bedrängen, wollte nicht, dass sie glaubte, sie schuldete ihm etwas, nur weil er ihr Leben gerettet hatte. Doch das hatte ihn nicht davon abgehalten, sie mit Zuneigung zu überschütten oder ihr mit seinem Körper zu zeigen, wie sehr er sie begehrte, sie anbetete, sie liebte.

Als er sie jedoch nun ansah, wusste er, dass er seine Liebe nicht mehr länger für sich behalten konnte. Er musste ihr sagen, was er sich wünschte. Und hoffte, dass sie bereit dazu war.

„Logan", hauchte sie auf diese verführerische Art und Weise, die immer zum selben führte, dazu, wie er ihr die Kleider vom Leib riss und seinen Schwanz tief in ihr vergrub. „Du bist früher zurück, als ich erwartet hatte."

Mit einem Lächeln ging er auf sie zu. „Ich hoffe, das macht dir nichts aus."

Sie griff nach seinem Arm und zog ihn näher. „Ich dachte mir ..."

„Ja?" Er machte den Gürtel ihres

Bademantels auf und glitt mit seinen Händen darunter. Ihre Haut war warm und weich.

„Oh", seufzte sie.

„Du sagtest, du dachtest dir ...?" Er streichelte ihre Hüften, bevor er seine Hände zu ihren Brüsten gleiten ließ.

„Jetzt kann ich mich nicht mehr erinnern."

Er drückte ihre Brüste sanft. Er liebte das Gefühl ihres festen Fleisches, wie es seine Handflächen füllte. „Kann also nicht sehr wichtig gewesen sein." Er senkte seinen Kopf, um ihr einen sanften Kuss auf die Lippen zu drücken, während er sie einen Schritt zurück schob und so ihren Rücken an die Wand presste. „Du riechst gut. Ich wette, du schmeckst sogar noch besser." Er ging vor ihr auf die Knie.

„Logan ..."

Doch was auch immer sie sagen wollte, kam nicht über ihre Lippen, denn Logan presste schon einen Kuss in ihre feuchten Schamhaare. „Mmm." Dann nahm er ein Bein und legte ihren Oberschenkel auf seiner Schulter ab.

„Du bist verrückt", murmelte sie keuchend.

„Ja, verrückt nach dir." Er brachte seinen Mund zu ihren Schamlippen und leckte darüber.

Das hatte er in der letzten Woche oft getan, ihr mit seinem Mund Vergnügen bereitet, bevor er sie wie eine Bestie gefickt hatte. Sie hatte sich kein einziges Mal darüber beschwert. Jedes Mal hatte sie ihn mit offenen Armen empfangen und verlangt, dass er sie noch härter nahm. Sie hatten ganze Nächte damit verbracht, Liebe zu machen und selbst wenn sie schliefen, musste er sie berühren. Viele Male war er geiler als ein Matrose auf Landurlaub mitten in der Nacht aufgewacht. Dann hatte er sie aufgeweckt, indem er seinen harten Schwanz in sie gestoßen hatte. Immer hatte sie vor Vergnügen aufgestöhnt und sich ihm mit ihrem Körper hingegeben. Doch war sie bereit, ihm auch ihr Herz zu schenken?

Unter seinen Lippen spürte er Winters Fleisch erbeben. Ihr unregelmäßiges Atmen und ihr sanftes Stöhnen bestätigten ihm, was er bereits wusste. Sie war nahe an ihrem Höhepunkt. Und ihm ausgeliefert, denn er hatte gelernt, ihren Orgasmus hinauszuzögern oder zu beschleunigen. Er hatte gelernt, dass ein langes, sanftes Lecken mit seiner Zunge ihre Erregung abklingen lassen würde und ihre Klitoris zwischen seine Lippen zu saugen und darauf zu drücken, innerhalb eines kurzen Augenblicks einen Orgasmus verursachen konnte. Winter wusste das auch.

„Logan, bitte!"

Er hörte ihre dringende Bitte und kam ihr nach. Während er seinen Mittelfinger in ihre köstliche Muschi gleiten ließ, zog er ihren Lustknopf in seinen Mund.

Ein abgehakter Atemzug drang aus Winters Kehle.

Er drückte seine Lippen zusammen und stieß seinen Finger bis zum Anschlag in sie hinein.

Winters Scheide zuckte um seinen Finger und unter seinen Lippen. Er spürte, wie ihr Knie nachgab und stützte sie mit seiner freien Hand, bis ihr Orgasmus abklang.

Dann nahm er ohne Eile seinen Finger aus ihr, stellte ihr Bein wieder auf den Boden und erhob sich. Er legte seine Arme um sie und drückte sie an sich.

„Ich liebe es, wenn du kommst. Es macht mich so hart.“

„Wie hart?“

Er drückte seinen Unterleib an sie, damit sie ihn spüren konnte.

„Damit könnte ich was anfangen“, sagte sie mit einem vielsagenden Blick.

Er lachte leise. „Steck den Vorschlag für später weg. Es gibt etwas, das ich zuerst tun will.“

„Aber du hast doch schon –“

Er brachte sie mit einem Kuss zum Schweigen, dann wich er mit dem Kopf zurück. Er nahm tief Luft. „Ich muss dir etwas sagen.“

Sie zögerte. „Was?“

„Etwas bezüglich unserer Situation hier.“

„Im Komplex?“

Er nickte. „Ich habe heute mit dem Rat gesprochen.“

„Darüber, dass ich hier wohne?“

„Ja. Sie haben mir zwei Optionen gegeben. Da du jetzt unsere Verbündete bist und als Seherin für uns arbeitest, hat der Rat angeboten, dir deinen eigenen Komplex zur

Verfügung zu stellen, mit Schutz rund um die Uhr."

„Aber ich habe doch schon Schutz rund um die Uhr von dir", protestierte sie, während sich ihre Stirn in Falten legte.

„Dazu komme ich jetzt. Ich muss dir alle Optionen vorlegen, damit du weißt, dass, egal welche du wählst, du vor den Dämonen sicher bist. Und du wirst immer alles haben, was du brauchst. Der Rat wird sich um dich kümmern, deine Lebenshaltungskosten übernehmen, alles."

Sie nickte. „Du sagtest Optionen, Mehrzahl. Was ist die andere Option?"

„Die andere Option hängt davon ab, was du für mich empfindest."

„Du weißt doch, was ich für dich empfinde."

Er seufzte. „Eigentlich nicht. Nicht wirklich. Ich weiß, dass du mir dankbar bist, dass ich dein Leben gerettet habe und ich weiß, dass du gerne Sex mit mir hast. Genauso, wie ich gerne mit dir schlafe."

„Ist das der Augenblick, wo du mir sagst, dass du den Sex genießt, aber …" Sie entzog sich seinen Armen. „Tja, es war wohl zu gut, um wahr zu sein. Hätte ich wissen sollen. Ich meine, du hast ja nie das L-Wort gesagt. Ich hatte nur angenommen, dass es nicht nur Pflichtbewusstsein war, als du dein Leben für mich riskiert hast, indem du in die Unterwelt gekommen bist, um mich zu retten. Ist schon okay."

Er umfasste ihr Kinn und zwang sie, ihn anzusehen. Jetzt wusste er alles, was er wissen wollte. „Nein, es ist nicht okay. Und der Grund, warum ich nie das L-Wort gesagt habe, ist, weil ich nicht wollte, dass du es nur aus Dankbarkeit erwiderst."

Er zog sie zurück in seine Arme. „Winter, ich liebe dich. Ich weiß jetzt, dass ich dir das in dem Moment hätte gestehen sollen, als wir aus der Unterwelt zurückkamen. Aber ich wollte mein Glück nicht strapazieren. Du hattest mir gerade erst verziehen, was ich in der Vergangenheit getan hatte und –"

Sie legte einen Finger auf seine Lippen. „Ich liebe dich, Logan. Ich wollte es dir sagen, aber ... Ich glaube, ich wollte mein Glück auch nicht strapazieren."

Logan lachte erleichtert auf. „Schau uns

zwei nur an. In so vieler Hinsicht sind wir tapfer, aber wenn's um die Liebe geht, haben wir Angst."

„Jetzt nicht mehr", sagte sie und lächelte. Sie senkte ihre Hand zu seinem Schritt und drückte gegen seine Erektion. „Bringst du mich jetzt ins Bett und benutzt deinen herrlichen Schwanz, um mich wild zu machen?"

„Ja, genau darüber …"

Sie hob ihre Augenbrauen. „Was noch?"

„Bezüglich der zweiten Option, die der Rat mir gegeben hat …"

„Ja?"

„Du hast die Wahl, hier im Komplex in Baltimore zu leben, mit mir. Unter einer Bedingung."

„Und die wäre?"

„Du würdest dich an mich binden müssen. Meine ewige Gefährtin werden."

„Ist das ein Antrag?"

„Was, wenn es einer ist?"

„Dann solltest du vielleicht auf die Knie gehen", schlug sie mit einem Grinsen vor.

„Ich glaube, ich war gerade vor einer Minute auf meinen Knien."

„Ja, aber das war für was anderes."

„Du bist eine anspruchsvolle Frau."

„Ist das ein Problem?"

Er ließ sie los. „Nein. Ich liebe Herausforderungen." Er ging auf ein Knie hinab und sah, jetzt ganz ernst, zu ihr hoch. „Winter, willst du meine Frau werden, meine Gefährtin für alle Ewigkeit?"

Tränen glitzerten in ihren Augen und sie schniefte. „Ja, ja, natürlich. Oh Logan!"

Er sprang auf und küsste sie. Er hob sie in seine Arme und trug sie zum Bett, wo er sie auf die Laken legte. Sie sah mit Liebe und Zuneigung in den Augen zu ihm auf. Wie hatte er nur so blind sein können, nicht zu sehen, dass sie ihn so sehr liebte wie er sie? Warum hatte er so lange gebraucht?

„Können wir eine kurze Verlobungszeit haben?", fragte sie atemlos.

„Die kürzeste Verlobungszeit, die du dir vorstellen kannst." Er begann, sich auszuziehen. „Heute Nacht ist unsere Hochzeitsnacht." Sie mussten nicht warten und er musste ihr auch nicht offenbaren, dass das Bindungsritual sie beide töten würde, wenn ihre Liebe nicht echt war. Er hatte diesbezüglich keinerlei Angst, denn ihre Liebe war echt, rein und tief.

***

„Heute Nacht?" Winter starrte ihn an und versuchte, seine Worte zu verarbeiten. Wollte er damit sagen, dass sie keine Zeit damit verschwenden mussten, eine Hochzeit zu planen und all diese nutzlosen Dinge zu arrangieren, die damit einhergingen? „Aber wir brauchen einen Pfarrer oder irgendeinen Friedensrichter, oder nicht?"

Unbeirrt zog Logan sich weiter aus. „Die Hüter der Nacht heiraten nicht auf traditionelle Weise. Wir brauchen keinen Pfarrer und keinen Friedensrichter. Es wird keine Zeugen geben."

„Ist das legal?"

Er entledigte sich seines letzten Kleidungstückes und glitt mit dem Knie auf die Matratze. „Oh, meine Liebste, es ist nicht nur legal, es ist der stärkste Bund, den irgendjemand eingehen kann. Der Bund wird dir Unsterblichkeit verleihen und uns für die Ewigkeit verbinden."

Unsterblichkeit, Ewigkeit. Diese zwei Worte hallten wie ein zweiter Herzschlag in ihrem Körper nach. „Heißt das, ich werde wie du? Ein Hüter der Nacht?"

Er legte sich über sie, drückte ihre Beine auseinander und machte sich an ihrem Zentrum Platz, seinen Schwanz schon auf ihre Muschi ausgerichtet. „Nein. Du wirst immer noch eine Seherin sein, aber du wirst nicht altern, du wirst mit mir an deiner Seite jung bleiben. Denn was wir heute Nacht austauschen, wird unsere Herzen aneinander binden. Willst du das?"

Winter legte ihre Hand auf Logans Nacken und spürte, wie er unter ihrer Berührung erzitterte. „Ja, Logan, ich will dich, ich will alles, damit wir für immer zusammen sein können. Ich liebe dich."

Sie spürte plötzlich seinen Schwanz zucken und näherkommen und dann drang Logan in sie ein. „Ich liebe dich, Winter, mit meinem ganzen Herzen." Tief in ihr verankert hielt er inne und strich ihr über die Wange. „Heute Nacht Liebe mit dir zu machen wird anders sein. Wir machen es auf die Art der Hüter der Nacht. Du wirst Dinge fühlen, die du noch nie zuvor gefühlt hast. Und durch sie werden wir uns vereinigen."

„Wie?"

„Folge mir einfach. Ich werde dich führen."

Sie zog seinen Kopf zu sich und küsste ihn, zeigte ihm so, dass sie ihm vertraute. Logan begann, sich in ihr zu bewegen. Sein Schwanz füllte sie, dehnte sie. Es war so vertraut, doch gleichzeitig so aufregend. Sie hatten sich jede Nacht seit ihrer Rückkehr geliebt. Und jede Nacht hatte sie gedacht, dass es nicht besser werden könnte – doch es wurde jedes Mal besser. Logan war ein leidenschaftlicher Liebhaber, ein Mann mit einem gesunden Appetit und außerordentlicher Ausdauer.

Sie liebte es, wie er sie ansah, wenn er sie so liebte, wie er es jetzt tat. Es gab ihr das Gefühl, als wäre sie die einzige Person auf der Welt. Und zu wissen, dass er sie liebte, ohne Vorbehalte liebte, war mehr als sie sich je erhofft hatte.

Sie spürte ihr Herz jedes Mal höher schlagen, wenn ihre Körper sich mit einem tiefen Stoß vereinigten und sie sich nicht nur körperlich, sondern auch auf spiritueller Ebene verbanden. Alles schien zu verschwinden, zu verschwimmen, als könnte sie nicht mehr richtig sehen. Sie blinzelte, fragte sich, ob sie vor Freude weinte, doch als sie ihre Augen wieder öffnete, war ihre Sicht sogar noch verschwommener als zuvor. Um sie herum wirbelte Nebel und sie fühlte sich, als ob sie schwebten.

„Wa-?"

„Hab keine Angst, meine Liebste. Ich rufe das hervor", sagte Logan sanft und küsste sie.

Dann spürte sie es, spürte eine Energiewelle in ihr aufwallen, sie füllen, sie stärken. Jede Zelle ihres Körpers schien sich zu erfrischen. Ihr Herz schlug aufgeregt, ihr Puls trommelte in ihren Adern und weiter unten, wo Logans Schwanz in sie eindrang, zuckten ihre Muskeln mit erneuter Heftigkeit. Ihre Klitoris stand kurz vor der Explosion. Das Herannahen ihres Höhepunktes hatte sich noch nie so intensiv angefühlt.

Logan löste seine Lippen von ihren und zog seinen Kopf zurück. „Ich habe dir mein *Virta* gegeben. Sieh dir deine Arme an."

Sie drehte ihren Kopf zur Seite, hob einen

Arm und hielt ihn vor ihr Gesicht. „Oh mein Gott!" Ihre Haut schimmerte golden. „Was geschieht mit mir?"

Logan verlangsamte seine Stöße. „Ich teile meine Lebenskraft mit dir."

Erstaunen und Verwunderung überkamen sie. „Es ist wunderschön." Alles in ihrem Inneren fühlte sich frei und stark an.

„Jetzt musst du sie mir zurücksenden, um den Bund zu vollenden." Er blickte zu ihrer Hand. „Leg deine Hand auf mein Herz."

Winter legte ihre Hand auf Logans Herz und sah fasziniert zu. Ihr eigenes Herz schien plötzlich in Flammen zu stehen – nicht mit verbrennendem Feuer, sondern mit beruhigenden, gleichmäßigen Flammen. Sie spürte jetzt Hitze durch sie reisen, ihre Schulter hoch, dann ihren Arm entlang. Nun konnte sie die Flammen sehen, konnte sehen, wie sie in ihre Hand wanderten und dann in ihre Finger. Dort schienen winzige Funken zu explodieren und in Logans Haut einzudringen.

Logan warf seinen Kopf zurück und stöhnte, doch er wich nicht zurück und sie fuhr fort, mehr seines Virtas an ihn zurückzusenden. Sie verstand jetzt, denn sie war mit ihm verbunden. Sie konnte sein Herz sehen. Sie sah es für sie schlagen, sah seine Liebe für sie und wusste, dass sie echt und stark war. Sie sah seine Ehre, das Gute in ihm, sah alles, was sie an ihm liebte. Und sie sah noch etwas anderes. Sie sah eine Vision ihrer Zukunft. Sich selbst und Logan und das neue Leben, das sie miteinander erschaffen würden. Eines Tages.

„Logan", murmelte sie, „oh, mein Geliebter." Tränen verschleierten nun ihre Sicht und sie ließ sie fließen. Es waren Tränen der Freude und Erleichterung.

Sie würden beide leben und lieben. Sie würden zusammen sein. Glücklich sein.

Winter suchte seine Augen. „Du gehörst jetzt mir. Mein Hüter. Mein Held. Mein Geliebter."

Ein sanftes Lächeln umspielte seine Lippen. „Niemand wird dich mir je wieder wegnehmen. Das verspreche ich." Er streichelte ihre Lippen. „Und jetzt ist es an der Zeit, dass ich meine Frau erfreue, damit sie sich nicht über die Leistung ihres neuen Mannes im Bett beschweren muss."

Und Logan tat genau das. Tatsächlich hatte

sie keinerlei Beschwerden, denn es stellte sich heraus, dass der goldene Schimmer, den sein Virta auf ihre Haut gezaubert hatte, immer noch da war. Und solange sie golden schimmerte, sandte jede Berührung von Logan eine weitere Welle des Vergnügens durch ihren Körper und brachte sie immer wieder zum Höhepunkt.

38

Zoltan schloss den Vortex mit einem wütenden Fingerschnippen. Nichts klappte so, wie er es wollte. Nichts! Seine idiotischen Untertanen hatten dabei zugesehen, wie ein Hüter der Nacht ihnen die Seherin direkt unter der Nase weggeschnappt hatte. Schwachköpfe! Wenn diese Idioten dabei nicht umgekommen wären, hätte Zoltan sie selbst erledigt. Doch jetzt gab es niemanden, den er bestrafen konnte. Also hatte er sich selbst in die Menschenwelt begeben. Er musste sich ernähren. Vielleicht würde das die Wut, die durch seine Adern rauschte, etwas beruhigen.

Er eilte in die nächste Gasse, denn er kannte sich in dieser Gegend gut aus. Dies war eine Drogenhochburg. Er liebte diese Nachbarschaft. An jeder Ecke lungerte ein Mensch herum, der es nicht nur verdiente zu sterben, sondern geradezu darum bat. Und heute Nacht war er in der Stimmung, zu töten.

Der Dealer, der glaubte, in dem Eingang einer Werkstatt gut verborgen zu sein, war leicht zu entdecken. Zoltan marschierte auf ihn zu und drängte ihn in den Hauseingang.

„Was zum Teufel?", zischte der Kerl und zog ein Messer. „Rück mir von der Pelle!"

Unbeirrt von der schwachen Drohung drückte Zoltan den Dealer gegen die Tür und schnappte ihn bei der Kehle. „Nein, ich rücke dir noch mehr auf die Pelle." Er lachte vor sich hin. Glaubten diese dummen Menschen wirklich, dass ein paar starke Worte und ein kleines Messerchen ihn abschrecken würden? „Ich bin jetzt dein Gebieter. Und ich werde dir das Leben aussaugen."

Normalerweise würde Zoltan sein Opfer jetzt mit seinen grünen Augen anfunkeln, doch er trug spezielle, farbige Kontaktlinsen, denn seine

Nahrung war nicht der einzige Grund, warum er in die Menschenwelt gekommen war. Er konnte es nicht riskieren, erkannt zu werden. Da er den Drogenhändler nicht mit seinen grünen Augen erschrecken konnte, drückte Zoltan ihm einfach noch fester die Kehle zu und konzentrierte sich auf seinen Geist.

„Ich nehme dir deine Lebenskraft. Und ich werde jedes einzelne Tröpfchen davon genießen, bevor du stirbst."

Endlich schien der Dealer zu kapieren, dass Zoltan es ernst meinte, doch er wehrte sich erfolglos. Angst stieg in seinem Opfer auf. Zoltan konnte sie schon riechen.

„Ich liebe den Geruch von Angst. Ja, gib sie mir." Er beugte sich näher und sah Nebel aus den Nasenlöchern und dem Mund seines Opfers dringen. „Ja, komm zu Papa."

Zoltan sog die Angst ein, die aus dem Dealer strömte. Jeder Atemzug nährte ihn, machte ihn stärker und verdrängte die Wut und Enttäuschung, die er dank der Inkompetenz seiner Untertanen erneut erleben musste.

Er konnte spüren, wie die Lebenskraft des Dealers langsam erlosch. Er könnte jetzt aufhören, und den Mann am Leben lassen, doch heute Nacht kannte er keine Gnade. Heute Nacht wollte er den Tod bringen. Also saugte er stärker und nahm mehr, nahm alles, bis von dem Drogendealer nur eine leblose Hülle übrig blieb.

Zoltan ließ von ihm ab und warf ihn zum Müll, wo er hingehörte. Nun fühlte er sich besser.

Gestärkt marschierte er aus der Gasse und machte sich auf den Weg in eine bessere Gegend, eine Gegend, wo in den letzten Jahren schicke Hochhäuser und noble Restaurants gebaut worden waren.

Er griff in die Tasche seines langen Mantels und zog einen elektronischen Schlüssel heraus, hielt ihn gegen das Lesegerät an einem der Hochhäuser und bekam Zugang. Das Foyer war leer. Er ging zu den Aufzügen und drückte auf den Knopf. Einige Augenblicke später ertönte ein Ping. Zoltan wartete, bis sich die Aufzugtüren öffneten. Er wollte schon hineinstürmen, als er nochmal stoppte und so knapp einen Zusammenstoß mit einer Frau vermied, die heraustrat.

„Oh, tut mir leid", sagte sie und musterte ihn von oben bis unten.

„Entschuldigung", sagte Zoltan hastig, schlüpfte in den Aufzug, erpicht darauf, schnell in seine Wohnung zu gelangen, und drückte sofort den Knopf für seine Etage.

„Mr. Vaughn, nicht wahr?"

Er drehte den Kopf in ihre Richtung und rang sich ein Lächeln ab. „Guten Abend, Ma'am."

Er drückte den Knopf, um die Türen zu schließen. Eine Konversation mit der Frau wollte er unbedingt vermeiden. Aus irgendeinem Grund kannte sie seinen angenommenen Namen, einen Namen, den er ein paar Jahre zuvor zusammen mit der Eigentumswohnung vom echten Mr. Vaughn übernommen hatte.

Zoltan betrat und verließ das Gebäude immer zu Zeiten, an denen er das geringste Risiko einging, anderen Bewohnern zu begegnen, hatte versucht, unauffällig zu bleiben. Es schien jedoch, dass jemand ihn trotz seiner Sorgfalt bemerkt hatte. Einen Augenblick lang fragte er sich, ob er sich um die Frau kümmern und dafür sorgen sollte, dass sie nicht herumschnüffelte. Doch wenn eine Person aus diesem Gebäude verschwand, würde das mehr Aufmerksamkeit auf sich ziehen, als er brauchen konnte. Es war besser, nur ein Auge auf sie zu haben. Er konnte sie später immer noch töten.

Zoltan hielt seine Hand zwischen die sich schließenden Türen.

„Mrs ...?", fragte er.

„Rollins, mein Briefkasten ist neben Ihrem."

„Ach!", sagte er mit einem weiteren erzwungenen Lächeln. „Nett, Sie endlich kennenzulernen."

Jetzt, wo er wusste, wer sie war, mussten die Türen nicht länger offen stehen. „Einen schönen Abend noch, Mrs. Rollins."

„Miss", korrigierte sie ihn, bevor sich die Türen schlossen und der Aufzug sich in Bewegung setzte.

Miss? Noch besser. Zumindest musste er sich nicht auch noch um einen lästigen Ehemann kümmern, falls Miss Rollins sich als Problem erwies.

Als Zoltan kurz darauf seine Wohnung betrat, atmete er tief durch. Er kam gerne hierher. Das luxuriöse Appartement war weitaus angenehmer als seine Höhle in der Unterwelt. Die Aussicht war atemberaubend, und sich für ein paar Stunden nicht mit seinen dummen Untertanen herumschlagen zu müssen, würde ihm helfen, seine Batterien wieder aufzuladen. Vor allem nach den schwächenden, migräneähnlichen Anfällen, die ihn schon seit Jahren plagten und immer schlimmer wurden. Diese Attacken vor seinen Untertanen zu verbergen, wurde immer schwieriger.

Doch hier, in seiner Zuflucht, konnte er sich gehen lassen und er selbst sein, oder zumindest eine Version von sich selbst, die Version, die sich jetzt Eric Vaughn nannte.

In nur ein paar Stunden würde er wieder in die Unterwelt zurückkehren müssen und wieder Zoltan, der Großmächtige, werden.

Lesereihenfolge der Scanguards Vampire & Hüter der Nacht

Scanguards Vampire

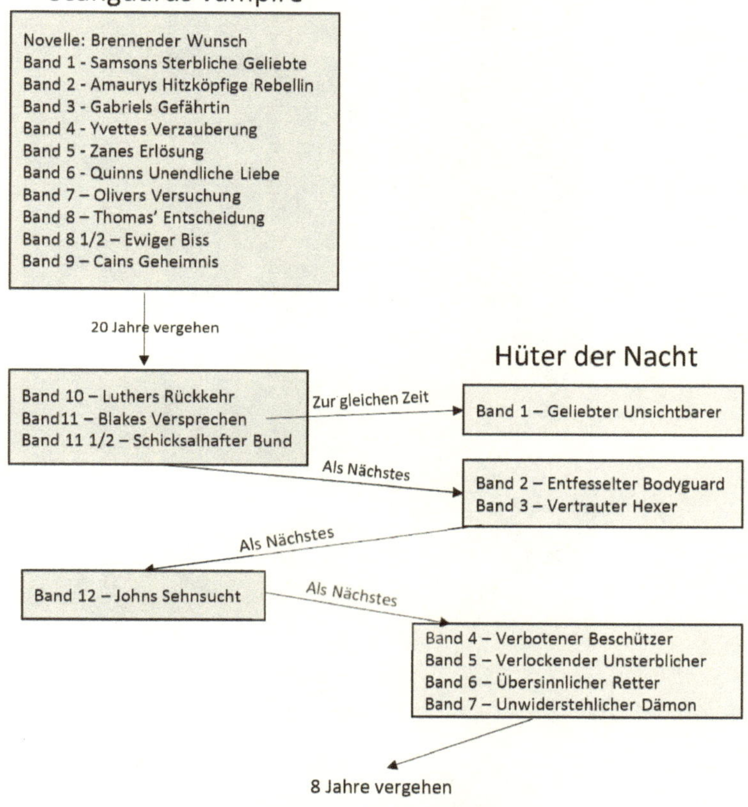

Scanguards Hybriden

Die Bände in der Scanguards Hybriden Serie werden zusätzlich auch in
der Scanguards Vampir Serie nummeriert. (SV Band 13 = SH Band 1)

Band 1 (SV 13) – Ryders Rhapsodie
Band 2 (SV 14) – Damians Eroberung
Band 3 (SV 15) – Graysons Herausforderung
Band 4 (SV 16) – Isabelles Verbotene Liebe

Über die Autorin

Tina Folsom ist gebürtige Deutsche und lebt schon seit über 25 Jahren im englischsprachigen Ausland, seit 2001 in Kalifornien, wo sie mit einem Amerikaner verheiratet ist.

Mittlerweile hat sie 50 Bücher in Englisch sowie Dutzende in anderen Sprachen herausgegeben.

https://tinawritesromance.com/deutscheleser/
tina@tinawritesromance.com

facebook.com/TinaFolsomFans
instagram.com/authortinafolsom
youtube.com/TinaFolsomAuthor

www.ingramcontent.com/pod-product-compliance
Lightning Source LLC
Chambersburg PA
CBHW061204190726
48288CB00001B/47